Gila Freis

Johannas
Welt

Gila Freis

Johannas Welt

/

Roman

mitteldeutscher verlag

1. Auflage
© 2024 mdv Mitteldeutscher Verlag GmbH, Halle (Saale)
www.mitteldeutscherverlag.de

Gesamtherstellung: Mitteldeutscher Verlag, Halle (Saale)
Umschlagabbildung: © iStock – Don White

ISBN 978-3-96311-844-9

Printed in the EU

Für meine beiden großartigen
Töchter E. und F.

Die Vergangenheit kann uns Erfahrungen mitteilen.
Sie sagt uns, wer wir sind und woher wir kommen.
Sie ist dein Geschenk.
Die Gegenwart will gestaltet sein. Freiheit und Verantwortung müssen gelebt werden im Erkennen der Einzigartigkeit des Universums.
Leben ist immerwährende Herausforderung.

Die Zukunft ist die Konsequenz aus Vergangenheit und Gegenwart.
Mehr Chancen hat sie nicht.

Credo

Angst führt dich in eine große innere Wüste,
dort wirst du alle Tode sterben.
Angst erkennen und überwinden macht frei.

Frei sein ist leben und lieben, sehen und hören,
empfinden und spüren, erkennen und verstehen.

Lebe mit Mut, suche die Fragen, die dein Leben dir stellt
und finde Antworten, die gültig sind, solange du atmest.

Liebe mit Leidenschaft und berühre deine Seele.
Hier hat alles seinen Ursprung und seine Wahrheit.
Hier findest du die göttliche Kraft, das Universum zu
    verändern.

Lass das Gewöhnliche, das Alltägliche, das Bekannte,
die Routine hinter dir, sei spontan, sei verrückt, sei du
und überwinde deine Grenzen, damit du das
    Außergewöhnliche erreichst.

Das heißt Gott vertrauen.

Rückflug von Namibia –
2020

Johanna hatte den Nachtflug von Windhuk nach Frankfurt gebucht, in der Hoffnung, ihre Enkelkinder würden wieder, wie schon auf dem Hinflug, schlafen können. Aber die Maschine war voll besetzt. Die Kinder konnten sich nicht über mehrere Sitze ausstrecken, sie mussten auf ihren Plätzen sitzend schlafen. Während Anna und Katharina sich noch einen Kinderfilm anschauten, hatte Felix schon seinen Kopf auf den Schoß seiner Großmutter gelegt. Obwohl das unbequem war, schlief der Junge bald ein. Katharina und Anna saßen auf der anderen Seite des Ganges. Johanna blickte hinüber zu Tochter und Enkeltochter, sah, welch ein schönes Profil Katharina hatte und konnte Annas Gesichtszüge mit denen ihrer Mutter vergleichen. Anna wurde Katharina nicht nur im Aussehen immer ähnlicher, sie hatte auch den Lerneifer und die Bescheidenheit ihrer Mutter geerbt, stellte Johanna zufrieden fest. Dann, am Ende des Filmes, versuchten Mutter und Tochter ebenfalls zu schlafen. Anna rollte sich am Fenster in eine Lufthansa-Decke ein. Katharina saß in sich versunken und schien zu frieren. Die Sitze im Economy-Bereich waren unbequem und ungemütlich. Viele Passagiere waren übermüdet und manche suchten ein wenig Bewegung auf dem Weg zur Toilette. Andere kramten im Gepäckfach über den Sitzen. Die Unruhe in der Maschine verstärkte sich kurzzeitig nach dem Abendessen. Als später das Licht gelöscht und die Heizung gedrosselt wurde, kehrte langsam Ruhe ein, die Wanderer blieben sitzen und die Kramer suchten nicht weiter in ihren Rucksäcken und Taschen. Katharina und Anna schauten sich noch einen zweiten Kinderfilm an und versuchten nach einer weiteren Stunde, inzwischen war es 23 Uhr, endlich Schlaf zu finden.

Die Nachstunden schlichen im Schneckentempo vorüber. Johanna legte ihre Decke über den kleinen Felix, dessen nackte Beine unter dem Anorak hervorschauten und sich kalt anfühlten. Das leise Motorengeräusch des Flugzeuges hüllte schließlich auch sie ein und die Müdigkeit legte sich schwer auf ihre Augenlider. Ihre Gedanken wanderten zurück zu den gemeinsamen Erlebnissen der letzten beiden Wochen und ein unbekanntes Glücksgefühl breitete sich in ihrem Inneren aus. Sie genoss ihr Großmutterglück, sie genoss die Zeit mit den Enkeln und mit der Tochter und sie war dankbar für das Erlebte, für die Gespräche und die Gesten der Zuwendung.

Zwischen Wachen und Einschlafen, als die Ruhe sich im Körper ausgebreitet hatte, flossen Bilder und Sätze aus alten und neuen Gedankengängen hervor in die Gegenwart ihres Bewusstseins. Sie waren plötzlich da und wollten gesehen und bedacht werden. Fragen suchten nach Antworten. Bilder, die unzusammenhängend vorbeizogen, ergaben scheinbar keinen Sinn. Dennoch waren sie ihr bekannt, vertraut sogar, wie ein altes Kinderlied. Die Bildmotive entstanden und ertranken gleichzeitig in ihren bunten Farben. Johanna wollte ein Bild festhalten, wollte erkennen, was es zeigte, aber bei jedem Bemühen veränderte sich das Bild wie in einem Kaleidoskop. Wie Blitze zuckten weitere alte Bilder in ihren Inneren vorüber. Die Gedanken eilten zurück, weit zurück. Dann endlich sah Johanna plötzlich ein Bild deutlich, es war das alte liebgewordene Bild aus der Erinnerung, das sich so tief in ihr Bewusstsein gebrannt hatte, als gäbe es nur diese eine Aufnahme aus alter Zeit. Sie sah ein kleines wartendes Mädchen an einer vielbefahrenen Kreuzung stehen und erkannte ihre Tochter. Meine Katharina, dachte sie liebevoll. Ihre Gedanken ließen sich plötzlich nicht mehr einfangen. Es war ihre Katharina, ihr kleines Mädchen. Auf dem Bild war sie vielleicht sechs oder sieben Jahre alt. Sie wollte, wie damals üblich, ihre Mutter von der U-Bahn abholen und wartete in der Eberswalder Straße, Ecke Schönhauser Allee. Dort, in diesem Bereich der Schönhauser, fuhr die U-Bahn über der Straße, deshalb war der Bahnsteig über eine Treppe zu erreichen. Katharina konnte von ihrem Platz aus, hinter dem Straßengeländer erkennen, wann die Mutter die Treppe herunterkommen würde. Andererseits konnte Johanna schon von Weitem beobachten, wie ihre kleine Tochter sie erwartete. An jedem Arbeitstag ereignete sich das gleiche Ritual. Jeder war voller Vorfreude auf den anderen, um gemeinsam den Abend zu verbringen. An das Bild des wartenden kleinen Mädchens hatte sich Johanna schon lange nicht mehr erinnert. Plötzlich war sie wieder wach. Sie schaute hinüber zu Katharina, die nun schlief, und ihr Herz pumpte eine Welle der Zuneigung durch alle Adern. Ich bin so stolz auf dich, du liebe Tochter, pochte es warm in ihrer Blutbahn. Ihr Herz schlug aufgeregt, und sie spürte einen unangenehmen Druck in der Brust. Diesen Druck, der wie ein Stein auf ihr lastete, kannte sie längst. Es war das schlechte Gewissen, Schuld, Überforderung und Not. Vielleicht auch manches gleichzeitig. Johanna wusste es längst, dass Katharina die bessere Mutter war, verständnisvoller und gütiger, verzeihender und geduldiger als sie es jemals gewesen war. Waren es die Zeiten oder die Lebensumstände, lag es allein an ihr? Die Last auf der Brust drohte sie zu erdrücken. Damals war das Leben schwer und manchmal auch traurig. Aber an damals, an das vergangene Schwere, wollte sie sich nur erinnern als an etwas mühevoll Überwundenes. Im Stillen bat sie Katharina um Verzeihung.

Langsam löste sich der Druck von der Brust. Das eintönige Dröhnen der Motoren rief sie in die Gegenwart zurück. Sie schloss die Augen wieder und holte die schönen Erinnerungen an die eben vergangenen Tage, an die Sonne, die Wärme und die gemeinsamen Erlebnisse mit Katharina und den beiden Enkelkindern noch einmal zurück. Was für eine wunderbare Zeit hatten sie gemeinsam erlebt! Dann wanderten ihre Gedanken zu dem Grab, das sie in Omaruru besucht hatten. Für die Enkel war es nur ein altes Grab, für sie selbst war es ein Stück Familiengeschichte, was war es wohl für Katharina?, fragte sie sich und begann wieder zu grübeln. Und wie wird es Dorothea verstehen, wenn ich mit ihr hierherfahre?

In diesem Grab hatte vor mehr als hundert Jahren ihr Urgroßvater aus Grünfeld seine letzte Ruhe gefunden. Ich muss beiden Töchtern unsere ganze Familiengeschichte von Grünfeld bis Omaruru erzählen, beschloss Johanna. Die alte Geschichte von Urgroßmutter Martha Trautmann, die ihren Liebsten Jakob verlor, weil der 1895 zu den Schutztruppen nach Deutsch Südwest gegangen war und hier in Omaruru sein Ende gefunden hatte. Jakob verließ Martha, als sie schwanger war. Er wusste nichts von dem Kind und er erfuhr niemals etwas von seinem Sohn. Er ahnte nicht, wie Martha mit ihrem Kind auf sich allein gestellt als Hebamme in Grünfeld arbeitete und sich durchschlug. Wie sie sich um das Wohl der Mütter und ihrer Kinder kümmerte und wie sie dabei ihrem Gewissen folgte und sich für mehr Menschlichkeit in ihrem Dorf einsetzte. Urgroßmutter Martha war willensstark und sie war ein Vorbild an Aufrichtigkeit und Verantwortungsbewusstsein. Sie hatte mit ihrem Leben die Werte für die Familie Trautmann bestimmt. Auch wenn sie, Großvater Friedi und der Vater schon lange nicht mehr leben, aber ihre Erziehung und ihre Kultur wirkten noch immer nach, da war sich Johanna sicher. Es sind auch Katharinas und Dorotheas Wurzeln, und beide sollten sie kennen. Wozu wäre sonst eine Großmutter da?, fragte sie sich.

Wenn ich über die Familiengeschichte und meine Lebenserfahrungen spreche, kann ich ihnen auch meine Einstellungen zum Sterben und zum Tod erklären. Es wird schließlich mein Tod sein, der sie als Nächstes trifft und das sollten sie dann auch verstehen, überlegte Johanna weiter. Ihre Gedanken arbeiteten wie ein Pumpwerk und warfen immer neue Fragen auf, ohne eine einzige Antwort zu finden. Johanna atmete tief durch und versuchte ihre Ruhe nicht zu verlieren. Ich muss es mit Bedacht angehen, entschloss sie sich. Großmutter zu sein, ist gar nicht so einfach. Sie dachte plötzlich an Großvater Friedi, an Großmutter Thea und die Großeltern Liebig, die, obwohl sie schon lange tot waren, Johanna etwas Besonderes gegeben hatten, das ihr ganzes Leben bereichert hatte und ihr oftmals Kraft schenkte. Ich hatte wundervolle Großeltern, erkannte sie in diesem Augenblick, und ich habe mich niemals bei ihnen bedankt. Sie waren für mich da und sie waren selbstverständlich. Und ich?, fragte sie sich ernsthaft. Ich bin meistens nicht da. Bis zu Anna und Felix waren es 250 Kilometer und bis zur kleinen Margarete, Dorotheas Tochter, 200 Kilometer, und bei mir ist nichts selbstverständlich. Johanna spürte tief im Inneren den Wunsch, eine gute Großmutter zu werden und die Chancen dazu, die sich bieten würden, nicht zu vermasseln. Sie musste diesem Ziel Gestalt geben. Am besten gleich und am besten gut durchdacht. Sie begann zu grübeln. Was genau ist es, dass nur eine Großmutter ihren Enkelkindern geben könnte?, fragte sie sich. Was ist es und wie geschieht es? Selbstkritisch und mühevoll erklommen diese Überlegungen das Gedankengebirge aus alten Vorstellungen und Fantasien, aus Bequemlichkeiten und Lustlosigkeiten und aus Sorgen und Ängsten. Johanna schaute prüfend in sich hinein. Die Antwort ist komplizierter als eine Organisationsentwicklung, fand sie. Deshalb beschloss sie, überlegt zu agieren.

Sie fragte sich, bin ich als Großmutter nur ein Bindeglied zwischen Vergangenheit, Gegenwart und Zukunft, ein Schlüssel zur Familiengeschichte, eine biologische Verflochtenheit mit einem sozioemotionalen Auftrag? Sie schloss die Augen und sah die Familie am Grab stehen. Das alte Grab in Omaruru war wichtig, sinnierte Johanna. Es hat vor Anna und Felix Zeugnis abgelegt, von einem längst vergangenen Ereignis und von einer längst vergangenen Welt. Und trotzdem gehört dieses Grab zu ihnen.

Das Grab von Jakob Hoffmann, ihrem Urgroßvater, in Omaruru war auch ein Beweis, wie Weltgeschehnisse entstanden waren und immer neu entstehen und wie sie bis in die kleinste Familie hineinwirkten. Sie würde am Beispiel von Jakob Hoffmann den Enkeln auch zeigen können, dass der Einzelne innere und äußere Veränderungen, wie schwer sie auch waren, ertragen und verarbeiten kann, wenn er erkennt, dass er das, was er gerade erlebt, immer relativieren muss. Und sonst?, fragte sie sich weiter, kann ich etwas zur Bereicherung der Wertevermittlung beitragen? Wir sind drei Generationen mit unterschiedlichen Wertvorstellungen, Riten und Kulturen. Sie zu diskutieren kann sehr interessant werden und es würde verdeutlichen, dass die eigenen Werte niemals die absolute Wahrheit abbildeten. Ihre Gedanken wanderten zurück zu den Traditionen und Bräuchen ihrer Vorfahren in Grünfeld. Sie waren etwas Schönes und sie waren etwas, was Verlässlichkeit und Sicherheit in das Alltagsleben brachte. Meine Gedanken rennen hierhin und dorthin. Sie vermischen gestern und morgen und Zeit und Raum. Das passiert, weil ich müde bin, stellte sie fest, und rieb sich die Augen.

In einem war sich Johanna aber ganz sicher. Es war eine besonders gute Idee der Evolution, die Großmutter zu erfinden. Mit einem leichten Lächeln fiel sie für den Rest der Nacht in den Schlaf.

Dann hatten sie die lange Reise von Windhuk nach Frankfurt am Main hinter sich gebracht. Müde und hungrig verließen alle vier die Maschine. Für Frankfurter Würstchen war auf dem Flughafen keine Zeit. Nur zwei heiße Kaffees und Fanta für die Kinder waren möglich.

Es war nun am Ende der Reise nur noch der Kurzstreckenflug von Frankfurt nach Dresden in einem kleinen Flugzeug der Lufthansaflotte zu überstehen. In einer Stunde würden sie in Dresden landen und sich dann wieder trennen. Katharina würde sich mit ihren Kindern verabschieden. Johanna, die schon die Gedanken an den Abschied schmerzten, würde allein weiterfahren. Schnell wandte sie sich Felix, der wieder neben ihr saß, zu und spielte mit ihm Karten. Ich bin ein Geschenk der Evolution, dachte sie noch einmal vergnügt und verlor das Spiel, was wirklich nur ein Spiel war.

Johannas Geburt und Kindheit

Über ihre Geburt und ihre Kindheit wusste Johanna nur so viel, wie man ihr erzählt hatte. Es war die eiskalte Silvesternacht, als ein hochgewachsener einarmiger Mann durch die Straßen von Grünfeld hastete. Angst trieb ihn zur Eile. Mit seinem linken Arm rudernd, bemühte er sich, nicht zu spät zu kommen, nicht auf der glatten Straße das Gleichgewicht zu verlieren und zu stürzen. Als er in die Lange Straße einbog, sah er Karl in dem großen Tor stehen. Für einen Schwatz war heute keine Zeit, er winkte, rief ihm einen Gruß im Vorbeigehen zu und eilte weiter. Der eisige Wind spielte mit seinem leeren Jackenärmel. Mal flatterte der Ärmel vorneweg und dann wieder sah es aus, als würde der Ärmel nach hinten winken. Am Haus der Hebamme blieb der Einarmige stehen und klopfte an den Fensterladen. Er wartete einen Augenblick, dann klopfte er noch einmal. Scheinbar hörte ihn die alte Hebamme nicht. Der Angstschweiß trat ihm auf die Stirn und ein hässlicher Fluch fuhr ihm über die Lippen. Was sollte er tun? Er klopfte noch einmal und rief überdeutlich ihren Namen. Niemand reagierte, denn niemand hörte ihn. Mit der linken Hand holte er sein Taschentuch aus der Hosentasche und wischte sich den Schweiß aus dem Gesicht. »Verdammt noch mal«, fluchte er wieder. Dann hörte er aus dem Nachbarhaus Türen klappern und fröhliches Stimmengewirr. Er ging dorthin, klopfte und fragte höflich nach der Hebamme. »Ja, die Hebamme ist hier«, sagte man ihm. Sie feierte tatsächlich mit den Nachbarn Silvester. Hoffentlich ist sie noch nüchtern, dachte der Einarmige und wischte sich umständlich wieder den Schweiß von der Stirn. Der angetrunkene Nachbar stand noch immer in der Haustür und rief überlaut die Hebamme herbei. Sie kam sofort. »Was ist los?«, fragte sie barsch, als sie den Einarmigen erkannte. So war ihre Art. »Meine Frau ist heute Mittag gestürzt und nun geht es los. Die Wehen kommen jetzt alle zehn Minuten.« – »Ich hole meine Sachen und komme sofort mit«, sagte die Hebamme. »Warten Sie bitte, Sie können meine schwere Tasche tragen«, war die kurze Anweisung. Normalerweise trugen die Männer die Hebammentasche und reichten der Hebamme ihren anderen Arm, um die alte Dame in der Dunkelheit durch das Dorf zu geleiten. Der Einarmige griff mit seiner linken Hand die Tasche und sagte, »Frau Steinbrecher, Sie können sich ruhig an meinem Ärmel festhalten.« Während die Hebamme den leeren Jackenärmel anfasste und neben ihm herlief, ahnte sie, was es bedeutete, einen Arm, noch dazu den rechten, verloren zu haben. Die Hebamme spürte Mitleid mit dem jungen Mann. Er war ohne seinen rechten Arm aus der Gefangenschaft nach Hause gekommen. Das war gut drei oder vier Jahre her, grübelte sie. Wie soll das gehen, wie kann man ohne seine rechte Hand, ohne seinen rechten Arm sich waschen, sich ankleiden und seine Jacke und Hose zuknöpfen, seine Schuhe zubinden, sein Brot schmieren, irgendeine Arbeit auf dem Bauernhof verrichten? Kann man eine Mistgabel nur mit der linken Hand halten?, fragte sich die Hebamme verwundert. Sie rechnete zurück. Der Einarmige war vielleicht zwanzig oder einundzwanzig Jahre alt, als er in den Krieg zog, und er war vielleicht

siebenundzwanzig Jahre alt, als er einarmig nach Hause zurückkam. Jetzt war er vielleicht Anfang dreißig und musste eine Familie mit bald zwei Kindern ernähren. Ob er jemals in seinem Leben
eine Frau mit seinen beiden Armen umarmt hatte, ob er jemals
getanzt und seine Tanzpartnerin liebevoll auf der Tanzfläche he-
rumgewirbelt hatte, ob er jemals eine Frau mit seinem rechten
Arm zärtlich zum Kusse herangezogen und an sich gedrückt hat,
um ihre Nähe zu spüren? Sie ahnte, dass dieser Mann die schreckliche Vergangenheit niemals wirklich hinter sich lassen würde. Er
hatte den Krieg und die Gefangenschaft überlebt, aber würde er
auch seinen Alltag überleben?, fragte sich die Hebamme. Der junge Mann war ihr sehr sympathisch, aber zugleich mischten sich in
ihre Zuneigung und in ihr Mitleid wieder einmal Wut und Hass
gegen jede, die diesen unsäglichen Krieg zu verantworten hatten.
Dieser schreckliche Krieg, er hatte alles zerbrochen, das Land, die
Menschen und die ganze Zukunft. In ihrem Kopf kreisten Bilder,
die sich alle um den Einarmigen drehten und darum, was ihm
nie wieder möglich sein würde. Sie hätte ihm gern etwas Trös-
tendes gesagt oder wenigsten ein paar aufmunternde Worte in
dieser Zeit, in dieser Kälte und in dieser Nacht. Diese Worte gab
es nicht, erkannte sie bitter. Deshalb gingen sie wortlos, aber zü-
gig die Lange Straße entlang, überquerten die Helbe-Brücke und
bogen schließlich in die Feldgasse ein.

Die Bettpfosten waren grob gedrechselt und wurden durch
den hohen Bettgiebel, der wie eine undurchdringliche Bretterwand das Leben im Bett von der Welt abschirmte, miteinander
verbunden. Das Bett war wie eine mittelalterliche Burg, aben-
teuerlich, dunkel und uneinnehmbar. Die alte Hebamme konnte sich gut an dieses Bett erinnern. Es war, wie sie fand, besonders hässlich und für eine Niederkunft höchst unpraktisch. Vor
vielen Jahren, als sie nach ihrer Ausbildung nach Grünfeld gekommen war, hatte sie in diesem schrecklichen Bett bereits den

werdenden Vater und ein Jahr später seinen Bruder Friedhelm auf die Welt geholt. Dann, vor wenigen Jahren, auch seinen ersten Sohn Albrecht. Nun meinte sie, und das sagte sie auch laut zu dem Einarmigen, sei es endlich an der Zeit, dass in diesem braunen Ungetüm auch einmal ein Mädchen geboren würde. Als Hebamme kannte sie nicht nur die Familien in Grünfeld mit ihren Kindern, sie kannte auch deren Schlafzimmer und sie kannte besonders gut auch die Ehebetten. Dabei waren Betten mit hohen Bettpfosten und hohen Bettgiebeln für die Hebamme immer ein Graus, denn sie hatte hier wenig Bewegungsfreiheit und konnte oft nur schlecht in den Geburtsvorgang eingreifen. Auch heute bat sie die werdende Mutter, sich quer ins Bett zu legen und die harte Bettritze mit Decken und Kissen auszupolstern. An der Breitseite würde sie besser arbeiten können, erklärte sie ruhig. Zwischen zwei nahe aufeinanderfolgende Wehen veränderte die werdende Mutter mit Hilfe der Hebamme ihre Liegeposition, aber die harte Bettritze drückte erbarmungslos in den Rücken der werdenden Mutter. Sie schrie laut auf. War es die Bettritze oder eine Wehe?, überlegte die Hebamme. Kurz entschlossen nahm sie die Matratze des Kinderbettchens aus dem Stubenwagen, der danebenstand, und legte sie der Mutter in den Rücken, damit sie auf dem harten Untergrund der beiden Bettseiten liegen konnte. Nach der neuen Lagerung ging es der Gebärenden besser. Sie atmete ruhig und ertrug geduldig die nächsten Wehen. Denn sie wusste es. Sie hatte keine andere Wahl, als die kommenden Qualen zu ertragen. Die Hebamme begann mit ihren Vorbereitungen. Sie legte einige von den vorbereiteten sauberen Tüchern auf die alte Truhe, die vor dem Bett stand, und die restlichen Tücher hing sie griffbereit über den Bettgiebel. Dann packte sie ihre Tasche aus und erbat sich eine Schüssel mit heißem Wasser, ein Stück Seife und ein Handtuch. Darin wusch sie sich sorgfältig ihre Hände.

Irma, die Schwester der Gebärenden, ging ihr helfend zur Hand. Obwohl Irma die Hebamme nicht mochte, weil sie den Kenntnissen und den fachlichen Fähigkeiten dieser alten Frau misstraute, befolgte sie genau deren Anweisungen und ließ nichts von ihrer Ablehnung erkennen. Irma war die Frau eines Lehrers und selbst Mutter eines kleinen Sohnes, der auf der neuen Geburtsstation im Krankenhaus in Erfurt geboren worden war. Irma wollte ihrer Schwester helfen, wollte ihr beistehen und sie vor Gefahren bewahren. Deshalb fand sie insgeheim alle Umstände hier, die Geburt in Grünfeld im alten, von den Schwiegereltern geerbten Ehebett, die alte, wenig vertrauenerweckende Hebamme und keine ärztliche Hilfe im Notfall, einfach nur fürchterlich. Sie hatte Angst um ihre Schwester, aber sie bemühte sich, diese Angst zu verbergen. Wortlos befolgte sie alle Hinweise und kümmerte sich darum, dass im Wasserkessel immer heißes Wasser vorhanden war, sie holte das bereitgelegte Holz herein und schürte eifrig das Feuer im Küchenherd. Ihr Eifer half wenig. Die winzige eiskalte Schlafstube lag zwar neben der Küche und wurde notdürftig gewärmt, indem die Küchentür geöffnet blieb und das Feuer des Kochherdes rund um die Uhr unterhalten wurde. Trotzdem kroch die Kälte vom Fußboden und von den Wänden bis ins Bett.

Der harte Winter in diesem Jahr hatte die Kohlenvorräte der Familie bereits dramatisch reduziert. Jetzt wurde zusätzlich mit Holz geheizt. Aber das zusätzliche Holz war schlechtes Feuerholz. Es waren die alten abgestorbenen Obstbäume, die nicht lange genug abgelagert waren und teilweise noch Restfeuchte aufwiesen. Diese Restfeuchte verursachte manchmal beißenden Qualm in der Küche, sodass gelüftet werden musste und dabei die Wärme wieder entwich. Die Schlafstube in dem kleinen Bauernhaus im Norden Thüringens wurde nicht warm.

Die Wehenschmerzen dauerten nun schon mehr als acht Stunden. Sie quälten die werdende Mutter ohne Unterbrechung. Die

Hebamme verstand sich zwar auf das Warten und wusste nur zu gut, dass sich Kinder Zeit lassen, bevor sie zur Welt kommen, aber musste es ausgerechnet heute in der Silvesternacht sein? In stoischer Ruhe sterilisierte sie sorgfältig ihre Instrumente. Irma hatte inzwischen Albrecht nach oben in die Dachkammer gebracht, in der sein Bettchen stand. In der Kälte erzählte sie ihm heute nur eine kurze Gute-Nacht-Geschichte, aber Albrecht war aufgekratzt und fragte immer nach seiner Mama. Irma legte sich zu dem kleinen Jungen und dann war auch sie eingeschlafen. Plötzlich hörte sie, dass die Hebamme ihren Namen rief.

Irma rannte die Bodentreppe herunter. Unter auf der Treppe saß ihr Schwager, der werdende Vater, und hatte seinen leeren Ärmel über die Brust gezogen, um sich zu wärmen. »Es geht los«, sagte sie zu ihm, und drückte sich auf der schmalen Treppe schnell an ihm vorbei. Der Einarmige war aufgestanden und griff nach seiner dicken Joppe. Ich muss jetzt los, die Glocken läuten, sagte er, dann ging er hinaus in die Kälte der Nacht.

Die Hebamme erklärte Irma, dass das Kind bald kommen würde, denn sie hatte die Mutter gerade abgetastet. Irma kannte ihre Aufgaben. Beide prüften noch einmal, ob ihre Vorbereitungen wirklich vollständig waren, da zerriss ein Schrei der Gebärenden die Stille der Nacht. Es ging los. Zwischen dem Trösten der Gebärenden, dem Abwischen ihres Schweißes, zwischen dem Bereitstellen des warmen Wassers zum Händewaschen und dem Reichen der sauberen Tücher, um das Blut aufzunehmen, vergaß Irma das Feuer im Herd zu schüren. Bald war es kalt im Schlafzimmer. Die Hebamme war wütend. Es ist hier zu kalt für das Neugeborene. Irma fluchte leise. Sie bestrich das Reisig mit dem Rest aus der braunen Bohnerwachs-Schachtel und legte Anbrennholz darüber. Schnell loderte wieder das Feuer in Küchenherd auf. Dann rannte sie hinaus auf den Hof und holte neues Holz herein. Vorsorglich holte sie auch noch einen zweiten Korb ins

Haus. Als sie wieder das Schlafzimmer betrat, läuteten die Glocken. Alle drei Kirchenglocken von Grünfeld erklangen im melodischen Wechselspiel der Töne. Das alte Jahr war vergangen und der Klang der Glocken begleitete den Beginn eines neuen Jahres.

Die Geburt dauerte noch mehr als drei schwere Stunden. Dann endlich wurde das kleine Menschlein gewaschen, angezogen und gewickelt in sein Bettchen im angewärmten Stubenwagen gelegt. Der stand neben dem Bett der Mutter. Es war ein kleines, aber gesundes Kind. Die Hebamme rief den Vater herein. Der Einarmige setzte sich auf das Bett seiner Frau und gab ihr einen Kuss. Dann beugte er sich über den Stubenwagen und streichelte zärtlich über den Kopf des Neugeborenen. »Es ist ein Mädchen und es ist gesund«, sagte die Hebamme. Sie fragte vorsichtig, ob er seine Tochter auch einmal halten möchte. Als er nickte, legte sie das kleine, zu einem Bündel gewickelte Mädchen in seinen linken Arm und sah, dass er still weinte. »Es ist ein Mädchen, es ist eine kleine Johanna«, sagte er, als er seine Frau anschaute, die ihm stolz zu lächelte. Johanna, das klang in seinem Mund wie Glück und Dankbarkeit. Johanna Trautmann wurde am 1. Januar 1951 im generationenalten dunkelbraunen Ehebett der Eltern in Grünfeld geboren.

Der Winter blieb bis in den März hinein eisig. Nur die dicken und warmen Federbetten boten dem Neugeborenen Schutz und Behaglichkeit. Johanna überstand diesen Winter und weitere ebenso kalte Winter auch. Aber sie mochte die kalte Jahreszeit nicht. Sie mochte weder den Eisregen noch den Frost und auch nicht den Schnee. Der Hof des kleinen Gehöftes war dann eis- oder schneeglatt und der Weg zur kalten Toilette, die sich am anderen Ende des Hofes befand, war höchst ungemütlich. Johanna mochte auch das Heizen nicht, das immer nur partiell einen einzigen Raum, nicht aber das ganze Haus erwärmte. Johanna fror Winter für Winter und die Kälte, die Nässe und die Dunkelheit dieser Monate lasteten auf ihrer Seele. Nein, sie war kein Winterkind. Sie sehnte sich mit aller Lebenskraft nach der Helligkeit gleißender flirrender Sommerhitze. Erst dann würden sich ihre Kräfte und ihr Wohlbefinden entfalten können. Regelmäßig sehnte sie den Sommer herbei. So vergingen zwischen Hoffen und Aushalten ihre ersten Jahre.

Im Jahr nach Großvater Friedis Tod, wurde Johanna in die Dorfschule in Grünfeld eingeschult. Daran konnte sie sich noch gut erinnern. Es waren neunundzwanzig Mädchen und Buben, die in die erste Klasse kamen. Die meisten Kinder kannte Johanna aus dem Kindergarten, aber die anderen waren merkwürdig, und merkwürdig waren auch ihre Namen. Morawitzky oder Parösken und Baltuschat. Die Vornamen waren ebenso ungewöhnlich. Marietta, Einar oder Nis, wer hieß schon Nis?, fragte sie sich jeden Tag auf dem Weg zur Schule.

Ihre Mutter sagte, dass seien die Flüchtlinge aus dem Osten und mehr wisse sie auch nicht. Sie sagte nicht, das sind Ankömmlinge, die nun hierbleiben wollen oder hierbleiben müssen. Dabei klang das Wort Flüchtlinge in ihrem Mund sehr verächtlich. Ob Mutter insgeheim wollte, dass diese Menschen bald wieder verschwinden, wieder flüchteten?, fragte Johanna sich manchmal. So wie die Zigeuner immer wieder verschwinden, die alle hier im Dorf verwünschten, weil sie Unruhe brachten, manchmal etwas stahlen oder sich einfach anders kleideten, anders sprachen und sich anders benahmen, Johanna verstand ihre Mutter nicht. Sie verstand nur, die Mutter mochte keine fremden Menschen, besonders nicht solche, die bleiben wollten.

Warum nannten alle Leute im Dorf diese Menschen Flüchtlinge?, dachte Johanna, ziehen sie irgendwann weiter, weil sie auf der Flucht sind? Und wann und wohin flüchten sie dann?, fragte sie sich. Großvater hatte einmal gesagt, der Krieg hat sie vertrieben. Der Krieg, dachte Johanna wieder, aber der war doch schon lange vorbei und Vater war ja auch nach Hause zurückgekehrt, oder war er auch ein Flüchtling? Nein, Vater gehörte hierher, weil seine Familie hier war. Andererseits war Mariettas ganze Familie auch hier. Gehörte sie dann auch hierher? So einfach konnte das nicht sein, das begriff auch Johanna. Ihr Gefühl sagte ihr, es gibt im Dorf keine Bindung zu diesen Menschen. Sie reden anders, ihre Kinder und ihre Suppen heißen anders und sie benehmen sich so, als hätten sie etwas zu verbergen. Johanna beschloss insgeheim, ihnen immer ins Gesicht zu schauen, um dort deren Gedanken zu erfahren. Diese Menschen waren eben Fremde und blieben Fremde und die meisten von ihnen gingen nicht einmal in die Grünfelder Kirche. Nun ja, Johanna ging mit ihrer Familie auch nicht allzu oft in die Kirche, aber immerhin war ihr Vater Kirchenältester und die Eltern sangen beide im Kirchenchor. Außerdem besuchte Johanna die Christenlehre und Albrecht ging jeden Dienstag in den Konfirmandenunterricht. Die meisten Fremden sind katholisch, sagte Albrecht, die haben eine andere Kirche. Auch das noch, denen passt unsere Kirche wohl nicht und katholisch klingt ein bisschen wie komisch, dachte Johanna wütend.

Mit Großvater hätte sie noch oft und lange über die anderen, die Merkwürdigen, die Fremden reden können, aber seit er gestorben war, fühlte sie sich alleingelassen. Mit niemandem konnte sie so reden wie früher mit ihrem Großvater Friedi. Sie beschloss deshalb, die Fremden aufmerksam zu beobachten und ihnen nichts von ihrem Dorfe abzugeben, auch nicht in hundert Jahren.

Mit den Zigeunern war das anders. Die kamen irgendwann von irgendwoher und zogen eines Tages irgendwohin weiter. Niemand wusste von ihnen und niemand kannte sie. Sie brachten ihre bunten Wagen und fröhlichen Lieder mit. Obwohl die meisten Dörfler auch sie ablehnten, sagte niemand zu ihnen Flüchtlinge.

Johanna fand die kleine Zigeunergruppe immer lustig und sehr aufregend. Die Zigeuner kamen auch in diesem Sommer und campierten auf dem kleinen Platz neben dem alten Hospital, das nur noch eine Ruine war. Sie feierten jeden Tag und lachten oft ansteckend laut und ausgelassen. Da wurde mitten am Tag getanzt und gesungen. Obwohl es offensichtlich arme Menschen waren, wussten sie, wie man die Freude ins Leben holt. Sie kamen mit Pferd und Wagen, an dem außen der Hausrat hing, Töpfe und Kochgeschirr und manchmal dazwischen auch ein Musikinstrument.

Ein älterer Mann aus der Gruppe lief jeden Tag mit einem Handkarren ins Dorf. Er ging die Straßen entlang und fragte laut rufend, ob er Scheren und Messer schleifen könne. Scheren und Messer gab es in jedem Haus und der Mann mit den pechschwarzen Haaren hoffte auf ein kleines Geschäft. Wenn er mehrere Messer und Scheren zusammen hatte, setzte er sich mit seinem Karren in eine Ecke neben einen Stall oder eine Mauer und begann mit dem Schleifen auf seinem kleinen Schleifstein. Das schrille Geräusch des Schleifsteins mischte sich mit seinem fremd klingenden Männersingsang oder verschmolz mit schönen Pfeiftönen. Manchmal zog auch eine kleine Kinderschar laut johlend oder singend hinter ihm her.

Es wäre so schön gewesen, dachte Johanna, mit diesem Mann und den Kindern einfach so herumzuziehen, laut zu singen und wie die Kinder zu tanzen. Aber keinem einzigen Dorfkind war es von den Eltern erlaubt, mit den Zigeunerkindern zu spielen. Halt dich von den Zigeunern fern, das ordnete nicht nur Johannas Mutter an, sondern auch alle anderen Mütter schärften das jedes Mal ihren Kindern ein.

Trotzdem. Immer, wenn Johanna das Haus verlassen konnte, trieb es sie in die Nähe der Zigeuner. Es waren die jungen Frauen, die sie faszinierten. Sie bewunderte die schönen Mädchen und Mütter, ihre farbenfrohe Kleidung mit den Bändern, ihren Gang, der mehr ein Tanzen als ein Gehen war, ihre langen wehenden

Haare, die nicht zum Zopf geflochten oder zusammengebunden und versteckt waren. Diese Frauen hatten so viel, was ihrer Mutter fehlte. Da beschloss Johanna, lieber wie eine Zigeunerin zu werden als wie ihre eigene Mutter. Denn eine Zigeunerin verschenkt ohne Grund ihr Lachen, ihre Fröhlichkeit und ihre Liebe immer wieder den Menschen, sogar ihr.

Am Ende des Sommers saß Johanna eines Tages auf der halb eingefallenen Mauer des Hospitals und schaute zu den Zigeunern hinüber. Sie sah, wie die beiden Wagen beladen und die kleinen Zigeunerpferde vor die Wagen eingespannt und ein weiteres Pferd hinten am letzten Wagen angebunden wurde. Die Kinder und der alte Mann waren in einem Wageninneren verschwunden. Gleich würde die kleine Gruppe aufbrechen und das Dorf verlassen. Johanna war nach Weinen zumute, da begriff sie in dieser Traurigkeit, dass es Dinge im Leben gibt, die so schön und so wichtig sind, dass man sie für sich allein entdecken und erleben muss. Wenige Augenblicke später waren die Zigeuner weitergezogen. Nichts erinnerte mehr an sie. Sie waren weg und niemand sprach mehr von ihnen. Doch Johanna spürte, dass die Zigeuner das Dorfleben bereichert hatten, während die Flüchtlinge das Dorfleben störten. Sie blieben und in ihrem Bemühen, möglichst unauffällig zu sein, zu tun, als würden sie zu den Dörflern gehören, ja sogar ihresgleichen zu werden, wurden sie von allen weiter ausgegrenzt. Was sie auch taten, sie waren in aller Augen immer nur die Flüchtlinge.

Der Sommer ging zu Ende, die Zigeuner waren längst wieder verschwunden und Johanna fühlte sich allein. Großvater war nicht nur gestorben, er hatte auch so viel aus ihrer gemeinsamen Welt mitgenommen, was sie jeden Tag schmerzlich vermisste. Tod? Immer wieder tauchte die Frage in ihr auf, ach, Großvater, warum bist du gestorben und warum hat dir kein Doktor helfen können? Bei diesen Gedanken liefen ihr jedes Mal die Tränen über die Wangen. Bist du für immer fort? Fort aus der Welt? Für immer für mich verschwunden. Für immer stumm. Das ist also der Tod? Der Tod kroch nachts an den Wänden empor zu ihr ins Bett, ließ sie erschauern und tauchte unter in ihren Tränen. Der Tod kroch unter ihre Haut, um sie zu würgen, er hämmerte in ihrem Kopf und er grub sich in ihre Gedanken ein, wie ein furchtbarer Bestimmer. Nur, worüber genau wollte der Tod bestimmen? Johanna spürte es jeden Tag deutlich. Großvater Friedis Tod bestimmte ihr Denken und ihr Empfinden. Alle sagten ihr, auch Vater, dass das Leben weitergehen würde und für Großvater Friedi sei der Tod eine Erlösung gewesen, aber Johanna spürte, dass sein Tod ihr Leben für immer verändert hatte. Der Tod hatte Großvater vielleicht die Schmerzen genommen, aber alles Leid, ihres, dass der Großmutter Thea, Vaters und dass der anderen auch, konnte keine Erlösung sein. Erlösung hatte etwas mit Gott zu tun, war etwas Schönes und Sinn- und Lebensstiftendes, aber hier in der Verlassenheit, der Traurigkeit und im Schmerz lag nichts Göttliches, da war sich Johanna sicher. Hatte sie vielleicht auch Gott verloren? Oder hatte Gott sie verloren? Wie konnte man das wissen?, fragte sie sich.

Niemand stand Johanna mehr bei, in den Auseinandersetzungen mit ihrer Mutter, niemand hörte ihr zu, wenn sie auch etwas am Tisch sagen wollte, und sie merkte, dass sich niemand mehr die Mühe machte, sie verstehen zu wollen. Sie beschloss, wenn sie mit Vater allein sein würde, mit ihm über die Merkwürdigen, über den Tod und über Gott und die Welt ohne Gott zu reden.

Naja, sie hatte noch Albrecht, ihren älteren Bruder, und der meinte es immer gut mit ihr. Aber Albrecht sagte nicht viel, er schwieg meist und sagte schon gar nichts der Erwiderung. Albrecht musste man einfach mögen. Er war zwar gegenwärtig, aber immer nur für die, die ihn wahrnehmen und mit ihm reden wollten, sonst war er wie ein gutmütiger und hilfsbereiter Geist. Alle hatten Albrecht gern, jeder schätzte an Albrecht eine andere Seite seines Wesens. Großvater schätzte sein Verantwortungsbewusstsein für die Familie, Vater wäre ohne Albrechts Hilfe auf dem Hof nicht ausgekommen und war dankbar dafür, Mutter liebte ihn, denn er war der Erstgeborene, ihr Wunschkind. Johanna mochte Albrecht, weil er immer für sie da war und weil sie seine Zuneigung spürte, nur das zählte für sie.

Nach Großvater Tod, bestimmte eines Tages die Mutter, dass Johanna aus der größeren Kammer ausziehen und in Albrechts kleine Kammer umziehen sollte, schließlich sei Albrecht der Ältere und müsse schwer auf dem Hof arbeiten. Deshalb hätte Albrecht ein Anrecht auf die große Dachkammer. Der Angriff ihrer Mutter kam überraschend und mit, wie Johanna fand, brutaler Schärfe. Johanna widersprach der Mutter heftig und weigerte sich die Kammer zu räumen. Natürlich gab es Schimpfereien, Zurechtweisungen und laute Worte. Die Mutter war wütend und Johanna so außer sich, dass sie mit einem lauten Krach die Küchentür hinter sich zuwarf und dafür eine kräftige Ohrfeige kassierte. Sie erledigte die ihr anschließend aufgetragenen Arbeiten nicht und erhielt von der Mutter die nächste Standpauke. Schließlich flüchtete sie zu Großmutter Thea, wissend, dass sie dort nur vorübergehend vor ihrer Mutter in Sicherheit war. Bis zum Abend konnte sie aber bei Großmutter Thea bleiben und sich dem Schmerz, ungerecht behandelt worden zu sein, und ihrer Wut und Ohnmacht hingeben, aber zum familiären Abendessen musste sie am Küchentisch erscheinen. Das war üblich so. Johanna überlegte und beschloss dieses Mal aus Wut auf die Mutter nicht mit ihr am gemeinsamen Tisch zu sitzen und deshalb nicht am Abendessen teilzunehmen. Da der Vater nichts von dem Streit wusste, schickte er Albrecht, sie zu holen.

Am Tisch erklärte Johanna, noch bevor sie sich hinsetzte ihrem Vater, ohne ihre Mutter auch nur ein einziges Mal anzuschauen, dass sie keineswegs in die kleine Dachkammer von Albrecht einziehen werde. Dort wäre nichts von Großvater Friedi. Dort habe sie keinen Platz für alle ihre gemeinsamen Erinnerungen. Die kleine Kammer ist niemals Opa Friedis und ihr gemeinsames Zuhause gewesen. Wenn sie aus ihrer Kammer ausziehen müsse, würde sie sich nicht nur von Großvater Friedi trennen müssen, sondern sie würden alle Großvater Friedi aus seiner Kammer und dem Haus vertreiben und dann würde Großvater noch einmal sterben und daran hätte allein die Mutter Schuld. Nein, das würde sie nicht zulassen. Johanna hatte sich in Rage geredet, ihr Kopf war hochrot vor Erregung und Wut.

Albrecht schaute sie bewundernd an, eine solche lange Rede hätte er nicht zustande bekommen. Und gleichzeitig wunderte er sich über das Blitzen in Johannas Augen. So ein Blitzen hatte er noch niemals bei ihr gesehen. Es müssen Eifer und Leidenschaft sein, die in Johanna verborgen liegen, dachte er insgeheim. Johanna war eine richtige Kämpferin, ob das gut ist?, überlegte Albrecht. Aber er kam zu keinem Ergebnis. Das Blitzen versank allmählich in dem Blau ihrer Augen. Also meinetwegen, ich will die große Dachkammer gar nicht, sagte er, ich will überhaupt nicht umziehen. Gut, sagte der Vater, jeder bleibt, wo er ist, und der Streit hört jetzt auf. Johanna setzte sich auf ihren Platz und griff nach der Leberwurst. Dankbar schaute sie Albrecht an und fühlte sich richtig gut und sehr hungrig.

Die Schule wurde eine neue ungeahnte Herausforderung. Das begann schon in den ersten Tagen. Johanna freute sich über die neuen Bücher, die sie bekommen hatte, endlich eigene Bücher. Stolz betrachtete sie ihren kleinen Bücherschatz. Aber wo sollte sie die Schulsachen lassen? Es gab in der Küche keinen Platz für Schulsachen. Sie räumte die Sachen deshalb in ihre Kammer. Aber dort gab es nur ihr und Großvaters Bett und seine Kommode. Johanna legte ihre Hefte und Bücher sorgfältig auf die Kommode neben das alte Bild von Urgroßmutter Martha. Sie nahm das alte Foto mit der ihr unbekannten Frau in die Hand und erinnerte sich, wie Großvater Friedi manchmal mit der Frau auf dem Bild geredet hatte. Dann war seine Stimme anders. Dann sprach er von Spaziergängen, von einer Großmutter, die Elisabeth hieß, von seinem Freund Traugott und den Besuchen bei den Großeltern auf der Kommende. Das Foto war ihm immer wichtig gewesen, deshalb beschloss Johanna, dass dieses Foto nun ihr auch wichtig sei und es seinen Platz auf der Kommode behalten sollte. Johanna fand, ihre Urgroßmutter Martha sei eine schöne Frau gewesen, so schön, wie es keine in diesem Dorf gab. Stolz machte sich breit und es tat gut. Ihre Schulsachen könnten vorerst daneben liegen, bis sie sich eines Tages entschließen würde, ein Kommodenfach leer zu räumen, denn die drei Schubladen der Kommode waren noch voll mit den Sachen des Großvaters.

Johanna kannte den Schulalltag von Albrecht und der sagte immer, hoffentlich ist die Schule bald vorbei. Albrecht fiel das Lernen schwer. Er litt im Unterricht Qualen, weil er vieles nicht verstand, und er stand zu Hause Ängste aus, wenn die Mutter ihn wegen der schlechten Noten beschimpfte und oft rutsche ihr auch die Hand aus. Diese Angst, die Johanna deshalb anfangs ebenfalls vor der Schule hatte, verflog rasch, denn sie lernte schnell und hatte ein gutes Gedächtnis und nach wenigen Wochen hätte ihr die Schule sogar Spaß gemacht, wenn sie zu Hause die Möglichkeit gehabt hätte, ihre Hausaufgaben in Ruhe zu erledigen. Aber dafür gab es einfach keinen Platz und keine Zeit. Nach dem Unterricht musste sie die kleine Küche aufräumen, abwaschen und dann in der Landwirtschaft mithelfen. Das ging bis zum Abend, dann war wieder Küchenarbeit zu erledigen und danach war sie einfach müde. Und wo hätte sie die Schulaufgaben erledigen können, der einzige Tisch, den es in der Familie gab, war der Küchentisch. Dort wurde gegessen, aufgewaschen, gebügelt, genäht, dort wurden die Pflanzensamen sortiert und jeden Abend nach dem Abendessen breitete der Vater die Zeitung auf dem Tisch aus und las sie. Zum Zeitungslesen brauchte er den ganzen Tisch, denn Vater hatte doch nur den linken Arm und konnte die Zeitung nicht mit nur einer Hand halten. In den Herbst- und Wintermonaten, wenn die Mutter Fleischbeschau bei den von den Bauern geschlachteten Schweinen erledigte, brauchte sie ebenfalls für ihre regelmäßigen Abrechnungen und für ihre Buchführung den Küchentisch. Der Küchentisch war das Zentrum, um das sich alles Familienleben drehte, aber Johannas Hausaufgaben gehörten nicht zum Familienleben.

Deshalb erledigte Johanna die meisten Schulaufgaben unterwegs zur Schule oder auf dem Weg nach Hause. Wenn größere Aufgaben aufgetragen worden waren und sie sich dabei Mühe geben wollte, ging sie auch manchmal zu Großmutter Thea oder schrieb und rechnete auf der Kommode in der Kammer. So vergingen die ersten Jahre.

Johanna gehörte zu den Besten in der Klasse. Ihre schulischen Leistungen waren gleichbleibend gut, meist sogar sehr gut. Trotzdem fühlte Johanna, dass die Schule ein Ort war, der sich deutlich von zu Hause unterschied. Immer häufiger, sagte der Vater, »das erzählst du aber nicht in der Schule«, oder wenn Johanna das blaue Halstuch umband, weil es zum Montagsappell Pflicht war, sagte er, »zu Hause will ich den »Lappen« aber nicht sehen.« Zu Hause hießen die Russen »die Besatzer« und in der Schule hießen sie »die Befreier«. Die Lieder, die Johanna in der Schule lernte, sang sie besser nicht zu Hause, sie wusste, Vater mochte sie nicht. »Sing die alten deutschen Volkslieder, die gehören zu uns,« sagte er oft und manchmal sang er sogar mit. Das klang dann wunderschön, denn der Vater hatte einen markanten Bass.

Es waren zwei Welten, die Johanna ausbalancieren musste und die Gegensätze wurden von Jahr zu Jahr immer größer. Sie spürte, dass ihr Vater ebenfalls unter diesen Gegensätzen litt, weil er sie nicht davor bewahren konnte. Auch zu Hause war Johanna zwischen die Fronten geraten. Mutter und Großmutter Thea lebten häufig im Streit. Großmutter warf Mutter oftmals lauthals vor, dass sie nichts mit in die Ehe eingebracht hatte und Mutter warf Großmutter vor, dass sie sich ständig in ihre Ehe einmischte. Eine von beiden Frauen schimpfte immer. Seit Johanna denken konnte, waren beide uneins. Sie mochten sich nicht. Wenn die Mutter Großmutter Thea beschimpfte, ging Johanna zu Großmutter Thea in die Küche und blieb dann lange bei ihr. Sie hatte dann Mitleid mit ihrer Großmutter, weil sie allein war, weil sie alt war und weil sie sich nicht anders wehren konnte als wieder mit Streit. Großmutter war dann dankbar, wenn Johanna bei ihr blieb und beschenkte sie manchmal sogar mit Süßigkeiten.

Der Streit im Haus endete erst, als Großmutter Thea sich an einem sonnigen Maitag erhängte. Am oberen Türscharnier ihrer Schlafstubentür befestigte sie mit einem Stück Wäscheleine eine Schlaufe und legte ihren Kopf hinein, sie zog dann die Beine zum rechten Winkel an und verharrte bis sie starb. Sie sah beinahe friedlich aus, wie sie mit dem Kopf in der Schlinge und angewinkelten Beinen da hing. Nur die heraushängende Zunge wirkte unnatürlich groß und ein Pantoffel war von ihrem Fuß gerutscht und lag verkehrt herum unter ihr. Johanna sah sie hängen und verstand nichts. Nicht, warum sie überhaupt sterben wollte. Nicht, warum sie ihr Sterben auf diese Weise inszeniert hatte. Nicht, wie man mit diesem schrecklichen Tod umging. Großmutter ging aus der Welt, wie sie immer in der Welt gelebt hatte. Eben anders als die anderen Menschen und die anderen verstanden sie nicht.

Der häusliche Streit war plötzlich zu Ende, aber die Ruhe, die jetzt auf allem lag, war erdrückend. An diesem Abend saß Vater wortlos beim Abendbrot und Johanna verstand, dass zwischen ihren Eltern eine Auseinandersetzung um Schuld geführt wurde. Und sie selbst, hatte sie auch einen Anteil an der Schuld? Niemand redete an diesem Abend. Als Johanna ins Bett ging, schlich sie ängstlich an der Schlafzimmertür von Großmutter Thea vorbei, blieb aber plötzlich auf dem Treppenabsatz vor der Tür stehen. Auf der anderen Seite der Tür hatte sich Großmutter heute Vormittag erhängt. Er-hängen, was für ein Wort. Es grauste ihr. Sie sah die Großmutter in Gedanken wieder vor sich hängen, wie sie sie heute Vormittag gefunden und gesehen hatte, und da fühlte sie es deutlich. Sie hätte stärker für ihre Großmutter eintreten und ihre Liebe der Großmutter zeigen müssen. Noch stärker, noch deutlicher die Liebe zeigen, das wäre wichtig gewesen. Johanna spürte den Schmerz, der heißt, jetzt ist es zu spät. Sie war also auch schuldig geworden. Nun hatte sie auch die Großmutter verloren, grübelte sie, nein genauer gesagt, hatte Großmutter sie verloren, denn sonst hätte sie sich doch nicht erhängt. Johanna schlich in ihre Kammer und betete für Großmutter Thea, auch wenn sie wusste, dass es nun nicht mehr helfen würde. Aber sie versprach im Gebet, Großmutter Thea niemals zu vergessen. Großmutter Thea, die besondere Frau. Sie wollte auch nicht vergessen, dass Großmutter Thea immer das schönste Kleid in der Kirche anhatte und wenn alle sie anstarrten, ging sie lächelnd und glücklich vorbei. Großmutter hatte dabei etwas Erhabenes an sich. Johanna wollte auch nicht vergessen, wie sie ihre langen dunklen Haare nach oben band und eine Frisur trug, die niemand sonst im Dorf hatte. Sie wollte auch nicht vergessen, wie Großmutter manchmal allein verreiste und erst nach langer Zeit zurückkehrte, ohne dass irgendjemand wusste, wo sie war und was sie dort tat. Großmutter Thea war besonders. Sie war besonders schön, sie war eine besonders kluge Frau und sie lebte ein besonderes Leben. Alles an ihr war anders und besonders. Sie war eine außergewöhnliche Frau. Je länger Johanna über Großmutter Thea nachdachte, umso mehr erkannte sie, dass Großmutter Thea auch eine mutige Frau war. Sie hatte den Mut, so zu sein, wie sie wirklich war. »Lieber Gott, vielleicht kann ich auch einmal so viel Mut aufbringen, wie Großmutter Thea ihn immer gehabt hatte«, betete Johanna. Bis sie einschlief, dachte sie an die schöne, große, schlanke Frau im langen dunkelblauen Kleid mit dem kleinen weißen Spitzenkragen. Sie sah Großmutter Thea im Traum. Die alte Dame entfernte sich langsam und wortlos aus dem Dorf. Sie ging, ja sie schwebte fast den schmalen Weg an den alten Weiden entlang. Großmutter Thea lief nicht einfach, sie strebte kerzengerade aufgerichtet, in majestätischer Haltung auf ein fernes Ziel zu. Die Weiden bogen ihre Köpfe zur Seite und gaben ihr Platz. Sie schwebte bis zum Horizont und dann drehte sie sich um, lächelte und winkte mit einem Arm Johanna zu. Die Bewegung sagte, »komm her Johanna, folge mir nach«, dann wurden die Farben immer heller, wie blassblaues Licht, wie Nebelschwaden. Das Licht tauchte in den Himmel ein und der Himmel trug alle Umrisse und alle Botschaften fort. Großmutter Thea hatte das Universum betreten. Johanna wollte Großmutter Thea nachrufen, aber es kam kein Wort über ihre Lippen.

Großmutter war gegangen und die Streitereien hörten für immer auf.

Zeitenwandel

Der Einarmige, Johannas Vater, Bertold Trautmann, war 1947 als Kriegsversehrter aus französischer Kriegsgefangenschaft zurück nach Grünfeld in die sowjetische Besatzungszone gekommen. Er war gerade siebenundzwanzig Jahre alt geworden und hatte seinen rechten Arm verloren. Kurz unter der rechten Schulter war der Arm in der Gefangenschaft amputiert worden. Seinen Handwerksberuf konnte er nicht mehr ausüben, was blieb ihm anderes übrig, als in die Landwirtschaft seines Vaters einzusteigen. Die familiären landwirtschaftlichen Flächen waren klein, denn eigentlich war der Großvater auch kein wirklicher Bauer. Großvater Friedi hatte einen großen Obstgarten angelegt, den er den Kleb-Berg nannte, dort experimentierte er erfolgreich mit Obstbaumveredelungen und der Veredelung von Beerensträuchern, außerdem war er der Fleischbeschauer von Grünfeld und den Dörfern ringsherum. Manchmal wurde er auch gerufen, wenn ein Schwein oder eine Kuh krank waren. Nein, es war kein wirklicher Bauernhof, der zwei Familien ernähren konnte. Vater pachtete von Freunden und Bekannten noch einige Flächen dazu und versuchte zusätzlich eine Anstellung im Dorf zu finden. Aber was kann ein Mann ohne rechte Hand und ohne rechten Arm schon anfangen, eigentlich nichts. Nein, der Vater fand keine Arbeit und eine Rente bekam er auch nicht. Es blieb dabei, die Familie war arm und das Leben der Familie armselig.

Trotzdem war Johannas Vater umtriebig. Mit seinen Cousins und einigen Freunden, die ebenfalls in Grünfeld lebten, gründete er schon Anfang der Fünfzigerjahre die CDU-Ortsgruppe Grünfeld. Die Mitglieder der Ortsgruppe waren junge Männer aus Grünfeld. Alle Gründungsmitglieder waren in dem schrecklichen Krieg gewesen und fast alle hatten bleibende Schäden und Verletzungen davongetragen. Onkel Herbert fehlte ein Bein, Herr Schreiber hatte einen Fuß und eine Hand verloren, Herr Köhler hatte ein Glasauge. Der Krieg hatte sie gezeichnet. Nein, so etwas wollten sie künftig verhindern und unter dem Dach der CDU erschien ihnen das auch möglich zu sein. Sie waren jung, sie waren gutgläubig, sie waren Optimisten. Als Christen wollten sie sich der Verantwortung für die Zukunft stellen. Als Christen wollten sie die Zukunft für ihre Kinder besser machen, deshalb engagierten sie sich auch politisch. Gab es nicht schon wieder eine neue Bewaffnung, Johannas Vater, Bertold, und seine Freunde waren außer sich, als sie darüber in der Zeitung lasen. Zuerst die Bewaffnung der Angehörigen der Kampfgruppen mit Pistolen, Sturmgewehren, Maschinenpistolen, Maschinengewehren, Panzerbüchsen, Granatwerfern, leichten Panzer- und Flugabwehrkanonen und Schützenpanzern. Wie sie alle das noch kannten und verabscheuten. Die Schmerzen der Kriegsversehrten schrien zum Himmel. Dann lasen sie vom erfolgten Aufbau der kasernierten Formationen, die man offiziell »Hauptverwaltung für Ausbildung« nannte, welch eine Irreführung und Verdummung der Menschen, es ging hier um eine ganz bestimmte politisch orientierte Ausbildung, dann die Einsetzung der kasernierten Volkspolizei, und schließlich kam 1956 das Gesetz zur Errichtung der Nationalen Volksarmee, der NVA. Die Volksarmee war bis kurz nach dem Mauerbau eine reine Freiwilligenarmee. Bis 1958 waren in der Nationalen Volksarmee etwa 25 Prozent der Offiziere ehemalige Wehrmachtsoffiziere, die in sowjetischer Kriegsgefangenschaft gewesen waren und dort in antifaschistischen Frontschulen ideologisch umerzogen wurden. Diese Offiziere hatten den Rock gewechselt, sie hatten ihre Ansichten geändert, aber sie blieben ihrem Handwerk treu, das Kriegskunst hieß.

Die jungen Männer in der CDU-Ortsgruppe in Grünfeld, inzwischen alle Familienväter mit Kleinkindern, verfolgten aufmerksam die Zeitungsnachrichten. Nein, die NVA wolle kein Nachfolger früherer deutscher Armeen sein, stand dort. Die NVA sei wichtig, um nach außen die sozialistischen Errungenschaften zu verteidigen und sie richte sich nach innen, indem sie systemstabilisierende und systemerhaltende Aufgaben wahrnehmen wird. »Die NVA wird von der SED, der Partei der Arbeiterklasse, geführt«, so konnte man in der Thüringer Tageszeitung immer wieder lesen.

Bertold und seine Freunde waren nicht nur misstrauisch, sie lehnten diese Politik schlichtweg ab. Eine Partei, die das Sagen hat, die Befehlsgewalt über die Armee hat, nein, dass wollten sie wirklich nicht noch einmal erleben. Als sie dann die neuen Soldaten in ihren Uniformen sahen, erschraken sie zutiefst. Sie erkannten die steingraue Uniform mit dem charakteristischen Jackenschnitt, sie erkannten die vier aufgesetzten Jackentaschen mit den typischen Schließhaken, sie erkannten die Form der Schirm- und Feldmütze ebenso wie die Paspelierungen der Waffenfarben und sie erkannten auch ihre Knobelbecher wieder, die festen Halbschaftstiefel. Das alles erinnerte sie an die Wehrmachtsuniformen, die sie selbst getragen hatten und es erinnerte sie an das Elend, die Angst und das Leid des Krieges. Sie waren die Krüppel des Krieges und es waren ihre Verletzungen und ihre Schmerzen. In ihren Gedanken und Empfindungen wehrte sich alles gegen diese, ja, gegen jegliche Militarisierung. Die Krüppel des Krieges schrien laut auf, aber niemand von den Oberen hörte sie, wollte sie hören.

Die jungen Männer trafen sich und verfassten Stellungnahmen gegen die NVA, die sie an die Bezirks-CDU nach Erfurt und sogar an den Parteivorsitzenden August Bach nach Berlin sandten. Sie erhielten aber von niemandem eine Antwort. Niemand beachtete sie, niemand nahm sie ernst, niemand erklärte sich bereit, mit ihnen zu reden. Ihr Aufschrei blieb in der ganzen CDU ungehört. Ihre Ohnmacht und ihr Zorn auf diese politische Entwicklung schlugen in eine manifeste Verachtung für die SED um. Sie mussten erkennen, dass die SED immer mächtiger wurde und schließlich allmächtig über die anderen Parteien, die Politik, die Wirtschaft, die Gesellschaft und die Kultur bestimmte. Gleichzeitig erkannten sie auch, dass diese Partei bis in die einzelnen Familien hinein konsequent und rücksichtslos bestimmen, kontrollieren, denunzieren und strafen würde. Auch diese Mechanismen waren ihnen nicht neu. In jedem Einzelnen wuchs die Angst und jeder Einzelne umgab sich mit Misstrauen. Was für ein Leben war das?

War man sich in der eigenen Familie noch sicher? Die Gedanken waren frei, nur die Sprache nicht. Meinungen waren frei, solange sie nicht geäußert wurden. Fortan standen die Ziele der Partei in der Öffentlichkeit über dem Gewissen, über anerzogener Moral, über einem christlichen Bekenntnis und über dem Selbstbestimmungswillen des Einzelnen. Es begann allgemein das Leben des Rückzuges in die innere und abgeschiedene Privatsphäre.

Scheinbar plötzlich, am 13. August 1961, wurde die Grenze zum Westen geschlossen. Das heißt, die Grenze um die DDR herum war bereits durch Zäune und durch Bewachung undurchlässig geworden. Es gab vor der eigentlichen Grenze eine fünf Kilometer breite Sperrzone, die niemand ohne eine besondere Erlaubnis passieren durfte, und es gab zusätzlich einen zehn Meter breiten unpassierbaren sicheren Grenz-Kontrollstreifen. Aber die Grenze in der Stadt Berlin selbst war ungesichert. Hier konnte man mit S- oder U-Bahn, mit Bus oder Auto in den Westteil fahren. Viele Menschen, auch einige aus Grünfeld, reisten nach Berlin und kamen von dort nicht wieder in ihre Heimat zurück. Johanna kannte auch einige Grünfelder, die ihre Häuser und Felder verließen, die die Gräber ihrer Altvorderen im Stich ließen und sich der Macht der SED-Parteidiktatur durch Flucht entzogen. In der Schule wurden diese Menschen als Kriminelle verteufelt und die Grenze wurde als antiimperialistischer oder antifaschistischer Schutzwall bezeichnet und begründet. Zu Hause aber waren alle Sympathien und jegliches Verständnis mit diesen Menschen, die weggegangen waren, weil sie ihre Hoffnung auf freie Selbstbestimmung hier in Grünfeld verloren oder aus Angst vor der drohenden Zwangskollektivierung ihre Höfe verlassen hatten. Nur in dem einen oder anderen Gebet wurde der Name dessen, der weggegangen war, in der Fürbitte genannt. Ansonsten war sein Name in der Öffentlichkeit unaussprechlich geworden.

Die Kluft zwischen Schule und Elternhaus war unüberbrückbar. Was in der Schule schlecht war, war zu Hause gut. Einmal beim Abendessen fragte der Vater zuerst Albrecht, welchen Beruf er erlernen wollte. Bei Albrecht war das klar, er wollte Fleischer werden, wie sein Lieblingsonkel, dessen Namen er trug. Dann fragte der Vater auch die kleine Johanna, was sie für einen Beruf lernen wollte. Wie aus der Pistole geschossen, antwortete Johanna, sie wolle Staatsanwalt werden. Der Vater war so sehr entsetzt, dass ihm spontan nichts der Erwiderung einfiel. Nach einer Weile fragte er vorsichtig Johanna noch einmal, wie sie denn auf einen solchen Beruf käme. Da erklärte Johanna in ruhigen, aber überzeugenden Sätzen, dass sie oft gehört habe, dass der Vater zu seinen Freunden sagte, wenn das aber schiefgeht, dann stehen wir vor dem Staatsanwalt. Und dann wollte sie diejenige sein, die die richtige Entscheidung trifft, nämlich die für ihren Vater und seine Freunde. Das würde sie spannend finden, wenn andere Menschen sie nach ihrer Meinung fragen würden.

Der Vater schickte Johanna weiter regelmäßig ins Dorf. Entweder sollte sie die Männer zur CDU-Versammlung einladen, die Mitglieder des Kirchenchores benachrichtigen oder die Kirchenältesten zur nächsten Gemeindekirchenrats-Versammlung bitten. Johanna kannte das Dorf gut und wusste, wer sich wo und wie beteiligte. Für ihren Vater entwickelte sie sich zu einer zuverlässigen Hilfe. Später diktierte ihr der Vater regelmäßig Protokolle und alles, was es zu schreiben gab. Sie schrieb, dachte über das Geschriebene nach und verteilte es an die Mitglieder oder an die, für die es vorgesehen war. Interessiert verfolgte sie deren Reaktionen. Sie wusste aus den Protokollen, was besprochen worden war, sie kannte die Meinung der Männer von Grünfeld und sie bekam ein Gespür für Politik. Es dauerte nicht lange, da sollte Johanna erfahren, dass alle geäußerten Sorgen der Bauern, die Grünfeld verlassen hatten und in die Bundesrepublik übergesiedelt waren, berechtigt waren. Die Zwangskollektivierung, die sich die meisten Grünfelder überhaupt nicht vorstellen konnten, kam mit brutaler Macht.

Warum glauben die Menschen nur immer, es wird schon nicht so schlimm werden? Warum entstehen immer wieder solche Selbsttäuschungen? Warum glauben die Menschen, das Unglück gehe gerade an ihnen vorbei? Die Grünfelder hätten es besser wissen müssen, sie hätten die Zeichen ernst nehmen müssen, sie hätten auf die SED-Kampagnen und Parolen hören müssen und sie nicht als dumm ablehnen.

Da gab es die Agitationstrupps, die vom SED-Bezirksverband aus Erfurt nach Grünfeld und in die Dörfer ringsherum geschickt wurde, um die Bauern zu überzeugen. Da gab es Repressalien gegen einzelne Bauern, ihnen wurden zum Beispiel Saatgut und Düngemittel verweigert. Da gab es steigende, kaum leistbare Abgabepflichten an Fleisch, Getreide, Kartoffeln, Rüben. Wenn diese Leistungen nicht erbracht werden konnten, weil die Ernte schlecht oder der Eigenbedarf größer geworden war, endete der Konflikt bisweilen in Justizterror und in Schauprozessen. Die Bauern hatten schon verloren, sie wussten es nur noch nicht. Die alles umfassende Zwangskollektivierung setzte sich schließlich auch in Grünfeld durch. Jeder Hof kämpfte für sich allein, jede Not war ein Einzelschicksal. Manche Bauern fügten sich, weil sie keine Widerstandskraft mehr hatten, manche Bauern gaben einfach auf, weil sie verzweifelt waren, manche gaben aus Angst auf, ihre Kinder würden Repressalien ausgesetzt sein oder Nachteile in der Schule oder bei der Berufswahl erfahren.

Ein Bauer, Herr Teichmann, erhängte sich in seiner Scheune, weil er keinen Ausweg für sich und seine Frau sah. Als seine Frau ihn morgens suchte, hing er oben an einem dicken Dachbalken über den Strohballen, die für den Abtransport schon bereit lagen. Es war eine Enteignung, die bis weit hinter die persönlichen und familiären Schmerzgrenzen ging und die vor keinem Hof und vor keinem Bauern haltmachte. Am nächsten Tag kam Frau Teichmann zu Vater und wollte mit ihm reden. Johannas Eltern saßen mit Frau Teichmann in der Küche, Johanna wurde hinausgeschickt. Sie setzte sich auf die Bodentreppe und konnte von dort das Gespräch der Erwachsenen verfolgen. Zuerst fragte Frau Teichmann Johannas Vater, ob der Kirchenchor bei der Beerdigung ihres Mannes singen könnte. Der Kantor sei krank, deshalb sei sie zu ihm gekommen. »Natürlich, Hildchen«, sagte der Vater, »ich werde mich um den Chor kümmern.« – »Und dann ist da noch etwas«, stammelte sie. »Könnte Johanna mir helfen, die Kirche zu reinigen und zu schmücken.« – »Aber Hildchen, das machen wir doch gern, sag nur Bescheid, wenn du in die Kirche gehst«, hörte Johanna den Vater antworten. Dann fragte der Vater: »Warum helfen dir nicht die Flüchtlinge, die bei euch wohnen und die ihr bezahlt?« Johanna hörte, wie Frau Teichmann weinte. »Das ist doch das Problem«, sagte sie und wischte sich Tränen aus dem Gesicht. »Weißt du Bertold,« sagte Frau Teichmann, »wir haben die Familie von Ignaz aufgenommen und Helmut hat ihnen Arbeit gegeben und immer pünktlich bezahlt. Am Sonntag gab es eine Auseinandersetzung auf dem Hof, damit fing aller Hass an. Ignaz sagte zu Helmut: ›Ich bin jetzt in der Partei und bald werde ich auf dem Hof hier das Sagen haben. Der Kommunismus wird bald alles Privateigentum abschaffen. Lenins Lehren sind richtig. Dann gehört der Hof dem ganzen Volk. Und mein Junge arbeitet ab sofort auch nicht mehr für einen Ausbeuter. Helmut hat sich so aufgeregt, niemals hat ihn jemand einen Ausbeuter genannt. Dann hat Helmut zu Ignaz gesagt, ›ich habe meine beiden Jungs in Russland verloren, niemand kann mich zwingen, die Russen und ihren Kommunismus zu mögen. Ich habe die braune Propaganda überstanden und die rote werden meine Frau und ich auch überstehen. Dieser Hof ist seit 200 Jahren in Familienbesitz, ihr bekommt ihn nur über meine Leiche.‹ Und dann sagte er noch voller Wut: ›Wenn du mit den Russen so dicke bist, warum bist du dann nicht bei ihnen geblieben?‹ Ignaz entgegnete darauf, ›sei bloß vorsichtig, mit dem, was du sagst.‹ Seit diesem Streit hatte Helmut ständig Angst. Er lief nachts über den Hof und kontrollierte die Ställe und Scheunen.« Johanna hörte, wie ihr Vater flüsterte, »Hildchen, wir helfen dir. Im ersten Krieg war deine Mutter mit euch beiden Mädchen allein und sie hat es geschafft, den Hof irgendwie zu halten. Dann hast du mit Helmut und den Jungs den Hof weitergeführt. Hast du Verwandte, die dir helfen könnten.« – »Nein«, sagte Hildchen, »ich habe nur meine Schwester, aber die wohnt in Lübeck. Die hat einen Sohn und eine Tochter. Wenn ich der erzähle, dass die Partei uns den Hof wegnehmen will, die versteht das nicht.« Johanna hörte Frau Teichmann weinen. »Der Helmut hat sich immer auch um andere gekümmert, das ist christliche Nächstenliebe, hat er gesagt, auch als Ignaz mit seiner Familie bei uns eingezogen ist. Und was soll in Zukunft aus mir werden, ich habe auch Angst«, sagte Frau Teichmann traurig. »Wenn ich etwas für dich tun kann, Hildchen, komm zu uns,« sagte der Vater leise. Johanna hörte, wie in der Küche Stühle gerückt wurden. »Ich hole Johanna morgen Nachmittag ab, dann stehe ich nicht allein in der Kirche, danke Bertold«, sagte Frau Teichmann. Die Türklinke klappte und Schritte entfernten sich. Am nächsten Nachmittag gingen sie zu dritt in die Kirche, Frau Teichmann, Johannas Mutter und Johanna. Die Beerdigung von Helmut Teichmann war ein großes Ereignis in Grünfeld. Alle Bauern waren gekommen. Der Trauerzug nahm kein Ende und wälzte sich den Berg hinauf zur Kirche. Die Kirche war geschmückt und der Kirchenchor sang. Es schien, als sei das ganze Dorf versammelt. Der Vater sagte, es sei eine besondere Beerdigung gewesen. Die Bauern trugen nicht nur Helmut Teichmann zu Grabe, sondern sie trugen auch alle Hoffnung auf eine gute Zukunft zu Grabe und sie trugen eine Zeit zu Grabe, in der Eigentum auch eine Form von Sicherheit war. Die Höfe der Bauern waren meistens alter Familienbesitz, waren die persönliche Geschichte jeder einzelnen Familie und die Lebensversicherungen von Generationen. Das sollte vorbei sein? Jeder Bauer hat mit Helmut Teichmann ein Stück seines eigenen Lebens beerdigt. Die Trauer und die Ohnmacht in diesem Leichenzug waren entsetzlich und grenzenlos. Die Schwester von Frau Teichmann war nicht zur Beerdigung gekommen, man sagte, sie hätte keinen Passierschein erhalten.

Der kleine elterliche Hof, drei Kühe, vier Schweine und vier Schafe, ein paar Hühner, dass wenige Land und der Obstgarten des Großvaters reichten gerade so aus, um die Familie mit inzwischen fünf Kindern zu ernähren. Lange hatte sich der Vater zur Wehr gesetzt, mit der Begründung, er habe nur noch den linken Arm und könne deshalb nichts anderes arbeiten und wüsste nicht, wie er die Familie sonst ernähren sollte. Dann schlug auch hier die Kollektivierung zu. Übrig waren nur zwei Kühe, die andere, ausgerechnet die Lene, die Gutmütige, wurde von Fremden aus dem Stall getrieben und weggeführt. Außerdem blieben zwei Schweine drei Schafe und die Hühner. Das schöne Feld an der Helbe, ein Erbteil von Urgroßmutter Martha, musste abgegeben werden. Nur das Kleb, Großvaters Obstplantage, konnte die Familie vorläufig behalten, weil es dafür keine Verwendung gab. Die Obstbäume und die steile Hanglage waren für die kollektive Feldwirtschaft ungeeignet, hieß es. An diesem Tag, dem 19. März 1963, saßen Mutter und Vater abends in der Küche. Der Vater stumm. Die Mutter weinte. Wut, Trauer und Hoffnungslosigkeit paarten sich um die verlorenen Tiere, das verlorene Land und um eine verlorene Zukunft. Wieder schien die Zukunft verloren. Jeder Herzschlag war von Angst getrieben, Angst um die Kinder. Woher sollte das tägliche Brot kommen, woher sollte Geld für Kleidung und Kohlen, für Strom, Brot und Sonstiges kommen. »Vater unser im Himmel ...«, betete der Vater laut und alles hörte sich an, wie eine einzige Anklage gegen alle Obrigkeit und gegen Gott.

Obwohl es die Landwirtschaftlichen Produktionsgenossenschaften, die LPGs, rein rechtlich in drei Organisationsformen gab, LPG-Typ 1, LPG-Typ 2 und LPG-Typ 3, war LPG-Typ 3 die am häufigsten umgesetzte Form und auch die von der SED am meisten gewünschte Organisationsform. Hier mussten die Bauern sich selbst als Arbeiter, ihren Grund und Boden, ihre Maschinen, ihr Vieh, ihre Gebäude, das heißt Ställe und Scheunen, und Bargeld als Inventarbeitrag einbringen. Dieser LPG-Typ 3 wurde auch in Grünfeld durchgesetzt. Wer das beschlossen hatte, wurde nicht bekannt. Die Bauern, die früher die Fruchtfolge für ihre Felder selbst festlegten, konnten nun nicht mehr frei über ihre Felder bestimmen. Ihr Vieh stand bei irgendeinem anderen Bauern im Stall, über die Verwendung ihrer eigenen Scheunen und Stallgebäude entschieden Fremde, meist Funktionäre der Partei wie Ignaz. In ihrer Not suchten die Bauern die Nähe zu ihren Tieren und ihren Feldern, die seit Generationen im Familienbesitz gewesen waren, und verdingten sich fortan als unfreie Arbeiter. Aus freien und mehr oder weniger vermögenden Bauern wurden unfreie besitzlose Angestellte, die Mitglieder der LPG genannt wurden. Die Besitztümer gingen über in das Vermögen der LPG und über die LPG bestimmte die Partei. Die LPG war fortan der Arbeitgeber in Grünfeld. Frau Teichmann wurde als Putzfrau angestellt und reinigte die LPG-Büros, auch das von Ignaz, dem Parteisekretär. Für einen Einarmigen, wie Vater einer war, hatten die Genossen in der LPG keine Verwendung, oder wollte Vater nicht bei ihnen arbeiten, Johanna war sich da nicht sicher.

Unverhofft fand der Vater zu Beginn des übernächsten Winters eine Anstellung. Er arbeitete stundenweise nachts als Heizer in der Schule und später auch als Heizer und als Gartenhelfer im Kinderheim. Zu Hause hieß es, wir müssen den Gürtel enger schnallen, es wird schon wieder besser werden. Nein, das glaubten die Kinder nicht, und das glaubten auch die Eltern nicht wirklich. Aber die Eltern wollten mit ihrem verbreiteten Optimismus den Kindern Kraft geben. Kraft geben wofür?, fragte sich jeder. Die Lügen und den Betrug ringsherum auszuhalten? Johanna spürte die Ohnmacht, die in Grünfeld eingezogen war und die Wut vieler Bauern, die nun als LPG-Angestellte auf fremden Feldern arbeiten mussten und sahen, wie ihre eigenen Felder ungepflegt blieben oder verkamen. Die erleben mussten, wie andere LPG-Angestellte, die nichts eingebracht hatten, die oftmals auch nichts von Landwirtschaft verstanden, und die auch keine persönlichen Bindungen zu diesen Feldern hatten, plötzlich über ihre Maschinen verfügten oder über ihre Stallungen und Scheunen bestimmten und auf ihrem Hof herumstolzierten, als wären sie die neuen Herren. Die alten Grünfelder Bauern begriffen nur langsam, dass das tatsächlich die neuen Herren waren. Die Partei hatte sie geschickt. Die Funktionäre der LPG und jene LPG-Mitglieder, die ein SED-Parteibuch hatten, waren die neue Obrigkeit in Grünfeld in dieser neuen Zeit. Vater nannte sie die Emporkömmlinge und meinte das voller Verachtung und voller Hass. Ihre ganze landwirtschaftliche Qualifikation waren oftmals nur ihr Parteibuch und ihr Parteiauftrag.

Den alten Bauern erschien es, als hätten diese Emporkömmlinge große, fast unbegrenzte Macht über Eigentum und Menschen. Die Macht war das SED-Parteibuch, und dadurch waren sie plötzlich besser, größer, einflussreicher als andere Menschen, besonders als die Menschen, denen sie brutal ihr Eigentum weggenommen hatten und deren Sachkenntnisse über Viehzucht und Ackerbau nichts mehr galten. Die neuen Bestimmer in Grünfeld kontrollierten sogar die Meinungen aller Grünfelder. Die meisten Leute im Dorf duckten sich, sagten ihre Meinung nur zu Hause, fühlten sich hinter den eigenen vier Wänden geschützt. Auch Johannas Mutter regte sich fortan immer nur noch zu Hause auf. Die Grünfelder hatten den neuen Machthaber nichts, fast nichts entgegenzusetzen, außer persönlichen Hass und tiefe menschliche Verachtung.

Dann kam Albrechts Konfirmation. Sein Lieblingsonkel aus Freiburg im Breisgau, dessen Namen Albrecht trug, konnte nicht kommen, weil er keinen Passierschein von der Behörde erhielt und ohne Passierschein, durfte niemand aus dem Westen in die DDR einreisen. Auch nicht ein alter kranker Mann. Er sei nicht richtig verwandt und Patenonkel zähle nicht als Verwandtschaft, wurde uns gesagt. Der alte Onkel, der mit dem Vater zusammen jahrelang im Krieg gekämpft hatte und schließlich mit ihm auch die Gefangenschaft überlebt hatte, schrieb einen langen traurigen Brief an Albrecht, weil er das alles nicht verstehen konnte. Er legte einen Geldschein in das Kuvert anstelle eines Geschenkes. Der Brief kam an, aber der Geldschein fehlte. Albrecht hat seinen Onkel nie wieder gesehen. »Warum hat der Sozialismus ein solches Opfer von Albrecht gefordert?«, fragte Johanna ihre Lieblingslehrerin. Aber die strich ihr nur über die Haare und sagte, »vielleicht verstehst du das später, wahrscheinlich aber niemals«.

In Albrechts Klasse gingen alle bis auf das Mädchen, Gerlinde, die Tochter des Dorfpolizisten, zur Konfirmation. Gerlinde durfte dann die Erweiterte Oberschule in Sömmerda besuchen, die Voraussetzung zum Studium war. Albrecht ging nach der Konfirmation in die Lehre und erlernte das Fleischerhandwerk bei einem Fleischermeister in Sömmerda, den Vater aus der Arbeit im Kirchenkreis gut kannte.

Obwohl Johanna noch zwei Jahre bis zu ihrer Konfirmation Zeit hatte, machte sie sich schon Gedanken. Jetzt plötzlich war sie selbst betroffen von der neuen, anderen Zeit. War anfangs noch fast die Hälfte der Kinder in ihrer Klasse in die Christenlehre gegangen, so wurden es von Schuljahr zu Schuljahr weniger. Besonders die leistungsstarken Kinder überlegten sich, ob der Besuch der Christenlehre ihrem Studium, ihrem Ausbildungsziel oder ihrem Berufswunsch hinderlich werden würde. Auch hier tat sich eine Kluft auf, die Johanna nicht nur aushalten musste, sie musste sich schließlich entscheiden. »Gehört ihr zur Kirche oder gehört ihr zu den Jungen Pionieren«, fragte die Klassenlehrerin immer wieder streng. »Merkt euch, die Kirche passt nicht in unsere neue Zeit, die Kirche ist konterrevolutionär.« Das klang wie: Dann seid ihr alle Verbrecher. »Wie könnt ihr an einen Gott glauben und einer Religion anhängen, das ist Widerstand gegen die Lehre der Partei. Die marxistische-leninistische Weltanschauung hat bewiesen, dass Religion nur das Beruhigungsmittel für das Volk ist, wie Marx und Engels sagten. Einen Gott gibt es nicht, das ist wissenschaftlich belegt. Die Existenz Gottes widerspricht jeglicher naturwissenschaftlichen Erkenntnis. Also entscheidet euch für die Jugendweihe, und damit gebt ihr euer Bekenntnis zur neuen Zeit ab.«

Jedes Jahr wurde der Druck auf Eltern und Kinder größer. Johanna überlegte immer wieder, wie sie sich verhalten sollte. Natürlich, das war eine lebenswichtige Entscheidung. Aber sie kam zu keinem Ergebnis. Sie ging gern in die Christenlehre und dann auch in den Konfirmanden-Unterricht. Ihr schien, als sei der alte Pfarrer zwar eigenwillig und eigenartig, aber sie mochte ihn. Oft nahm er sich Zeit, um sich mit ihr zu unterhalten. Sie erzählte ihm auch von ihren Gedanken wegen der Konfirmation, aber er tröstete sie, »lass uns zuerst überlegen, was du eigentlich werden möchtest, wenn alles schiefläuft, gibt es immer noch die in der Verfassung garantierte Religionsfreiheit«. Oje, da war ihr klar, Pfarrer Haufe war wirklich gutwillig, aber er kannte die Tricks und die Finessen der Mächtigen nicht. Er war nicht im Krieg, er hatte auch keine Tiere, Felder oder Scheunen oder sonst etwas anderes verloren. Die Zwangskollektivierung tangierte ihn nicht und für ihn war selbst die Grenze in den Westen irgendwie noch durchlässig. Er war nicht der neuen Zeit und den neuen Bestimmern ausgesetzt, er musste sie nicht einmal zur Kenntnis nehmen. Er hatte eine eigene unabhängige Welt in den Büchern, und seine reale Welt endete am Gartenzaun seines Vorgartens. Sein Hobby, die Altphilologie, tangierte weder Marx, Engels, Lenin noch die SED-Parteileitung.

Johanna war jede Woche bei ihm, redete mit ihm über ihre Nöte und er schenkte ihr das eine oder andere Buch. Johanna war klar, sie musste die Entscheidung allein treffen. Nur, wie macht man das? Sie musste sich in den kommenden Sommerferien einen Plan überlegen, denn im nächsten Schuljahr war es so weit. Mit der Mutter zu reden, kam für sie nicht in Betracht. Die Mutter würde ihr nur sagen, bedenke, welche Folgen es für deinen Berufswunsch hat. Es ist besser, wenn du nicht auffällst. Naja, vielleicht meinte es die Mutter sogar gut mit dem Anpassen und Nicht-Auffallen, dachte Johanna. Aber ich weiß nicht, ob mein Herz dabei ist, wenn ich tue, was andere tun, die es vielleicht auch nicht ehrlich meinen. Sie war sich sicher, Mutter würde an ihrer Stelle zur Jugendweihe gehen. Und ihr Vater, was würde er ihr raten? Natürlich wollte er, dass sie keine Nachteile erleiden musste. Dann musste sie das Jugendweihe-Gelöbnis ablegen. Aber das genau wollte ihr Vater bestimmt nicht, also würde er zur Konfirmation gehen. In diesen Sommerferien musste sie darüber nachdenken, denn im nächsten Schuljahr hieß es: Jugendweihe oder Konfirmation?

In großer Ungewissheit endete dieses Schuljahr. Die langen Sommerferien lagen vor ihr. Johanna kannte nicht die Freude auf Ferien. Alle Ferien waren schrecklich für sie. Ferien bedeuteten noch mehr Arbeit auf dem Hof, auf den Feldern oder im Haus.

Schwere Arbeit, endlos lange und schmutzige Arbeit auf den Feldern. Am meisten hasste sie die Getreideernte in den Sommerferien.

Wenn das Getreide reif war, gingen die ganze Familie und Onkel Paul und Tante Selma aufs Feld. Die steilen schmalen Feldstreifen am Kleb zwischen den Obstbaumreihen wurden zuerst abgeerntet, weil hier das Getreide schneller reifte als in den von Freunden gepachteten kleinen Feldstücken in den Niederungen am Helbe Fluss. Onkel Paul und Albrecht gingen mit der Sense voran. Sie mähten das Getreide ab. Bei jedem ihrer Schritte erfolgte eine Drehung des Oberkörpers und eine Halbkreis-Bewegung aus der Hüfte heraus mit der Sense. Die Sense schnitt die Halme kurz über dem Boden ab und legte sie nach der Drehung ausgerichtet auf dem Boden nieder. Eigentlich sah die Arbeit sehr schön aus. Die Sensen zischten leise und die Halme fielen fast lautlos im Gleichklang und in einem schönen Muster auf den Boden. Dann wieder ein raschelnder Schritt und wieder das Zischen der scharfen Sensen. Schritt – Schnitt, Schritt – Schnitt. So ging es von morgens bis abends. Aber nein, es war keine schöne Arbeit. Die Männer schwitzten in der Hitze des Sommertages, litten unter dem Staub und den Mücken, der Rücken schmerzte bei jeder Drehung und die Arme, die die Sensen hielten, wurden bleischwer und fühlten sich bald taub an. Hinter den beiden Männern mit der Sense gingen Johannas Mutter, Tante Selma und Johanna. Sie rafften mit den nackten Armen bündelweise das abgemähte Getreide zusammen. Aber manchmal waren in dem Getreide auch Disteln, die fürchterlich stachen, oder Kletten. Manchmal gab es auch wunderschöne Kornblumen und Mohnblumen zwischen den Getreidehalmen, aber dafür hatte niemand Interesse. War der Arm voller Halme und das Bündel recht groß, wurde es vorsichtig hingelegt und aus wenigen Halmen wurde ein »Seil« gedreht, mit dem das große Bündel Getreidehalme zusammengebunden wurde. Die Bündel mussten fest zusammengepresst sein. Sie wurden zum Schluss zusammengetragen und in einer Reihe zu kleinen »Häuschen« zusammengestellt. Dann vergingen Tage und Wochen, in denen das Getreide trocknete. Fast am Ende der Ferien musste es zum Dreschen gebracht werden. Wieder fuhr die ganze Familie auf das Feld, Johanna wieder ebenso missmutig wie bei der Mahd. Sie musste diesmal die Kühe langsam entlang an den Getreide-Häuschen führen, damit Albrecht mit einer Gabel die einzelnen Bündel auf den Wagen hinaufreichen konnte, wo der Vater sie mit seinem linken Arm abnahm und auf dem Wagen aufstapelte. Die Mutter ging hinter dem Wagen her und rechte heruntergefallene und verloren gegangene Ähren zusammen. Johanna redete auf die beiden Kühe ein, damit die Tiere ruhig standen, nicht an der Deichsel zerrten und unkontrolliert den Wagen bewegten. Aber die Tiere wurden in der Hitze von unzähligen Fliegen, Mücken und Schnacken gequält und wehrten sich. Natürlich stand der Wagen nicht still, er ruckte und zuckte und natürlich hatte der Vater große Mühe nicht vom Wagen zu fallen oder gar sich an der Gabel von Albrecht zu verletzen. Die Fuhre wurde immer größer und höher und ragte über die Bretterwand des Wagens weit hinaus. Oben auf der Fuhre gab es nichts, was dem Vater Sicherheit und Halt gegeben hätte. Er konnte sich an nichts festhalten. Die Kühe hatten nun auch große Mühe den Wagen zu ziehen. Die schwere Last und die Qual der Mücken und Schnacken setze den Tieren arg zu. Dann, wenn alle Bündel aufgeladen waren, übernahm Albrecht die Tiere und führte sie vom weichen Feld herunter auf den Hauptweg, auf dem der Wagen leichter rollte. Aber das sagt sich so leicht dahin. Der Wagen mit der riesigen Fuhre, musste möglichst gleichzeitig mit beiden Vorderrädern und beiden Hinterrädern den Absatz zwischen Feld und Weg passieren. Das war sehr schwer, weil die Kühe nicht gleichmäßig zogen. Da passierte es auch, dass der Wagen umkippte, der Vater im hohen Bogen von der Fuhre flog und die Fuhre erneut geladen werden musste. Von den Schimpfereien und dem Gebrüll der Tiere ganz zu schweigen. Aber am schlimmsten für Johanna war, dass der Vater oft in solchen Situationen die Geduld verlor und im Jähzorn brutal und hemmungslos auf die Kühe einschlug. Einmal lag eine Kuh schmerzverzerrt am Boden und schaute mit ihren großen Augen verzweifelt und demütig die Menschen an. Johanna hatte Mitleid mit den Kühen. In solchen Momenten hasste sie ihren Vater. Nein, diese Arbeit entbehrte jeglicher Bauernromantik und erquickender Erntefreude. Alles, was dort auf dem Feld geschah, war brutal und unendlich mühsam.

In diesen Sommerferien ging sie nach der Getreideernte mit den kleineren Geschwisterkindern ans Kleb, dass einst Großvater Friedi als einen großen Obstgarten angelegt hatte und erntete die Beeren und einige schon reife Äpfel. Großvater hatte das Kleb, einen ziemlich steilen Berg, der etwa einen Kilometer vom Dorf entfernt lag, urbar gemacht und hatte dort in achtzehn Reihen verschiedene Obstbäume angepflanzt. In jeder Reihe standen achtundzwanzig Bäume. Da gab es eine Reihe mit Birnbäumen, viele Reihen mit Apfelbäumen, mit Äpfeln der verschiedensten Sorten, es gab sogar Apfelbäume, auf denen zwei verschiedene Apfelsorten wuchsen, mehrere Reihen mit Pflaumen-, Zwetschgen- und Mirabellenbäumen, zwei Reihen mit Süßkirschen und mehrere Reihen mit Sauerkirschbäumen. Dann hatte Großvater ein kleines Häuschen mit einer schön verzierten Holzveranda davor in die Mitte des Berges gebaut und rechts und links davon Stachelbeer- und Johannisbeersträucher gepflanzt und dazwischen viele Blumenzwiebeln gesteckt und zahlreiche Blumenstauden angeordnet. An der sonnigen Veranda des Gartenhauses wuchsen Weinstöcke. Johanna mochte besonders diesen Teil mit den Beerensträuchern um das Häuschen herum. Während die kleinen Geschwisterkinder den Berg hinauf- und hinuntertobten, jätete sie in den Blumenbeeten das Unkraut, pflückte die Beeren, manchmal auch Weintrauben und brachte Ordnung und Gemütlichkeit in das winzige Häuschen. Dabei dachte sie an Großvater Friedi und fühlte sich ihm nahe. In Gedanken redete sie mit ihm und erzählte ihm von der Schule, von ihren Träumen, aus Grünfeld wegzugehen und nie wieder zurückzukommen. Sie haderte mit ihm, warum er ausgerechnet mit Glasflaschen, deren Köpfe in die Erde gesteckt waren, die langen Beete eingefasst hatte. Das Glas war zerbrochen und die Scherben lagen auf dem Beet und auf dem Weg und erschwerten ihr die Arbeit. Ach, Großvater, ich bin wie Sisyphus, jetzt räume ich alle Scherben weg und im nächsten Jahr sind wieder genauso viele neue Scherben da. Glasflaschen sind einfach ungeeignet, du lieber Großvater.

Dieser Kleb-Berg war wie der Weinberg in dem Gedicht von Gottfried August Bürger. Man musste danach graben, dann zeigte er seine Schätze. Johannas »graben« beschränkte sich auf die Blumenbeete mit den Sträuchern, die langen Gartenwege und das kleine Häuschen. Sie gab sich Mühe, sie hatte Freude an der Arbeit, aber sie erkannte auch, sie würde hier nicht ihr Leben lang graben. Sie hielt stumme Zwiesprache mit Opa Friedi und versuchte ihm zu erklären, dass sie hier nicht bleiben konnte. Dass sie auch nicht zu Hause bei den Eltern bleiben konnte. Sie wusste auch genau, weshalb sie alles um sie herum nicht aushielt. Dieses Zuhause und sie passten einfach nicht zusammen. Sie sah die Arbeit, sah, wie umständlich sie oftmals erledigt wurde, sah immer wiederkehrende Arbeitsabläufe auf diesem Hof und hätte am liebsten geschrien, macht es anders, überlegter, systematischer und effektiver. Räumt nicht das dünne Holz zum Anzünden, das jeden Tag gebraucht wird, in den obersten Winkel unter das Dach, wohin man nur umständlich mit der Leiter hingelangt. Warum musste im Kuhstall hinter den Kühen statt einer Abschrägung eine Stufe sein, die ständig nass von Gülle war und eine Rutsch-gefahr darstellte. Vater war mehrfach dort ausgerutscht und hat-te sich verletzt, die Kühe selbst waren ausgerutscht. So vieles auf dem Hof war einfach vollkommen unpraktisch und erschwerte die tägliche Arbeit. Nun ja, Großvater wollte eigentlich keinen Hof und Vater hatte es nicht gelernt. Der Alltag blieb in all den Jahren provisorisch und erforderte schwere körperliche und oft unnütze Anstrengungen.

Es tat Johanna unendlich leid um den Vater, um alle Erinne-rungen an Großvater Friedi, an das Kleb, aber ihre Entscheidung stand fest. Der Hof war nicht ihr Hof und er würde niemals ihr Hof werden. Sie wollte weder diesen Hof, noch wollte sie immer hier graben. Sie wollte einen »eigenen besseren Hof« mit »we-niger unnützer Arbeit« und mit wirklichen Erfolgen, mit ihren Erfolgen. Sie träumte von einem Leben mit Büchern, wie sie es immer bei Onkel Richard, dem Kantor, gesehen hatte. Sie benei-dete Ludwig, Onkel Richards und Tante Käthes Sohn. Der hatte es gut, der hatte so viele Bücher und sogar ein Klavier. Er durfte lesen, wann immer er wollte, und nicht nur abends heimlich im Bett die Bücher aus der Bibliothek. Ludwig spielte Klavier und hörte klassische Musik. Sein Leben hatte so viele schöne Seiten und seine Zukunft so viele Möglichkeiten. Johanna sah zu ihm auf und es war beides in ihr – Neid und Bewunderung. Obwohl er viel älter als Johanna war, mochte sie ihn. Sie wollte auch klug werden, so wie er. Er hatte Ziele, die wollte sie auch. Er war at-traktiv und selbstbewusst, auch das erweckte ihre Neugier und ihren Ehrgeiz. Es war wie ein Feuer in ihr, das brennen wollte, aber nur zaghaft schwelte, weil es nicht genug Luft bekam, um zu lodern. Bei Ludwig brannte das Feuer lichterloh, dass konnte sie erkennen, es faszinierte sie. Er brannte für sein Studium. Sein Eifer war spürbar und ansteckend. Ludwig war nicht nur ihr Vor-bild, er war auch ihr erster heimlicher Schwarm und er sollte es bleiben. Ludwig war ihr Maßstab und ihre heimliche Jung-Mädchenliebe. Als sie endlich Mut gefasst hatte, um mit ihm über ihre Zukunft zu reden, hatte er Grünfeld verlassen und war zum Studium nach Berlin gegangen.

Überraschenderweise fand der Kirchenkreis gerade noch rechtzeitig eine Lösung für Johannas Konfirmationsproblem. Er schlug vor, dass die Kinder zur Jugendweihe gehen und ein Gelöbnis ablegen konnten und dann im folgenden Jahr würden sie ihre Konfirmation erhalten. Damit hatte man die Eltern und die Kinder vor einer schweren Entscheidung bewahrt.

Johanna wäre gern Lehrerin in einer Kleinstadt geworden. Sie hätte sich das auch gut vorstellen können. Sie ging in die Bibliothek, weil sie gern las. Sie hatte kluge Ideen und Fantasie und konnte beides voneinander unterscheiden. Ihr Gespür für Recht und Unrecht war stark ausgeprägt, außerdem war sie aufgeschlossen, freundlich und hilfsbereit, so beurteilte sie die Bibliothekarin, die von sich glaubte, eine gute Menschenkennerin zu sein. Für sich selbst war Johanna willensstark und entschlossen, wenn sie ein Ziel verfolgte. Und Lehrerin zu werden, war in ihren Augen ein gutes Ziel. Aber nach der zehnten Klasse kam das Pädagogische Institut in Erfurt, wofür sie sich ursprünglich beworben hatte, nicht infrage, weil es dort für sie keinen Internatsplatz gab. Ohne Internatsplatz hieße das für Johanna, weiter zu Hause wohnen zu bleiben. Weiter auf dem Hof mitzuhelfen, weiter sich um die drei kleinen Geschwister zu kümmern und sich weiter den Eltern unterzuordnen. Ein einfaches Unterordnen und Akzeptieren der elterlichen Autorität hätte Johanna noch verkraftet. Doch die Beziehung zwischen Kind und Eltern in ihrem Elternhaus war bestimmt von vollkommener Kontrolle und vollständiger Bestimmung über die Gestaltung ihrer Zeit, ihrer Freunde und ihrer eigenen subjektiven Persönlichkeit. Nur so ist es zu verstehen, dass sich Johanna als Belohnung für ihr Zeugnis der zehnten Klasse einen einzigen Tag zu ihrer freien Verfügung wünschte und über diesen Tag auch nichts erzählen wollte. An diesem Tag fuhr sie mit dem Bus nach Erfurt. Sie lief durch die Stadt zum Domplatz und blieb den ganzen Tag auf den Treppenstufen des Doms sitzen. Sie beobachtete die Menschen und schaute sich den riesigen Platz und die alten wunderschönen Häuser an, die ihn umgaben. Sie dachte an weglaufen. Sie dachte an Großmutter Thea. Was hätte ihr Großvater Friedi jetzt geraten?, überlegte sie. Hier auf den Stufen des alten Domes verstand sie, dass sie einen Weg gehen musste, der sie in andere Städte und zu anderen Menschen führen würde. Und dieser Weg musste mit einem Aufbruch beginnen. Sie war bereit aufzubrechen. Heute, hier, allein. Während sie das beschloss, spürte sie eine befreiende Erregung und eine freudige Erwartung auf alles, was vor ihr lag. Am späten Nachmittag fuhr sie mit dem Bus wieder nach Grünfeld zurück. In das Dorf, das sie bei der nächsten Gelegenheit wieder und dann hoffentlich endgültig verlassen würde. Sie fühlte sich vorbereitet und war bereit, den Schritt zu tun.

Bevor sie ihren Eltern mitteilte, dass sie nicht nach Erfurt gehen würde, ging sie zum Pfarrer und erklärte ihm ihr Problem. Der Pfarrer schlug ihr vor, weiter in die Schule zu gehen und das Abitur abzulegen. Das war leicht gesagt. Nach der zehnten Klasse konnte man nicht so einfach auf eine Oberschule wechseln. Genauer gesagt, man konnte überhaupt nicht auf die Erweiterte Oberschule wechseln. Der Pfarrer befragte sich und schlug Johanna vor, eine kirchliche Schule zu besuchen und dort ein kirchliches Abitur abzulegen. Er fand eine solche Schule und half Johanna bei der Anmeldung zur Aufnahmeprüfung. Diese Schule, das Kirchliche Proseminar, befand sich in einem Villenviertel in Naumburg. Naumburg war etwas weiter entfernt als Erfurt und hatte ein Internat für Jungen und eines für Mädchen. Johanna erkannte ihr neues Ziel und wollte nach Naumburg. Sie bestand die Aufnahmeprüfung und nahm sich vor, dort an der Schule ihr Bestes zu geben. Johannas Eltern waren auch mit dem Vorschlag des Pfarrers einverstanden. Der Vater brachte Johanna mit einem Kopfkissen in der Reisetasche und ihrer wenigen Kleidung in seinem Rucksack nach Naumburg. Ihm gefielen das Haus und die Schule und er wünschte Johanna beim Abschied von ganzem Herzen viel Glück. Als er sich verabschiedete, umarmte er Johanna mit seinem linken Arm, da spürte sie, dass ihr Vater sie liebte.

So groß die Freude auf die Schule und auf das Internat anfangs auch war, so schwer fiel Johanna dort das Lernen. Sie kam im Internat in das Zimmer von Katharina, einer Schülerin, die in die nächsthöhere Klasse ging. Größer konnte ein Unterschied kaum sein als zwischen diesen beiden Mädchen. Katharina stammte aus einem Pfarrhaus, war aufgewachsen mit Büchern, Musik, Kunst und vielem Wissen über die Welt. Johanna dagegen besaß zu Hause nicht ein einziges eigenes Buch, von Musik kannte sie nur die Schlager aus dem Radio, die ihre Mutter erlaubte zu hören, Kunst gab es in dem Dorf nicht und von der Welt wusste Johanna nur von Frankreich, dem Land, in dem ihr Vater 1947 verwundet wurde. Sie war niemals mit ihren Eltern im Urlaub gewesen. Sie hatte auch niemals die Erfahrung gemacht, dass der Dialekt, den sie sprach, eben ein regionaler Dialekt und nicht Hochdeutsch war. In der neuen Schule lachten die anderen Schüler über ihre Aussprache. Sie merkte selbst, wie dumm und ungebildet sie war. Deshalb beobachtete Johanna aufmerksam ihre Mitschüler. Wie sie aßen, wie sie sich untereinander verhielten, wie sie sich kleideten, wie sie ihre Haare trugen, worüber sie sprachen, welche Musik sie hörten, wie sie ihre Freizeit verbrachten, was sie von ihrem Zuhause erzählten, welche Wünsche sie hatten. Johanna kämpfte. Jeder Tag war harte Auseinandersetzung und brachte Niederlagen und Verletzungen. In jeder Woche war die Selbsterkenntnis vernichtend und mit jedem Monat wuchsen die Angst zu versagen und der Zweifel, eine falsche Entscheidung getroffen zu haben. Nachts, wenn sie nicht schlafen konnte, dachte sie an die Flüchtlinge in ihrer Schule in Grünfeld und sie empfand sich plötzlich selbst als einen Flüchtling. Fremd und ungeliebt. Sie legte innerhalb weniger Wochen ihren Dialekt ab und sprach Hochdeutsch. Sie veränderte mit ihrer Frisur ihr gesamtes Äußeres, weil sie nicht mehr auffallen wollte. Sie wollte dazugehören. Sie auferlegte sich, sich mit klassischer Musik zu beschäftigen, sie musste bändeweise Weltliteratur lesen, die alle anderen natürlich längst kannten. Sie musste nicht nur aushalten, nein, sie musste in dieser Welt bestehen, für die sie nicht vorbereitet war. Aber die eigentlichen Schwierigkeiten waren im Schulunterricht selbst. Nein, dieser Unterricht war nicht zu vergleichen mit dem, den Johanna bisher kennengelernt hatte. Die Klasse war klein, es waren nur zwölf Schüler in der Klasse, und einige Schüler kamen bereits von einer Oberschule, andere hatten bereits einen Beruf erlernt, nur wenige, drei oder vier Schüler, waren wie Johanna nach der zehnten Klasse hierhergekommen. Die Dozenten waren sehr unterschiedlich. Die Dozentin für Deutsch und Geschichte war eine sehr kluge, aber ungerechte, strenge alte Dame, die über viel Fachwissen, aber über wenig pädagogisches Geschick verfügte. Johanna hielt sie einfach für eine alte, böse Frau. Jeder Blick von ihr war voller Verachtung für Johannas unzureichende Bildung und die Dozentin mochte keine ungebildeten Menschen. Der Dozent für Mathematik, Physik und Kybernetik war das Gegenteil der Deutschlehrerin. Er war ein guter Lehrer, er war fair in der Beurteilung, verständnisvoll und hilfsbereit. Johanna mochte ihn, und sie lernte viel bei ihm. Dann waren noch die Sprachlehrer. Die Dozentin für Latein, der Dozent für Griechisch und die Dozentin für Englisch. Englisch war ein Nebenfach. Aber Latein und Griechisch waren Hauptfächer. Gerade diese Fächer fielen Johanna besonders schwer. Was hatte es mit den Sagen des klassischen Altertums auf sich? Die kannte Johanna nicht einmal, als die Klasse darüber diskutierte. Johanna lief in allen Fächern immer den Anforderungen hinterher. Jeder Tag war eine Herausforderung und fast jeder Tag war eine Niederlage. Aber sie war wenigstens nicht zu Hause. Dahin wollte sie unter keinen Umständen wieder zurück und nur diese Gewissheit gab ihr die Kraft durchzuhalten und sich zu bemühen. Endlich war das erste Schuljahr vorüber und Johanna wurde in die Mittelstufe versetzt.

Tante Elisabeth

Johanna fuhr in den Sommerferien nach Grünfeld und hatte sich mit Tante Elisabeth verabredet. Seit Großvater Friedi tot war, besuchte Johanna regelmäßig ihre Tante in der Langen Straße 236. Tante Elisabeth lebte, seit Johanna denken konnte, allein in dem schönen Haus mit dem großen Garten, von dem Großvater Friedi gesagt hatte, es sei sein Elternhaus gewesen. Die Tante war eine liebevolle und großherzige alte Dame. Mit ihren mehr als fünfundsechzig Jahren hatte sie eine gute Gesundheit und war für viele im Dorf immer noch eine Persönlichkeit. Sie mochte von allen Geschwisterkindern Johanna und Albrecht am liebsten. Als Johanna sie einmal fragte, warum sie immer nur Albrecht und sie einlud, antwortete sie, »weil ihr beiden Großvater Friedi kennt. Er war, wie du weißt, mein Bruder, und ihr beide erinnert mich immer an ihn. Er hat oft von euch erzählt und er hat euch beide sehr geliebt. Ihr verbindet mich immer noch mit ihm, auch wenn er schon lange tot ist.«

In diesen Ferien wollte Tante Elisabeth umräumen und bat Johanna, ihr dabei zu helfen. Sie wollte ihr Schlafzimmer aus dem Obergeschoss herunterholen, und in dem unbenutzten Zimmer neben der Wohnstube einrichten. Sie würde dann Küche, Wohnzimmer und Schlafzimmer im Erdgeschoss haben und sich das tägliche Treppensteigen ersparen. Außerdem ließe sich dann auch das Schlafzimmer heizen. Sie hatte sich das gut überlegt, fand Johanna, und half gern. Das Tantchen, wie sie von Albrecht und ihr liebevoll genannt wurde, hatte Johanna schon erwartet. Sie hatte im Garten auf dem großen alten Gartentisch ein wunderbares Frühstück für zwei angerichtet. Die Tante war in Sorge. Sie hatte die Veränderungen bei Johanna wahrgenommen und fragte sie nach der neuen Schule und den Mitschülern aus. »Du musst nicht dorthin gehen«, sagte sie schließlich, »deine Gesundheit darf keinen Schaden nehmen. Du bist wunderbar, so wie du bist.« – »Ach, Tante, dann muss ich zurück nach Grünfeld kommen und bin für immer der Versager. Nein, das würde ich nicht aushalten. Ja, die Schule ist schwer, die meisten Schüler machen sich über mich lustig und fast alle Dozenten würden mich lieber heute als Morgen von dort verbannen, aber ich kann nicht wieder nach Hause kommen.« Johanna saß am nicht abgeräumten Gartentisch und die Tränen liefen ihr über das Gesicht. Die Tante stellte nur die Teller zusammen, »weißt du, heute machen wir gar nichts. Wir unterhalten uns über alles, was dich verletzt, und umräumen können wir auch morgen noch.«

Tante Elisabeth verstand Johanna gut. Sie selbst hatte eine Ausbildung als Sekretärin gemacht und sich in Sömmerda eine Arbeit auf dem Landratsamt gesucht. Dort war sie zweiundvierzig Jahre beschäftigt gewesen. Sie wusste deshalb genau, was Johanna meinte, wenn sie Grünfeld als Enge empfand und hinauswollte. Hinaus ins Leben und hinaus in die Welt. »Deine Mutter und dein Vater haben dich sehr lieb«, erklärte die Tante, »aber vermutlich verstehen sie dich nicht.« Sie streichelte Johannas Arm. »Meine liebe Johanna, du wirst dir deinen Weg erkämpfen müssen. Du bist stark, weil du ein Ziel vor Augen hast. Dein Kampf wird nicht leicht werden und manchmal denkt man im Leben sogar, es würde nicht weitergehen. Dann ist scheinbar das Ziel verloren gegangen, und scheinbar auch die Kraft und die Zeit. Aber stark zu sein, heißt auch einen Augenblick innehalten zu können und einen zweiten Versuch zu starten oder einen Schritt zurückzugehen und einen neuen Anlauf zu wagen. Ich verstehe gut, dass du nicht so schnell in der Schule aufgeben willst. Dafür achte ich dich sehr. Wenn du ein Schuljahr nicht schaffst, kannst du es bestimmt auch wiederholen.«

Johanna tat es gut, dass die Tante sich in ihre Lage versetzen konnte. Und die Tante hatte recht, es gab immer noch einen Weg, an dieser Schule das Abitur abzulegen. Sollte sie ein Schuljahr nicht schaffen, könnte sie es einfach wiederholen. Es waren ursprünglich, so erinnerte sie sich, als sie mit dem Unterricht begonnen hatte, ohnehin vier Schuljahre für das Abitur vorgesehen. Die in ihrem ersten Schuljahr aus finanziellen Gründen von der Schulverwaltung auf drei Schuljahre gekürzt wurden. Johanna würde ihr Abitur machen, notfalls auch zwischendurch mit einem zweiten Anlauf. Dieser Erkenntnis wohnte etwas Beruhigendes und etwas Kraftgebendes inne.

Dann redeten beide über die geplante Umräumaktion, aber außer einem ausführlichen Plan kam an diesem Tage nichts mehr zustande. Die Tante machte Abendbrot in der Küche, legte Brot, Butter, Käse und eine Fischkonserve auf das Tablett und schlug vor, wieder im Garten zu essen. Johanna trug das Geschirr, Besteck und die Getränke hinaus. Ihre Tante holte noch Radieschen und eine grüne Gurke aus dem Garten. Es wurde ein wundervolles Essen. Danach räumte Johanna ab und Tantchen erzählte von früher. Von den Spaziergängen mit ihrer Mutter Martha und mit Friedrich, ihrem Bruder. Plötzlich sagte sie zu Johanna: »Wollen wir auch eine kleine Runde drehen und wie früher einen Spaziergang am Graben entlang unternehmen?« Sie gingen bis zur Lache. Die Dämmerung hüllte sie ein mit einem schützenden dunklen Gewand. Nur die weißen Unterseiten der Weidenblätter beleuchteten ihnen den Weg durch einen imaginären Tunnel.

Am nächsten Morgen beschlossen sie zuerst, das nicht genutzte Zimmer im Erdgeschoss leer zu räumen und dann die Schlafzimmermöbel von oben herunterzubringen. Johanna stellte die beiden Stühle und den kleinen Tisch in den Garten, dann rollte sie den Teppich ein und brachte mit einer Sackkarre die kleine Kommode heraus. Der Kleiderschrank sollte an die andere Wand geschoben werden und im Zimmer verbleiben. Das alte Bettgestell sollte entsorgt werden und alle anderen Sachen sollten oben wieder aufgestellt werden. Das Bett erwies sich als ein Problem. Das Bettgestell war alt und die Seitenteile waren mit dem Kopf- und Fußende so fest verbunden, dass Johanna sich abmühte, aber die Teile nicht lösen konnte. Die Bretter und die Matratzenteile hatte sie schon hinausgebracht, und entsorgt, nur das leere Gestell stand drohend noch im Zimmer. »Lass uns eine Pause machen, Tante, ich muss erst überlegen, wie wir das Bettproblem lösen können.« – »Gute Idee«, erwiderte die Tante. »Komm wir gehen in den Garten.« Beide nahmen sich aus der Küche Gläser und Getränke mit und gingen in den Garten. Die Tante legte sich auf den Liegestuhl unter den Apfelbaum und bot Johanna den anderen Liegestuhl an. »Ach nein, danke Tantchen, ich pflücke mir ein paar Beeren, wenn du erlaubst.« – »Natürlich, mein Kind. Mach nur.« Mehr hörte Johanna nicht, dann war die Tante eingeschlafen. Nach einer Stunde schlief die Tante immer noch. Johanna holte eine Decke aus der Stube und deckte sie zu. Dann ging sie wieder ins Zimmer. Es waren dort nur noch die alten Gardinen, die vor dem Fenster hingen, und das Bettgestell. Johanna holte eine Leiter und nahm die Gardinen ab. Egal, ob Tantchen sie wieder aufhängt, sie müssen sowieso erst gewaschen werden. Die Gardinen waren vollkommen eingestaubt. Johanna brachte sie in die Waschküche. Dort fand sie im Regal eine Kiste mit etwas Werkzeug. Mit Schraubenzieher und Hammer, hoffte sie, das Bettgestell zerstören zu können. Die Schraubenschlitze waren mit dunkelbrauner Farbe übergestrichen und der Schraubenzieher war nutzlos. Die Farbe herauskratzen ging auch nicht, weil vermutlich mehrere Farbschichten übereinander lagen. Dann bleibt nur noch die brutale Variante, dachte Johanna verzweifelt. Sie zog das Gestell in die Mitte des Raumes und kippte das Bett auf ein langes Seitenteil und wollte das Gestell wie einen Rhombus bewegen und dabei die Verankerungen herausbrechen. Als es endlich in der Mitte des Raumes auf der Längsseite stand, konnte sie gut das Fußende umfassen und das Gestell rautenartig vor- und zurückbewegen. Schließlich gab es einen ohrenbetäubenden Knall und das Kopfteil krachte auf den Boden. Die restlichen Teile konnte Johanna auseinanderbrechen. Dann trug sie alles in den Garten. Die Tante kam ihr besorgt entgegen. »Was ist denn passiert? Hast du dir weh getan?« Dann sah sie das Bettgestell in seinen Einzelteilen. »Ach, das ist ja wunderbar, dann schaffe ich doch noch alles bis zum 16.«, sagte sie und freute sich.

»Ich habe die Gardinen abgenommen, egal, ob du sie behältst, sie müssen unbedingt gewaschen werden. Tante Elisabeth, ich schlage vor, du beginnst die Gardinen einzuweichen und zu waschen und ich putze Fenster, mache den Schrank sauber und wasche ihn aus. Das schaffen wir bis heute Abend noch, dann können wir morgen einräumen.« – »Gut, so machen wir das. Ach, ich bin so froh, dass du mir hilfst«, seufzte die Tante müde. »Wir brauchen heißes Wasser.« Sie heizte den Herd in der Küche an, dann verschwand sie mit dem Waschwasser in der Waschküche. Johanna fegte rasch mit einem Staubwedel die Wände ab, putzte das Fenster, wischte mit dem feuchten Tuch die Tür ab und nahm sich den Schrank vor. In dem alten Schrank lag auf der breiten Hutablage ein kleiner Koffer. Er war nach hinten geschoben, sodass man ihn von vorn und von unten nicht sehen konnte. Johanna wollte ihn herunternehmen, stellte aber fest, dass er ziemlich schwer war. Sie rief laut nach der Tante und fragte, was in dem Koffer sei. Die Tante antwortete ihr aber nicht. Johanna wischte die Schranktüren ab und rief noch einmal etwas lauter. Die Tante sagte kein Wort. Johanna suchte ihre Tante. Sie saß reglos in der Waschküche auf einem alten Schemel. Als sie Johanna sah, fragte sie nur, »ist es schwarzer Lederkoffer? Bitte versuche den Koffer heil herunterzubekommen. Er ist mir sehr wichtig. Ich hatte ihn ganz vergessen.« – »Natürlich mache ich«, und schon war Johanna wieder an der Arbeit. Sie stieg auf einen Stuhl, zog den Koffer aus dem Schrank, brachte ihn in den Garten und legte ihn neben den Gartentisch auf die alte Bank. Johanna säuberte den Schrank fertig und wusch das Zimmer aus. Als sie das schmutzige Wasser an den Apfelbaum schüttete, sah sie, wie ihre Tante versuchte, den Koffer zu öffnen, es ihr aber nicht gelang. »Ach, der Koffer ist heil geblieben«, stellte die Tante zufrieden fest und setzte sich daneben. »Sind die Gardinen schon fertig gewaschen und kann ich sie im Garten aufhängen, dann sind wir für heute fertig«, beschloss Johanna.

Sie hatten Abendbrot gegessen und anschließend hatte die Tante eine Flasche selbstgemachten Kirschwein aus dem Keller geholt, den sie beide mit Wasser verdünnt tranken. »Wir haben heute viel geschafft und uns eine Belohnung verdient«, sagte die Tante und legte ihre Füße auf einen Gartenstuhl. Da fiel Johanna ein, dass die Tante erwähnt hatte, das schaffen wir bis zum 16. »Warum willst du alles bis zum 16. schaffen, Tante Elisabeth?«, fragte Johanna. »Der 16. Juli ist in jedem Jahr ein wichtiger Tag für mich, aber das ist eine lange Geschichte. Willst du wirklich die ganze Geschichte hören, es ist eine traurige Geschichte?«, fragte sie. »Natürlich. Bitte erzähle sie mir«, antwortete Johanna schnell, »ich weiß so wenig von dir und du bist doch meine ein-

zige Tante.« – »Nun gut, komm, wir machen es uns gemütlich.« –
»Wollen wir uns für später noch eine Decke holen?«, fragte Johanna und eilte schon ins Haus.

Es war ein lauer Sommerabend. Es war die Zeit der langen
Tage. Bis zum Dunkelwerden, würde es heute noch einige Stunden dauern. Einige, wenige Vögel sangen noch ihr Lied und in
der entfernten Nachbarschaft bellte ein kleiner Hund mit hoher
Stimmlage. Von den blühenden Blumen und Stauden kam ein
intensiver Duft. Besonders die alten Phlox-Stauden dominierten
mit ihrem starken Geruch die Duftkomposition der Blumenbeete rings um den Gartentisch herum. Die Abendstimmung kroch
langsam von den Weiden am Graben in den Garten herein und
breitete sich unbemerkt aus. Das Gebell des kleinen Hundes hatte
ganz aufgehört. Sie prosteten sich mit dem verdünnten Kirschwein zu, dann begann die Tante zu erzählen.

»Der 16. Juli 1941 ist der Tag, an dem Gerhard, unser einziges
Kind, in Russland gefallen ist. Russland ist für mich so weit weg,
auch wenn es heute überall anders gesagt und geschrieben wird.
Gerhard ist so weit von zu Hause entfernt und ruht unter der
Erde, die ich nicht kenne und bei Menschen, die ich nicht kennenlernen will. Als unsere Gemeindevertreter vor ein paar Jahren
am Kriegerdenkmal für die Gefallenen des Ersten Weltkrieges unter den Kastanienbäumen eine Zusatztafel anbringen wollten, auf
der die Namen der im Zweiten Weltkrieg gefallenen Soldaten aus
Grünfeld ergänzt werden sollten, habe ich mich gefreut und wir
haben uns auch daran beteiligt. Viele im Dorf kannten unseren
Gerhard noch und wenn er schon kein Grab hier auf dem Friedhof hat, soll wenigstens die Namenstafel an ihn erinnern. Wenn
du einmal die Namen auf dieser Tafel liest, findest du auch den
Namen deines Onkels Gerhard. Für mich war es so, als hätten
wir mit dem Namen auf der Tafel Gerhard wieder ins Dorf zurückgeholt. Weißt du«, sagte die Tante, »wenn man den Namen

liest, kommt die Erinnerung an den Menschen zurück. Es braucht einen kleinen Hinweis, um das Buch der Erinnerung aufschlagen zu können. Aber an einem fernen Tag wird sich niemand mehr an unseren Gerhard erinnern. Es wird niemanden mehr geben, der ihn gekannt hat. Erst dann, wenn er von allen vergessen ist, ist er wirklich tot. Und erst wenn ich auch tot bin, hört der Schmerz über seinen sinnlosen Tod auf.« Tante Elisabeth schnäuzte sich verhalten und wischte sich mit einem Taschentuch die Tränen ab.

»Kannst du bitte versuchen, diesen kleinen Koffer zu öffnen, den du im Schrank gefunden hast«, bat die Tante. Johanna legte vorsichtig den alten, kleinen schwarzen Lederkoffer auf den abgeräumten Gartentisch. »Ich hatte ganz vergessen, wohin Konrad den Koffer gestellt hatte. Aber ach, ich hätte es mir auch denken können, in Gerhards Zimmer natürlich. Der Raum, den wir leergeräumt haben, war nämlich früher Gerhards Zimmer. Seine Stube hat, seit er im Juni 1941 zum Militär eingezogen wurde, bis heute immer leer gestanden, trotzdem war Gerhard für mich immer im Haus gegenwärtig. In diesem Koffer«, dabei strich das Tantchen über den Deckel, »hat Konrad Gerhards Dokumente und Andenken verwahrt.« Beide versuchten jetzt gemeinsam, den Koffer zu öffnen. Das rechte Schloss klickte auf, aber das linke Schloss klemmte und ließ sich nicht zur Seite schieben. Johanna legte den Koffer vor sich hin und versuchte es erneut. Traurigkeit machte sich in dem Gesicht der Tante breit. »Tante, ich kenne Gerhard nicht, kannst du mir von ihm erzählen. Großvater Friedi sagte manchmal, der Gerhard sei ein Künstler gewesen. Wie meinte er das?« Die Tante versuchte wieder vergeblich den Koffer allein zu öffnen. »Ich schaffe es nicht«, stellte sie verzweifelt fest und lehnte sich zurück. »Leben und Sterben von Gerhard, das ist eine lange Geschichte über ein kurzes Leben«, sagte sie. »Ich erinnere mich noch genau an Pfingsten 1941. Am ersten Juni, das war Pfingstsonntag, saßen wir alle im Garten versammelt und tranken Kaffee. Es war ein wunderbarer Sommertag und für uns war der Krieg weit entfernt. Unsere Mutter Martha hatte mich gelehrt, den Kriegsparolen der Obrigkeit stets zu misstrauen und jegliches völkische Überlegenheitsdenken abzulehnen. Hier im Dorf merkte ich nichts vom Krieg. Wir saßen zu viert beisammen, als dein Großvater kam und uns erzählte, dass Friedhelm plötzlich einberufen worden war und schon abreisen musste. Friedrich wollte uns vielleicht vorwarnen, aber ich konnte mir an diesem Tag kein Unglück vorstellen. Wir haben zusammen gelacht und waren fröhlich, aber Friedrich trug eine Angst in sich, die ich damals nicht verstand. Zwei Wochen später erhielt auch unser Gerhard seinen Stellungsbefehl und musste sich am Freitag, den 21. Juni, in Erfurt einfinden. Er wollte nicht, dass wir ihn bis Erfurt begleiteten, er hat sich hier zu Hause von uns verabschiedet. Mit einem Lächeln ging er vom Hof. Das ist schon so lange her, aber es tut mir immer noch weh. Er ging über den Hof, drehte sich um und lächelte mir zu. Ich habe aber etwas in seinen Augen gesehen, dass mir Angst gemacht hat. Zwei Wochen später erhielten wir einen Brief von Gerhard. Vielleicht sind die Briefe auch hier in dem Koffer drin.« Nebenbei versuchte sie erneut, das Kofferschloss zu öffnen. Die Schließe ruckelte, hakte und stockte und dann sprang sie plötzlich auf. Alles im Koffer war gut erhalten. Oben auf lagen drei alte Briefe, die mit einem blauen Band zusammengebunden waren. Tante Elisabeth nahm sie vorsichtig heraus. »Das sind die beiden letzten Briefe von Gerhard«, sagte sie. »Diesen hat Gerhard zuerst geschrieben. Vielleicht liest du sie selbst und liest sie mir noch einmal mit vor, dann kannst du dir ein eigenes Bild von ihm machen. Übrigens, OU heißt Ortsunterkunft.«

OU, Montag, den 30.6.1941
Liebe Mutter und lieber Vater,
wir sind am 23.7. von Erfurt Richtung Osten abgefahren. In Bad Kö-

sen sind wir an der Saale entlanggefahren. Als ich die beiden Burgen und die beiden Flüsse Unstrut und Saale sah, erfüllte mich die Landschaft mit Stolz. Was für eine schöne Heimat wir haben. Wenn ich zurückkomme, werde ich die Burgruinen zeichnen. Wir fuhren weiter über Weißenfels, dann in der Nacht über Leipzig nach Cottbus. Am nächsten Morgen kamen wir in Cottbus an. Es ging gleich weiter nach Sagan und Glogau bis Breslau. Der Bahnhof von Breslau war wunderschön. Überhaupt scheint Breslau eine reiche Stadt zu sein. Im Zug war es unerträglich heiß. Wir fuhren weiter von Breslau über Oels nach Kreuzburg.

Liebe Eltern, was für einen Kulturunterschied gibt es hier. Die Polen bettelten ungehindert am Zug, unzählige schmutzige Kinder standen am Bahnsteig und erbettelten sich Brot. Sie schienen zu wissen, wann und wo die Züge der Wehrmacht fahren und halten. Diese Armseligkeit erschütterte mich tief. Was ist das hier für ein Land. Fremd, arm und ungepflegt. In der Nacht erreichten wir Warschau. Hier sehe ich noch Spuren des Kampfes aus den letzten beiden Jahren. Ab dem 25. ging es nur noch etappenweise weiter. Wir fuhren Richtung Brest-Litowsk. Die Hitze und der Gestank im Zug waren schrecklich. Dazu das viele Gepäck. Endlich hieß es aussteigen. Aussteigen, aber was hatte ich erwartet? Wir waren um 20.15 Uhr in Biala in Polen angekommen. Von hier aus ging es im Nachtmarsch mit Gepäck weiter. Die Landstraßen waren ungepflastert und staubig. Wir hatten Fahrzeuge und Pferde dabei, die die gesamte Munition, Ausrüstung und Technik transportieren sollten. Aber sie schafften es nicht und wir mussten mehrmals umspannen. Ich half bei den Pferden und blieb zurück und wartete auf die zurückkommenden Gespanne. So erschöpfte Pferde sah ich noch nie. Die erste Nacht auf polnischem Boden. Ich dachte an die Burgen bei Bad Kösen und mein Herz tat mir weh. Dann dachte ich an Großvater, wie er sich um seine Pferde immer sorgte. Von Ferne hörte ich Motorengeräusche von Flugzeugen. Es waren deutsche Maschinen, sie flogen in Richtung Russland.

Am nächsten Tag marschierte unsere Kompanie im Eilmarsch Richtung Brest. Unterwegs hörten wir, das Brest genommen sein soll. Wir schafften an diesem ersten Tag noch 20 Kilometer. Nach 2 Stunden Rast zum Schlafen ging es schon weiter. Sieben Stunden quälten wir uns vorwärts. Die stechende, heiße Sonne, der Staub, der in den Augen brannte und sich in allen Öffnungen ablagerte, und der quälende Durst, dazu das schwere Gepäck zermürbten die Leute. Auch ich war am Ende meiner Kräfte. Unsere Infanterie-Kompanie wälzte sich wie ein Ungeheuer ostwärts. Manchmal wusste ich nicht, ob wir das Ungeheuer waren oder ob die Landschaft das Ungeheuer war, das uns fressen wollte. Als wir gegen 17 Uhr des zweiten Tages in Brest an der Zitadelle ankamen, tobten noch heftige Kämpfe. Wir machten eine Rast von zwei Stunden, aßen und schliefen. Auf der letzten Tagesetappe gelangten wir in den Osten von Brest. Dort nächtigten wir unter freiem Himmel. Ich war so müde und erschöpft, dass ich nicht zur Ruhe fand. Dann hörte und später sah ich in dem nächtlichen Dämmerlicht die Kradschützen der SS-Verfügungstruppen, wie sie an uns vorbeirollten. Sie wollten als erste in Moskau einziehen. Was ist das für ein Fanatismus und eine Sehnsucht, Krieg zu führen. Mutter, ich bin hier der Außenseiter.

Am nächsten Tag, am 27.6.41, marschierten wir von Brest weiter in nord-östlicher Richtung. Es war wieder unerträglich heiß, dazu die Mücken und der Staub. Ein Ziel wurde uns nicht genannt, die militärische Lage war uns nicht bekannt. Der Wehrmachtsbericht sprach nur von großen Erfolgen, die vor uns lagen.

Das Land, das wir durchquerten, war armselig. Flaches Land, karger Sandboden bebaut mit Roggen, Hafer, Kartoffeln und viel Ödland. Dazwischen sumpfige Senken mit kleineren Birken- und Kiefernwäldchen. Es gab selten ein Dorf, meist sah ich nur einzelne Gehöfte. Holzblockhäuser mit Strohdächern, weißen Kalkanstrichen und Lehmhütten. Ziehbrunnen neben den Hütten, manchmal auch ein kleiner Gemüsegarten mit Kohl. Nirgends sah ich Blumen oder Zierrat an den Gehöften. Meine Gedanken wanderten wieder zurück in die Heimat, *zu den Burgen, zur Lache, Saale und Unstrut. Die Stimmung in der Truppe war angespannt. Die Belastungen durch die Hitze, das Gepäck, den Staub, die unpassierbaren Wege, die Mückenschwärme und der ständige schreckliche Durst waren kaum noch auszuhalten. Die motorisierten Verbände hatten immer Vorfahrt, sie nahmen Fühlung mit dem Gegner auf, deshalb mussten wir ihnen, wenn sie kamen, sofort die Straße überlassen. Wir schafften an diesem Tag 30 bis 40 Kilometer. Dann sahen wir brutale Kampfspuren. Havarierte russische Tanks und Geschütze, Bombentrichter und auch die ersten Soldatengräber von deutschen Soldaten.*

Mutter, ich habe Angst davor, von Granaten oder Bomben zerfetzt, zerstückelt oder auseinandergerissen zu werden. Ein in Stücke gerissener toter Körper ist das Allerschlimmste.

Am 28.6.41 marschierten wir in Weißrussland ein. Jeden Tag, jede Stunde, jeden Augenblick kämpften wir gegen tiefen Sand, Mückenschwärme und quälenden Durst. Es gab nur wenige Brunnen und die hatten auch nur einen begrenzten Wasservorrat. Die Ziehbrunnen mit langem Ziehbalken waren primitive Konstruktionen. Zuerst wurden die Pferde getränkt. Die Zugpferde mussten Unsägliches leisten. Einige waren vor Erschöpfung schon zusammengebrochen. Die russischen Gehöfte waren noch dürftiger als die polnischen. Es waren meist primitive Lehmhütten mit anhängendem Stall und bisweilen gab es separat noch eine Scheune. Nach einer erholsamen Rast brachen wir auf zur letzten Tagesetappe. Wir wühlten uns durch 50 Zentimeter tiefen Sand. Jeder Schritt war eine Qual. Pferde und Menschen litten unter den üblen Wegeverhältnissen. Bis 12 Uhr nachts hatten wir 7 Kilometer geschafft. Wir waren in der Nähe von Charki gelangt. Insgesamt hatten wir an diesem Tag wieder 35 bis 40 Kilometer zurückgelegt. Auch an diesem Tag bekamen wir keine Nachrichten über die russischen Kriegsschauplätze.

Heute, Sonntag, der 29.6.41, ist Ruhetag. Wir schlafen und die meisten von uns schreiben die ersten Briefe aus Russland nach Hause. Ich habe meine Sachen ausgeschüttelt. Die Mücken haben sich an mir satt gefressen und einige Mückenstiche haben sich durch den Staub und den Dreck entzündet. Der Skizzenblock tröstet mich. Meine erste Zeichnung ist ein primitiver Ziehbrunnen mit dem langen unförmigen unbehauenem Ziehbalken. Dahinter Wege, die im Sand versinken. Gerade hören wir eine Sondermeldung des O. K. H., in der uns mitgeteilt wird, dass das deutsche Heer unfassbar große Erfolge in Russland erzielt hat, mehr als 4.000 rote Flugzeuge sind abgeschossen worden, 2.500 rote Panzer wurden vernichtet und zwei rote Armeen sind bei Bialystok eingeschlossen. Erste deutsche Verbände haben die Beresina überschritten. Die militärischen Erfolge spornen auch mich an. Viele in meiner Kompanie befürchten sogar, dass der Krieg gewonnen wird, ohne dass sie selbst an den kriegsentscheidenden Kampferfolgen teilnehmen konnten.

Liebe Mutter, wenn du mir Brot schicken könntest, wäre ich euch sehr dankbar. Oft erreichen uns wegen der üblen Straßenverhältnisse die Verpflegungswagen nicht rechtzeitig. Und neue Strümpfe brauche ich auch dringend. Entschuldigt bitte, wenn es wie eine Forderung klingt, aber der Sand im Stiefel scheuert alles in Kürze kaputt.

In der Truppe habe ich einen guten Kameraden, Benedikt, aus Erfurt, gefunden, mit dem ich mich gut unterhalten kann. Er ist Pianist an der Oper. Wir achten aufeinander und helfen uns, dass macht vieles erträglich.

Liebe Eltern, sorgt euch nicht um mich und bleibt behütet. Ich wünsche mir, dass wir uns bald wiedersehen. Habt Dank für alles.
Euer Gerhard.

In den wenigen Tagen habe ich erkannt, wie sehr ich unsere deutsche Heimat liebe.

»Hier ist der zweite Brief von Gerhard«, sagte die Tante und reichte ihn Johanna.

OU, Sonntag, der 13.7.41

Liebe Eltern,

wir haben etwas Ruhe zum Schlafen, Schreiben und Erholen, denn es geht erst heute Nachmittag weiter. Weiter heißt für uns hier weiter in den schrecklichen Krieg hinein.

Von Charki marschierten wir über Liwinow nach Sielez. Die Hitze war unverändert, der Staub und die lästigen Mücken auch. In Sielez hatten wir Quartier bezogen. Es war eigentlich ein schönes Städtchen. Die Häuser waren groß gebaut und sahen gepflegt aus. Die Straßen waren gepflastert. Ich schaute auf eine christliche Kirche. Es gab hier auch Synagogen. Uns wurde gesagt, dass hier viele Juden lebten. Wieso lebten? Wo sind sie hin? Die Synagogen sind zerstört. Ab Sielez, 2.7.41, marschierten wir durch ein großes Waldgebiet. Der Marsch nötigte uns viel ab. Es war kein Fortkommen in den Sandwegen. Heckenschützen lauerten uns überall auf. Benedikt und ich waren nicht in Gefahr. Wieder waren einige Pferde wegen Hitze und Überanstrengung tot umgefallen. Zehn Stunden hatten wir kein Wasser. Zwei Kameraden brachen vor Entkräftung zusammen. Sie starben und wir begruben sie notdürftig. Wir kamen durch niedergebrannte Ortsteile und sahen, wie russische Gefangene zu uns überliefen. Es hieß, wir hätten Teile einer russischen Armee eingeschlossen. Ich hatte wirklich keine Vorstellung mehr davon, wo ich mich auf dieser Welt befand. Wir trafen immer wieder auf flüchtende Juden mit Kindern und Gepäck. Flüchteten sie nach Osten oder Westen, flüchteten sie vor uns oder den Russen? Ich wusste es nicht. Immer wieder hörten wir Schüsse. In Racliewitsch machten die Kompanie Quartier. Obwohl ich todmüde war, hörte ich nachts noch lange laute deutsche Stimmen und immer wieder Schüsse. Am nächsten Tag ging es wieder durch den Wald, in dem die Heckenschützen warteten. Wir hielten die Ostnordost-Richtung bei. Das glaubte ich jedenfalls. Benedikt sagte, die nächtlichen Schüsse kämen von Erschießungen. Vielleicht die aufgegriffenen Juden? Warum hier Standrecht? Ich konnte und wollte nicht

darüber nachdenken. Wir erreichten am 3.7.41 Byten und machten
Rast in einer russischen Schule. Endlich unter einem Dach schlafen.
Aber statt der ersehnten Nachtruhe hörten wir, dass wir uns zwischen
zwei russischen Armeen befanden. Der Geschützdonner und die streu-
ende Artillerie der Russen kamen von zwei Seiten. Viele Kameraden,
die wie ich befürchteten, am nächsten Tag in die Kampfhandlungen
einbezogen zu werden, wälzten sich schlaflos, wortlos, aber todmüde
auf ihrem Lager. Aber dann marschierten wir am 4.7.41 weiter über
Lesno nach Novosady. Wir entfernten uns langsam vom Geschützdonner (!). Mittags kam Regen, endlich Regen, der schnell zum Gewitter wurde und den Sand in Schlamm und Morast verwandelte. Wir
lagerten in einem verlassenen Pfarrhaus neben einer Holzkirche. Ich
würde sie gern zeichnen, aber der Skizzenblock war nass geworden. In
der Nähe hatten die Kommunisten vor unserer Ankunft ein Gutshaus
in Brand gesetzt, der Qualm stand immer noch wie drohend über den
verkohlten Balken am Himmel. Nachts hörte ich wieder Schüsse und
erfuhr am Morgen, dass sie die Brandstifter gefasst hatten. Am 5. und
6.7.41 legten wir 40 bis 50 Kilometer durch schöne Landschaft zurück.
Es war ein bisschen wie Sonntagsstimmung. Die Felder waren bestellt,
und die Menschen, die wir trafen, sahen ordentlich aus. Manche be-
grüßten uns sogar freundlich. In der Nähe von Hulicze campierten
wir auf offenem Feld. Am 7.7.41 marschierten wir auf besseren Straßen
über die alte russische Grenze nordöstlich von Kletsch. Das erste sowjetische Dorf, dass ich sah, war Zaulki. Ich hatte den Eindruck, dass
die Kollektivbauern den Kommunismus auch nicht haben wollten. Die
einheitlichen großen Felder erweckten in mir den Eindruck, als seien
sie seelenloses Land. Dann, am 8.7.41 marschierten wir weiter auf besseren Wegen, aber ohne Deckung durch Wälder oder Baumgruppen. Es
war wieder sehr heiß. Versprengte Feindrussen machten der Kompanie
zu schaffen. Unsere Verluste mehrten sich. Das II. Bataillon wurde in
Alarmbereitschaft gesetzt. Die angreifenden Russen waren Einheimi-
sche, die sich hier gut auskannten. Für die ganze Kompanie galt in der

Nacht Alarmbereitschaft. Am 9.7.41 Abmarsch schon vier Uhr in der Früh. Wir schafften an diesem Tag 43 Kilometer. Die Mücken und die Hitze waren nicht mehr zu ertragen. Kaum ein Soldat konnte in der Nacht wegen der Mücken schlafen. 10.7.41 wieder Hitze und Staub. Bei einigen Soldaten lagen die Nerven schon blank, aber wir kamen in der öden Gegend gut voran. Nachts erreichen wir einen schönen Lagerplatz in Moissewitschi. Kaum hatten wir uns zur Ruhe begeben, gab es wieder Alarmbereitschaft. Der Kanonendonner dröhnte die ganze Nacht. Dazwischen die Artillerie. Ich konnte nicht mehr unterscheiden, waren es unsere Geschosse oder feindliche. Wo sind unsere Fliegerbomber, fragte ich mich ängstlich. Am 11.7. marschierten wir bis Ossipowitschi. Wir wurden auf Lkws verladen und bis Swislotsch gebracht. Hier sollten wir die Eisenbahnbrücke über die Beresina sichern. Was für ein riesiger majestätischer Fluss. Unser Einsatz an der Brücke wurde mehrfach gestört durch russische Sprengbomben, die aus großer Höhe über uns abgeworfen wurden. Versprengte russische Truppenteile feuerten ununterbrochen mit leichten Geschützen und Artilleriefeuer auf unsere Kompanie. Es gab viele Verluste und schreckliche Verletzungen. Das Grauen hat mich erreicht. Oh Mutter, der Tod hat so viele unvorstellbar schreckliche Gesichter. Und ich überlege mir jede Nacht, welches Gesicht wird er für mich bereithalten? Anderntags hatten wir das Gelände erkundet und konnten uns rächen. Die Eisenbahnbrücke über die Beresina konnten wir halten. In der Nacht erreichten wir Uglata und lagerten im Freien. Am nächsten Tag kamen die Lkw, Panzer und alle anderen Fahrzeuge und konnten die Beresina überqueren. Am 12.7.41 überquerten die letzten Einheiten unserer Kompanie die Beresina. Vorbei an zusammengeschossenen russischen Panzerzügen, aber auch viele (zu viele) deutsche Panzer standen ausgebrannt oder zerschossen daneben, auch deutsche Motorräder, Ausrüstungen und Geschütze lagen kaputt neben der Straße. Wo waren die Soldatengräber? Ich sah hier keine Gräber. Was war mit den Toten geschehen? Wir waren etwa 50 Kilometer hinter der deutschen Panzerlinie. Der Geschützdonner verfolgte uns wieder Tag und Nacht. Mir schien, er kam erneut jeden Tag näher heran. Der Krieg war hier und die Angst war in mir. Auch Benedikt litt unter der körperlichen Erschöpfung und der psychischen Anspannung vor dem Kampf. Die vielen Toten, die hier nur Verluste hießen, wurden nicht mehr begraben. Einen Verlust musste man auch nicht begraben, er wurde in eine Liste eingetragen und abends addiert. Ich merkte an mir selbst, dass ich vieles, was einen zivilisierten und kultivierten Menschen ausmachte, in den letzten Tagen abgelegt hatte. Der Krieg hat meine Seele verwundet. In meiner nächtlichen stillen Angst halte ich mich fest an der Erinnerung an die Burgen an der Unstrut und der Saale. Es hilft mir, dass Erlebte in den Briefen an euch aufzuschreiben, den Qualen einen Namen zu geben und meine Gefühle auszudrücken. Mir scheint, als würde ich sonst an allem Schrecklichen und dieser Sinnlosigkeit ersticken. –

In den nächsten Tagen wird es zu harten Kämpfen kommen, sagte man uns. Die Russen ziehen ihre militärischen Kräfte zwischen der Druth und dem Dnepr zusammen. Sie wollen unseren Vormarsch stoppen.

Liebe Eltern, morgen oder übermorgen wird es zu harten Kämpfen kommen. Ich spüre, dass eure Gedanken, bei mir sind.

Bleibt behütet. Ich glaube fest an ein Wiedersehen.

Euer Gerhard.

Tantchen weinte lautlos in ihr Taschentuch. Johanna saß neben ihr und sagte in die Stille hinein: »Das war gut, dass wir Gerhards Briefe gelesen haben, denn nun kann ich ihn mir besser vorstellen. Niemand hat mit mir bisher so offen über Onkel Gerhard geredet wie du. Danke Tante Elisabeth.«

Tante Elisabeth hatte inzwischen den dritten Brief auseinandergefaltet. Es war ein amtlicher Brief mit Schreibmaschine geschrieben. Sie reichte ihn Johanna zum Lesen. Johanna wendete ihn und sah das Siegel mit dem Reichsadler und dem Hakenkreuz. Die Unterschrift lautete: Heil Hitler! Dann ein handschriftlich hinzugefügter Name und der Dienstgrad Oberleutnant. Johanna hielt das Bild eines Hakenkreuzes in ihren Händen. Ihr grauste. Aber sie las auch den Brief laut vor.

Emil Schulz U. O., den 25. Juli 1941
Oberleutnant
F.P.Nr. 05067

Sehr geehrte Eheleute Haufe!
Getreu seinem Fahneneid erfüllte Ihr Sohn seine Pflicht im Kampf um die Freiheit Großdeutschlands.
Während der schweren Kämpfe zwischen Oserany und Weritscheff wird Ihr Sohn, der Infanterist Gerhard Hellmund, seit dem 16. Juli 1941 vermisst. Alle Nachforschungen blieben bisher ergebnislos.
Sehr schwer und unfassbar für Sie wird diese Nachricht sein. Aber seien Sie sich dessen bewusst, Ihr Sohn kämpfte für Deutschlands Größe und Zukunft. Er hat stets seine Pflicht für Führer und Volk vollauf getan. Die Kompanie wird Ihrem Sohn als gutem Kameraden ein ehrendes Gedenken bewahren. Möge Ihnen seine Pflichterfüllung und Einsatzbereitschaft Trost und Kraft geben in dem schweren Leid, das sie betroffen hat.
Zur Regelung der Versorgungsansprüche bitte ich Sie sich an den für Sie zuständigen Wehrmachtsfürsorgeoffizier, dessen Standort Sie bei jeder militärische Dienstelle erfahren können, zu wenden. Er wird Ihnen in allen Angelegenheiten bereitwillig Auskunft erteilen.
Das Gepäck Ihres Sohnes, welches sich bei ihm befand, ist in Verlust geraten.
In aufrichtigem Mitgefühl grüße ich Sie mit Heil Hitler!
Schulz (daneben das Siegel mit Reichsadler und Hakenkreuz)
Oberleutnant

»Ich glaube«, stöhnte die Tante leise, »sie haben ihn überhaupt nicht gesucht. Vielleicht war das auch bei den Kämpfen nicht möglich. Er war eben auch nur ein Verlust. Gerhard hat den Krieg nur fünfundzwanzig Tage erlebt. Wir haben niemals erfahren, wie er gestorben ist. Aber was die anderen erzählten, die lange Zeit in Russland den Krieg überlebt haben, war furchtbar. Der lange andauernde furchtbare Krieg in Russland ist unserem Gerhard erspart geblieben.« Tante Elisabeth schwieg. Dann sagte sie leise, »mein Großvater war im Krieg und ist im Krieg geblieben. Großmutter hat den Schmerz ihr Leben lang ertragen. Als Friedrich in den Krieg zog, haben Mutter und ich Tag und Nacht Angst um ihn gehabt. Er kam schwer verwundet zurück. Viele seiner Freunde sind nicht zurückgekommen. Nun Gerhard. Die Menschen sagen, die Geschichte wiederholt sich. Nein, das glaube ich nicht, sagte Tante Elisabeth. Das Einzige, was sich wiederholt, sind die Mechanismen. Machtgier, Landgier, Selbstüberschätzung und Herrschsucht von Wenigen. Schmerz und Leid, Tod und Verletzungen und Not und Verzweiflung sind immer individuell und sie sind bei den anderen, den Vielen.«

In dem Koffer lagen unter den Briefen eine Menge Zeichnungen und Skizzen von Landschaften, einzelnen Bäumen, Selbstbildnisse oder auch schöne Zeichnungen von Tante Elisabeth, seiner Mutter, und seinem Vater, Onkel Konrad. Zweifellos war Gerhard künstlerisch sehr begabt. Eine Familie mit einem Künstler, dachte Johanna.

Sie schaute sich die Zeichenblätter alle an, dann sagte die Tante, »bitte lege die Sachen wieder in den Koffer. Ich möchte den Koffer aufheben. Wir stellen ihn in mein neues Schlafzimmer, dann ist Gerhard bei mir.«

Bis zum 16. Juli war alles fertig umgeräumt und aufgeräumt.

Johanna besuchte jedes Mal, wenn sie in Grünfeld war, Tante Elisabeth am anderen Ende des Dorfes.

Aber sie hatte immer auch noch ein anderes Ziel. Wenn sie allein durch das Dorf ging, machte sie einen Umweg und ging am Haus von Ludwigs Eltern vorbei. Ludwig hatte sein Studium in Berlin inzwischen beendet und war Ingenieur geworden. Tante Elisabeth erzählte bei Johannas letztem Besuch, dass er bald heiraten würde und ins Haus der Eltern ziehen wollte. Ob er noch an sie dachte, überlegte Johanna. Sie wünschte es sich immer noch. Mit Ludwig hätte sie reden und sich ihm anvertrauen wollen. Aber es gab keine Verbindung zu ihm. Sie ging langsam an seinem Haus vorbei, sie sah ihn nicht, sie hörte ihn nicht, aber sie war in seiner Nähe und das war einen Moment lang ein schönes Gefühl.

Umso dankbarer war Johanna, dass sie Tante Elisabeth hatte. Hier hatte sie das Gefühl, ihr liebes Tantchen würde ihre Andersartigkeit besser verstehen und mit mehr Zuneigung tolerieren. Wenn Johanna das Dorf in Richtung Naumburg wieder verließ und an dem Haus der Tante vorbeiging, winkte sie ihr jedes Mal aus dem Fenster zu. Dieser ehrliche Gruß bedeutete Johanna viel. Noch nach zwanzig Jahren, als Johanna schon berufstätig war und in Berlin lebte, winkte ihr die Tante zu, wenn sie Grünfeld nach einem Besuch verließ. Die Tante hatte verstanden, dass, wenn einer weggeht, es nicht immer sicher ist, ob er jemals zurückkommt, und sie hatte erfahren, dass der letzte Blick im Buch der Erinnerung erhalten bleibt.

Abitur und Studium

Johanna erkrankte häufig und versäumte den Schulunterricht. Die schulischen Leistungen waren schlecht und die Versetzung in die nächsthöhere Klassenstufe gefährdet. Nach langem Nachdenken entschied sie sich, die Mittelstufe zu wiederholen. Es war für Johanna die richtige Entscheidung, sie hatte lange Zeit darüber nachgedacht und der einstige gute Rat ihrer Tante Elisabeth gab ihr für diesen Entschluss zusätzliche Sicherheit. Die Wiederholung der Jahrgangsstufe brachte Johanna endlich schulische Erfolge, Stabilität ihrer Gesundheit und ihr Selbstbewusstsein und ihr Selbstvertrauen kehrten zurück.

Eines Tages, Johanna war im vorletzten Schuljahr, lernte sie Andreas kennen. Er kam von einer ebenfalls kirchlichen Schule und besuchte als Schülervertreter ihre Schule. Sie verliebte sich in ihn und er auch in sie. Als Andreas im Herbst sein Theologiestudium in Naumburg begann, trafen sie sich, so oft es möglich war, sie schrieben sich heimlich kleine Zettel und irgendwann glaubten sie beide an die große Liebe. Aber Johanna war auch von Andreas' Leben fasziniert. Er kam aus einer anderen Welt und lebte in einer Welt, die sie bis dahin nicht gekannt hatte, aber die sie reizte und die sie kennenlernen wollte. Andreas war der Siegertyp. Ihm gelang einfach alles. Er bekam alles, er wusste alles, er war immer der Überlegene. Er war immer der Bessere. Für ihn gab es keine Anstrengung und keine Auseinandersetzungen. Er war es gewohnt, erfolgreich zu sein. Immer und überall und vor allen anderen. Das glaubte Johanna lange Zeit. Sylvester und Neujahr, zu Johannas Geburtstag, besuchte Andreas Johannas Eltern. Er kam nach Grünfeld und war von der Einfachheit, eigentlich war es die Primitivität, von Johannas Elternhaus und dem kleinen Hof, begeistert. In der Silvesternacht kurz vor Mitternacht stiegen Andreas und Johannas Vater auf den Kirchturm, um die Glocken für den Jahreswechsel zu läuten, so, wie es der Vater immer getan hatte, seit Johanna denken konnte. Nach dem Läuten der Glocken holte Andreas seine Trompete heraus und blies vom Kirchturm herab für Johanna ein Liebesständchen – ein Geburtstagslied. Die Trompete sang einsam über den Dächern Grünfelds ihre Melodie, die der Wind hinab in die Straßen und zu den Menschen wehte. Das nächtliche Ständchen verursachte Aufsehen im

Dorf. Die Menschen ließen sich von der ungewohnten Musik begeistern. Einige Mädchen schwärmten noch viele Jahre von der Liebeserklärung der anderen Art. Für Johanna und Andreas begann in dieser Nacht ein gemeinsames Leben. Andreas war fast zwanzig und Johanna 19 Jahre alt. Sie beschlossen, in den Semesterferien im Sommer dieses neuen Jahres nach Bulgarien zu trampen und sich dort heimlich zu verloben. Johanna und Andreas träumten die ganze Nacht von einer gemeinsamen Zukunft und sie glaubten fest an ihr Glück und daran, dass es niemals zerbrechen würde. Andreas reiste wenige Tage später aus Grünfeld ab und in Johannas kleiner Welt blieb Leere zurück. Auch sie musste bald wieder abreisen, denn die Ferien gingen zu Ende. Aber bevor Johanna Grünfeld verließ, ging sie noch einmal am Haus von Ludwig vorbei. Sie stand an seiner Treppe und lauschte einen Gedanken lang durch die geschlossene Haustür dem Familienleben. Ludwig hörte sie nicht, sie wusste es, sie spürte es, dann ging sie weiter.

Johanna wurde mit einem recht guten Zeugnis in die Abiturklasse versetzt.

Dann, in den Semesterferien war es soweit, Johanna und Andreas trampten nach Bulgarien und verlobten sich in Sofia auf der Treppe der Alexander-Newski-Kathedrale. Gleichzeitig begann Johanna die Welt kennenzulernen. Trampen, das war mühsam und gefährlich, aber sie waren beide jung, glaubten an ihr Glück und sahen keine Risiken. Sie waren durch Tschechien und die Slowakei nach Ungarn gefahren, hatten sich dort alte Städte angesehen und irgendwo bei freundlichen Menschen auch einmal in einer alten Ziegelei auf einem Brennofen übernachtet. Sie fuhren durch Rumänien machten ihre Stopps in Siebenbürgen und der Walachei, schauten sich Bukarest an, liefen über die große Donaubrücke, auf der die Hitze unbarmherzig brannte, und kamen schließlich nach Bulgarien. Nach Sofia, zur Kathedrale. Zum

Ort ihrer Verlobung. Sie hatten sich für ihre Verlobungsanzeige einen bekannten mittelhochdeutschen Text aus dem 12. Jahrhundert ausgesucht. Sie liebten einander, leidenschaftlich und aufrichtig und sie wollten ihre Liebe aller Welt mitteilen. Von hier verschickten sie ihre Verlobungsanzeigen. Sie übernachteten in der Nähe der Stadt in einem alten kleinen Kloster, in dem nur eine einzige Nonne lebte, die sie herzlich und sehr fürsorglich betreute. Nach ein paar Tagen fuhren sie per Anhalter bis zum Kloster Rila weiter. Vom Rila-Kloster sollte die Reise weiter bis zum Schwarzen Meer gehen und von dort wieder zurück nach Hause.

Sie hatten das Rila-Kloster längst wieder verlassen und fuhren mit einem freundlichen Ehepaar in einem alten russischen Pkw durch ein kleines bewaldetes Tal in Richtung Plowdiw. Es war ein heißer Tag. Die Landstraße führte an einer kleinen Mauer, ähnlich einer Friedhofsmauer, entlang, mitten durch ein kleines Dorf. Vorn neben dem Fahrer saß Johanna und unterhielt sich mit ihm. Die Frau des Fahrers und Andreas saßen hinten und schliefen offensichtlich. Eigentlich war das Dorf recht hübsch, aber sehr arm. Sie fuhren linkerhand an einem kleinen Platz vorbei, auf dem die Kirche stand. Hier waren Menschen versammelt, die schöne Trachten trugen. Johanna überlegte noch, um was für einen Feiertag es sich handeln könnte, als plötzlich etwas, direkt vor ihr, auf die Motorhaube krachte. Johanna zuckte vor Schreck und Angst zusammen. Das war ein Mensch, schoss es ihr durch den Kopf. Der Fahrer erschrak ebenso, riss im Affekt das Lenkrad herum und raste holpernd über ein Hindernis mit dem Auto gegen die Mauer. In dieser Schrecksekunde war ein furchtbares Unglück geschehen.

Ein Junge, vielleicht ein Schulkind aus der Grundschule, war mit anderen Kindern hinter der Mauer in dem kleinen Bach baden gewesen. Die Kinder kamen vom Bach und wollten ins Dorf zurück. Vielleicht wollte dieser Junge als Erster auf dem Platz an der Kirche sein. Er sprang auf die Mauer und sprang im gleichen Augenblick von der Mauer herunter und direkt auf das Auto, rollte die Motorhaube herunter und wurde von dem Auto im selben Augenblick überfahren. Der Fahrer, Johanna, seine Frau und Andreas stürzten aus dem Auto zu dem Kind. Es lag auf dem Rücken, ein Bein angewinkelt, die Arme wie rudernd von sich gestreckt. Aus Nase und Ohren flossen dünne Blutrinnsale. Seine Brust war unter einer schwarzen Reifenspur eingedrückt. Er lag auf der Straße, fast nackt, nur mit einer Turnhose bekleidet. Seine Badesachen hatte er im Sturz von sich geschleudert. Johanna schaute in seine weit aufgerissenen braunen leeren Kinderaugen. Sie waren so leer, dass sie bis zum Grund sehen konnte. Was sie dort sah, war die größte Schuld, die es je gab. Schuld, die keinen Namen hatte, Schuld, die niemals vergehen würde, es war die Schuld am Tod eines Kindes. Johanna kniete sich neben den Jungen nieder. Das Blut hatte sich um seinen Kopf herum ausgebreitet und floss zur Straßenmitte. Johanna konnte keine Kraft aufbringen, den Jungen in ihre Arme zu nehmen. Sein Kopf lag merkwürdig zur Seite geneigt. Warum nur? Alle Gedanken formulierten und schrien diese einzige Frage so laut in ihr Bewusstsein, das ihr Kopf davon dröhnte. Warum nur? Ich sollte seine Augen schließen, dachte etwas Fremdes in ihr. Doch auch ihre Hände konnte sie nicht bewegen. Der Fahrer hatte sich inzwischen auf die Mauer gesetzt, von der der Junge heruntergesprungen war. »Er ist tot«, sagte er hilflos und weinte. Seine Frau tastete nach dem Puls und untersuchte sofort die Reflexe, aber der Junge war tot. Kein Puls, keine Reflexe. Der Schreck, die Schuld und die Ohnmacht lähmten alle Gedanken des Fahrers. Bleich, starr und verzweifelt schaute er auf den Jungen herab. Dann musste er sich übergeben. »Was sollen wir jetzt tun?«, fragte Andreas. Johanna hörte in ihrem Kopf nur die Frage, Warum? Warum? Andere Kinder kletterten inzwischen langsam hintereinander auf die Mauer und schauten von oben herunter auf ihren toten Freund. Einige Jungen rannten zur Kirche. Wenig später kamen Frauen und Männer vom Kirchplatz schnell heran und sprachen laut auf sie ein, vermutlich wurden sie beschimpft, aber sie verstanden kein Bulgarisch. Eine alte Frau legte ihr bunt besticktes Kopftuch über das Gesicht des toten Kindes. Dann kam ein Mann angerannt, er schaute hasserfüllt zu ihnen, schnell beugte er sich zu dem Kind herunter, nahm zärtlich den Jungen in seine Arme und wiegte ihn wie einen Säugling. Er war der Einzige, der sie nicht anschrie. Seine ganze Wut, seine Verachtung und sein grenzenloser Zorn waren nur in seinem Blick. Er hielt den Jungen im Arm und wiegte ihn und weinte. Nach Stunden langen Wartens kam die Polizei, der Mann, der das tote Kind noch immer wiegte, durfte nach Hause gehen. Die Polizei befragte alle Anwesenden. Immer wieder zeigten die Dorfbewohner mit ihren Fingern auf das Auto und auf den Fahrer. Der Fahrer und seine Frau und Andreas und Johanna wurden mit einem Polizeiauto weggebracht. Andreas und Johanna verbrachten die ganze Nacht in der kleinen Polizeistube des Dorfes. Am nächsten Morgen durften sie die Polizeistube verlassen. Den Fahrer und seine Frau, die sie freundlicherweise mitgenommen hatten, sahen sie nicht wieder. Johanna und Andreas blieben noch zwei Tage in dem Dorf und wurden am nächsten Tag noch einmal verhört. Der Polizeibeamte, der ein wenig englisch sprach, riet ihnen, das Dorf bald zu verlassen und im vertraulichen Ton fügte er hinzu, dass der Fahrer verhaftet worden war.

Alles war furchtbar und unsagbar schlimm, aber am schlimmsten war das Geräusch, als der Junge auf die Motorhaube des Autos fiel. Es war ein plötzliches Krachen, als würde unvermittelt ein Stein auf Blech fallen, dann ein Knacken wie Holz und danach ein Rumpeln, als würde man über einen Gegenstand fahren. Das Geräusch blieb immer in Johannas Kopf, wie das Unglück in ihrem Bewusstsein.

Johanna saß am Schreibtisch vor dem Fenster in ihrem Zimmer im Internat. Die Ferien waren vorbei und das letzte Schuljahr hatte begonnen, an dessen Ende sie ihr Abitur ablegen würde. Sie war allein und sie dachte über die vergangenen Sommermonate, über die Veränderungen in ihrem Leben und über die schönen und schmerzhaften Erfahrungen, die ihr dieser Sommer gebracht hatte, nach.

Was für beeindruckende Bauwerke, Städte und Dörfer hatte sie unterwegs gesehen und wie viele freundliche Menschen hatte sie überall getroffen. All das veränderte einen jungen Menschen und Johanna ließ sich gern verändern. Aber sie hatte auf dieser Reise noch etwas erlebt, das sie tief berührte. In Bukarest und in Sofia gingen sie einfach zum Patriarchen. Wer ging schon zum Patriarchen?, fragte sich Johanna. Schon die Vorstellung war für Johanna bisher außerhalb ihrer Fantasie gewesen. Aber Andreas' Vater kannte die beiden Patriarchen persönlich und sie wurden dort freundlich und mit einem kräftigen Frühstück empfangen. In Sofia hatte ihnen der Patriarch Maxim sogar die Übernachtungsmöglichkeit in dem kleinen Kloster organisiert. Was für eine märchenhafte Welt hatte sie kennengelernt, stellte Johanna fasziniert fest. Die Paläste der Patriarchen und das Leben der Kirchenführer war auch ein Teil der Welt, in der Andreas lebte und in der er sich auskannte. Aber diese Welt war dem jungen Mädchen Johanna aus Grünfeld fremd und alle Eindrücke wirkten auf sie falsch und angsteinflößend. Sie dachte an die armen Kirchenmitglieder, die sie unterwegs in Ungarn, in Siebenbürgen oder im Banat getroffen hatte und an ihr entbehrungsreiches Leben und ihre Nöte. An die armseligen Hütten, an die schäbige Kleidung, an Felder, die mit Werkzeugen und Geräten bestellt wurden, die mehr als hundert Jahre alt waren. Über diese armen Menschen regierten wie absolutistische Fürsten die Patriarchen der orthodoxen Kirche in scheinbar grenzenlosem Reichtum in ihren märchenhaften Palästen. Die Formel war einfach: Je ärmer das Kirchenvolk war, um so prächtiger der Palast des Patriarchen. Die Paläste selbst waren Ausdruck von Welt-Ferne. Inszeniert und gottlos. Johanna wusste, dass sie niemals zu dieser Welt gehören würde und auch niemals dazugehören wollte. Die Welt der Patriarchen war falsch.

Diese Reise hatte Johanna aber auch gezeigt, wie nah der Tod war und wie schnell Schuld entstehen konnte. Sie hörte den dumpfen Aufprall jede Nacht und jedes Mal sahen die leeren Augen des kleinen Jungen sie suchend an. Sie war nicht mehr die Johanna, die Anfang des Sommers zur Reise aufgebrochen war.

Das Abitur-Schuljahr entwickelte sich für Johanna zu einem Spießrutenlauf. Sie war die erste Verlobte am Proseminar. Einigen Dozenten an der Schule missfiel ihr Liebesverhältnis. Vielleicht befürchteten sie einen moralisch beschädigten Ruf ihrer Schule. Dann kam eines Tages, nach Johannas Unterricht, Andreas in die Schule. Johanna hatte sich gerade Bücher aus der Bibliothek geholt und kam die Treppe herunter. Sie hatte die Bücher im Arm. Am Fuße der Treppe traf sie freudig auf Andreas und Andreas gab ihr im Überschwang seines Glückes einen Begrüßungskuss auf den Mund. Wer diese liebevolle Begrüßung gesehen hatte und wer das der Schulleitung verpetzt hatte, blieb beiden verborgen. Aber nach dem ›Kuss in der Öffentlichkeit‹, wie er interpretiert wurde, wurde Johanna zum Rektor gebeten und vor die Alternative gestellt, entweder vor dem Abitur zu heiraten oder die Schule sofort zu verlassen. So ein Verhalten würde aus moralischen Gründen nicht geduldet werden. Die Schule verlassen? Das ging überhaupt nicht. Johanna glaubte, nicht richtig verstanden zu haben. Die Schule verlassen? Die Schule verlassen, hämmerte es in ihrem Kopf. Johanna sammelte ihre Kräfte zusammen. Nein, diesen letzten Kampf würde sie auch noch auskämpfen. Nach so vielen Opfern und Niederlagen. Nein, das ging nicht. Die Alternative war für Johanna keine Alternative. Sie brauchte das Abitur. Sie wollte das Abitur. »Nein, ich werde hier am Proseminar mein Abitur ablegen. Hier an dieser Schule werde ich, Johanna Trautmann, in wenigen Monaten ein gutes Abitur machen«, mit ruhigen, aber überzeugenden Worten und vollkommenem Hochdeutsch teilte sie das dem Rektor mit.

Andreas und Johanna heirateten im April in Naumburg und Johanna bekam mit fünf anderen Mitschülern einen Monat später, im Mai, im Naumburger Dom ihr Abiturzeugnis überreicht. Es war nicht herausragend gut, aber es war auch nicht schlecht. Es war eben recht gut. Der Tag der Zeugnisübergabe war immer ein besonderer Tag der Schule und des Jahrgangs. Ein Fest. Ein Höhepunkt. Ein Sieg. Ihr Sieg. Aber kein Pyrrhus-Sieg. Johanna war inzwischen zu einer jungen, attraktiven Frau herangereift. Das wusste sie und das gab ihr Sicherheit und Überlegenheit in ihrer Ausstrahlung und im Auftreten. Alle früheren Hemmungen hatte sie längst abgelegt. Sie sprach ein gutes Hochdeutsch, meistens besser als ihr Gegenüber und sie hatte eine beeindruckende Allgemeinbildung. Nun sollte sie endlich ihr Abiturzeugnis bekommen, für das sie so hart gekämpft hatte, für das sie Opfer gebracht hatte, für das sie Demütigungen der Deutschlehrerin ausgehalten hatte, für das sie die griechischen Stammformen rückwärts aufgesagt hatte und für so viele andere kleine und große Verletzungen. Die Abiturienten und ihre Angehörigen trafen sich vor dem Gottesdienst im Naumburger Dom auf dem großen Domvorplatz. Als die Glocken läuteten, betraten alle gemeinsam das Gotteshaus. Johanna trug einen dunkelblauen Rock und eine hellblaue Bluse. Sie schritt durch den Westlettner hindurch und setzte sich auf den für sie bestimmten Platz gegenüber der Reglindis. Reglindis lächelte in ihrer Fröhlichkeit auf Johanna herab. Die anderen Stifterfiguren schauten ohne Kümmernisse gegen die Zeit und die Menschen majestätisch und weltfern auf das Kirchenvolk herab. Auf den Ablauf des Gottesdienstes und die Ansprache des Rektors achtete Johanna kaum. Sie spürte in sich hinein, sie spürte, wie sich Stolz anfühlte, sie spürte in sich eine große Zufriedenheit über den erreichten Erfolg und sie spürte die Kraft, die ihr eigen war. Aber sie fühlte sich auch allein, vollkommen allein. Eigentlich fühlte sie sich verlassen. Niemand war ihretwegen gekommen, auch Andreas hatte heute Wichtigeres zu erledigen. Sie dachte an Großvater Friedi, sie dachte ans Kleb, an Albrecht und sie dachte an ihre Eltern, die auch nicht gekommen waren. Da erkannte sie, dass sie in diesem Augenblick unter dem Lächeln der Reglindis, mit allem, was Grünfeld bedeutet hatte, endgültig und in Frieden abgeschlossen hatte. Sie war nicht mehr Johanna aus Grünfeld. Sie war Johanna. Eine schöne, kluge, selbstbewusste, junge Frau. Nichts an ihr erinnerte an ihr Dorf Grünfeld. Ein zufriedenes Lächeln breitete sich auf ihrem Gesicht aus, als sie ihr Abiturzeugnis entgegennahm.

Johanna studierte mit Andreas zusammen Theologie in Naumburg. Sie hatten eine kleine Wohnung in der Schulstraße bekommen, die unbewohnbar für andere Naumburger war. Natürlich, denn in Naumburg herrschte wie in anderen Städten große Wohnungsnot. Trotzdem, Johanna wäre noch einigermaßen zufrieden gewesen, wenn nicht die Ratten gewesen wären, die sich immer vor ihrer Wohnungstür aufhielten und sich auf dem kleinen Hof sonnten, nachdem sie aus dem großlöchrigen Gully gekrochen waren. Es wäre noch erträglich gewesen, wenn die Wohnung nicht so nass gewesen wäre, sodass alles, was an der Wand stand, innerhalb kurzer Zeit verschimmelt war. Also, die Eingangstür unbedingt immer verschlossen halten und nichts an die Wand schieben. Das waren die Regeln der Schulstraße.

Das Studium und das Leben der Studenten am Oberseminar waren familiär, aber nicht zwanghaft. Man organisierte sich seinen Studienablauf und Studienalltag selbstständig. Vorgaben oder Kontrollen beschränkten sich auf Prüfungen und Seminare. Johanna, als Studienanfänger, belegte andere Studienfächer als Andreas, aber in der gemeinsamen Pause unternahmen sie oft Spaziergänge zum Bäcker und kauften sich manchmal verschwenderischerweise Windbeutel. Andreas hatte danach stets den Puderzucker des Gebäcks in seinem großen Bart verteilt. Johanna küsste ihn, bis aller Zucker verschwunden war. Sie liebte ihn. Sie liebte ihn sogar jeden Tag etwas mehr.

Johanna hätte glücklich sein können, aber sie war es nicht. Sie mühte sich in dem Studium, aber sie wollte eigentlich nicht Theologe werden. Sie war verheiratet, aber ihr Mann betrog sie immer wieder mit anderen Frauen.

Die unglückliche Liebe, tat sehr weh. Sie wollte um ihren Mann kämpfen, nur wie, gegen wen und womit? Um nichts in der Welt wollte sie Andreas verlieren. Um nichts in der Welt wollte sie, dass ihre Liebe zu Ende ging. Sie redete mit Andreas immer öfter über Untreue und Misstrauen, aber er wollte und konnte ihr nicht versprechen, treu zu sein. Er konnte ihr nicht einmal versprechen, sich um Treue zu bemühen. Er konnte sich nicht ändern, er wollte sich nicht ändern. Wie hält man es aus, wenn man liebt und nicht vertrauen kann? Wenn man eine Zukunft möchte und panische Angst vor jedem nächsten Tag hat? Wenn bei jeder Zärtlichkeit immer die Vorstellung dabei ist, dass es noch eine andere Frau für ihn gibt, mit der er anschließend das Gleiche tut und der er anschließend das Gleiche sagt, die gleichen Zärtlichkeiten austauscht, ihr die gleichen Küsse schenkt und die gleiche körperliche Vereinigung vollzieht. Johanna litt qualvoll. Sie brannte im Fegefeuer der Liebe und das Fegefeuer versengte die Leidenschaft ihrer Lust und ihres Glücks. Andreas ging im folgenden Jahr nach Berlin und studierte dort am Sprachenkonvikt Theologie. Ein Semester später folgte ihm Johanna ebenfalls ans Sprachenkonvikt.

Für Andreas war Berlin seine Heimat. Sie wohnten nicht weit von seinen Eltern entfernt in einer Hinterhauswohnung. Hier in

Berlin lebten Andreas' Freunde und Bekannte, hier kannte sich Andreas aus. Während er sich im Studium und im sozialen und kirchlichen Umfeld entfaltete, begann für Johanna der Abstieg ins Nichts. Eine fremde unbekannte Stadt hatte sie verschluckt. Das Studium wurde ihr zunehmend verhasst und schien sie täglich mehr und mehr auszuspeien. Sie sah die Pfarrer im Umfeld ihrer Schwiegereltern und deren gutes Leben in ihren herrschaftlichen Wohnungen, auch ihre Schwiegereltern führten ein solch gutes Leben in einer Luxuswohnung, geschützt und gut versorgt mit begehrenswertem Geld und Gut aus dem Westen. Auch diese Welt schien sie Stück für Stück auszuspeien, wie einen kratzenden giftigen Fremdkörper.

Irgendwann eines Tages erinnerte sich Johanna an ihren Vater und den Gemeindekirchenrat von Grünfeld, wie sie vor vielen Jahren vergeblich versucht hatten, Geld für die Sanierung des Kirchendaches, der Orgel und des Altarraumes zu bekommen. Sie bekamen auch kein Geld für die Gemeindearbeit von der Kirchenleitung. Johanna sprach mit Andreas' Vater über die Geldverteilung in der Kirche und die Sorgen der dörflichen Gemeinden. Sie erzählte von den konkreten Geldsorgen der Grünfelder Kirche. Das sei eine andere Kirchenprovinz, eine andere Verwaltung, erklärte ihr Andreas' Vater. Da hatte er recht, aber es war die gleiche Kirche. Seine Antwort war arrogant und unangemessen. Da war es plötzlich wieder, das Gespür für Ungerechtigkeit, für Dinge, die vielleicht formal richtig, aber ihrer Meinung nach unchristlich gehandhabt wurden. Johanna erkannte, egal wie die Kirche organisiert war, sie wollte damit nichts zu tun haben. Diese Institution, von Männern gemacht, war fehlbar, wie die Menschen selbst. Und sie, die Oberen in der Kirche, die zumeist üppig von den Spenden und staatlichen Zuweisungen lebten, wollten ihr gutes Leben möglichst bewahren und hatten kein schlechtes Gewissen. Sie waren die Frösche, die nicht wollten, dass ihr Teich trockengelegt wurde. Deshalb waren sie am wenigsten bereit, die kirchlichen Verwaltungsstrukturen zu hinterfragen oder sie zu ändern. Je mehr sie über die Institution Kirche nachdachte, umso mehr verlor sie den Halt in ihrem Glauben. Das Studium schien Johanna schon unerträglich, aber eines Tages im Pfarrdienst eben dieser Kirche zu stehen, konnte sich Johanna schlicht nicht vorstellen. Das war nicht ihr Weg und jeder Schritt auf diesem Weg fühlte sich falsch an. Die Zwiesprache mit Gott gelang ihr nicht mehr und auch das Vertrauen auf Gottes Beistand und Führung fehlten. Sie erinnerte sich, wie ihr Großvater an seinen Glauben festgehalten hatte und auch ihr Vater hatte in seinem Glauben immer Halt und Zuversicht gefunden, warum gelang es ihr nicht? Hatte Gott seine Hoffnung mit ihr etwa aufgegeben? Hatte er sie verlassen? Bei allem Zweifel, den sie hegte. Das waren Überlegungen, suchende Gedanken, Standortbestimmungen, aber dass Gott sich wirklich von ihr abgewandt haben sollte, das konnte und wollte sie nicht glauben. Würde Gott so etwas überhaupt tun?, fragte sie sich unsicher, natürlich würde er das, denn er hatte schon ganz andere Katastrophen zugelassen, resümierte Johanna an einem dunklen und nasskalten Oktoberabend bitter.

Das Studium war keine Perspektive, die Institution Kirche lehnte sie für sich entschieden ab und wie sah es in ihrer Ehe aus, fragte sie sich. Sie kam zu der Überzeugung, dass sie in der Ehe eine Versagerin war.

Was war schiefgelaufen? Was hatte sie falsch gemacht? Sie war keine so gute Studentin, wie Andreas sich das gewünscht hätte, vielleicht wäre er gern stolz auf seine Frau gewesen. Sie war auch keine so gute Partnerin im Bett, stellte sie selbstkritisch fest, vielleicht war es mit ihr sogar langweilig, eintönig, einfallslos. Seine Hilfe und Fantasie wären nötig gewesen. Vielleicht auch Hilfe von außen. Sie war noch immer verklemmt und nicht hemmungslos und leidenschaftlich, wie er das sicher gewollt hätte. Wovon er vielleicht insgeheim träumte. Sie war nur ein Blaustrumpf, ein Landei. Sie besaß keine Erfahrung und keine Fantasie für Liebesspiele, sie kannte keine Literatur über Sex und sie wurde nicht einmal schwanger. Sie ermöglichte ihm zwar ein gemütliches Zuhause und sie war eine schöne und kluge Frau, aber das allein reichte nicht aus, ihren Mann glücklich zu machen. An ihr eigenes Glück dachte sie längst nicht mehr.

Als sie einmal aus der Hochschule früher nach Hause kam, weil ein Seminar ausgefallen war, passte die Nachbarin, die auf dem gleichen Flur ihr gegenüber lebte, sie vor ihrer Wohnungstür ab und sagte zu ihr: »Gehen Sie nicht hinein, Frau Lindner, kommen Sie zu mir.« Johanna trank mit Frau Neumann eine Tasse Tee. Es fiel kein Wort zwischen den beiden Frauen, dann, als das Klappen einer Wohnungstür und Schritte und ein leises Gespräch im Treppenhaus hörbar waren, sagte Frau Neumann, »das war nicht das erste Mal. Er ist vielleicht ein kluger, aber mit Sicherheit kein guter Mann. Sie tun mir sehr leid.« Sie umarmte Johanna, als sie die Tür zum Treppenhaus öffnete.

Johanna wusste genau, solange Misstrauen und Verletzungen in ihrer Liebe existierten, würden ihre Leidenschaft und Lust immer von Angst vor Verletzungen beherrscht sein. Und sie selbst? Was genau fühlte sie wirklich? Für sie war es immer noch die große Liebe. Sie liebte Andreas mit aller Leidenschaft und Begierde, zu der sie fähig war. Wenn er nach Hause kam und er sie in den Arm nahm, wenn sie seine Lippen spürte und seinen Bart an ihren Wangen, wenn sie seinen Körper roch, waren nur Liebe und Leidenschaft in ihr und sie wollte und sie würde ihm alles verzeihen, wenn er sie ebenso lieben würde. Aber liebte Andreas sie noch? Sie war sich nicht sicher.

Zu oft und offensichtlich waren seine Beziehungen zu anderen Frauen. Aber ein Leben ohne ihn konnte und wollte sich Johanna nicht vorstellen. Sie litt Qualen, die sie in ihrem Studium lähmten und die ihr alle Kraft zum Leben entzogen. Wie geht ein Leben ohne Liebe? Wie geht Trennung mit Liebe? Sie dachte jeden Tag darüber nach, aber diese Gedanken fanden in ihren Gedankengängen keine Antwort. Sollte sie sich das Leben nehmen, weil sie sich nicht trennen konnte? Sollte sie bei ihm bleiben und Verletzungen und Demütigungen ertragen, bis sie zusammenbrechen würde? Sollte sie weggehen aus der Stadt, aus seinem Leben und aus dem Studium? Wohin sollte sie gehen, was sollte sie tun, wovon sollte sie leben ohne Geld und Unterstützung? Sie konnte sich keine andere Wohnung suchen, es gab keine leerstehenden Wohnungen in der DDR, in die man einziehen konnte. Sie schrieb ihre Ohnmacht auf, um nicht an so vielen ungesagten Worten zu ersticken. Sie schrieb Gedichte und Erzählungen, um zu den Worten zurückzufinden. Sie schrieb Episoden, um Bilder mit Glück zu gestalten. Johanna lebte auf einer schiefen Bahn und suchte vergeblich Halt. In ihrer Ratlosigkeit und Verzweiflung führte sie einmal ein sehr offenes Gespräch mit ihrem Schwiegervater. Sie fragte ihn andeutungsweise, was sie wegen der Untreue von Andreas unternehmen könne. Der ältere Mann verstand sofort, was sie meinte. Er riet ihr, nicht darüber zu reden und Verständnis zu zeigen. Verständnis, das Wort in diesem Zusammenhang, war schon wie eine Ohrfeige. Ihr jahrelanges Schweigen und jegliches Verständnis sollten so weitergehen? So sah die Rolle der Frau aus. So sah er die Rolle seiner Schwiegertochter. Verständnis und Schweigen. Johanna konnte nicht mehr schweigen und alles Verständnis war aufgebraucht. Aber es gab niemanden, mit dem sie hätte reden können. Alles Reden und alles Verstehen waren in ihrem Kopf und in ihrem Herzen an eine Grenze gelangt. Die Worte verschwanden beim Denken und die Bilder wurden grau und hässlich. Dunkle Ideen und Fantasien lagen wie Schattenwesen übereinander und erzeugten schrille Disharmonien. In den Gedankenwegen waren Barrikaden aufgebaut, die unüberwindbar waren. lhr Herz schrie, es war voller schmerzender Narben, die niemals heilen würden. Laute innere Stimmen hämmerten ihr einen Takt in die Blutbahnen, der klang wie: Es muss aufhören. Es muss ein Ende haben. Du hast den Kampf endgültig verloren. Begreife es jetzt.

Verzweiflung

Wenige Wochen nach dem Besuch bei Frau Neumann, als Andreas wieder auf einer Tagung war, entschloss sich Johanna in den Bürgerpark zu gehen, der sich gegenüber ihrem Hause befand, und sich dort im Dunkeln zu erhängen. Sie wusste, wie das geht, denn Großmutter Thea hatte sich damals auch erhängt. Sie hatte lange über das Vorhaben nachgedacht, sie hatte sich mit allem Für und Wider gründlich auseinandergesetzt. Die heutige Ruhe in ihr vertrieb alle Zweifel und Zögerlichkeit. Sie war innerlich vorbereitet. Sie hatte sich bewusst für das Erhängen entschieden, denn sie wollte das Ende ihres aussichtslosen zweiundzwanzigjährigen Lebens spüren und fast war es ihr wie eine Genugtuung und Freude, dass nun endlich alles Böse und Schmerzhafte aufhören würde. Sie hatte ein gutes Gefühl und war erfüllt von der Gewissheit, dass sie jetzt das Richtige tat. Ob damals Großmutter Thea auch eine solche Gewissheit hatte?, fragte sie sich. Sie sah Großmutter Thea vor sich. Erhängt, tot, aber nicht verzweifelt. Genau das wollte Johanna auch.

Es war ein kalter Oktobertag. Obwohl es noch nicht Abend war, hatte die Dunkelheit schon eingesetzt. Johanna hatte sich noch einmal frisch gewaschen und ihre besten Kleidungsstücke angezogen, sie hatte auch ihre langen schwarzen Haare ein letztes Mal gewaschen, geföhnt und die Zöpfe geflochten. Sollte sie einen Brief hinterlassen. lrgendeine Erklärung. Sollte sie Worte der Entschuldigung oder der Verzeihung schreiben? Oder Vorwürfe oder eine Anklage an Andreas? Johanna überlegte und schaute dabei noch einmal über seinen Schreibtisch hinweg auf die Wand. Dort hing ein altes Foto seiner Vorfahren. Nichts in diesem Raum würde ihn an sie erinnern. Vielleicht sogar nichts in seinem Leben würde an sie erinnern. Johanna setze sich auf seinen Schreibtischstuhl und zog vorsichtig das Mittelfach des Schreibtisches auf. Hier bewahrte Andreas seine Kondome auf. Sie wusste ungefähr wie viele er noch hatte. Aber als sie heute nachschaute, stellte sie fest, dass alle verschwunden waren. Er hatte sie alle mitgenommen. Heute tat diese Erkenntnis nicht mehr weh. Heute war der Kampf um ihre Liebe beendet. Es gab keine Verletzung und auch keine Verzweiflung mehr. Wo früher alles in ihr vor Leid aufbegehrte, war heute die Stille eingezogen. Stille, wie sie nur das Universum in seiner Vollkommenheit hervorbringt. Sie ging mit einem Seil in der blaurotkarierten Einkaufstasche in den Bürgerpark. Jetzt waren noch viele Spaziergänger mit ihren Hunden unterwegs. Sie setzte sich still auf eine Bank, die so weit zwischen den Büschen stand, dass man sie von dem Weg, der eigentlich ganz nahe vorbei ging, kaum sehen konnte. Eine alte Linde, stand hinter der Bank und ragte mit ihren Ästen bis weit über die Bank, sogar bis in den Weg hinein. Für Johanna würde es leicht sein, auf die Bank zu steigen, das Seil um einen Ast zu winden, den Kopf in die Schlaufe zu legen und dann in den Tod zu springen. Aber es war eine Aufregung in ihr. Waren es nur die Spaziergänger?, fragte sie sich. Sie saß auf der Kante der Bank und umklammerte mit ihren Fingern das kalte Holz, auf dem sie saß. Die Tasche stand neben ihr. Die Luft wurde mit zunehmender Dunkelheit kälter. Wie gut, dass sie kein Kind hatte, dachte sie plötzlich. Ein Kind mit Andreas. Ein Kind ist eine Verkettung mit der Zukunft. Und auch eine Verkettung mit Andreas. Dazu noch eine Verkettung mit seiner Familie. Diese Familie, die von ihr Schweigen und Verständnis erwartet hatte. Sie würde sie vermutlich künftig mit Schuld überhäufen, denn das, was sie nun vorhatte, tut man in einer christlichen Familie nicht. Dann dachte sie an ihre Familie. Sie dachte noch einmal an Grünfeld. Sie dachte an Großvater Friedi, an das Kleb, an Albrecht, an den Vater und auch an die Mutter, die sie gern einmal umarmt hätte. Aber sie konnte das, was jetzt hier passieren würde, ihnen allen nicht erklären. Sie konnte niemanden ihre Verzweiflung erklären. Die Gedanken an Großvater Friedi brachten ihr eine unendliche Traurigkeit, aber sie gaben ihr auch die Kraft, ihren Entschluss in die Tat umzusetzen. Es tut mir leid, dass ich dich enttäuschen muss, Großvater, sagte sie leise in die Nacht hinein. Ich bin ein Versager, ich habe »im Weinberg gegraben«, aber ich habe nichts gefunden. Ich habe immer wieder mit aller Kraft »gegraben« und immer wieder waren meine Hände leer. Es gibt nun keinen Weinberg mehr für mich. Nirgendwo habe ich Erfolge gefunden, so sehr ich mich auch angestrengt habe. Ich habe sogar in meiner Liebe und in meiner Ehe versagt. Es gibt keine Zukunft für mich, in die ich mit Freude gehen kann. Ich weiß nicht mehr was Recht und Unrecht ist. Ich weiß auch nicht mehr wie Schweigen und Verstehen gehen. Sie schwieg wieder und hörte den Wind in den Blättern der Linde über ihr rauschen. Wie eine Melodie der Nacht. Ihr fiel das alte Lied ein »Oh wie ist es kalt geworden und so traurig öd und leer, raue Winde weh'n vom Norden und die Sonne scheint nicht mehr ...« Das Lied hatte Großvater Friedi oft abends im Bett gesungen. Großvater Friedi, mir ist so kalt geworden, die rauen Winde blasen mir ins Herz, dachte sie. Plötzlich liefen ihr die Tränen über die Wangen, sie konnte sich nicht rühren, eine Bleischwere drückte sie auf die schmalen kalten Latten der Holzbank. Sie konnte nichts fühlen, keine Liebe, keinen Hass, es war nur Leere in ihr. Sie schloss die Augen und ihr schien, als stürzte sie in eine endlose Tiefe. Immer tiefer fiel sie und dabei wurde es immer dunkler und enger um sie herum. Alle Gedanken und alle Empfindungen verschwanden in einem Strudel. Sie war in einem gespenstischen Niemandsland zwischen hier und dort und zwischen gestern und morgen. Kein Gedanke gehorchte ihr jetzt mehr. Fremde Bilder aus Gedankenbrocken lösten sich auf und verschwanden drohend zwischen schwarzen Nebeln der Ausweglosigkeit. Der beruhigende Wohlklang der Geräusche des Parks, der Töne der Vögel und der Worte von Passanten waren in Johannas Zwischenwelt verloren gegangen. In ihrem Bewusstsein war alles schwarz, leer und still. Ihr Wille gehorchte ihr nicht mehr. Ich bin bis auf den Grund gefallen und habe meine Seele verloren, war eine flüchtige Erkenntnis, die hinter dem Schrecken der Dunkelheit verschwand. Gedankenblitze aus uralten Gehirnschichten zuckten auf und erhellten wie plötzliche Erkenntnisse das alles umgebende Grauen. Der Tod leuchtete auf, wie das gleißende Licht eines Leuchtturmes. Drohend und verheißungsvoll gleichzeitig. Johannas Körper bebte.

Das Universum war zum Nichts mutiert. Diesem Ende wohnt kein schöpferischer Sinn mehr inne, endet dein Glaube hier?, fragte ein vorüberfliehender Gedankensplitter. Das Ende heißt Tod. Deine Seele hat dich verlassen, tönt ein Alarmsignal, aus alten Gedanken. Du hast keine Seele und kein Bewusstsein, die dich halten und führen, sie haben dich und einander längst verloren, verstand sie im Rauschen des Windes. Dein Herz und dein Kopf sind krank, weil deine Liebe und deine Hoffnung sich aufgelöst haben. Sie sind emporgestiegen in die Wolken und als kleine Tautropfen in der Natur spiegeln sie irgendwo weit entfernt die Schönheit von Gottes Schöpfung wider, hörte sie.

In diesem Moment war das Rauschen der Angst vorüber und es herrschte wieder jene verzweifelte, aber klare Unsagbarkeit, die allein des Menschen Werk ist. Menschenwerk und Gotteswerk. Nein, Gott hat nicht schuld an meinem Unglück, dachte

Johanna. Ich will es zu Ende bringen. Nur noch einmal wie Großvater und Vater und all meine Altvorderen, die lange schon vergessen sind, beten. Johanna betete und erkannte, Gott schuf die Welt, als sie im Chaos lag. Seine Schöpfung beginnt dort, wo der Mensch bis auf seinen dunkelsten Grund hinabgetaucht ist. Wo er allein ist, wo er nackt ist, wie er geboren wurde, wo er nicht Leben und Sterben, nicht Schuld und Vergebung kennt, wo er ohne Stimme und ohne Worte mit Gott sprechen kann. Schöpfung kommt aus der dunklen Tiefe der Verzweiflung, überlegte Johanna mit letzter Kraft. Dann möchte ich dorthin zurückkehren, die Schöpfung und alles Schöne, das sie hervorbringt, gibt es für mich nicht mehr. Die Tränen liefen ihr über das Gesicht, sie konnte sich nicht bewegen, um ein Taschentuch zu greifen. Sie konnte die Tränen auch nicht stoppen, ihr ganzer Körper zitterte wie in fieberhaftem Schüttelfrost. Das Gefäß, das jahrelang alle Traurigkeit, Schmerzen und Verletzungen aufgefangen hatte, lief über und nichts und niemand konnten den Strom des Leides aufhalten. Die schützende Hülle, die Moral, Sitte, Ritus oder Anstand hieß, war zerbrochen und offen zeigten sich die todbringenden Verletzungen in ihrer Seele. Jetzt stellte ihre Seele keine Fragen mehr nach dem Leben. Alle Antworten auf Liebe und Treue, auf Erfolge und Niederlagen und auf Hoffnung und Einsamkeit, die ihre Seele hier im Dunkel gefunden hatte, waren endgültig. Zum Schluss noch einmal die Seele finden und sie berühren, achtbar und dankbar, flüsterte ihr ein Gedankensplitter zu. Aber wie finde ich meine Seele und warum habe ich im Laufe meines Lebens niemals nach ihr gesucht? Wirre Gedanken aus einem anderen Gehirn, zogen Johanna erneut in ihren Bann.

Vielleicht hatte sie eine oder zwei Stunden dort gesessen, plötzlich kamen drei junge Leute zu ihr. Johanna wusste nicht, woher sie kamen, sie wollte sie ignorieren, aber sie konnte sich nicht äußern.

»Ich bin Fred«, sagte ein junger Mann. Er setze sich links neben sie und legte seine Jacke um ihre Schultern. Vorsichtig nahm er ihre kalte Hand zwischen seine Handflächen. »Lasst uns einen Augenblick allein«, sagte er zu den beiden anderen, die mit ihm gekommen waren. Die junge Frau und der junge Mann gingen wortlos langsam weiter und verschwanden bald in der Dunkelheit.

Das Schweigen breitete sich wieder aus. »Lass mich deine Hand wärmen«, sagte Fred und hielt mit seinen beiden Händen noch immer ihre linke Hand umfasst. Seine Wärme war wie ein Fremdkörper. Doch auch schön und geborgen. Sie war der Fels, an den Johanna sich in diesem Augenblick geschmiedet fühlte. Seine Wärme war eine schöne Unwirklichkeit. Sie war anfangs fern von Johannas Erleben und Empfinden. Wärme ist schön, empfand sie plötzlich. Warum gibst du mir deine Wärme? Wer bist du?, dachte etwas in ihr. Was willst du von mir? Ich kann nichts geben. Ich bin ein Nichts. Nichts im Leben, nichts auf der Erde und nichts im Universum. Der Ring, der um ihr Bewusstsein lag, zog sich schmerzhaft zusammen. Wo ist das Universum und wo ist die Erde? Bin ich nur ein verirrtes Geschöpf in der Weltordnung?, fragte Johanna ihr müdes Gehirn. Bin ich Sünde? Jahrtausendalte Gesetze folgten dem Gut und Böse einer naturbezogenen Außenwelt und uralte Gebote bestimmten über eine ichbezogene Innenwelt. Außenwelt und Innenwelt sind aus dem Gleichgewicht geraten. Hat mich die kosmische Ordnung ausgespien?, dröhnte es in ihren Ohren. Das Universum hat keine Farbe für mich, das Weltgefüge keinen Platz. Dann nahm sie wahr, dass die Stimmen, die in ihrer Seele allen Klang verloren hatten, leise vibrierten. Es gab nur noch Gedankenfetzen, die fluchtartig durch ihr Hirn hetzten und dabei offenbarten, wie alles Sein der Vergänglichkeit unterworfen war. Nein, nicht alles ist für dich verloren, flüsterte etwas in ihr. Da ist Wärme. Bewusstsein halte sie fest, huschte eine dahinjagende Ahnung durch ihren Kopf. Sie spürte die Wärme in ihr Bewusstsein eindringen und dann spürte sie, wie die Wärme auch in ihren Körper eindrang. *Etwas Gutes und Schönes dringt in mich ein*, sie erkannte es, als den Beginn eines verlorenen Rituals.

Das lange Schweigen verunsicherte Fred. Er zog langsam seine Hand zurück. Er war zu scheu und zu unsicher, um irgendwelche Worte zu verwenden. *Ein Gebet wäre jetzt gut*, dachte Fred. Gebetsformeln, die wie Wortfluss selbstvergessen in eine andere Welt führen, würden jetzt vielleicht helfen. Aber Fred hatte die Gebete, die er als Kind gelernt hatte, vergessen. Warum fielen sie ihm jetzt nicht ein? Es waren zwar nur Worte, aber sie standen für die Zugehörigkeit zu einer Gemeinschaft und zu einer Welt, in der es für jeden eine Geschichte und eine Zugehörigkeit gab.

»Die Nacht atmet und die Erde um uns herum lebt, spürst du das?«, fragte Fred leise. »Du hast kein heimatloses Ich. Du bist Teil der Schöpfung, Teil der natürlichen Weltordnung, die niemand durch einen eigenen Plan ersetzen kann. Die Erde und das Universum behüten dich. Den Weg der Erde kannst du erleben, wenn du dich einmal der unberührten Natur auslieferst. Wenn du zulässt, dass deine Umgebung und dein Selbst zueinanderfinden. Zuerst hast du das Gefühl des Ganz-Nahe-Seins mit der Erde. Dann spürst du, wie etwas von der Wirklichkeit der Natur, der Luft, dem Licht und der Wärme in dich eindringt, in deinen Körper und dann auch in dein Bewusstsein. Dann ergreift die Erde von dir Besitz und dann gibt sie dir ihre göttliche Sicherheit. Sie wird du und du wirst sie. Atme die Nacht tief ein und atme sie wieder aus. Atem ist Leben.« Fred schwieg wieder und rückte ein kleines Stück näher an Johanna heran.

Es war tiefe Nacht geworden. Die Spaziergänger waren längst verschwunden. Die Bäume überdeckten gespenstisch Bänke und Wege des Parkes. Diese Dunkelheit bot den beiden auf der Bank keinen Schutz und keine Geborgenheit. Sie lag wie eine geheime Beschwörungsformel über einem Vulkan, der auszubrechen drohte.

Das Geheimnis der Dunkelheit kroch mit jedem Atemzug tiefer in Johanna hinein und flüsterte ihr zu. Finde Johanna. Finde einen möglichen Weg. Im Inneren ihres Gedankengebäudes entspann sich ein lauter Streit, wie das Heulen eines Sturmes über dem Wald. Magisch erhob er sich aus den Tiefen der Gefühle und floh durch die engen Gedankengänge hinauf in ein unbekanntes Universum. Das blauschwarze Licht zwischen den Sternen verwandelte sich in kreisende Bewegungen. Sie berührten Johanna wie in einer heiligen Zeremonie. Abgerissene Fetzen bekannter Erinnerungserwiderungen flogen ihr zu. Steh auf und gehe davon, aber die Beine gehorchten ihr nicht. Wehre den Fremden ab und schicke ihn weg, aber ihre Stimme versagte ihr. Wehre dich, sonst ergreift er Besitz von dir, aber keine Bewegung gehorchte ihr. Dann wieder leuchteten verlorene Blitze in die Leere plötzlichen Denkens. Ihre Sinne waren überspannt und schrien in angstvollen disharmonischen Bildern wie fliehende Albträume. Leben, Verletzung, Müdigkeit, Leere, Ruhe, Tod, Stille. Nicht Worte und Töne dröhnten die Gedankengänge ihres uralten Gehirnes entlang, sondern aufgeschreckte und entfliehende Gedanken. Meine Sinne und Gefühle sind verloren. Alles ist Chaos bis zum Horizont.

»Darf ich dich in den Arm nehmen?«, fragte Fred. Als Johanna nicht antwortete, legte er seinen Arm um sie und zog sie vorsichtig zu sich heran. Er nahm seinen Schal ab und band ihn Johanna um. »Du bist so kalt«, sagte er liebevoll. Johanna ließ es geschehen. Ein unsicheres Gefühlt peitschte das Herz zu gewaltigen Schlägen an. Kann ich Gott finden, kann mich Gott finden? Ich will meine Seele finden, wünschte sich Johanna plötzlich.

»Ich würde gern mit dir beten, aber mir fällt kein passendes Gebet ein«, sagte Fred kaum hörbar. »Und wenn ich ein Lied singe, würde es dir gefallen?«, fragte er. »Ja, das wäre schön«, sagte

Johanna. Fred wiegte sie zärtlich im Arm und sang alle Strophen eines alten Abendliedes. »Ich danke dir«, sagte Johanna mit einer fremden Stimme, als er geendet hatte. »Du hast mich gefunden und du hast mir deine Wärme geschenkt.« – »Komm mit mir«, sagte Fred, »hier ist es kalt. Wir gehen zu den anderen, die sicher auf uns warten.« Er nahm Johanna mit sich fort. Sie fragte nichts, sie vertraute Fred. Ihre Tasche hatte sie auf der Bank stehen gelassen. Unterwegs überlegte sie kurz: Großvater Friedi, hast du ihn geschickt?

Er brachte Johanna in eine kleine Wohnung im zehnten Stock eines Hochhauses in der Nähe des Parkes. Es war die Wohnung von Christine. Christine hatte mit ihren Freunden ihren fünfundzwanzigsten Geburtstag gefeiert und anschließend hatten sie einen Nachtspaziergang durch den Park gemacht und zufällig die Bank angesteuert, auf der Johanna saß.

Jetzt saßen sie alle bei Christine zusammen und tranken billigen Rotwein. Johanna erzählte in dieser Nacht nur Weniges ihrer traurigen Geschichte, eigentlich nur, dass sie ihr Leben aufgegeben hatte. Christine bat Johanna über Nacht bei ihr zu bleiben. Johanna war froh, nicht allein zu sein und nicht nach Hause gehen zu müssen. Sie streckte sich auf der bequemen Liege aus und schlief fest ein. Am nächsten Morgen fiel es ihr schwer, mit Christine zu reden. Wie sollte sie mit wenigen Sätzen ihr Verhalten vom Vortag erklären? Wie sollte sie schildern, wie alles Leid gekommen war? Johanna war voller Worte, aber die steckten in ihrem Hals fest. »Ich habe Frühstück für uns gemacht«, sagte Christine. – »Wo ist Fred?«, fragte Johanna. »Fred und Martin sind schon gegangen, denn sie mussten zur Bahn«, erklärte Christine ihr. »Fred und Martin wohnen in Magdeburg. Übrigens Fred lässt dich grüßen.« Dann hat es Fred also doch gegeben, schlussfolgerte Johanna für sich. Trotzdem, danke, Großvater Friedi, fügte sie in Gedanken hinzu.

Bei aller Hoffnungslosigkeit und Resignation am Anfang der letzten Nacht, so hatte Johanna schließlich eine gute Freundin gefunden. Christine wurde ihre Vertraute, ihr einziger Anker in der fremden Stadt und ihre einzige wirkliche Hilfe in den nächsten Jahren.

Nach wenigen Tagen, als Andreas zurückkam, nahm er sie in seinen Arm und als wäre nichts geschehen fragte er nicht einmal, wie es ihr ergangen sei. Die Welt von Andreas war, wie gewohnt und gewünscht, in bester Ordnung. Für Johanna hatte sich die Welt vollkommen geändert. Johanna hatte sich selbst verändert. Sie hatte ihren Kummer ausgesprochen. Sie hatte Christine gefunden, der sie sich anvertraut hatte und mit der sie sich über das Studium, über die Schwiegereltern und natürlich über Andreas beraten konnte. Fast täglich trafen sich nun die beiden Frauen und schmiedeten die Freundschaft immer enger.

In diesem Herbst war Andreas fast immer zu Hause. Er war zu Johanna zärtlich und sie liebten sich, fast wie früher, aber Johanna war auf der Hut. Sie beobachtete Andreas und sie baute bei jeder Umarmung und jeder Zärtlichkeit an einem Schutz für ihre verletzte Seele. Dann wurde Johanna plötzlich schwanger. Andreas und seine Familie freuten sich auf das Kind. Die Liebe erstrahlte in einem scheinbar neuen Glück. Johanna hegte insgeheim den Wunsch, wenn Andreas ein Kind hätte, würde sich sein Drang nach freizügiger sexueller Bestätigung vielleicht legen. Vielleicht würde er sich dann bemühen, ihr oder der kleinen Familie treu zu sein. Vielleicht würde dann ihr Misstrauen aufhören können. Johannas Zukunft war wieder mit einigen vorsichtigen Hoffnungen und Wünschen angefüllt.

Mit der Schwangerschaft war plötzlich eine Kraft in ihr, die sie lange vermisst hatte. Johanna wollte ihr Leben verändern. Sie fühlte sich stark, sie fühlte sich im Recht, sie wollte alles, was sie in den letzten Jahren gehemmt und belastet hatte, ablegen und neu beginnen, auch diese Erkenntnis hatte sie der Freundschaft mit Christine zu verdanken. Sie traf wieder selbst wichtige Entscheidungen und fühlte sich dabei gut. Noch während der Schwangerschaft beendete Johanna ihr Studium und suchte sich eine Arbeit. Sie begann wieder Johanna zu sein und zu kämpfen und sie hatte jemanden gefunden, dem sie sich anvertrauen konnte. Da Christine als Schriftstellerin freischaffend arbeitete, konnte sie sich ihre Zeit einteilen und war oft für Johanna da.

Johannas Arbeitssuche gestaltete sich, wie befürchtet, nicht einfach. Sie hatte keinen anerkannten Schulabschluss, sie hatte keinen Beruf gelernt, sie hatte nichts, was sie qualifizierte. Sie hatte sich auch weder beim Abitur noch während des Studiums mit den Lehren von Marx, Engels und Lenin beschäftigt. Ehrlicherweise erwähnte das Johanna gleich zu Anfang ihres Bewerbungsgespräches in einem Verlag. Keines jener, in dieser Zeit so wichtigen Werke, hatte sie jemals gelesen. Nichts wusste sie von diesen Philosophen und ihren Lehren. Das war ein großes Versäumnis, hielt ihr die erste Mitarbeiterin der Personalabteilung streng vor. Außer ihrem Willen, neu zu beginnen, hatte Johanna nichts, was sie zu ihren Gunsten in die Waagschale werfen konnte. Dennoch bat sie verzweifelt um ein weiteres Gespräch und wohl mehr aus Mitleid, als aus Gründen, die für eine Einstellung sprachen, bestellte die Mitarbeiterin Johanna für die nächste Woche zu einem weiteren Gespräch mit ihrer Vorgesetzten.

Beim zweiten Gespräch traf Johanna im Verlag auf eine ältere Mitarbeiterin, die schon aus Zeiten vor der Marx-und-Engels-Ära stammte und auf diesen Mangel bei Johannas nicht weiter einging. Diese Mitarbeiterin unterhielt sich lange mit Johanna und schließlich erkannte sie ihr Abitur an und bot ihr in der Redaktion einer internationalen wissenschaftlichen Fachzeitschrift eine Chance an. Sie fertigte Johanna zum nächstmöglichen Beginn einen Arbeitsvertrag für eine Vollbeschäftigung aus. Johanna ergriff dankbar und glücklich diese Chance und begann als ungelernte Mitarbeiterin im Sekretariat dieser Redaktion. Die Arbeit war oft Routine, die Briefe, die zu schreiben waren, waren vorwiegend Formbriefe mit Versatzstücken und die Arbeitsabläufe im Sekretariat größtenteils stupide. Die meisten Kollegen waren Wissenschaftler, das war ein Team, das gewohnt war, unter Zeitdruck gute Arbeit abzuliefern und das sich vorrangig an Fachwissen und weniger an parteipolitischen Dogmen und philosophischen Lehren orientierte. Johanna gab ihr Bestes und fand schnell Anerkennung für ihren Arbeitseifer, für ihre Freundlichkeit und ihre Bereitschaft mitzuhelfen. Das war der richtige Weg, entschied sie für sich. Sie musste und sie wollte hier noch viel lernen. Johanna hatte ihren Weinberg gefunden, sie musste jetzt nur noch »graben«.

Ein Kind

Die Kolleginnen in der Redaktion nahmen an Johannas Schwangerschaft mit viel Verständnis Anteil. Es waren ältere Frauen, die ihre Ratschläge aus eigenen Erfahrungen herleiteten. Johanna war dankbar für jeden Tipp und jeden gutgemeinten Hinweis. Dann kam der Sommer, heiß und lang. Die Arbeit in der Redaktion wurde für Johanna beschwerlich. Wenn der Aufzug kaputt war, was häufig vorkam, musste sie zu Fuß bis in den sechsten Stock hinaufsteigen. Die 144 Stufen wurden zur Qual, das lange unbequeme Sitzen an der Schreibmaschine führte zu Rückenschmerzen, und durch fehlende Bewegung schwollen jeden Tag die Füße an. Eines Abends nach Feierabend stand Johanna an der Straßenbahn-Haltestelle und wollte nach Hause fahren. Die Straßenbahn kam, aber Johanna konnte die Füße nicht bewegen. Sie stand wie festgewachsen auf dem Bürgersteig und sah der Bahn zu, wie sie wartete und dann abklingelte und davonfuhr. Ich kann meine Füße nicht bewegen und nicht einsteigen, was soll ich tun?, fragte sie sich. Langsam übte sie einzelne Schritte. Sie wartete die nächste und die übernächste Bahn ab, dann konnte sie die Fußgelenke wieder vorsichtig bewegen.

Anfang September, so die Vorhersage des Gynäkologen, sollte die Schwangerschaft enden. Sechs Wochen vor dem Entbindungstermin, Ende Juli, wurde Johanna von der Arbeit freigestellt. Es gab noch einiges für das kommende Kind vorzubereiten und Johanna wollte die restliche Zeit dafür nutzen. Plötzlich, es war Anfang August, ergab sich die Möglichkeit, durch einen Wohnungstausch eine größere Wohnung im Prenzlauer Berg zu beziehen. Was für ein Glück. Eine größere Wohnung bedeutete mehr Platz für das Kind und mehr Platz zum Leben und Studieren für Andreas und sie. Mit geschwollenen Füßen fuhr Johanna mit Andreas zum Prenzlauer Berg und sie schauten sich die neue Wohnung an. Sie wussten beide, wenn jemand aus einer größeren Wohnung in eine kleinere Wohnung umzieht, muss mit der Wohnung etwas nicht stimmen. Aber beide waren sich einig, die neue Wohnung würde für sie eine neue gute Chance sein und sie waren beide bereit, alle möglichen Kompromisse dafür einzugehen. Vielleicht würden auch die Freunde helfen, überlegte Andreas. Die neue Wohnung lag in der dritten Etage eines Vorderhauses aus der Gründerzeit. Es hatte schöne Stuckarbeiten an den Fenstern und am Dachsims. Vor dem Haus standen Kastanienbäume, alt und wunderschön. Auch noch eine Vorderhauswohnung, jubelte Johanna. Was für eine freudige Überraschung. Johanna konnte das Glück kaum fassen. Wir werden im Vorderhaus wohnen. Hier würde es genug Licht geben, freute sie sich tief in ihrem Inneren. Der Zugang zum Haus führte durch eine große zweiflügelige Toranlage aus Holz. Dieser Zugang war auch die Verbindung zum kleinen Hof, und von dort zum Seitenflügel und zum Hinterhaus. Das Treppenhaus des Vorderhauses war breit angelegt und zeugte von verblichenem Glanz. Trotzdem machte es noch immer einen einladenden und honorigen Eindruck. Sie stiegen neugierig hinauf zum Hochparterre, hier waren die Briefkästen angeordnet, und dann weiter hinauf in die dritte Etage. Die dritte Etage war ganz oben. Über der Wohnung war nur noch der Dachboden. Dann betraten sie die Wohnung und waren geschockt. Sie befanden sich zwischen Trümmern und halbfertigen Baumaßnahmen. Trümmer, das waren ja noch Kriegstrümmer, Steine, Dachziegel und verkohlte Holzreste, ging es Johanna durch den Kopf. Johanna war einige Jahre nach dem Krieg geboren, und war in ihrem Leben bisher mit keinen baulichen Kriegsschäden konfrontiert gewesen. Der Schock saß tief. So kann man nicht wohnen, schoss es Johanna durch den Kopf. Sie war entsetzt. Studenten und Freunde von Andreas, aber auch Kollegen von Johanna halfen mit, die Wohnung herzurichten. Es wurde sogar ein kleines Badezimmer eingebaut. Als Johanna und Andreas eines Tages von der Baustelle nach Hause fuhren, kehrten sie in einer Gaststätte ein und bestellten sich ein Bier und eine Limonade. Plötzlich hatte Johanna solchen Appetit auf das Bier, dass sie das Glas fast austrank. Zu Hause stellten sich Bauschmerzen ein. Johanna dachte, dass ihr das Bier nicht bekommen sei, denn sie hatte nie zuvor Bier getrunken, weil es ihr nie geschmeckt hatte. Die Bauschmerzen wurden im Laufe des Abends heftiger und schließlich brachte Andreas Johanna ins Krankenhaus. »Wieder eine Alkoholikerin«, sagte die diensthabende Schwester und kümmerte sich nicht um Johanna. Aus den Bauchschmerzen wurden Wehen und die Hebamme meinte auch, es mit einer Alkoholikerin zu tun zu haben. Johannas Beteuerungen zwischen den Wehen, das es nur ein halbes Bier gewesen sei und sie sonst wirklich nie trinken würde, glaubte ihr niemand im Krankenhaus. Die Wehen kamen und vergingen, Johanna biss vor Schmerzen in die Decke. Sie rief nach der Hebamme, aber die sagte nur herzlos, »für eine Geburt sehen Sie noch ganz gut aus«. Ohne Johanna zu untersuchen, verschwand sie schnell wieder. Johanna hörte die Schwestern in einem Nachbarzimmer reden und lachen. Wieder eine Wehe. Sie wischte den Schweiß mit der Decke ab und biss verkrampft in die Zudecke. »Ich halte das nicht mehr aus«, sie rief nach einer Schwester. Die Schwester kam, schaute sie an und sagte, »ach, die Alkoholikerin«. Sie wandte sich zu Johanna, »wer so herumschreien kann, der hat noch Kraft, heben Sie die besser für später auf«, dann verschwand sie wieder nach nebenan zu den anderen. Die Zeit schlich zwischen den Wehen dahin. Nach drei Stunden konnte Johanna nichts mehr sagen, sie gab nur noch ein klägliches Wimmern von sich. Die Tränen liefen ihr über die Wangen. Ihre Haare hingen durchgeschwitzt und strähnig herab. Dann kamen zwei Schwestern und eine Hebamme zu ihrem Bett. Die Hebamme, eine ältere Frau, gab sich keine Mühe, freundlich zu sein. »Hören Sie mit dem Theater auf«, murmelte sie barsch, »es ist reingekommen, also muss es auch wieder raus.« Die jüngere der beiden Krankenschwestern half Johanna zwischen zwei Wehen aus dem Bett auf einen Gynäkologenstuhl. Die Hebamme untersuchte sie. Der Schmerz, als sie den Gebärmutterkanal abtasten und weiten wollte, schoss Johanna bis in Schädel. Johanna schrie auf. Beeilen Sie sich, in einer Stunde habe ich Schichtwechsel und das hier will ich vorher rausholen. Johanna hatte sich auf den Rhythmus der Presswehen eingestellt. Aber nichts tat sich, außer dass sie lieber gestorben wäre, als ein Kind zur Welt zu bringen. Sterben wäre jetzt eine Erlösung. Sterben und sich von dem Körper befreien. Eine Presswehe holte Johanna zurück in die Wirklichkeit. Ein Arzt kam herein, sprach mit der Hebamme und ging wieder. Dann kam eine Schwester und rief die Hebamme zu einer anderen Patientin. Johanna lag halb nackt mit gespreizten Beinen auf dem Gebärstuhl während Fremde im Kreissaal ein- und ausgingen. Jetzt waren nur noch zwei Krankenschwestern im Kreissaal. Die jüngere wischte Johanna den Schweiß von der Stirn und wusch ihr das Gesicht ab. »Ich glaube es geht bald los,« sagte sie versöhnlich. Dann kam die Hebamme zurück. »Die Alkoholikerin ist die Nächste«, sagte die Hebamme. »Wir versuchen es mit der nächsten Presswehe.« Die nächste Presswehe reichte leider nicht aus. »Wenn die nächste Presswehe kommt, drückt ihr von oben«, ordnete die Hebamme an. Die nächste Presswehe kündigte sich an. Johanna kämpfte mit letzter Kraft, die beiden Krankenschwester warfen sich auf ihren Leib und drückten. Das Kind schoss mehr heraus, als dass es glitt. Johanna drohte ohnmächtig zu werden. »Sie ist gerissen, holt den Arzt«, wies die Hebamme an, »der muss nähen.« »Sie haben eine Tochter bekommen, Frau Lindner«, sagte die Hebamme. Als der Arzt kam, und mit Faden und Nadel in Johannas Intimbereich hantierte, schloss sie die Augen und sank in tiefe, aber schmerzfreie Abgründe. Als sie wenig später erwachte, lag sie im Bett auf dem Flur. Eine fremde Krankenschwester wusch ihr Gesicht und ordnete ihr die Haare. Als sie fertig war, fragte sie, ob Johanna ihr Baby schon gesehen hätte und ob sie es holen sollte. Johanna bat darum. Sie nahm die kleine Tochter in ihren Arm und behielt sie für den Rest der Nacht bei sich im Bett. Das Baby schlief, Johanna streichelte ihr zärtlich das winzige Köpfchen und umfasste die kleinen Hände. Dann stimmte sie unhörbar ein Dankeslied an. Sie wollte Gott danken, jetzt und hier. Eine dankbare Mutter mit einem kleinen und gesunden Mädchen. An diesem letzten Augusttag brachte Johanna eine kleine Tochter zur Welt. Sie nannten sie Katharina.

Es dauerte Monate, bis Johanna wieder normal, schmerzfrei und tränenlos sitzen und einen Toilettengang absolvieren konnte. Bei jedem Husten oder jedem Niesen riss der Schmerz an der

Nahtstelle am Damm. Aber darüber sprach man nicht. Schließlich haben alle Frauen Kinder bekommen und manche Männer erinnerten ihre Frauen sogar daran, dass früher die Frauen auf dem Feld geboren hatten. Die Geburt blieb für Johanna ein Trauma. Nichts von den erlittenen Demütigungen, den Respektlosigkeiten, den Herabwürdigungen, dem Zynismus und den Grobheiten, die sie im Kreissaal erlebt hatte, konnte sie vergessen. Tief im Innern wusste Johanna, dass diese Frauen im Krankenhaus einfach nur einen schlechten Job gemacht hatten. Dass sie durch Worte und Verhalten, durch Unachtsamkeit, Nachlässigkeit und Rohheit Gewalt ausgeübt hatten, wofür sie niemals bestraft werden würden. Weil diejenigen im Krankenhaus die Experten sind, die Fachleute, dagegen sind die Gebärenden, die werdenden Mütter, nur die Laien, wenn also dort etwas nicht stimmt oder falsch gelaufen ist, kann es nicht an den Fachleuten gelegen haben. So war in den Gesprächen die übliche Meinung über das Verhalten der Mitarbeiter im Kreissaal. Deshalb schwieg Johanna über die Gewalt, die sie hier erlebt hatte, auch wenn sie wusste, dass Gewalt im Kreissaal niemals toleriert werden darf.

Nach dem Babyjahr kehrte Johanna wieder in ihre Redaktion zurück. Sie hatten vereinbart, dass Andreas, der noch studierte, auf die kleine Tochter aufpassen sollte, während sie berufstätig war. Das funktionierte anfangs gut. Andreas war liebevoll und zuverlässig. Bis eines Tages im Winter Johanna wieder feststellte, dass Andreas sie betrog. Aber dieses Mal betrog Andreas sie beide. Das war eine neue Situation. Johanna konnte nichts mehr verstehen und sie konnte und wollte auch nichts mehr verzeihen. Sie wollte nicht, dass ihr Kind in einer Familie aufwächst, in der es Verletzungen, Untreue, Ängste und Ohnmachtsgefühle gab. Es war so schwer für Johanna, weil sie Andreas noch immer liebte, aber sie schlug ihm vor, ihre Ehe zu beenden. Sie wollte sich von Andreas trennen. Sie wollte die Scheidung. Andreas willigte sofort ein, denn auch für ihn hatte diese Ehe keine Zukunft mehr. Er hatte eine neue Liebe gefunden und hatte mit der anderen Frau auch ein gemeinsames Kind.

Zu DDR-Zeiten war es recht einfach, geschieden zu werden und der Scheidungsakt von Andreas und Johanna wurde schnell vollzogen. Ende des Winters reichten sie gemeinsam den Antrag auf Ehescheidung beim Gericht ein. Schon acht Wochen später erhielten sie einen Gerichtstermin. Sie gingen gemeinsam zum Gericht in der Littenstraße und verließen es nach einer Stunde auch gemeinsam wieder und waren geschieden. Ohne Anwalt, ohne Rentenausgleich, ohne Teilungsvereinbarung. Es gab eine gründliche Befragung und Ermahnung, dann eine kleine Pause, dann erfolgte die Urteilsverkündung und damit war man nicht mehr verheiratet. Ihre Ehe war beendet und bald zog auch Andreas aus und verließ sie beide.

Liebe, Sehnsucht und Verlangen sind Gefühle, die einfach da sind und die stärker sind als ein Scheidungsurteil, stellte Johanna am Abend nach der Scheidung resigniert fest. Alles in Johanna sehnte sich nach diesem Mann, nach seiner Liebe. Und da bekam sie eine Ahnung davon, dass es schwer ist, Verletzungen auszuhalten, aber dass es genauso schwer oder sogar noch viel schwerer war, die große Liebe zu vergessen.

Als wäre das alles nicht schon schwer genug, musste Johanna auch noch Anfang des Sommers erfahren, dass ihre Eltern ihr allein die Schuld am Scheitern der Ehe gaben und weiterhin zu Andreas hielten und den Kontakt zu ihm nicht abbrechen ließen. Für ihre Eltern blieb Andreas bis zu ihrem Tode der gute und der geschätzte Schwiegersohn. Sie selbst war jemand, für den sich ihre Mutter viele Jahre lang in Grünfeld schämte. Auch ihre Schwiegereltern wiesen Johanna die Hauptschuld am Scheitern der Ehe zu. Sie gehörte fortan nicht mehr zur Familie. Sie war sogar unerwünscht, außer kleine Einladungen, wenn keine weiteren Familienmitglieder anwesend waren. Als ein Jahr später Andreas' Vater starb, durfte sie nicht am Begräbnis teilnehmen und auch nicht zur Trauerfeier erscheinen. Sie war ausgegrenzt. Eine junge Frau von vierundzwanzig Jahren, allein in einer fremden Stadt. Eine Mutter, die Verantwortung für ihr Kind trug, ließ man einfach fallen. Unchristlicher ging es kaum. Nur manchmal sonntags durfte Johanna auf Einladung mit der kleinen Katharina die Schwiegermutter besuchen. An Geburtstagen und zu Weihnachten erhielt Katharina auch Geschenke von der Großmutter. Bald erkannte Johanna, dass es der Großmutter einzig und allein um die kleine Katharina ging, nur um ihr Enkelkind und nicht um sie beide. Von diesem Zeitpunkt an, wollte Johanna auch mit der Schwiegermutter nichts mehr zu tun haben.

Die Vorbehalte gegen sie selbst, die sie in beiden Familien erfahren hatte, waren auch in der Gesellschaft vorhanden. Auch 1977 war eine geschiedene Frau, eine Frau zweiter Klasse. Jeder neue Bekannte wurde von den Nachbarn und Kollegen misstrauisch beargwöhnt, jedes abendliche Ausgehen zum Essen oder Tanzen, wurde hinterfragt. Jedermann meinte, sich über ihre Kontakte und ihr Verhalten eine Meinung bilden zu dürfen. Nachdem Johanna einmal im Verlag erzählt hatte, dass sie am Wochenende vorher tanzen war, ohne zu betonen, dass sie in Begleitung ihrer Freundin Christine war, begannen die abendlichen und nächtlichen Besuche von Kollegen bei ihr zu Hause. Die Kollegen klopften an ihre Wohnungstür und begehrten Einlass, als wäre es die selbstverständlichste Sache der Welt, von Johanna empfangen zu werden. Es war schrecklich, welche Männer sich anmaßten, bei ihr zu klopfen. Johanna öffnete keinem dieser Besucher die Tür. Aber offensichtlich glaubte man, einer geschiedenen Frau solche Besuche zumuten zu können. Das bedeutete es also, geschieden zu sein. Geschieden sein hieß für viele Männer Freiwild zu sein.

Warum wurden geschiedene Frauen immer noch anders behandelt als geschiedene Männer?, fragte sich Johanna.

Es wurde viel in der Gesellschaft der Deutschen Demokratischen Republik über Gleichberechtigung geredet. Vielleicht war die Frau in der DDR auch emanzipierter als die Frauen in der benachbarten Bundesrepublik. Aber der große Unterschied bestand darin, dass eine geschiedene Frau im Westen nach der Scheidung eine wirtschaftliche Basis durch den Unterhalt ihres Ehemannes erhielt. Viele Frauen waren in den Siebzigerjahren im Westteil Deutschlands nicht berufstätig. In der DDR waren es die meisten Frauen. Hier mussten sie zum Familieneinkommen beitragen. Denn nur ein Einkommen reichte im Osten üblicherweise nicht aus, eine Familie wirtschaftlich zu unterhalten. Unterhaltsverpflichtungen bei Ehescheidungen in der DDR bestanden gegenüber Kindern und eingeschränkt gegenüber dem Ehepartner, bei dem die Kinder aufwuchsen, wenn dieser aus gesundheitlichen Gründen nicht arbeiten konnte. Da Johanna keinen Unterhalt für ihre Tochter bekam, denn der geschiedene Ehemann studierte noch, war sie auf sich allein gestellt. Das blieb sie, bis Katharina in ihrem Beruf ihr eigenes Geld verdiente.

Johanna hatte den Hintergrund für diese scheinbare Emanzipation der Frauen erkannt, denn sie lebte in diesem politischen System. Die DDR propagierte international lauthals die Emanzipation und die Gleichberechtigung der Frau, aber sie wollte eigentlich etwas ganz erreichen. Nachdem am Ende des Krieges die Wirtschaft am Boden lag, die Industrieanlagen zerstört oder nach Russland abtransportiert worden waren, fehlten im Osten Arbeitskräfte für den Wiederaufbau. Auf eine große Schar an Gastarbeitern, wie sie in der Bunderepublik eingesetzt wurden, konnte die DDR nicht zurückgreifen. Die einzigen Hilfskräfte, die als zusätzliche Arbeitskräfte vorhanden waren, waren die Frauen. Deshalb startete die Partei eine große Propagandakampagne mit den Zielen, die Frauen sollten sich im Beruf ökonomisch unabhängig machen, sie sollten sich in das Arbeitsleben integrieren, um den Arbeitskräftemangel auszugleichen. Die Emanzipation in der DDR beruhte allein auf der Notwendigkeit, dass die Frauen als dringend benötigte Arbeitskräfte gebraucht wurden und es ging nicht darum, den Frauen auch nur ansatzweise ihr Leben zu erleichtern oder ihnen Gutes zu tun. Die Frauen in der DDR waren doppelt, oftmals sogar dreifach belastet. Sie waren nicht nur voll berufstätig, sie sollten sich auch ständig weiterbilden und ehrenamtlich in gesellschaftlichen Organisationen mitarbeiten. Sie sollten außerdem den Haushalt meistern, eine gute Köchin sein, ihrem Mann eine zwar beruflich gleichberechtigte, aber zu Hause liebevolle und fürsorgliche Partnerin sein und sie sollten ihren Kindern eine verständnisvolle Mutter sein. Schaute man hinter die Kulissen schufteten die vollbeschäftigten Frauen in einer Dreiundvierzig-Stunden-Woche in ihrem Beruf und erbrachten anschließend noch einmal die gleiche Arbeitsleistung bei gesellschaftlichem Engagement und zu Hause im Haushalt und sorgten sich angesichts der Mangelversorgung um eine möglichst gute Ernährung für die ganze Familie. Langes Anstehen oder durch mehrere Läden laufen, waren übliche Einkaufsmuster. Wenn sie dieses Pensum absolviert hatten, wurde von ihnen im Schlafzimmer die liebende und aufreizende Gattin erwartet.

Die Anforderungen aus der Mehrfachbelastung bedeuteten für die Frauen in der DDR Ungerechtigkeit und Ausbeutung. Denn außerhalb des beruflichen Alltags herrschte vorrangig das typische überlieferte Mann-Frau-Verhältnis vor. Eine echte Gleichberechtigung hätte bestanden, wenn vom Mann von der Gesellschaft außerhalb des Berufes die gleiche Arbeitsleistung im Haushalt und bei der Kindererziehung gefordert worden wäre. Es ging in der DDR aber nicht um eine Entlastung der Frauen, es ging auch nicht darum, die Einstellung der Männer den Frauen gegenüber zu verändern, um deren Unterstützung im Haushalt und im Familienalltag zu erreichen. Das sollte allein die Industrialisierung mit Waschmaschine und Staubsauger, mit Küchenmaschine und Kaffeemaschine schaffen.

Bei der Kindererziehung und Kinderbetreuung hatte der Staat ebenfalls seine eigenen Vorstellungen und Ziele. Ihm ging es nicht um das Wohl der Kinder, ihm ging es um Kontrolle, Überwachung und Beeinflussung seiner Bürger. Der Staat wollte den Familien Erziehung und Betreuung aus der Hand nehmen. Kinderziehung und Kinderbetreuung sollten weitgehend nicht mehr Privatangelegenheit sein. Kinderkrippe, Kindergarten und Schule waren sozialistische Bildungseinrichtungen, die sozialistische Persönlichkeiten formen sollten. Die Schule wurden dabei ins Zentrum für eine ganztägige Erziehung im Sinne des Sozialismus und des Kommunismus gerückt und damit wurde die Schule zu einem Machtinstrument über alle Bürger, die ein schulpflichtiges Kind hatten. Die Schule kontrollierte und beeinflusste die Kinder und über die Kinder auch deren Elternhäuser.

Nein, den Frauen in der DDR erging es nicht besser als den Frauen im Westen Deutschlands. Auch wenn in Ost und West ihnen verfassungsrechtlich Gleichberechtigung verbrieft worden war, so lag die politische, die wirtschaftliche, die gesellschaftliche und kulturelle Macht in den Händen der Männer, und Frauen waren hüben wie drüben dieser Macht unterworfen. Sie wurden diskriminiert, indem sie mehr arbeiteten, sie wurden nachweislich schlechter bezahlt, sie hatten weniger Aufstiegschancen im Beruf und in der Politik waren bis zum Untergang der DDR die Männer führend. Die meisten Frauen waren in der DDR Verlierer und sie wurden in hohem Maße ausgebeutet.

Wurden die Frauen im Westen auch als Heimchen am Herd beschimpft oder als bürgerlich abgetan oder gar als Schmarotzerinnen bezeichnet, so hatten sie doch die Gewissheit, dass ihr

Ehemann sie auch nach einer Scheidung wirtschaftlich versorgen musste. Frauen waren in der DDR und im Westen wie eine verfügbare Masse, kein Mann hatte sich ernsthaft für ihre Selbstverwirklichung interessiert, geschweige sie unterstützt. Von Emanzipation der Frau redeten meistens die Männer, wenn sie ihre eigenen Ziele in Gefahr sahen. Wenn die Frauen ihre Ziele in Gefahr sahen, schwiegen sie. Sie fanden in solchen Augenblicken keinen Beistand in der Gemeinschaft, denn niemand wollte sich freiwillig auf die Seite der Verlierer stellen.

Johanna spürte die persönliche Missachtung in der Familie, bei Freunden und Bekannten und im Kollegenkreis. Das hatte sie so nicht erwartet und sie wollte sich nicht damit abfinden. Warum sollte sie betraft werden? Was hatte sie falsch gemacht in der Ehe? Ihr einziger Fehler war, geschwiegen zu haben. Nein, sie beschloss, sich ihre Achtung zu erkämpfen. Sie würde ohne Unterhalt auskommen und stattdessen hart arbeiten, sie würde einen Beruf erlernen, um Aufstiegschancen zu erhalten. Sie würde anständig leben, damit ihre Tochter eines Tages stolz auf sie sein würde. Emanzipation war nur ein Wort, aber als Frau geachtet zu werden und in wirtschaftlicher Sicherheit zu leben, war ein langer und schwerer Lebensweg in der DDR. Johanna war für diesen Weg bereit, ohne zu wissen, worauf sie sich einlassen musste.

Wenige Monate nach der Scheidung bekam Johanna die Diagnose Schilddrüsenkrebs. Sie teilte das Christine und ihren Kollegen in der Redaktion mit und brachte dann an einem Mittwochvormittag die kleine Katharina in ein Berliner Kinderheim des Freien Deutschen Gewerkschaftsbundes. Wohin sonst? Keine Familie, keine Großmutter bot Johanna ihre Hilfe an. Also Kinderheim. Aber wie verabschiedet man sich von seinem Kind, wenn man zur Krebsoperation geht? Katharina war noch so klein, noch nicht einmal ein Jahr alt. Sie weinte, als sie sah, dass ihre Mutter wegging und sie bei fremden Menschen zurückließ. Johanna setze sich auf die alten abgetretenen Stufen des Treppenhauses im Kinderheim und versuchte zu beten, aber es gelang ihr nicht, sie hörte hinter den geschlossenen Türen ihr Kind weinen und sie musste auch weinen. Es tat so weh, sein Kind zu verlassen. Was ist, wenn ich sterbe?, dachte sie plötzlich. Bitte Tod, nicht ich, nicht jetzt, ihr wurde heiß. Sie roch den eigenen stinkenden Angstschweiß, der sich mit dem Bohnerwachsgeruch des Treppenhauses vermischte. Das Kind schrie nach ihrer Mutter und Johanna kämpfte gegen die aufsteigende Verzweiflung an. Bleib behütet, mein Kind, betete Johanna. Ich komme wieder, ich hole dich bald wieder ab. Mit jeder Träne tropfte die Gewissheit auf die mit billigem Linoleum belegten Stufen. Johanna schluckte den Kloß der Verzweiflung hinunter. Ich muss gesund werden, bloß nicht panisch der Angst verfallen, dachte sie. Als sie im Regen die Straße entlangging, nahm sie weder den Regen noch die Straße wahr. Mein Herzschlag heißt Katharina, mein Herzschlag ist mein Leben, mehr denken konnte sie nicht.

Etwas in ihrem im Bewusstsein schaltete langsam ab. Ich muss meine Kraft einteilen, dachte Johanna. Die Wirklichkeit, die von ihr wahrgenommen wurde, war nicht identisch mit der real existierenden Wirklichkeit. Johannas Welt wurde kleiner, Kinderheim und Krankenhaus, dann noch kleiner, schließlich hatte ihre Welt nur noch die Größe ihres hässlichen alten Krankenzimmers im Klinikum in Buch. Dann kam der Tag, an dem sie operiert werden sollte. Johanna weinte die ganze Nacht hindurch, weil sie an Katharina dachte und befürchtete nicht wieder aufzuwachen. Sie fragte den Stationsarzt, ob man die Operation noch absetzen könnte und erklärte ihm ihre Angst. Der Arzt verstand Johanna. Er setzte sich eine Weile zu ihr ans Bett und erklärte ihr, dass es keine Alternative zur Operation gäbe. Die Schilddrüse ist befallen und muss komplett entfernt werden, vielleicht müssen auch benachbarte Lymphknoten mit entfernt werden. Solche Operationen sind hier nicht selten und wir sind ein gutes Ärzteteam. Er machte Johanna Mut und gab ihr schließlich ein Beruhigungsmittel. Als er gegangen war, war Johannas Mut schon wieder zu Ende, aber da setzte die Wirkung des Beruhigungsmittels ein und Johanna schlief ein. Die Operation verlief gut. Ihre Welt war nach der OP nur noch das Bett und der Tropf. Sie konnte den Kopf nicht bewegen, nicht schlucken und nicht husten, aber sie lebte. Der Schnitt im unteren Halsbereich ging vom linken Seitenstrang bis fast zum rechten Seitenstrang. Der Stationsarzt erklärte ihr, dass bei der Operation ihre Schilddrüse vollständig entfernt werden musste und beidseitig auch die Lymphknoten. Die Hormone T 3, T 4 und Calcitonin, die die Schilddrüse herstellte, und die der Körper unbedingt benötigte, müsste sie künftig in Tablettenform einnehmen. Dann kam er zum Eigentlichen, wie es Johanna schien. Zur Notwendigkeit einer Chemotherapie. Johanna stimmte der Therapie zu, denn sie wollte alles tun, was man ihr riet, um zu gesunden. Sie sammelte ihre Lebenskräfte und bemühte sich in Gedanken, ihre Welt wieder zu vergrößern. Sie dachte an Katharina im Kinderheim, die sie bald wiedersehen würde, sie dachte an Christine und an ihr Zuhause mit dem Kind. Sie dachte an das Leben mit ihrer Tochter. Sie wollte leben, endlich gesund werden. Mehr Hoffnungen und Wünsche passten in ihre neue unfertige Gedankenwelt noch nicht hinein. Sie kämpfte sich ins Leben zurück. Eines Tages kam Andreas ins Krankenhaus und machte einen Krankenbesuch. Er stelle die mitgebrachten Blumen auf den Nachttisch. Du siehst gut aus, sagte er in dem bekannten vertrauten Ton. Natürlich war das eine Lüge, Johanna wusste, wie sie aussah. Dieser Theologe kannte sich vielleicht mit Gott aus, aber nicht mit Menschen. Er kam zu ihr ans Bett und wollte sie küssen, aber Johanna drehte sich, soweit der Körper mit

Schmerzen Kopf und Hals bewegen konnte, von ihm weg. Seine Stimme, seine Berührungen und sein Geruch waren wie ein Blick hinter eine verbotene verschlossene Tür. Sie hatte keine Kraft für ihn und sie konnte ihn auch in ihrer eben erdachten fragilen Welt und ihrem neuen Leben nicht aushalten. Er verstand sie nicht und ging enttäuscht. Vielleicht war er auch verärgert über die erfahrene Ablehnung.

Es vergingen noch einige Tage, da bekam Johanna Besuch aus der Redaktion. Sie hatte das nicht erwartet, aber sie freute sich, denn sie spürte die Wertschätzung ihrer Kollegen. Aber es kamen nicht die Kolleginnen, sondern es kam einer ihrer Chefs, Dr. Fellner. Der hatte sich im Kinderheim nach Johannas Kind erkundigt und brachte ersehnte Informationen mit. Er hatte ein kleines Körbchen dabei und lud Johanna zum Kaffeetrinken ein. Im Bademantel und mit Tropf und Tropfständer verließ Johanna erstmalig ihr Krankenzimmer. Dr. Fellner half ihr und sie gingen hinaus in den Park des Krankenhauses. Dort breitete er neben einer Bank ein Tuch aus und deckte einen imaginären Kaffeetisch. Johanna saß auf der Bank, der Tropfständer stand im Gras daneben. Es war wunderbar. Ein Mann, mit dem sie bisher nicht einmal zehn Worte gewechselt hatte, hatte sich die Mühe gemacht, sich nach ihrem Kind zu erkundigen und für sie eine solch wunderbare Kaffeetafel herzurichten, auch wenn sie davon nichts essen konnte. Er hatte sogar an Kuchengabeln gedacht. Johanna spürte ein neues Gefühl in ihr wachsen, es war das Gefühl, das Dankbarkeit hieß. Sie unterhielten sich über Johannas Operation und die anstehende Chemo, über die kleine Katharina und über die Arbeit. Es wurde ein schöner Nachmittag und etwas tief in ihr begann zu heilen.

Als Johanna in Buch entlassen wurde, war sie voller Optimismus. Sie würde wieder gesund werden und würde mit Katharina ein ehrliches gutes Leben führen, das nahm sie sich fest vor. Als

Erstes holte Johanna ihre kleine Katharina aus dem Kinderheim ab und kehrte mit ihr nach Hause in den Prenzlauer Berg zurück. Mehr Kräfte hatte sie an diesem Tag nicht. Sie gab dem Kind zu essen und mit Katharina im Arm legte sie sich auf ihre Liege. Beide hatten einige Stunden geschlafen, als sie aufwachten war es finstere Nacht. Katharina bekam noch ein Fläschchen und schlief bald wieder ein, aber Johanna setzte sich an ihren Schreibtisch und spürte eine Fremdheit um sich herum. Nach Andreas Auszug erschien ihr die Wohnung leer, wie leblos. Die Luft war giftig und drohte ihr Herz zu ersticken. Sie ging durch alle Räume und beschloss, alles vollständig zu verändern. Sie wollte die Wohnung zu ihrem und Katharinas neuem Zuhause umgestalten und alles, was sie an Andreas erinnerte, würde sie entfernen. Kein Andreas, keine Erinnerungen. In der Zukunft nur Katharina und sie. Als Christine sie besuchte, erzählte sie von ihrem Plan und Christine versprach ihr, sie zu unterstützen. Wie schon so oft, half ihr Christine mit Möbeln, Kindersachen, Spielzeug und auch ein wenig Geld. Aber die Umräumaktion wurde mehrmals verschoben. Die Chemo begann am 1. September, einen Tag nach Katharinas erstem Geburtstag. Wie belastend die Chemo werden würde, hatte Johanna nicht geahnt. Ihre Kräfte schwanden schnell, mit der immer wiederkehrenden Übelkeit wuchsen wieder Angst und Zweifel. Christine fuhr sie zu den Behandlungen nach Buch und wieder nach Hause und kümmerte sich in der Zwischenzeit um Katharina. Johannas Haare wurden immer dünner und die Kopfhaut war überall deutlich sichtbar. Sie hatte keinen Geruch und keinen Geschmack mehr. Das Essen wurde zur Qual. Sie war abgemagert, widerstandslos, kraftlos und sie fühlte sich einsam. Nachts sehnte sie sich mit jeder Faser ihres Körpers nach dem Mann, den sie immer noch leidenschaftlich liebte. Jede Nacht träumte sie von seinen Zärtlichkeiten und seinen Küssen und erwachte jeden Morgen in einem Albtraum. Sie weinte um ihre zerstörte, enttäuschte Liebe so viele Tränen der Verzweiflung, aber Andreas sollte das nicht wissen. Niemand erfuhr jemals etwas von diesem einsamen Kampf. Weihnachten ging vorüber und im Frühling kamen der Geruch und der Geschmack nach der Chemo langsam wieder, auch die Kraft und die Lust auf die Arbeit in der Redaktion, nur die Haare blieben unnatürlich dünn. Fortan setze sich Johanna das Ziel, immer besonders auf ihr Äußeres zu achten, damit niemand erkennen würde, wie es wirklich gesundheitlich und seelisch um sie bestellt sei. Die äußere Schönheit, ist das Erste, was man bei einem Menschen bemerkt, deshalb wurde das Äußere auch so wichtig für Johanna, denn ihr war durchaus bewusst, dass sich nur wenige Menschen für mehr als nur Äußerlichkeiten interessieren würden.

Nach der Chemo hörten leider die Ängste, erneut zu erkranken, nicht automatisch auf. Die Ungewissheit und mit ihr der Zweifel waren immer präsent. Für Johanna war von nun an Leben nicht eine gegebene Voraussetzung, sondern es wurde zum täglichen Ziel. Sie hatte für Katharina einen Krippenplatz gefunden und war froh, das Kind gut untergebracht zu wissen, während sie arbeiten würde. Endlich lag der erste Arbeitstag vor ihr. Die Arbeit in der Redaktion lenkte sie von ihren Ängsten ab. Mit ihren Kollegen gelang es ihr sogar wieder zu lachen. Hier würde sie weitergraben, hier war ihr Weinberg, beschloss Johanna, wenn sie abends die Redaktion verließ und mit der Straßenbahn zu Johannas Krippe fuhr.

Nach wenigen Wochen in der Kinderkrippe wurde Katharina krank. Bronchitis, sagte die Kinderärztin. Wenige Wochen später wieder die gleiche Diagnose, chronische Bronchitis wurde es bald. Mit wenigen Unterbrechungen war Katharina fast den ganzen Herbst und Winter krank. Jedes Mal wurde Johanna zur Pflege ihres Kindes krankgeschrieben, das heißt genauer gesagt, sie wurde zur Pflege ihres Kindes von der Arbeit freigestellt. Was einerseits gut klingt, Freistellung zur Pflege des Kindes, hatte aber einen erheblichen Nachteil. Der Gesetzgeber sah vor, dass maximal zwanzig Kalendertage im Jahr eine Lohnfortzahlung erfolgte, wenn die Mutter zur Pflege des erkrankten Kindes freigestellt war. Die Tage darüber hinaus war die Mutter zwar von der Erbringung der Arbeitsleistung befreit, erhielt aber keine Lohnzahlung. Das bedeutete für Johanna, sie erhielt überhaupt kein Geld. Nichts. Wovon sollten sie beide leben, wovon Miete bezahlen, wovon die Stromkosten? Andreas zahlte keinen Unterhalt. Er hätte auch kein Geld, meinte er. Johanna musste dringend Geld verdienen. Sie ging zur Wohnungsverwaltung und bot an, das Treppenhaus ihres Wohnhauses regelmäßig zu reinigen. Sie ging wieder einmal zu Christine, um für sie zu nähen oder Schreibarbeiten zu erledigen. Aber in manchen Monaten reichte es trotzdem nicht. Als sie Anfang November Kohlen für den Winter bestellen musste, bat sie ihre Mutter um eine einmalige finanzielle Unterstützung. Ihre Mutter schrieb ihr einen Brief zurück. Sie erinnerte Johanna daran, dass sie selbst es war, die die Scheidung von Andreas gewollt habe und nun auch die Konsequenzen tragen müsste. Sie habe sich als Mutter hier im Dorf sehr geschämt für Johanna und diese Ehescheidung hätte ihrer Meinung nach überhaupt nicht sein müssen, schließlich gäbe es in jeder Ehe einmal Probleme, und die müsse man gemeinsam lösen und natürlich müsse die Frau auch mal nachgeben können. Dann teilte die Mutter weiter mit, dass Andreas bei ihnen gewesen sei und man sich gut miteinander verstanden habe.

Johanna fragte Christine und Christines Mutter bezahlte die Kohlen und schenkte sie Johanna und Katharina zu Weihnachten. Das fehlende Geld war ein Problem. Johanna redete mit ihren Kollegen. Es gab so viel Schreibarbeit im Sekretariat, sodass man ihr zwei Vorschläge machte. Der erste Vorschlag war, sie könnte, wenn Katharina krank war, Heimarbeit erledigen, sie müsste sich die Arbeit aus der Redaktion holen und wieder zurückbringen, wenn es aber möglich wäre, würde man ihr ausnahmsweise die Arbeit auch bringen und abholen. Der zweite Vorschlag lautete, sie könnte sich ein Zeitguthaben erarbeiten. Das heißt, wenn Katharina nicht gerade krank war, erarbeitete sich Johanna in der Redaktion ein Zeitguthaben, in dem sie abends, wenn Katharina im Bettchen lag, noch einmal in die Redaktion fuhr und zwei oder drei Stunden Schriftverkehr oder Ablagearbeiten erledigte. Johanna erledigte in wochenlangen Heimarbeiten Schreibarbeiten aus der Redaktion und in den wenigen Zeiten, in denen sie in der Redaktion arbeiten konnte, schaffte sie sich ein Zeitkonto an. So überbrückte Johanna einen Großteil der Zeiten der Krankschreibungen, in denen sie sonst kein Geld erhalten hätte.

Katharinas ständige chronische Bronchitis entwickelte sich innerhalb weniger Monate zum Asthma bronchiale. Sie war sehr krank und im wahrsten Sinne des Wortes sehr anfällig. Die Erstickungsanfälle waren häufig lebensbedrohlich. Es verging kein Monat, in dem Katharina nicht beim Kinderarzt war oder die Kleine sogar stationär aufgenommen werden musste. Und dann war jedes Mal die Ohnmacht da. Die Mutter bringt ihr Kind auf Station und übergibt es zur Behandlung den Krankenschwestern und Ärzten mit ungewissem Ausgang und verlässt angstvoll die Klinik. Das Kind wird sofort beruhigt und mit einem Tropf versorgt, aber wie geht es der Mutter? Wie lange und wie oft kann eine Mutter so einen Schmerz und eine solche Ohnmacht aushalten? Katharina hatte ihren dritten Geburtstag gefeiert. Der Herbst kam schon Anfang Oktober mit Stürmen und viel Regen. Katharina war seit einer Woche wieder zu Hause und hustete ihren typischen Asthma-Husten. Regelmäßig gab Johanna ihr die Medikamente und hoffte, dass es nicht schlimmer werden würde, denn Dr. Fellner, der ihr oft half, war für zwei Wochen verreist. Es wurde nicht besser, heute wurde es sogar noch schlimmer. Schon in der Nacht hatte das Kind kaum geschlafen. Johanna hatte es immer wieder im Bettchen aufgesetzt, damit es besser atmen konnte. Solche Situationen kannte Johanna zur Genüge. Sie zog Katharina warm am und fuhr am Morgen in die Poliklinik am Friedrichshain-Krankenhaus zur Kinderärztin. Die Ärztin kannte Katharina und deren Krankheitsbild und nahm sie, auch wenn sie keinen Bestelltermin hatte, so schnell als möglich dran. Sie untersuchte Katharina, verschrieb ein neues Spray. Wieder ein anderes Medikament. Wieder ein neuer Versuch. Wieder das Eingeständnis, dass auch die Ärztin eine Suchende war. Johanna holte in der Apotheke am Strausberger Platz, das war eine spezielle Apotheke, in der es Westmedikamente gab, das verordnete Spray ab und fuhr mit Katharina nach Hause. Es war bereits Nachmittag, als sie zu Hause ankamen. Sie verabreichte Katharina das neue Spray. Danach schlief das Kind schnell ein, denn es hatte in der letzten Nacht wenig Ruhe gefunden. Johanna setzte sich an die Schreibarbeiten für die Reaktion. Aber sie konnte sich nicht konzentrieren, denn Katharinas Husten hörte nicht auf. Das Kind schlief, aber wenn der Husten kam, wachte es kurzfristig auf und weinte, weil es kaum Luft bekam. Dann fiel das Kind wieder in einen Dämmerschlaf. Wenn der Hustenanfall begann, ging Johanna ins Kinderzimmer richtete den Oberkörper des Kindes auf, um die Atmung zu erleichtern, wartete, bis der Anfall vorüber war, legte das Kind wieder hin und deckte es zu. Nach etwa zwei Stunden wachte Katharina auf und kam ins Wohnzimmer gelaufen. Johanna holte dem Kind ihre Puppen, ihr Puppentischchen und Puppenstühlchen und setzte Katharina neben sich auf den Boden, aber das Kind spielte nicht, sie saß apathisch bei der Mutter. Johanna hörte die Atembeschwerden des Kindes. Es war die Ausatmungsphase, die dem Kind die großen Probleme bereitete. Johanna hörte, wie die Kurzatmigkeit zunahm, wie die Ausatmung sich immer mehr in die Länge zog. Sie sprach Katharina an, aber das

Kind konnte nur noch mit erheblichen Atembeschwerden reden. Nach wenigen Minuten wurde die Atmung immer oberflächlicher. Schließlich konnte Katharina gar nicht mehr reden. Johanna nahm sie auf den Arm und beschloss, wenn die Ärztin in der Poliklinik nicht mehr erreichbar sein würde, sie gleich auf Station in die Klinik zu bringen. Sie zog Katharina rasch an und nahm den kleinen Koffer, der immer gepackt unter Katharinas Gitterbettchen lag. Die Geräusche, die ihre Ausatmung jetzt verursachten, hatten sich verstärkt, sie klangen jetzt wie ein bedrohliches Pfeifen. Katharina lehnte sich an den Hals ihrer Mutter und kämpfte um Luft. Der schnellste Weg, überlegte Johanna, war jetzt, dass Kind auf den Arm zu nehmen, zur Straßenbahn zu laufen und das letzte Stück von der Straßenbahn bis zum Krankenhaus wieder zu laufen. Es war noch Berufsverkehr, also würden die Straßenbahnen häufiger fahren. Johanna hetzte los. Das Mädchen war so apathisch und hing ihr bleischwer im Arm. Johanna befürchtete, sie würde bewusstlos werden. In der Straßenbahn bekam sie zum Glück einen Sitzplatz. Sie konnte Katharina so besser beobachten. Inzwischen hatte sich bei Katharina der Sauerstoffmangel bemerkbar gemacht. Katharina hatte bereits bläuliche Lippen und langsam wurde auch die Nagelbetten der kleinen Finger bläulich. Kurzzeitig wurde Katharina bewusstlos, gerade in dem Moment musste Johanna aussteigen. Johanna hetzte mit dem Kind auf dem Arm zur Poliklinik, die Ärztin kam sofort und beide brachten Katharina, bei der schon kaum noch Atemgeräusche zu hören waren, auf Station. Katharina bekam Sauerstoff und wurde an einen Tropf gehängt. Johanna wartete noch eine Stunde, betete eine Stunde, die Tränen liefen, bis sie erfuhr, dass es Katharina schon deutlich besser ging. Sie fuhr nach Hause und musste noch einige dringende Termin-Schreibarbeiten für die Reaktion erledigen. Lange nach Mitternacht war Johanna mit der Arbeit endlich fertig geworden. Am nächsten Vormittag war Katharina wieder fröhlich und munter und Johanna konnte sie aus dem Krankenhaus abholen. Der Tag verlief anfangs ruhig. Johanna konnte die Schreibarbeiten noch einmal kontrollieren und sie achtete darauf, dass die Medikamenten Einnahme auch pünktlich erfolgte. Abends brachte Johanna das Kind zu Bett und wollte die Schreibarbeiten schnell in die Redaktion bringen und sich neue Arbeit holen. Katharina schlief, als Johanna die Tür leise hinter sich schloss. Sie fuhr in die Redaktion beeilte sich und war nach etwa eineinhalb Stunden wieder zu Hause. Katharina schlief noch fest. Johanna fühlte sich kaputt und hundemüde. Sie schlief fast sofort ein. Gegen drei Uhr morgens hörte sie wieder Katharinas Husten. Sie setzte sich neben das Kinderbett und stützte Katharinas Oberkörper auf und beruhigte das Kind. Eine Stunde später war wieder Medikamenteneinnahme. Katharina schlief, nach der Medikation bald wieder ein. Auch Johanna legte sie wieder hin. Zwei oder drei Stunden später fing Katharina wieder zu husten an, deshalb holte Johanna sie aus dem Bett und ließ sie herumlaufen. Manchmal brachten Bewegung und Ablenkung für Katharina eine Verbesserung der Atmung. Sie machten zusammen Frühstück, machten ihre Betten und räumten die Wohnung auf. Katharina bekam ihre Medikamente. Es schien, als würde das neue Spray gut wirken. Johanna setzte sich wieder an die Schreibarbeiten und Katharina holte ihre Lieblingsspielzeuge ins Wohnzimmer. Am Nachmittag kam der Husten zurück. Es wurde zwar wieder schlimmer, sodass Katharina auch beim Sprechen Atembeschwerden hatte, aber weitere Verschlechterungen, wie, dass sie im Sitzen gar nicht mehr sprechen konnte und erhebliche Kurzatmigkeit oder eine schnelle oberflächliche Atmung bekam, traten zunächst nicht auf. Johanna brachte Katharina ins Bett und blieb neben dem Bett sitzen.

Bis Mitternacht schlief das Kind ruhig, dann begann der Husten wieder, gerade als sich Johanna auch hinlegen wollte. Johanna holte Katharina aus dem Bettchen und beschäftigte sie. Katharina sollte herumlaufen und sich vom Husten und von den Atembeschwerden ablenken und so die Zeit bis zur nächsten Medikamenteneinnahme überbrücken. Um vier Uhr bekam Katharina ihr Spray wieder. Danach brachte Johanna ihre Tochter ins Bett und legte sich selbst auch hin. Nach zwei Stunden fing der Husten wieder an, Katharina weinte vor Atembeschwerden und vor Müdigkeit. Johanna zog Katharina warm an und sie machten einen Spaziergang zum kleinen Bürgerpark in der Nähe. Als sie zurückkamen, ging es Katharina scheinbar besser. Johanna gab ihr das Spray und achtete auf jedes Husten und jedes veränderte Verhalten beim Atmen. Nachmittags gingen sie noch einmal in den Park. Am Abend tobte Katharina wieder herum, als sei alles in bester Ordnung. Sie sang und hüpfte durch ihr Zimmer. Johanna hoffte, dass sie beide für diesmal den Anfall überstanden hätten. Sie waren beide todmüde. Johanna legte Katharina ins Bett und setze sich an die Schreibarbeit, vielleicht noch ein bis zwei Stunden, dachte sie, dann kann ich die liegen gebliebene Schreibarbeit noch aufholen. Johanna schrieb bis kurz vor zweiundzwanzig Uhr, dann bekam Katharina ihre Medikamente und danach legte auch sie sich hin. Sie war eingeschlafen und hatte vielleicht ein oder zwei Stunden geschlafen, als sie im Kinderzimmer Katharina husten und weinen hörte. Johanna war nicht wach, aber ihr Unterbewusstsein sagte ihr, dein Kind hustet, steh auf und gleichzeitig war da etwas Lähmendes in ihr, dass sie ans Bett fesselte, das ihr eine Rechtfertigung gab, du bist kaputt und müde, du hörst das hustende Kind jetzt nicht, du kannst schlafen, dein Körper will nur schlafen. Johanna fuhr plötzlich erschrocken auf. Wollte sie jetzt wirklich weiterschlafen, was hatte sie da gedacht und sich gewünscht? Natürlich hörte sie das Husten und das Weinen ihres Kindes. Was war das eben?, fragte sich Johanna. Wollte sie wirklich den Hilferuf aus dem Kinderzimmer überhören und weiterschlafen? Sie erschrak über sich selbst. Wäre sie beinahe schuldig geworden? Ihr Kopf schmerzte, sie stürzte ins Kinderzimmer. Katharina saß im Bettchen, kopfüber auf der Decke und wimmerte mehr als sie weinte und hustete. Sie beruhigte das Kind, öffnete das Fenster weit und ließ die kalte Nachtluft herein. Sie nahm Katharina auf den Schoß und wiegte sie. Hatte sie als Mutter eben versagt? Wann genau fängt Schuld eigentlich an? Wie konnte es passieren, dass sich solche Gedanken in ihren Kopf geschlichen hatten? Sie fühlte sich unsagbar elend und mit Schuld beladen. Katharina ging es wieder schlechter. Sie hörte es und sie sah es. Schnell zog Johanna das Kind warm an und dann machte sie sich selbst schnell fertig. Katharina musste wieder ins Krankenhaus. Nur wie? Zu dieser Zeit fuhren keine Straßenbahnen mehr. Dr. Fellner war nicht da und Christine hatte auswärts eine Lesung. Sie nahm das Kind auf den Arm und ging in die Schwedter Straße zur Feuerwehr. Inzwischen drohte Katharina wieder bewusstlos zu werden. Der Einsatzleiter reagierte sofort, innerhalb weniger Minuten wurden sie mit einem Einsatzwagen der Feuerwehr ins Krankenhaus gebracht. Für Katharina war es wieder die Rettung in letzter Minute. Johanna saß im Wartezimmer, das alle ihre Gebete, ihre Tränen und ihren Kummer schon kannte und fragte Gott in ihrer Verzweiflung, warum er dieses Leid, diese Schmerzen und die Todesangst, ihrem Kind und ihr immer wieder antat. Sie verstand nicht, dass Gott ihr Kind so strafte. Johanna haderte mit ihrem Exmann, mit der Welt, mit ihren Eltern, hauptsächlich aber mit Gott. Was muss ein Mensch angerichtet haben, dass ihm eine solche Last aufgebürdet wird?, fragte sie sich immer wieder. Und wenn das eine Prüfung sein sollte, dann wofür? Was und wen wollte Gott prüfen? Da erkannte sie, Streit, Widerspruch und Auflehnung kosteten viel Kraft und dafür reichten ihre Kräfte nicht mehr.

Trotz dieser schlimmen Krankheit entwickelte sich Katharina zu einem fröhlichen und aufgeweckten Mädchen. Und irgendwann waren die Asthma-Anfälle vorbei.

Dr. Fellner besuchte sie immer noch oft. Er kam in die Platanenallee und half ihr und Katharina bei den Arztbesuchen, er fuhr sie zu allen möglichen Untersuchungen und Terminen, er half Johanna beim Umräumen, er baute die Möbel auf und bohrte und schraubte Regale zusammen. Er war zuverlässig und immer freundlich. Für Katharina brachte er immer eine kleine Überraschung mit. Dann merkte Johanna, dass Dr. Fellner mehr sein wollte als ihr zuverlässiger und treuer Freund. Wie viel mehr fragte sie ihn lieber nicht, denn sie wusste, er war verheiratet mit einer wirklich klugen und schönen Frau, die sie kannte und achtete. Dr. Fellner war gern bei Johanna. Ihre gemeinsame Arbeit in der Redaktion war die eine, öffentliche Seite, ihre Freundschaft, die Hilfe und die Geselligkeit zu Hause in der Platanenallee, die private Seite. Sie lachten zusammen, wenn er sie besuchte, sie betreuten zusammen die kleine Katharina, wenn sie wieder krank war oder einen Asthmaanfall hatte. In wie vielen Nächten kam Dr. Fellner mit seinem Auto und brachte Johanna mit Katharina ins Friedrichshain-Krankenhaus. Es gab Monate, in denen die Anfälle zweimal in der Woche auftraten und Katharina dann schnell an einen Tropf gehängt werden musste, um sie vor dem Ersticken zu bewahren. Dr. Fellner war immer da. Tag und Nacht, wenn Johanna seine Hilfe erbat. Im Herbst fuhren sie zu dritt zusammen in den Urlaub nach Hiddensee oder sie machten Ausflüge, manchmal lud Dr. Fellner Johanna und Katharina zum Essen in ein teures Restaurant ein. Katharina liebte es, sich im vornehmsten Restaurant Apfelmus zu bestellen. Dr. Fellner und Johanna verstanden sich gut, sie redeten über Gott und die Welt und sie lachten über Gott und die Welt. Dr. Fellner war klug, war verständnisvoll, war ein liebevoller Mann, der Johanna als Frau und Partnerin behandelte, aber er war zweiundzwanzig Jahre älter als sie. Anfangs war für Johanna der Altersunterschied nicht wesentlich, aber je näher sie sich kamen, sich vertrauten, sich duzten, umso schwerer wogen die zweiundzwanzig Jahre. Sogar Johannas Eltern brachten Dr. Fellner ihre Sympathien entgegen und hätten vermutlich nichts dagegen einzuwenden gehabt, wenn Johanna ihn geheiratet hätte. Sie quartierten beide in ein gemeinsames Zimmer ein, weil sie davon ausgingen, dass diese Freundschaft auch eine intime Seite hätte. Und auch in den Hotels unterwegs und auf Hiddensee schliefen Johanna, Katharina und Dr. Fellner im gleichen Zimmer. Aber bei aller Zuneigung, Dankbarkeit und wirklicher Freundschaft zu ihm gab es eine Grenze zwischen Dr. Fellner und Johanna, die für Johanna unüberwindbar war. Es war sein Körper, den Johanna nicht ertragen konnte. Der für sie nur alt, faltig, verfettet und zutiefst abstoßend wirkte. Es war der körperliche Verfall eines Mannes, der so viel älter war als sie selbst und der niemals Sport getrieben hatte, der nicht auf seine Ernährung geachtet hatte und der nun im Alter anstatt mehr, weniger auf seine äußere Erscheinung achtete. Immer wieder verglich sie diesen alten Körper, wenn sie ihn sah, mit Andreas und dann sehnte sie sich zurück zu ihrer großen Liebe. Die Freundschaft zu Dr. Fellner konnte sie gut leben, aber lieben und körperlich zusammen sein, konnte sie nur mit Andreas. Oftmals, und in letzter Zeit immer häufiger, versuchte Johanna Dr. Fellner zu erklären, dass sie in ihrer Freundschaft zu ihm keine körperlichen oder gar intimen Kontakte wünschte. Sie sagte ihm sogar, dass sein Körper sie abstoßen würde. Aber Dr. Fellner ging über Johannas Einwände freundlich lächelnd hinweg und brachte beim nächsten Besuch wieder kleine Geschenke für Katharina mit. Aber ihre Gespräche kamen immer öfter auf dieses Thema zurück. Johanna ahnte, dass die Freundschaft sich an einem Scheidepunkt befand.

Die Freundschaft mit Dr. Fellner dauerte bereits mehr als drei Jahre, als er eines Abends unangekündigt zu Johanna in die Platanenallee kam. Er war stark angetrunken und lärmte schon im

Treppenhaus. Johanna wusste, dass er in der letzten Zeit viel zu oft und immer zu viel getrunken hatte und sie hatten deswegen neuerdings häufig Streit, denn im betrunkenen Zustand wollte Dr. Fellner nur eines, mit ihr schlafen. Schließlich hatte Johanna ihm die Wohnung verboten, wenn er nicht nüchtern ankam. Diesmal schien es, dass er besonders betrunken und aggressiv war, denn er klopfte zuerst bei der Nachbarin, bis er merkte, dass es die falsche Tür war. Dann hämmerte er mit beiden Fäusten gegen Johannas Wohnungseingangstür. Er fluchte ordinär, er brüllte sie aus dem Treppenhaus heraus an, er beschimpfte sie und schließlich bettelte er. Johanna hatte Mitleid mit ihm, es tat ihr unsäglich leid, wie er sich selbst so entwürdigte. Sie stand hinter der verschlossenen Tür und weinte um ihn und aus Angst um Katharina und um sich selbst. Dann blieb es eine Weile still im Treppenhaus. Sie hörte plötzlich ein Geräusch und vermutete, dass er seine Aktentasche das Treppenhaus hinuntergeschleudert hatte. Dann begann das Hämmern mit den Fäusten gegen die Tür erneut. Er versuchte die unteren Kassetten in der Tür einzutreten. Die Flüche wurden hässlicher und ordinärer. Die Tür hielt noch stand, wohl weil er nicht die Kassette mittig traf, sondern nur in der Ecke oder am Rand. Johannas Angst wuchs. Wenn sie ihm jetzt in die Hände fiel, würde er sie brutal vergewaltigen. Seine Wut und sein Hass waren in diesem Augenblick riesengroß und unbezähmbar. Das war ihr klar. Da bat sie ihn noch ein letztes Mal aufzuhören und nach Hause zu gehen. Und im ruhigen Ton sagt sie ihm auch, wenn er das jetzt nicht tun würde, würde sie die Polizei rufen, weil sie Angst vor ihm habe. Johanna rief die Polizei. Sie kam und nahm Dr. Fellner mit. Sie sah ihn danach nicht wieder. Auch in der Redaktion traf sie ihn nie wieder. Es tat ihr so leid, dass ihnen zum Schluss nur dieses unwürdige Ende geblieben war. In Johanna wuchs ein schlechtes Gewissen, das sie über viele Jahre belastete. War es Schuld?

Arbeit lenkt ab, sagte man und hatte recht damit. Johanna arbeitete zielstrebig und hatte in den letzten schweren Jahren berufsbegleitend sogar einen Berufsabschluss erworben. Sie war jetzt Wirtschaftskaufmann. Das war ein anerkannter Abschluss und mit ihrem Ehrgeiz hatte sie sogar in allen Fächern die Bestnote erhalten. Sie hatte jetzt eine berufliche Basis, auf die sie stolz war. Aber sie wusste auch, dass das nur ein Etappenziel war, ihr erstes. Sie würde weiter lernen, immer weiter, bis sie nicht mehr hinter den anderen zurückstand, sondern selbst Verantwortung übernehmen konnte und auch selbst Entscheidungen treffen konnte. Es war das Entscheiden, das sie reizte, das sie anstrebte, dabei ging es ihr nicht um Bestimmen im Sinne von Anordnen. Es ging ihr darum, die Dinge, von denen sie überzeugt war, dass man sie besser und effektiver machen kann, auch besser machen zu dürfen. Johanna wusste längst, dass man Arbeitsgänge und Arbeitsprozesse einfacher, schneller und wirkungsvoller gestalten kann, indem man Strukturen vereinfachte. Nichts hasste sie so sehr wie unsinnige Tätigkeiten. Sie wollte Verantwortung tragen, dafür würde sie kämpfen. Das nahm sie sich fest vor. Sie hatte erkannt, dass dieser Bereich ihr Weinberg war, und in Zwiesprache mit Großvater Friedi versprach sie, jeden Tag fleißig weiterzugraben.

Prenzlauer Berg

Als Katharina in die Schule kam, wechselte Johanna von der Redaktion in die Vertragsabteilung des Verlages. Die Arbeit hier war anspruchsvoller, aber auch interessanter und Johanna verdiente deutlich mehr. Ihre Aufgaben in der Vertragsabteilung bestanden im Wesentlichen darin, Lizenzhereinnahmen und Lizenzvergaben urheberrechtlich und vertragsrechtlich zu betreuen, aber auch die Honorierung ausländischer Autoren zu überwachen. Der Verlag war wenige Jahre zuvor, infolge parteipolitischer Entscheidungen, der juristische Nachfolger der Hinrichs'schen Verlagsbuchhandlung geworden. Dieser Übergang des alten sehr renommierten Verlagshauses in Leipzig in die Strukturen ihres Verlages war ein trauriges, aber typisches Kapitel Verlagsgeschichte in der DDR. Denn es war kein Übergang. Es wurden die alten Akten, insbesondere die Verträge, aus Leipzig einfach abgeholt und fortan flossen die Einnahmen aus früheren Lizenzvergaben nicht mehr an das alte traditionelle Verlagshaus, sondern ausschließlich an den Verlag. Die Einnahmen aus den Bereichen Theologie, Orientwissenschaften und Altertumskunde waren fast vollständig Valuten aus der BRD und darauf hatten es die Oberen in diesem Land besonders abgesehen. Da in der DDR das Prinzip der Planwirtschaft herrschte, bedeutete dieses Wirtschaftssystem für die Vertragsabteilung, dass alle geplanten Einnahmen aus Lizenzvergaben und die zu erwartenden Ausgaben aus Lizenzhereinnahmen sowie Honorare für das folgende Jahr detailliert zu erfassen waren und selbstverständlich musste die Aufstellung so ausfallen, dass die Einnahmenpositionen höher ausfielen als die Ausgabenpositionen. Es wunderte niemanden, weder innerhalb des Verlages noch außerhalb des Verlages, dass die ermittelten Zahlen, insbesondere die Gewinne in Valuta, die wirtschaftspolitischen Vorgaben der Parteiführung stets erfüllten. Aber Johanna kannte die Zahlen genauer und wusste, wie wenig realistisch die ausgewiesenen hohen Einnahmen waren und wie geschönt dagegen die Ausgaben bilanziert waren. Nein, diese Zahlen waren nicht die Wirklichkeit. Sie waren so wenig belastbar, wie das ganze wirtschaftliche System belastbar war, das sich auf solchem Schwindel gründete. Und Johanna war auch klar, dass so, wie dieser Verlag arbeitete, auch andere Verlage arbeiteten und vermutlich ein ganzer Teil der Wirtschaft sich auf Zahlen stützte, die einfach falsch waren, weil sie bewusst geschönt worden waren. Das war in Johannas Augen Lüge. Das Wirtschaftssystem der DDR gründete offensichtlich auf so vielen Lügen. Aber erstaunlicherweise existierte das System dennoch weiter. Vielleicht war es die Stabilität der Gesamtmenge der großen und kleinen wirtschaftlichen, der politisch nützlichen oder der Propaganda dienenden Lügen. Trotzdem beschloss Johanna, wachsam zu bleiben und selbst mit keinen Unwahrheiten das marode System zu unterstützen. Johanna arbeitete sich in das Urheberrecht der DDR ein und bekam als Anerkennung von der Verlagsleitung die Bewilligung zu einem berufsbegleitenden Frauensonderstudium. Sie begann mit dem Studium als Katharina die zweite Klasse der Grundschule besuchte.

Die Schule befand sich auf der gleichen Straßenseite wenige Häuser von ihrem Zuhause entfernt. Katharina hatte auch einen kleinen Schulfreund gefunden, Thomas, der mit seinen Eltern um die Ecke in der Schwedter Straße wohnte. Nach dem Unterricht ging Katharina die wenigen Schritte nach Hause und blieb dort allein, bis die Mutter von der Arbeit kam. Abends ging Katharina zum U-Bahnhof Eberswalder Straße, blieb an der Ecke am Straßengeländer stehen und wartete auf ihre Mutter, die die Stufen der U-Bahn, die in diesem Bereich über der Straße fuhr, herunterkam. Für Johanna war das der schönste Augenblick des ganzen Tages, wenn sie ihre Tochter von Ferne sah, wie sie auf ihre Mutter wartete. Katharina, das kleine, ihr anvertraute Mädchen. Sie liebte ihre Tochter und sie war stolz auf sie. Dann griff sie Katharinas kleine Hand und beide gingen nach Hause und erzählten einander von den Erlebnissen des Tages. Manchmal, wenn sie etwas in der Post zu erledigen hatten, gingen sie die Eberswalder Straße entlang. Das Postamt war das letzte Haus in der Eberswalder Straße vor der Grenze. Sie kauften die Briefmarken oder holten ein Paket ab und gingen dann bis zur Grenze vor und bogen nach links in die Oderberger Straße ein, die von der Grenze abging und zu ihrem Zuhause führte. Das war für Johanna jedes Mal schrecklich. Die brutale tödliche Grenze. Unüberwindlicher Stacheldraht, bewaffnete Polizei oder Armee, immer bereit auf Menschen zu schießen. So oft Johanna hier entlangging, so oft hatte sie den gleichen furchtbaren Gedanken. Nämlich, wie würde ein kleines Schulkind wie Katharina ein Gefängnis zeichnen? Hohe Mauern, spitzer Stacheldraht, Wachtürme und bewaffnete Aufseher, die auf die Menschen schießen würden, die den Stacheldraht überwinden und das Gefängnis verlassen wollten. Genauso sah es hier aus. Alle Merkmale eines Gefängnisses waren gegeben. Jedes Mal machte sich ein Angstgefühl in ihr breit. Ihr Land, ihr Gefängnis. Dann, wenn sie zu Hause waren, verblassten Johannas dunklen Gedanken, aber sie bekam eine Ahnung davon, wie sich Menschen sogar unter unmenschlichen Bedingungen irgendwie einrichten konnten und in ihrem Leben noch Freude und Schönes fanden. Sie selbst tat es ja auch. Hier zu Hause das private Glück und draußen die Grenze, im Betrieb und in der Öffentlichkeit die Grenze im Kopf und auf der Zunge. Die Grenze ging durch die Sprache, durch das Denken und Tun.

Andreas kam fast nicht mehr vor in Johannas Leben. Nur selten, wenn sie abends auf ihrer Liege lag und nicht einschlafen konnte, schlich er sich in ihre Träume und geheimsten Wünsche. Johanna wollte einen Mann finden, der ihr Liebe und Zärtlichkeit schenkte, der ihre Leidenschaft weckte und sie begehrte. Sie wollte endlich wieder lieben und geliebt werden, aber nicht von Dr. Fellner. Christine riet ihr einmal, sich selbst zu befriedigen oder die Sexualität mit einer Frau auszuprobieren. Christine nannte ihr zwei gemeinsame Bekannte, die das ebenfalls praktizierten. Johanna war entsetzt. Sie konnte sich das nicht vorstellen und sie verspürte auch eine innere Schranke der Prüderie und der Abneigung. Nein, das war nicht Johannas Weg, den sie gehen würde. Manchmal dachte sie auch an Fred, aber sie hatte ihn seit damals nicht wiedergesehen.

Johanna machte ihr Studium, ihre Arbeit und engagierte sich abends gemeinsam mit Thomas' Mutter Elli in der Schule ihrer Kinder. Sie lernte einen Ausschnitt der Bevölkerung des Prenzlauer Berges kennen. In die Klasse von Katharina gingen Kinder aus verschiedenen sozialen, politischen und wirtschaftlichen Verhältnissen und die Kinder und ihre Eltern lebten auch in sehr unterschiedlichen Wohnverhältnissen. Aber es war nicht nur die Verschiedenheit der sozialen Schichten, die sich in der Schulklasse wiederfand, es waren auch die unterschiedlichen menschlichen Charaktere. Am unangenehmsten für Johanna waren die Eltern, die sie heimlich als die Duckmäuser bezeichnete. Die waren scheinbar mit allem zufrieden, widersprachen niemals der Lehrerin, in der Hoffnung einen Vorteil für ihre Kinder zu erhalten, und biederten sich ungehemmt an. Die sich selbst dann noch zufrieden gaben, wenn der halbe Elternabend zu einer Parteiversammlung ausartete oder wenn wieder einmal im Elternabend für eine sozialistische Idee geworben wurde, wenn ein sogenannter Subbotnik in der Schule geplant war oder wenn Geld für Nikaragua oder sonst ein »Land auf dem Mond«, wie es den meisten Eltern schien, gesammelt werden sollte. Wer kannte schon Nikaragua und wusste, was die Sandinisten unter Ortega wirklich wollten. Nein, hier ging es politisch klar gegen den Erzfeind, die USA. Die Schule sollte hier im Auftrag der Parteiführung kontrollieren, wer von den Eltern sich der sozialistischen Idee entzog und wer die sozialistische Idee hinterfragte oder gar mit den USA sympathisierte.

Aber Johanna lernte auch Eltern in der Schule kennen, die ganz andere Sorgen hatten. Sorgen, die so speziell waren, so antisozialistisch, dass man darüber natürlich auch nicht redete. Eines

Abends sprach sie die Mutter einer Mitschülerin von Katharina an. Es war Manuela Schröders Mutter. Sie fragte Johanna, ob sie sich einmal mit ihr unterhalten würde. Diese Mutter, Frau Schröder, die noch nie mit Johanna ein Wort gewechselt hatte, lud Johanna zum nächsten Sonntag zum Kaffeetrinken in ihre Wohnung in die Schwedter Straße ein. Johanna war sehr überrascht, aber sie nahm die Einladung an.

Die Wohnung der Familie Schröder lag in der Schwedter Straße. Frau Schröder hatte sich auf Johannas Besuch vorbereitet. Die Frauen saßen beide am gedeckten Kaffeetisch. Johanna fühlte sich hier nicht besonders wohl, obwohl die Wohnung sehr schön, die Räume großzügig geschnitten und mit einer großen Carat-Schrankwand teuer eingerichtet war und auch einen sauberen und geschmackvollen Eindruck machte. Die Wohnung strahlte Unnahbarkeit aus und noch etwas anderes, etwas für Johanna Befremdliches. Sie dachte noch darüber nach, was hier so distanziert wirkte, als Frau Schröder mit dem Erzählen begann. Es war Manuelas Mutter offensichtlich peinlich, aber sie schien in einer Notsituation zu sein, so jedenfalls empfand es Johanna zu Beginn des Gespräches. Die Mutter erklärte, dass sie gehört habe, dass Johanna kirchlich sei, wie man das so sagt und sie selbst kenne sich da nicht so aus. Johanna überlegte noch, was sie der Frau auf eine solche Bemerkung hin antworten sollte, aber Frau Schröder erzählte bereits weiter. Ihr Mann sei heute nicht zu Hause und er dürfte auch nichts von diesem Gespräch wissen. Er lehnt die Kirche radikal ab und ist, im Gegensatz zu ihr, vollkommen anderer Meinung was ihre Familie betrifft. »Mein Mann«, sagte sie, »ist Parteisekretär bei der Kommunalen Wohnungsverwaltung hier in der Schwedter Straße.« Diese Kommunale Wohnungsverwaltung kannte Johanna recht gut, die war auch für ihre Wohnung zuständig, aber mit dem Parteisekretär hatte sie noch nichts zu tun gehabt. »Er möchte aber nicht bei der KWV bleiben, sondern in die Bezirksverwaltung der SED wechseln, und Sie wissen ja, die Kaderfrage ist eine Klassenfrage.«Johanna schaute Frau Schröder an und diese redete schnell weiter. »Dann passierte das mit unserer Steffi?« – »Wer ist Steffi?«, fragte Johanna vorsichtig. »Die Steffi ist unsere ältere Tochter. Sie ist jetzt neunzehn und macht uns solche Sorgen. Jeden Tag gibt es Streit wegen ihr. Ist sie da, brüllt mein Mann nur noch herum, und ist sie nicht da, brüllt er auch. Steffi war immer ein braves Mädchen, intelligent, musikalisch, ja, sie wollte einmal in einer Band singen, und sie war so aktiv bei den FDJlern. Kommen Sie und schauen Sie mal, was Sie schon für Auszeichnungen erhalten hat.« Frau Schröder stand auf und ging vor Johanna her ins Nachbarzimmer. Johanna folgte schweigend und interessiert. »Wir waren so stolz auf unsere Steffi und jetzt ist sie Punkerin geworden. Verstehen Sie das? Punkerin! Wir schämen uns so sehr. Wie sie herumläuft. Sie hat ihre schönen Haare abgeschnitten und läuft jetzt als Skinhead herum. Die Nachbarn tuscheln und zerreißen sich die Mäuler, man kennt uns doch hier in der Straße. Und dann mein Mann, als Genosse kann er natürlich solches antisozialistische Verhalten nicht dulden und will sie anzeigen, schon um selbst keinen Ärger zu bekommen. Ich habe Steffi gebeten, nicht in dem Aufzug nach Hause zu kommen, damit mein Mann keinen Grund hat toben. Aber sie sagt, wenn ihr mich nicht in meinen Sachen akzeptieren wollt, braucht ihr mich gar nicht zu akzeptieren. Naja, sie ist ein bisschen ein Dickkopf, wie ihr Vater. Die Sachen drücken mein Denken aus, sagt sie. Aber ich frage Sie, wie kann man so denken? Ich weiß nicht, was passiert ist. Ich weiß auch nicht, wie ich mit Steffi reden soll. Ich will doch nur das Beste für mein Kind, das verstehen Sie doch. Ich liebe doch alle beide Töchter. Mein Mann mit seiner Wut lässt jedes Zusammentreffen eskalieren. Er hat ihr Hausverbot erteilt, bis sie sich ändert und sich bei ihm entschuldigt. Aber ich weiß, dass macht Steffi nicht. Steffi kriecht nicht zu Kreuze. Ich habe sie schon lange nicht gesehen und was soll jetzt aus ihr werden?« Frau Schröder suchte einen Ausweg, das war offensichtlich und offensichtlich war auch, dass sie Angst hatte vor ihrem Mann und Angst um ihre Kinder. Johanna tat Frau Schröder leid. Am liebsten hätte sie ihr geraten: Befreien Sie sich von Ihrem Mann. Aber stattdessen fragte sie Frau Schröder vorsichtig, womit sie ihr denn helfen könne. Frau Schröder zögerte eine kleine Weile, bis sie sagte:»Bitte suchen Sie Steffi. Vielleicht redet Sie mit ihnen. Ja, ich glaube mit Ihnen würde sie reden, Sie sind nicht in der Partei, das weiß man hier. Und bitte, behalten Sie das Gespräch hier für sich. Wenn Sie mich sprechen wollen, rufen Sie mich bitte nicht an und kommen auch bitte nicht hierher. Ich muss das vor meinem Mann geheim halten. Sie schicken am besten einen Zettel über Katharina und Manuela, auf dem Sie mich bitten, Sie wegen einer Rückfrage zum Protokoll des letzten Elternabends zurückzurufen und wenn wir uns treffen wollen, dann nur in der Gaststätte Oderkahn.«

Johanna hatte ein merkwürdiges Gefühl, als sie die Wohnung der Schröders verließ. Ihr Kopf war voller chaotischer Eindrücke, als sie in die Platanenallee einbog. Sie holte schnell Katharina bei Thomas und seinen Eltern ab und konnte sich auch zu Hause nicht so recht beruhigen. Sie hatte schon die Eltern von Sabrina kennengelernt, eine problematische Familie, die Mutter sehr einfach, aber arbeitsam und der Vater alkoholabhängig und wie es schien, mitunter unberechenbar und gewaltbereit, aber das Elternhaus von Manuela war problematisch hoch zwei. Was sollte sie tun?, fragte sie sich beim Abendbrot. Nein, es war eigentlich keine Frage. Sie machte sich noch eine zweite Schnitte mit Leberwurst, sie wusste nicht warum, aber sie war sich sicher, sie würde Steffi suchen und auch finden. Während sie noch über die Schröders grübelte, erzählte Katharina von Thomas und dem gemeinsamen Ausflug und zeigte der Mutter auch den neuen, wunderschönen Anorak, den ihr Thomas' Mutti gegeben hatte und den sie zuerst anziehen durfte, denn Thomas war viel kleiner als sie und trug die Sachen immer erst ein Jahr später. Katharina packte noch die Schultasche für den nächsten Tag und beide vertrödelten den Rest des Wochenendes vor dem Fernseher. Gerade begann ihrer beide Lieblingssendung, *Der Doktor und das liebe Vieh*. Katharina mochte den sympathischen Tierarzt, dem es immer gelang, den kranken Hund oder das kranke Pferd gesund zu machen. Sie konnte es schlecht aushalten, wenn ein Mensch oder ein Tier Schmerzen litt. In der Serie ging es heute um eine Schildkröte, die eine Familie aus dem Urlaub mitgebracht hatte. Leider fraß die Schildkröte nun nichts und machte einen apathischen Eindruck. Natürlich, der Doktor wusste sofort Bescheid. Die Schildkröte fühlte sich nicht wohl in der Gefangenschaft und unter schildkrötenfeindlichen Lebensumständen. Katharina fragte plötzlich die Mutter:»Bist du nicht froh, wenn die Schildkröte wieder in ihr altes Zuhause kommt?«Katharina hatte gemerkt, dass die Mutter grübelte. Johanna dachte über die Punker nach. Sie hatte die unansehnlichen, oft schwarzen Gestalten, die häufig mit Ketten behangen waren, schon im Straßenbild gesehen, aber sie hatte sich bisher keine Gedanken über diese jungen Menschen gemacht. Sie überlegte auch, wer ihr zu den Punkern Informationen geben könnte. Da fiel ihr nur Elli ein. Elli war mit Karl verheiratetet und der hatte zwei nahezu erwachsene Söhne mit in die Ehe gebracht, vielleicht könnte man über die beiden Jungs etwas über die Punkszene in Berlin in Erfahrung bringen. Als Katharina im Bett war, rief Johanna Elli an und fragte sie, ob sie etwas über die Punkszene in Berlin wüsste.»Naja, das ist schon ein umfangreiches Thema«, sagte Elli,»aber wie kommst denn ausgerechnet du auf dieses Thema?«Sie verabredeten sich zu 20 Uhr im Oderkahn. Als Johanna kam, war Elli schon da und hatte sich bereits ein Bier bestellt. Johanna bestellte sich ein Glas

Wein. Elli hatte für den Abend eine ruhige Ecke ausgesucht und kam auch gleich zur Sache. »Wieso interessierst du dich für Punk, das passt doch überhaupt nicht zu dir.« Johanna erzählte, dass sie ein Mädchen suchte, und dass dieses Mädchen sich vermutlich bei den Punkern aufhalten würde und selbst ein Punker oder ein Skinhead geworden sei. Weitere Hintergründe erzählte Johanna nicht. Wie sich herausstellte, wusste Elli einiges über die Punker in Berlin und sie informierte Johanna gern. »Du musst unterscheiden zwischen Punker, Hooligans und Rockern. Bei den Punks tauchten anfangs auch die Skinheads auf, später haben sie sich wohl wieder getrennt. Der Punk ist eigentlich eine Kulturszene«, da musste Johanna schwer an sich halten, weil das Wort Kultur in diesem Zusammenhang für sie schwer nachvollziehbar war. »Ja«, sagte Elli, »die ganze Bewegung kommt eigentlich aus Großbritannien, dort gab es die ersten Punks schon 1976, dann schwappte die Bewegung über die BRD auch in die DDR über. Die jungen Leute trafen sich, diskutierten über ihr Leben und hörten Musik, natürlich ihre Musik und tranken Alkohol. Anfangs waren die Punks hier auch gar nicht politisch, sie haben nur kritisch die DDR-Lebensentwürfe diskutiert, weil sie davon frustriert waren. Die jungen Menschen wollten nicht so leben wie ihre Eltern. Sie wollten nicht fünfzehn Jahre auf einen Trabant warten, ewig lange auf eine Carat-Schrankwand im Wohnzimmer sparen und Denk- und Sprachformeln der Partei übernehmen. In ihren Augen war es eine verlogene Biederkeit und Spießigkeit, die von der Partei gelenkt und überwacht wurde. Die jedermann beherrschende Einheitsideologie der Partei war ihnen verhasst, weil sie sich in ihrem Denken eingeengt fühlten, weil sie sich in ihren Bewegungsradien begrenzt sahen und weil sie andere Ziele und Werte hatten als die Partei lauthals propagierte. Sie haben nichts beschädigt, sie haben niemand verletzt, sie haben sich ausschließlich mit sich selbst beschäftigt. Dann gründeten sie ihre eigenen

Bands und haben auch ihre Liedtexte selbst geschrieben. Das waren am Anfang eher gesellschafts- und sozialkritische, weniger politische Lieder. Diese Menschen forderten für sich das Recht ein, anders, ehrlicher, freier und selbstbestimmter leben zu dürfen als ihre einheitsparteitreuen Eltern. Dann kam der Zulauf, die Punkszene wuchs. Immer mehr junge Menschen wurden Punker. Die hatten so einen starken Zusammenhalt, nach dem Motto, wir gegen den Rest der Welt. Die Staatsmacht hat sie dann politisch kriminalisiert, um sie zu kontrollieren und um sie zu beseitigen. Du weißt ja, sie wurden dann als dekadente Subkultur eingestuft und streng verfolgt. Es gab für sie sogar einen extra Paragrafen, der hieß *Herabwürdigung staatlicher Ordnung*, der für diese Cliquen aufgestellt wurde. Die Polizei hat später die Kompetenz für die Verfolgung dieser Gruppen an das Ministerium für Staatssicherheit abgegeben. Na, du weißt ja, wie das geht. Die über die Grenzen hinaus bekannten Punk-Musiker wurden abgeschoben und den anderen wurde mit Haft gedroht oder sie wurden gleich eingesperrt. Da ist man schnell mal weg. Die Spitzel waren überall. Die Bands wurden vollkommen unterwandert mit Stasispitzeln und daraufhin sind viele Musiker in ihrer Not einfach abgetaucht. Aber manche Kirchen haben den Punk-Bands auch einen Schutzraum gewährt. In der Friedrichshainer Pfingstkirche fand letzte Woche ein Punk-Konzert statt. Das war großartig. Unsere Jungs waren auch dort. Aber wenn du wirklich jemanden suchst, vielleicht gehst du dann einmal in eines der von ihnen besetzten Häuser in der Schliemannstraße oder der Lychener Straße, oder ich weiß noch eines in der Dunckerstraße. Dort kennt man sich und dort könnte dir möglicherweise weitergeholfen werden. Und übrigens wundert es mich nicht, dass man mit einem Suchauftrag auf dich gekommen ist«, sagte Elli. Johanna fiel vor Schreck fast das Glas aus der Hand.»Wie meinst du das«, reagierte sie überrascht.»Naja«, sagte Elli,»die Jungs haben erzählt, dass die

Punks sich neuerdings auch in den Friedensbewegungen *Schwerter zu Pflugscharen* und *Kirche von unten*, engagieren, nur wirklich wenige haben eine politisch rechtsextreme oder antisozialistische Richtung eingeschlagen. Vielleicht erwartet man von dir einen Zugang zu den kirchlichen Räumen und gleichzeitig einen Zugang zu dem einzelnen Menschen. Du wärest deshalb gut geeignet, ohne politische Vorbelastung und ohne Misstrauen seitens der Punks Zutritt zu ihnen zu bekommen. Du solltest nur vorsichtig sein, für wen du dich einsetzt.«

»Ach, Elli, was wäre ich ohne deine Hilfe«, seufzte Johanna. Elli lachte, wie immer, in schrillen Tönen, »na hör mal«, sagte sie, »ich bin studierter Kulturwissenschaftler.« Ach so. »Dann hattest du im Studium die Punk-Kultur, oder hattest du im Studium die dekadente Punk-Kultur?« Beide lachten, dann sagte Johanna, »komm, ich lade dich ein, anstelle meines Honorars«. »Gut, dann trinke ich noch ein zweites Bier«, und schon winkte Elli die Kellnerin heran. »Die Damen haben etwas zu feiern«, fragte die Kellnerin gut gelaunt. »Das ist eher der Auftakt«, sagte Elli und bestellte ihr Bier. Sie unterhielten sich über ihre Kinder und den letzten Elternabend. Elli regte sich wieder über die anbiedernden Äußerungen einzelner Mütter auf. »Wie ich dieses kriecherische Verhalten und dieses angepasste Denken hasse«, sagte sie mutlos. »Was soll aus unseren Kindern werden, wenn ihnen so etwas vorgelebt wird?« – »Ach, Elli«, sagte Johanna, »wir versuchen ehrlich zu bleiben im Herzen und mit unseren Worten. Darauf kommt es an. Auf die wenigen, die sich nicht unterkriegen lassen.« Schließlich bedankte sich Johanna noch einmal für den schönen Anorak für Katharina. Beide lachten wieder. »Der ist nur geborgt«, sagte Elli, »bis zum nächsten Winter, bis Thomas hineinpasst.« Sie lachten noch viel an diesem Abend, die zwei Frauen, die über ihre Kinder zueinander gefunden hatten, weil sie zueinander passten.

Johanna hatte mit Ellis Hilfe einen Anhaltspunkt bekommen. Am nächsten Wochenende, wenn Katharina wieder mit Thomas und Elli im Oderbruch unterwegs war, wollte sie die besetzten Häuser aufsuchen. Sie begann in der Duncker Straße. Mit Ellis Wissen ausgestattet, fühlte sie sich gut gerüstet.

In der Duncker Straße waren die Punks, zwei junge Männer und ein Mädchen, überrascht über ihren Besuch, aber sie waren freundlich zu ihr, nur kannte leider niemand ein Mädchen namens Steffi. Sie ging von dort aus gleich weiter in die Schliemannstraße, aber dort traf sie niemanden an. Es sah aus, als hätten die Bewohner alles stehen und liegen gelassen und wären geflüchtet. Da lag noch eine angebissene Marmeladenschnitte auf dem nicht abgeräumten Frühstückstisch in der Erdgeschosswohnung. Johanna schien das alles hier im Haus unheimlich zu sein. Auf ihr Rufen antwortete niemand. Sie setzte sich einen Augenblick auf einen Küchenstuhl und überlegte, ob sie noch in die Lychener Straße gehen sollte oder doch lieber nach Hause. Da hörte sie die Haustür zuschlagen und vernahm, dass jemand kam. Sie blieb aber trotzdem auf ihrem Küchenstuhl sitzen und wartete ab. Ein Junge von vielleicht sechzehn oder siebzehn Jahren kam herein und sagte, dass die ganze Band verhaftet sei. Dann setze er sich neben sie und weinte. Er sah zwar fürchterlich aus, aber Johanna hätte ihn am liebsten in den Arm genommen. Sie fragte, was seiner Meinung nach der Grund für die Verhaftung gewesen sein könnte. »Na, das blöde Ostberlin«, sagte er wütend, »was die einfach nicht hören wollen, das kam im Text vor.« Er weinte und schnäuzte sich und wischte sich mit dem Ärmel die Nase ab. Dann hörte er auf zu weinen und fragte Johanna, was sie eigentlich hier wolle. Ob sie auch so eine wäre, naja, mehr sagte er nicht. Johanna konnte ihn beruhigen und erklärte ihm, dass sie ein Mädchen, eine Steffi, suche, weil sie mit ihr reden wollte. Er sagte, er heiße Patrick und er kenne eine Steffi, die hat manchmal in der Band gesungen. Aber die sitzt doch in Lichtenberg, soviel er weiß. Johanna hatte nur zehn Mark in der Tasche, aber die gab sie ihm und dann verabschiedete sie sich von Patrick, der sich das Marmeladenbrot gegriffen hatte und nun aufaß.

Was ist das für eine Welt, dachte Johanna, als sie in Richtung Platanenallee lief. Sie dachte an Ellis Worte über die Punkbewegung, sie diskutieren über ihr Leben, wie sie den Sozialismus erleben, vorbestimmt, als eine Einbahnstraße, tödlich langweilig, eingesperrt durch eine Mauer mit Stacheldraht und eingesperrt mit Schranken im Kopf, mit verbotenen Wörtern, mit verbotenem Aussehen. Ostberlin, darf man nicht sagen oder singen. Sie wollten doch nur ein kleines persönliches Stück Freiheit für sich, sie wollten anders sein als ihre Eltern und wurden dafür kriminalisiert. Wegen des Wortes Ostberlin wurden sie kriminell. Sie ging noch einmal zurück zu Patrick. Patrick wunderte sich nicht. »Ja, was willst du noch?«, fragte er. »Sag mal, Patrick, wie ist das mit den Skinheads und den Punks? Das habe ich nicht verstanden.« Johanna setzte sich wieder uneingeladen auf den Küchenstuhl. Patrick hatte das Brot aufgegessen und lag auf einer alten Matratze unter dem Fenster. »Die Skinheads waren ganz am Anfang bei uns, aber dann wurden sie immer radikaler, mit denen wollen wir nichts mehr zu tun haben. Die stören unsere Konzerte und fangen immer gleich Schlägereien an. Nee. Skins sind das Letzte, die wollen doch immer alles nur kaputthauen, nee, mit denen sind wir fertig. Für immer«, sagte er entschlossen. Dann wollte sie wissen, ob auch Punks wie Skins herumlaufen würden. »Nee, das ist längst vorbei«, sagte Patrick. »Wir haben unsere eigenen Vorstellungen.« – »Aber deine Haare, sehen die nicht aus wie bei einem Skinhead?«, fragte Johanna. »Mann, du bist ja von vorgestern«, sagte Patrick, »das ist ein Irokesenschnitt. Glaub mir, das ist nicht einfach, das so gut hinzukriegen. Erst mal die Farbe, die es hier natürlich nicht gibt, und dann das Gel, damit das alles so steht.«

Johanna zeigte ihm Bewunderung und Patrick gefiel es. Dann wurde er wieder gesprächig. »Die meisten haben nur Ketten und Rasierklingen und Stecknadeln, aber eine Lederjacke muss sein und das T-Shirt, mit einem eigenen und selbst geschriebenen Spruch, muss auch sein, und natürlich muss alles kaputt und zerrissen sein. Eben Anti, verstehst du?« Patrick schaute sie fragend an. Da erst bemerkte Johanna den Spruch auf Patricks T-Shirt: *Haut die Bullen platt wie Stullen.* Sie sagte ihm, wenn er mal richtig Hunger hätte, könne er sie besuchen und sich bei ihr satt essen. Dann gab sie ihm zum Abschied die Hand. Seine Hand war eine weiche gepflegte schöne Hand, wie die eines Musikers.

Johanna überlegte auf dem Nachhauseweg, wie sie herausfinden könnte, ob es sich tatsächlich bei dem verhafteten Mädchen um Steffi Schröder handelte, ob sie wirklich verurteilt wurde und ob sie auch in Lichtenberg einsitzt. Johanna spürte, wie ihr altes Gerechtigkeitsempfinden aus ihrer Kindheit in ihr wuchs und ihr Kraft verlieh. Ich will das wissen, was mit diesem jungen Menschen passiert ist und warum. Ich will nicht zusehen, wie mein Vater und seine Freunde damals zugesehen haben, als die Zwangskollektivierung kam. Ich will etwas tun, auch wenn es nur um ein einziges Mädchen geht, schließlich wollte ich als Kind Staatsanwalt werden, heute reicht mir schon die Punker-Anwältin. Johanna beschloss, sich ab sofort nicht politisch, aber gesellschaftlich zu engagieren. Hatte sie nicht vor einigen Tagen im Oderkahn zu Elli gesagt, wir bleiben ehrlich im Herzen und mit Worten. Dazu gehörte auch aufzubegehren, wenn sie von Unrecht erfuhr, und für den Schwächeren einzustehen, auch wenn die Mehrheit der Gemeinschaft gegen ihn war. Heute hatte sie erfahren, dass die Punks sich zwar als die Starken ausgaben, aber politisch ausgegrenzt und kriminalisiert wurden. Sie waren anders, weil sie anders dachten, weil ihre Andersartigkeit Fragen aufwarf nach der Rechtmäßigkeit der bestehenden politischen Strukturen, nach der Freiheit des eigenen Denkens und der Freiheit der Selbstbestimmung und Selbstgestaltung des eigenen Lebens. Johanna spürte den Mut zur Wahrheit in sich und gleichzeitig schaute sie in einen Abgrund, in dessen Tiefe sich Angst und Schrecken ausbreiteten. Würde sie sich selbst in Gefahr begeben, wenn sie weiter mit den Punks sympathisierte?, überlegte sie. Dass sie selbst kein Punk war, überzeugte jedermann, aber sie setzte sich für diese jungen Menschen ein, indem sie sie besuchte, sie ernst nahm und mit ihnen redete. Natürlich war die Gefahr zu ihr gekommen, sie wusste es. Fortan hinterfragte sie jede Handlung, jedes Wort und jedes Schweigen, wenn es um die Punks ging, sehr genau, um einerseits wahrhaftig zu bleiben und andererseits nicht zu provozieren. An diesem Tag erkannte Johanna auch, dass sie in eine real existierende, sehr gefährliche Welt des Ausgeliefertseins geraten war, in der es ausreichte, bestimmte Worte zu hören, um Schrecken und Angst für sich und ihre Tochter zu spüren. Worte, wie Staatssicherheit, die Angst machen, Worte, die Schreckensbilder produzieren, das war von nun an Johannas alltägliche Wirklichkeit geworden.

Es war ein schöner Nachmittag an diesem Dienstag, als Johanna den Verlag vorzeitig verließ und sich auf den Weg machte, bei einer Behörde herauszufinden, ob und wo Steffi Schröder im Gefängnis saß. Sie fuhr mit der S-Bahn zum Alexanderplatz und ging in das Berolinahaus. Johanna hatte keine Ahnung von den Verwaltungsbehörden Berlins. Als sie das graue Verwaltungsgebäude betrat, überkam sie so etwas wie Unsicherheit und Angst. Worauf hatte sie sich mit der Punk-Geschichte bloß eingelassen?, überlegte sie kurz. Sie beschloss, sich mit Freundlichkeit und einer Spur Gutgläubigkeit zur Abteilung für Innere Angelegenheiten durchzufragen und sich dort gezielt nach Steffi Schröder zu erkundigen. Sie hatte zufällig in der letzten Woche im Verlag erfahren, dass die Abt. Inneres *ehrenamtliche Mitarbeiter* für die Resozialisierung Straffälliger suchte. Das wäre eine mögliche Antwort, wenn jemand sie hier fragen würde. Das Berolinahaus war kein Haus, in dem man sich wohlfühlen konnte. Es roch nach billigem Bohnerwachs von den glatten dunkelbrauen Fußböden. Die Wände waren mit Ölfarbe geschmacklos gestrichen und an manchen Stellen, zwischen zwei Türen, hing eine rote Wandtafel. Aggressiv dekoriert mit aufdringlichen Parteiparolen auf dem roten Fahnenstoff der Tafeln, wollten sie den Besuchern ins sozialistische Gewissen reden. Es waren Parolen wie: *Die Partei hat immer Recht, Die Lehre von Marx ist allmächtig, weil sie wahr ist* oder *Von der Sowjetunion lernen, heißt siegen lernen.* Vor einigen Türen standen Stühle, die eher zum Stehen als zum Sitzen einluden, denn niemand wollte sich wirklich hier niederlassen. Johanna ging ein Stück des Flures entlang auf einen hängenden Wegweiser zu. Hinter den Türen, an denen sie entlangging, waren laute Stimmen zu hören. Sie las am Ende des Flures auf der Anzeigentafel *Abt. Innere Angelegenheiten zweiter Stock.* Es gab in diesem Haus einen Paternoster. So etwas hatte Johanna noch nicht gesehen. Also sprang sie mutig in den Aufzug und im zweiten Stock mutig wieder heraus. Sie schaute sich noch um und versuchte sich zu orientieren, als jemand hinter ihr eine Tür öffnete und ein junger Mann in Begleitung zweier grau Uniformierter aus dem Raum geschoben wurde. Sie hörte, wie jemand aus dem Zimmer den Dreien hinterherrief, die Zuführung des Bürgers ... hat im Zimmer 223 zu erfolgen. In diesem Augenblick sah Johanna einen Anschlag an der Wandzeitung. Werden sie *ehrenamtlicher Helfer* stand dort. Johanna las den Artikel und korrigierte insgeheim ihre zurechtgelegte Antwort. Es hieß nicht *ehrenamtliche Mitarbeiter,* sondern *ehrenamtliche Helfer.* Solche Feinheiten waren wichtig. Sie konnten Johanna vor falschen Schlussfolgerungen schützen. Plötzlich wurde sie von einem Anzugträger mit unpassender Krawatte im breitesten Sächsisch angesprochen und gefragt, was sie hier suche. Johanna erklärte, dass sie sich für die Arbeit des *ehrenamt-lichen Helfers* interessiere. Sie würde gern mit jemandem darüber reden wollen. Der sächsische Anzugträger brachte sie in das Zimmer 226. Hier ist eine, die ehrenamtliche Helferin werden will, sagte er und schob Johanna vor sich her ins Zimmer. Ohne eine Antwort abzuwarten, fiel mit einem lauten Schlag die Tür hinter Johanna zu. Im Zimmer 226 saß eine Mitarbeiterin hinter alten ungepflegten und staubigen Grünpflanzen. Beim Eintreten dachte Johanna, auf der Mitarbeiterin müsste man auch mal Staub wischen. Sie bewegte sich nicht, das hatte auch seinen Grund, die Massen waren es einfach nicht gewohnt, bewegt zu werden, aber sie schaute Johanna freundlich an. Dann begann sie ihre Rede, dass die Parteiführung beschlossen habe, sogenannte ehrenamtliche Helfer zu bestellen, die gescheiterten jungen Menschen als Helfer zur Seite stehen sollten und sie unterstützen sollten im gesellschaftlichen Wiedereingliederungsprozess. Die sie sozusagen an die Hand nehmen und ihnen bei alltäglichen Dingen des Lebens Hilfestellung geben sollten. Denn sie selbst könne sich unmöglich um alles kümmern. Sie tue ohnehin schon ihr Bestes und mehr ginge wirklich nicht. »Ja, natürlich, das kann ich mir vorstellen«, erwiderte Johanna mit einem verbindlichen Lächeln. »Haben Sie das wirklich verstanden?«, fragte die eingestaubt aussehende Mitarbeiterin noch einmal, »dann setzen Sie sich mal hierher«, und sie zeigte auf einen Stuhl ihr gegenüber. Johanna setzte sich vorsichtig auf die äußerste Stuhlkante und versuchte freundlich zu lächeln. Mit den Worten, »dann legen wir mal los«, kramte die Mitarbeiterin in ihrem Schreibtisch herum. Erst die rechte Seitentür, dann das obere Schubfach, dann zog sie etwas in Silberpapier Eingewickeltes heraus. Das kann keine Pistole sein, dachte Johanna. Die Mitarbeiterin wickelte das Silberpapier auseinander und reichte Johanna ein kleines Stückchen Rotstern-Vollmilchschokolade über den Schreibtisch, das Johanna gern annahm. Sie selbst nahm sich auch ein Stück Schokolade. »Das beruhigt die Nerven«, erklärte sie und schaute Johanna interessiert an. Mit dem Schokoladenstück war das Eis gebrochen. Die Mitarbeiterin holte ein Blatt Papier hervor und begann das Formular auszufüllen, dabei erzählte sie, dass sich außer Johanna bisher überhaupt niemand beworben habe. Das verstehe sie gar nicht, denn in jeder Parteigruppe sei der Auftrag bekannt gemacht worden. Die Weisung an die Parteisekretäre in den Betrieben sei schon vor vier Wochen herausgegangen.

Sie schaute Johanna an: »Von welcher Parteigruppe kommen Sie?«, fragte sie verbindlich lächelnd. »Ich bin nicht in der Partei«, antwortete Johanna vorsichtig und hatte dabei Gefühl, dass der Stift zuerst das Papier und dann die gesamte Schreibtischoberfläche zerkratzte. »Ich denke darüber nach, in die CDU einzutreten.« – »Ach so«, sagte die Mitarbeiterin, »Sie sind so was wie ein Christ. Auch gut, die Blockparteien müssen sowieso ihren Anteil bringen.« Sie machte das Häkchen hinter Blockpartei und fertig. Sie lächelte wieder verbindlich und Johanna bekam noch ein Stück Schokolade. Jetzt waren sie schon fast gute Freunde. Johanna sagte, dass sie einige Punks getroffen habe und sich große Gedanken mache, um die Zukunft dieser jungen Menschen. Die Schokoladen-Mitarbeiterin richtete hinter ihrem Schreibtisch ihre hundert Kilogramm auf und kam auf Johanna zu. Sie begann ihr einen Vortrag über den Paragrafen *Über die Herabwürdigung der staatlichen Ordnung* zu halten. Dann fragte sie wieder, ob Johanna alles verstanden hätte, was Johanna ebenfalls bejahte. »Diese jungen Menschen, sind kriminell, sie unterwandern den Sozialismus und damit den Weltfrieden.« Sie ging langsam zu ihrem Platz zurück, dann fielen hundert Kilogramm hinter dem Schreibtisch wieder in sich zusammen. »Ich habe eine Idee. Bis die anderen ehrenamtlichen Bewerber sich eingefunden haben, könnten Sie ja schon einmal einige Erfahrungen sammeln. Hier ist eine Vorschlagsliste von zu betreuenden jungen Menschen, die demnächst aus dem Strafvollzug entlassen werden.«Johanna warf einen Blick auf die Liste, aber das waren nur Männer. Sie versuchte wieder das Gespräch.»Ich dachte, ich könnte ein Mädchen oder eine junge Frau betreuen, ich habe selbst eine Tochter, und da liegt mir eine junge Frau näher als ein Mann.« –»Verstehe«, sagte die Schokoladen-Mitarbeiterin,»da haben Sie eigentlich recht.« Mutig geworden, fragte Johanna jetzt direkt,»ich habe gehört, dass eine Steffi Schröder einsitzt, könnte ich mich nicht um dieses Mädchen kümmern? Wissen Sie, die Familie wohnt in meinem Umfeld, und das Umfeld ist doch so wichtig bei der Wiedereingliederung.« –»Steffi Schröder«, wiederholte die Mitarbeiterin und es schien nicht so, als würde sie gleich vor Wut explodieren. Sie suchte in ihren Listen und nahm sich dann eine andere Akte vor und suchte dort wieder in Listen. Dann legte sie die Akten weg.»Wo soll die Schröder denn einsitzen?«, fragte sie.»Ich dachte, sie sitzt in Lichtenberg«, antwortete Johanna.»Da habe ich eben nachgesehen, dort ist sie nicht«, erwiderte die Schokoladen-Mitarbeiterin.»Ich suche jetzt noch einmal in der Rummelsburger Liste, wenn sie dort nicht ist, nehmen Sie eine andere.« Und dazu musste sie auch noch aufstehen, um die Rummelsburger Akte von der anderen Seite der Schrankwand zu holen. Mit der Akte in der Hand fiel sie auf ihren Stuhl zurück. Die Feder des Drehstuhls hatte längst ihren Dienst aufgegeben und krächzte nur noch erbärmlich.»Steffi Schröder, hier habe ich sie. Die Schröder sitzt in Rummelsburg. Ja, da kommt ja einiges zusammen. Sie ist verurteilt nach *Paragrafen 215 Rowdytum, Paragrafen 229 Herabwürdigung der staatlichen Ordnung* und nach *Paragrafen 249 Asoziales Verhalten*. Die Schröder sitzt seit, Moment mal, hmm seit März des letzten Jahres, und hat noch ein halbes Jahr abzusitzen.«

»Ich würde mich um die Steffi kümmern wollen«, sagte Johanna einschmeichelnd, aber doch mit entschlossener Stimme, während sich die Schokoladen-Mitarbeiterin in der Akte festgelesen hatte. »Na, wenn Sie sich das zutrauen, die Schröder ist sehr verstockt und hat auch keine gute Beurteilung von der Aufseherin erhalten, aber meinetwegen, versuchen Sie es.« Johanna schenkte der Mitarbeiterin ein sehr freundliches Lächeln und beschloss insgeheim, sie nicht mehr in Gedanken Schokoladen-Mitarbeiterin zu nennen, da schob ihr das Gegenüber wieder ein Stück Rotstern-Vollmilchschokolade zu. »So«, sagte die Mitarbeiterin, »wir machen jetzt schnell zusammen noch die Formalien zu Ende und dann erkläre ich Ihnen, wie ich mir das vorstelle.« Johanna hörte aufmerksam zu und an den Stellen, die für die Mitarbeiterin wichtig erschienen, weil sie sie betonte, nickte Johanna zustimmend. Johanna hatte ihr erstes Ziel erreicht und verließ zufrieden die Schokoladen-Mitarbeiterin mit ihren staubigen Grünpflanzen. Sie stieg wieder in den Paternoster, fuhr nach unten und verließ das Berolinahaus mit einem kleinen Ausweis in der Hand, der sie berechtigte, Steffi Schröder im Gefängnis in Rummelsburg zu besuchen.

Gefängnis

Johanna fuhr mit der S-Bahn bis zum Bahnhof Rummelsburg. Sie kannte sich in Rummelsburg nicht aus, und man konnte auch nicht den nächstbesten Passanten fragen, wie geht es denn hier zum Gefängnis. Sie kam allein nicht weiter und fragte schließlich einen älteren Polizisten, dem sie begegnete. »Das Gefängnis heißt Strafvollzugsanstalt und nicht Gefängnis«, belehrte er sie. Da war sie wieder die Angst-Welt. Johanna wusste, wie gefährlich es war, wenn man ein falsches Wort benutzte. Sie holte ihren kleinen Ausweis von der Schokoloden-Mitarbeiterin hervor und zeigte ihn dem Polizisten. »Na, wenn das so ist, dann helfe ich

Ihnen mal«, sagte er jetzt deutlich freundlicher. Er beschrieb den Weg, der vom S-Bahnhof eigentlich ganz leicht zu finden war. Johanna stand vor dem Tor der Strafvollzugsanstalt, die hinter einer vier Meter hohen Mauer lag und an den Ecken mit Wachtürmen versehen war. Auch über der Zufahrtsschleuse gab es einen Wachturm. Als Johanna vor dem Tor stand, trug der Wind Hundegebell an ihr Ohr. Gab es hier auch Hunde an Laufleinen, wie sie die Tiere von der S-Bahnstrecke zwischen Schönhauser Allee und Oranienburg kannte?, überlegte sie kurz. Schrecklich für die Tiere und schrecklich für die Opfer. Da wurde ihr aber schon geöffnet und Johanna wurde in das Gefängnis, das im DDR-Deutsch Strafvollzugsanstalt hieß, eingelassen und die schweren Türen fielen hinter ihr zu. Eine Frau begleitete Johanna ein kurzes Stück, dann wurde die zweite Tür geöffnet und man gelangte in eine Art Hof. Wie soll ich die Frau anreden?, überlegte Johanna krampfhaft. Eine falsche Bezeichnung ist gefährlich. Ist das eine Aufseherin wie bei den Nazis oder eine Wächterin oder eine Wärterin? Johanna trat der Schweiß auf die Stirn. Schließlich fragte sie ihre Begleiterin, wie sie angeredet werden möchte. Die Frau schaute sie skeptisch an und sagte, »wir sind Erzieherinnen, aber ich bringe Sie zu unserem Offizier«. Welch Widerspruch, dachte Johanna. Sie lief hinter der Erzieherin her. Die Frau war vielleicht erst vierzig Jahre alt, aber sie wirkte abgehärmt und müde. Ihre Anstaltskleidung war schäbig und Kosmetika hatte sie nicht verwendet. Sie sollte ihre fettigen Haare waschen und wenigstens ein freundliches Gesicht machen, das würde schon ihr Erscheinungsbild heben, dachte Johanna. »Muss ich mir den Weg merken oder bringen sie mich wieder zum Tor zurück?«, formulierte Johanna eine Frage und wollte damit ein Gespräch beginnen. »Sie werden begleitet«, kam als Antwort zurück. Ein Gespräch war hier offensichtlich nicht erwünscht. Johanna wurde in ein rotes Backsteingebäude geführt, in dem die Verwaltung untergebracht war. Die

Erzieherin ging den Flur entlang und klopfte an eine Tür. Sie wartete einige Augenblicke und als jemand von innen rief, öffnete die Erzieherin die Tür, blieb aber im Türrahmen stehen und sagte ins Zimmer hinein, »eine Besucherin für Schröder«. Dann schob sie Johanna in den Raum. Der Offizier war eine Frau von vielleicht fünfzig bis sechzig Jahren. Sie trug eine Uniform und achtete deutlich besser auf ihr Äußeres als die Erzieherin. »Setzen Sie sich bitte«, befahl sie und Johanna gehorchte. Ihre Stimme konnte die Befehle gut nuancieren. Hier war Bestimmtheit und nicht Härte angesagt. Johanna setzte sich auf den bereitstehenden Stuhl und übergab der Offizierin ihren Betreuerausweis, den sie, seit sie das erste Tor der Strafvollzugsanstalt passiert hatte, noch immer in der Hand hielt. Johanna schaute sich in dem Zimmer um. Es war ein Büro mit zwei Aktenrollschränken, der Schreibtisch hatte eine Sprelacart-Tischplatte, die übliche Grünpflanze an der Seite, aber etwas passte hier nicht, dass spürte sie genau. Die Offizierin prüfte Johannas Ausweis sehr gründlich. »Was sind denn das für Neuerungen schon wieder«, konterte sie halblaut und blätterte dabei in einer Akte, die vor ihr auf dem Schreibtisch lag. »Wen wollen Sie besuchen?«, fragte sie ungeduldig. »Ich möchte bitte zu Steffi Schröder«, erwiderte Johanna. Ihr unterwürfiger Ton gefiel der Offizierin. Sie suchte den Namen Steffi Schröder in einer Akte, dann notierte sie etwas auf einem Zettel, rief die Erzieherin herein und übergab ihr den Zettel und entließ Johanna mit der Erzieherin. Gemeinsam mit der Erzieherin überquerte Johanna wieder den Hof, sie ging an einem länglichen Backsteingebäude vorbei und betrat ein ähnlich altes, aber noch unansehnlicheres Haus auch aus roten Backsteinen. Der Flur war schäbig und grell erleuchtet, von den Wänden blätterte großflächig die Farbe in mehreren Schichten. In dem hellweißen kalten Licht offenbarte sich eine Hässlichkeit, die größer und umfassender war als das eigentliche Gebäude und dessen Einrichtung. Hässlichkeit kann auch ein Mittel sein, das Menschenverachtung ausdrückt. Hässlichkeit macht klein, Hässlichkeit zerstört Träume. Wie kann man seine Empfindungen und seine Seele gegen Hässlichkeit schützen, grollte es in ihrem Hirn. In ihren Kopf tobte ein Gewitter, die Blitze wurden unterbrochen durch lautes Grollen und in das Durcheinander aus Fragen und Abwehr mischte sich eine urständische Angst. Johanna wurde in einen düsteren Raum geführt und sollte dort warten. Sie atmete tief durch und versuchte sich zu beruhigen. Es war ein großer Raum, aber er hatte nur ein Fenster, das vergittert war und nur wenig Licht hereinließ. Plötzlich kam eine weitere Erzieherin herein und setzte sich in die Ecke an einen kleinen Tisch, an dem zwei Stühle standen. Es war still in dem Raum. Ungemütlich, keine Helligkeit und nichts, was das Auge für einen Blick belohnt hätte. Die Gitter vor dem Fenster, fiel es jetzt Johanna ein. Im Zimmer der Offizierin waren keine Gitter vor dem Fenster gewesen. Das hatte sie dort vermisst. Hier waren die Fenster mit dickem altem Eisen vergittert. Ein Raum mit vergitterten Fenstern hat eine eigenartige Ausstrahlung. Tiere sperrt man hinter Gitter, wieder so ein Gedankensplitter. Als sich die Tür erneut öffnete, brachte eine Erzieherin eine junge dicke Frau herein, die im Gesicht wie aufgeschwemmt aussah. So hatte Johanna sich Steffi Schröder nicht vorgestellt. Sie war entsetzt und hatte Mühe, das Erschrecken zu verbergen. Die Steffi Schröder auf dem Foto, das ihre Mutter so sorgsam aufbewahrte, war ein hübsches schlankes Mädchen mit einem ansteckenden fröhlichen Lachen im Gesicht. Mit Augen, die klug beobachten konnten und einer Stirn, hinter der die Gedanken es gewohnt waren, Gedachtes, Gesehenes und Erlebtes zu reflektieren. Aber das Gegenüber hier war wie ein Monster. Fett, träge und sehr ungepflegt.

Johanna stellte sich Steffi vor und sagte ihr, dass sie ihre neue Betreuerin sein würde und Steffi helfen wollte, wenn sie dieses

Haus verlassen würde und vielleicht auch schon vorher.»Hat Sie mein Vater geschickt«, war Steffis erste Frage. Die Worte kamen wie Gebell aus ihrem Mund. Feindselig und bissig. Johanna konnte mit ruhigem Gewissen sagen, dass er von ihrem Besuch hier gar keine Ahnung hatte. Steffi lachte böse auf,»das glauben aber nur Sie, der hat doch seine Leute überall und der hat mich doch erst hierhergebracht«. Das Gebell verstummte und Steffi fiel in sich zusammen. Sie hatte resigniert und sie hatte mit ihrer Familie abgeschlossen. Johannas Hände wurden schweißnass. Ein Vater, der sein Kind ins Gefängnis bringt, weil es anders denkt und anders lebt, weil es andere Werte hat, und weil es die Lehren seiner Partei ablehnt, lieber Gott, dachte Johanna, hilf mir. Hört es denn niemals auf, die Gläubigen gegen die Ungläubigen oder die Gerechten gegen die Ungerechten oder die Unmenschlichkeit einer politischen Partei gegen Andersdenkende?, fragte sie insgeheim Gott. Gott, hatte vielleicht nicht die Ohren verschlossen, aber er äußerte sich nicht. Hat er sich abgewendet, hat sich seine Schöpfung von ihm abgewendet? Die Weltgeschichte, die Menschheitsgeschichte ist voll von blutigen Auseinandersetzungen und von unsäglichem Leid, die auf diesem Denken beruhen, überlegte Johanna. Im Menschendenken sind Himmel und Hölle möglich. Warum siegt so oft die Hölle? Angst stieg in ihr auf.

»Steffi, so darf ich Sie doch nennen?« Keine Reaktion von Steffi. So kam kein Gespräch zustande. Wollte Steffi kein Gespräch?, fragte sie sich unsicher geworden. Dann erzählte Johanna einfach drauflos, dass sie eine kleine Tochter habe und in der Platanenallee wohnte, dass sie geschieden sei und in einem Verlag arbeitete, dass sie gern ins Kino gehe, aber die Abendfilme dauern immer so lange und sie müsse morgens zeitig aufstehen. Sie erzählte auch, dass ihr das Aufstehen immer so schwerfallen würde. Steffi redete nicht. Nach einer halben Stunde stand Johanna auf und verabschiedete sich. Sie sagte zu Steffi als sie ging,»ich warte draußen noch zehn Minuten, wenn du willst, dass ich wiederkomme, sage es der Erzieherin«. Dann verließ Johanna enttäuscht den düsteren Raum. Sie setzte sich im Flur auf einen schäbigen Holzstuhl mit vormals grüner Farbe. Eine andere Erzieherin, die vor dem Besucherraum stand, fragte neugierig:»Na, sie will wohl nicht, das gnädige Fräulein?« Johanna wusste nichts darauf zu erwidern und schaute die Frau freundlich an und schwieg. Nach fast zehn Minuten wurde Steffi wieder in ihre Zelle zurückgebracht. Als sie bei Johanna vorbeiging, unförmig dick, in unansehnlicher Kleidung, mit strähnigen Haaren hatte sie ihre Augen auf den Boden gerichtet.»Bitte kommen Sie wieder«, sagte sie leise. Dann war sie schon vorbei.»Auf Wiedersehen«, rief Johanna ihr hinterher.

In der S-Bahn nach Hause versuchte Johanna ihre Gedanken und ihre Empfindungen zu ordnen. Aber die Empfindungen waren so übermächtig, dass es ihr schwerfiel, einen klaren Gedanken zu fassen und eine Strategie zu entwickeln. Sollte sie Frau Schröder von dem Besuch erzählen? Dann müsste sie ihr auch den Eindruck beschreiben, den sie von Steffi bekommen hatte, dann müsste sie auch erzählen, wie Steffi aussah und warum sie wirklich im Gefängnis saß. Johanna entschloss sich, dass eben Erlebte bis auf Weiteres für sich zu behalten. Niemanden würde es nützen, wenn diese Momentaufnahme eines Menschen in die Öffentlichkeit getragen würde.

Steffi

Johanna fuhr noch zweimal zu Steffi nach Rummelsburg. Im Dezember, als Steffi entlassen wurde, holte Johanna sie vor dem ersten Tor der Strafvollzugsanstalt ab. Mit Steffi zusammen in der S-Bahn durch die Stadt zu fahren, kostete Johanna einige Überwindung. Johanna schämte sich für das Mädchen, für seine Kleidung, die sie kaum Kleidung zu nennen wagte, für Steffis Auftreten und Benehmen, für ihre Sprache und für alle Wut und Auflehnung, die von dieser jungen Frau ausging. Trotzdem nahm Johanna Steffi mit zu sich nach Hause. Sie wärmten sich auf und tranken den letzten noch vorhandenen Kaffee und unterhielten sich. Johanna bot Steffi einen Mantel und einen Pullover an, von denen sie glaubte, dass beides Steffi passen würden. Steffi nahm die Sachen, denn sie hatte außer der Reisetasche, die sie aus dem Strafvollzug mitgebracht hatte, und die nur die Kleidungsstücke enthielt, die Steffi vor der Gefängnisstrafe getragen hatte, nichts zum Anziehen. Steffi hatte etwas Geld gespart im Gefängnis und wollte sich im Secondhand Laden in der Oderbergerstraße um die Ecke noch weitere notwendige Kleidung und ein paar warme Schuhe kaufen. Johanna steuerte ihr noch zwanzig Mark dazu. Steffi zog gleich den neuen Mantel an und ging rasch los. Sie wollte in spätestens einer Stunde wieder zurück sein. Es waren fast zwei Stunden vergangen, ehe Steffi wieder eintraf. Sie hatte sich im Secondhand-Laden notdürftig eingekleidet. Als sie zurückkam war sie fröhlich und erzählte, wie sehr sie den Einkauf in der Freiheit genossen hatte. Johanna hatte währenddessen mit Katharina zusammen in der Küche das Abendbrot vorbereitet. Sie saßen zu dritt in der Küche und Johanna erklärte Steffi, dass sie eine kleine Wohnung für sie gefunden hatte und auch eine Arbeitsstelle als Hilfskraft in einer Küche. Morgen müsse sie schon mit Arbeiten beginnen. »Wohnung und Arbeit, das ist ein Anfang«, erklärte Johanna ermutigend und hoffte, Steffi eine Freude gemacht zu haben. Steffi schaute sie entsetzt an, dann legte sie langsam ihre Schnitte auf den Teller, und sagte fast weinend, »ich dachte, ich könnte bei euch bleiben«. »Nein«, gab Johanna zurück und es tat ihr sehr weh, Steffi zu enttäuschen. »Du hast ein eigenes Leben. Wir helfen dir, wir besuchen dich und wir mögen dich, aber leben musst du allein. Wir bringen dich nachher in deine Wohnung. Ich glaube daran, dass du es schaffen wirst.« Steffi konnte Johannas Optimismus nicht teilen. »Wohnung und Arbeit, das ist spießerhaft und angepasst, ich will mich aber nicht anpassen.« –»Gut, dann trennen sich jetzt hier unsere Wege. Du hast die Wahl zwischen Arbeit und Wohnen, wie andere Menschen auch, oder du entscheidest dich für ein Leben als Schmarotzer. Das wird dich schneller als du denkst wieder ins Gefängnis zurückbringen.« Steffi ließ sich den Schlüssel und die Adresse für ihre Wohnung geben und ging ohne ein Wort des Dankes und des Abschiedes davon. Die Wohnungstür fiel laut hinter ihr zu. Johanna hörte noch, wie sie das Treppenhaus hinunterging. Es war der schwere Tritt einer schweren Frau. Was würde ich tun, wenn es meine Tochter wäre? Sollte ich ihr nachlaufen? Sollte ich mehr Rücksicht nehmen und ihr Zeit lassen? Was macht eine Entscheidung leichter?, fragte sich Johanna. Zeit, Worte, gutes Leben, wirtschaftliche Sicherheit, Johanna bezweifelte jetzt, sich bei Steffi richtig verhalten zu haben. Ihre Unsicherheit und ihr Unruhe schlugen in Nervosität um. Sie spielt mit Katharina ein Würfelspiel, um sich abzulenken. Katharina gewann, natürlich. Danach schauten sie sich im Fernsehen einen Film an, bis Katharina ins Bett musste. Beim Gute-Nacht-Kuss sagte Katharina, »die Steffi tut mir leid«. Sie nahmen sich vor, am nächsten Wochenende einen Kuchen zu backen und Steffi in ihrer Wohnung zu besuchen. In den folgenden Tagen blieb Johannas Unsicherheit bestehen. Dann, am Ende der Woche, stand Steffi abends vor Johannas Tür. »Kann ich reinkommen, ich habe ein Brot mitgebracht für das Abendessen?«, fragte sie. Das ist jetzt eine andere Steffi, stellte Johanna vorsichtig fest. »Komm herein.« Sie aßen gemeinsam Abendbrot und während Steffi sich mit Katharina unterhielt, beobachtete Johanna die beiden ungleichen Mädchen. »Ich gehe arbeiten und die Kollegen wissen alle, dass ich im Gefängnis war, aber sie sind trotzdem freundlich zu mir. Ich habe sogar gestern von der alten

Köchin einen Satz Töpfe und ein paar Handtücher bekommen und Wolfgang, der Lehrling, will mit mir das Zimmer streichen. Die Arbeit ist in Ordnung. Ich habe eine Vorauszahlung erhalten und will mir Farbe für die Wohnung kaufen. Die Wohnung ist auch okay und die Renovierungen kriege ich schon hin.« Steffi schaute auf ihr Brot und versuchte verzweifelt, die abgekauten Fingernägel zu verstecken. »Hast du die Matratze und die Decken hingelegt?«, fragte sie Johanna gewollt provokant. »Ja«, bestätigte Johanna, »du musst doch dort schlafen können.« – »Danke für alles, was du hingestellt hast. Die Küche gefällt mir. Einen Tisch und zwei Stühle habe ich schon vom Betrieb bekommen. Das war eine ausrangierte Ausstattung, aber die drei Teile waren noch tipptopp in Ordnung. Und übrigens wusstest du, dass ich die Toilette auf halber Treppe allein benutzen kann, weil die andere Wohnung unbewohnbar ist. Da war mal ein Feuer, hat man mir gesagt, deshalb hat die Baupolizei die andere Wohnung gesperrt. Gut für mich, stellte Steffi zufrieden fest. Ich habe eine Küche, eine Toilette und ein Zimmer für mich.«

Steffi wischte sich die ungepflegten Haare aus dem Gesicht. Wie lange war sie nicht bei einem Friseur?, fragte sich Johanna, als sie auf Steffis fettige Haare schaute. Steffi bemerkte diesen Blick und sofort war sie wieder in einer aggressiven Stimmung. »Sei nicht wütend, wenn du willst, kannst du dir deine Haare hier waschen«, bot Johanna an. »Ich habe auch wunderbares Shampoo.« – »Darf ich jetzt meine Haare waschen?« – »Natürlich.« Und sofort war Steffi im Badezimmer verschwunden. Ich muss ihr etwas Kosmetik schenken, Nagellack, etwas für die Haare und vielleicht ein Stück gut riechende Seife, Westseife am besten, dachte Johanna. Das Stück Seife, das mir Frau Ludwig geschenkt hat, die gebe ich ihr. Das Äußere wird, wie es scheint, ihr langsam wichtig. Aber wie soll sie sich in ihrer Wohnung die Haare waschen, überlegte Johanna. Sie müsste sich Wasser im Topf heiß machen und dann die Haare in der Spüle waschen. Das Wasser aus dem Topf ist entweder zu heiß oder zu kalt. Sie braucht einen Elektroboiler über der Spüle, erkannte Johanna. Dann könnte sie sich besser waschen und pflegen. Hatte Steffi sich wirklich verändert oder ist das nur eine Laune?, grübelte Johanna. »Ich bin abends immer so allein, kann ich nächste Woche wieder hierherkommen?«, bat Steffi. »Natürlich kannst du kommen, wir freuen uns auf dich«, sagte Johanna sofort. »Ja besuche uns«, bettelte auch Katharina. Als Steffi ging, wünschte sich Johanna, dass Steffi ihren Weg finden würde.

Johanna ging in der folgenden Woche noch einmal zur Schokoladen-Mitarbeiterin ins Berolinahaus. Sie hatte in der Nähe des Alexanderplatzes einen Blumentopf mit einer violetten Usambarapflanze gekauft, die sie ihr schenken wollte. Die Schokoladen-Mitarbeiterin empfing sie freundlich und Johanna erzählte unbefangen von den ersten Erfolgen mit Steffi. Dass sie arbeiten ging und die Wohnung bezogen und eingerichtet hatte. Plötzlich meldete sich ein starkes und unangenehmes Gefühl bei Johanna, das sie sehr beunruhigte. Das Gefühl sagte ihr, Achtung, das ist falsch, was du hier erzählst und über einen anderen Menschen preisgibst. Johanna kam sofort zur Sache. Sie bat die Mitarbeiterin um Hilfe, damit die Wohnungsverwaltung in Steffis Wohnung einen Elektroboiler installiert. Johanna malte wortreich aus, wie wichtig Körperpflege für das Wohlbefinden und die Zufriedenheit einer Frau sind. »Wo wohnt noch mal die Schröder«, fragte die Mitarbeiterin, »in der Lychener Straße Nr. 7, Seitenflügel, 3. OG links«, antwortete Johanna schnell. »Ach, die KWV kenne ich«, sagte die Mitarbeiterin, »warten Sie mal einen Moment draußen.« Lychener 7, Seitenflügel, 3. OG links, notierte sich die Mitarbeiterin. Johanna verließ den Raum und setzte sich gegenüber auf einen Stuhl mit Blick auf eine verblichene Wandzeitung. Auf dem rotweißen Plakat stand: *10 GEBOTE FÜR DEN*

SOZIALISTISCHEN MENSCHEN. Sie haben es nicht Richtlinien oder Regeln genannt, sondern Gebote, wie es in der Bibel heißt, überlegte Johanna, warum nur?, grübelte sie. Dann las sie:

1. *DU SOLLST Dich stets für die internationale Solidarität der Arbeiterklasse und der Werktätigen sowie für die unverbrüchliche Verbundenheit aller sozialistischen Länder einsetzen.*

2. *DU SOLLST Dein Vaterland lieben und stets bereit sein, Deine ganze Kraft und Fähigkeit für die Verteidigung der Arbeiter- und Bauernmacht einzusetzen.*

3. *DU SOLLST helfen, die Ausbeutung des Menschen durch den Menschen zu beseitigen.*

4. *DU SOLLST gute Taten für den Sozialismus vollbringen, denn der Sozialismus führt zu einem besseren Leben für alle Werktätigen.*

5. *DU SOLLST beim Aufbau des Sozialismus im Geiste der gegenseitigen Hilfe und der kameradschaftlichen Zusammenarbeit handeln, das Kollektiv achten und seine Kritik beherzigen.*

6. *DU SOLLST das Volkseigentum schützen und mehren.*

7. *DU SOLLST stets nach Verbesserung deiner Leistung streben, sparsam sein und die sozialistische Arbeitsdisziplin festigen.*

8. *DU SOLLST Dein Kind im Geiste des Friedens und des Sozialismus zu allseitig gebildeten, charakterfesten und körperlich gestählten Menschen erziehen.*

9. *DU SOLLST sauber und anständig leben und deine Familie achten.*

10. *DU SOLLST Solidarität mit den um ihre nationale Befreiung kämpfenden und den ihre nationale Unabhängigkeit verteidigenden Völkern üben.*

Walter Ulbricht, V. Parteitag der SED am 19. Juli 1958 in Berlin

Das ist vielleicht im Kontext der Aufstände von 1953 geschrieben und in der Hoffnung, dass nach der marxistisch-leninistischen Theorie, die Religion im Sozialismus bald abstirbt, dachte Johanna über das Gelesene nach. Die zehn Gebote von damals sind inzwischen zur Pflicht geworden, erinnerte sich Johanna, irgendwo gelesen zu haben. Die Normen der sozialistischen Moral und Ethik müssen eingehalten werden und das gesellschaftliche Interesse muss über das persönliche Interesse gestellt werden, erinnerte sie sich weiter. Dann hörte sie die Schokoladen-Mitarbeiterin laut lachen und Johannas Interesse war wieder bei dem Elektroboiler. Jetzt versuchte sie Gesprächsfetzen aufzufangen. Aber das Gespräch war scheinbar zu Ende, denn Johanna hörte nur noch die Worte,»gut Gerlinde, so machen wir das«. Dann öffnete die Mitarbeiterin die Tür und bat Johanna herein.»Also, das mit dem Boiler geht in Ordnung. Die Schröder soll sich am Dienstag in der KWV bei Frau Heine melden und bekommt dort einen Montageauftrag und einen Termin für den Anschluss.« Johanna jubelte innerlich, sie bedankte sich ordentlich bei der Mitarbeiterin und fuhr nach Hause. Zu Hause hatte Johanna wieder das ungute Gefühl, das sie auch bei der Schokoladen-Mitarbeiterin hatte. Hatte sie Steffi denunziert? Aber ich wollte doch nur etwas Gutes für sie erreichen, überlegte sie weiter. Wo beginnt Denunziation? Wo sind die Grenzen? Johanna beschloss, das Berolinahaus freiwillig niemals wieder zu betreten. Dann zogen Johanna und Katharina sich warm an, nahmen ein Glas Leberwurst und ein halbes Brot mit, kauften unterwegs ein Päckchen Kaffee und gingen zu Steffi. Johanna erzählte Steffi von ihrem heutigen Besuch im Berolinahaus und von dem Termin bei der KWV in der nächsten Woche. Johanna sagte auch, dass sie so ein ungutes Gefühl bei dem Gespräch hatte. Steffi hörte sich alles an und fing dann an zu lachen. Sie lachte so laut und konnte auch gar nicht wieder aufhören. Schließlich sagte sie:»Johanna, du hast mich wegen eines Elektroboilers denunziert«, und sie lachte wieder.»Gut, dass wir darüber geredet haben«, sagte Steffi.»Jetzt freue ich mich auf den Boiler und das warme Wasser. Danke Johanna, aber du bist dem Sozialismus nicht gewachsen, meine Liebe«, stellte Steffi fest und umarmte Katharina. »Katharina, deine Mutter ist großartig und so naiv.« Sie aßen zu dritt Abendbrot und Johanna fühlte sich langsam besser.

Steffi kam regelmäßig einmal in der Woche und erzählte von den Kollegen und der Arbeit. Ein Kollege, Wolfgang, kam in ihren Erzählungen häufiger vor. Er half ihr, die Wohnung zu renovieren und hängte auch die Lampen an die Decke. Johanna erkannte, dass dieser junge Mann Steffi wichtig geworden war. Nur manchmal erzählte sie auch von ihren Wünschen, und von Freunden, die sie gern hätte, auch von einer zweiten Chance auf eine Berufsausbildung. Steffi taute immer mehr auf. Sie konnte stundenlang reden und mit Katharina lachen, nur über ihre Eltern redete sie nie. Steffi begann im nächsten Herbst eine berufsbegleitende Ausbildung zur Köchin, die sie nach drei Jahren mit Auszeichnung abschloss. Es war gut, dass Steffi Wolfgang an ihrer Seite hatte, dachte Johanna oft. Er unterstützte sie anfangs in der Küche, dann half er beim Lernen und irgendwann zog er bei Steffi ein.

Die Wohnung, ein Zimmer mit Küche im Seitenflügel, Toilette auf der halben Treppe, behielt Steffi, bis sie im März 1989 mit Wolfgang, ihrem Arbeitskollegen und späteren Freund, überraschend verschwand. Nein, für Johanna war es keine Überraschung. Sie wusste, dass Steffi ihre Freiheit liebte und sie ahnte, wohin Steffi und Wolfgang gegangen waren. Aber diese Gedanken behielt sie für sich und wünschte beiden, in der Freiheit anzukommen und ihr Glück zu finden.

Johannas Tage waren mit viel Arbeit, mit regelmäßiger wöchentlicher Treppenhausreinigung und mit den eigenen kontinuierlichen berufsbegleitenden Weiterbildungen angefüllt. Nach der Ausbildung zum Wirtschaftskaufmann hatte Johanna ein sogenanntes Frauensonderstudium im Fach Ökonomie absolviert. Johanna hatte sich auch mit dem Urheberrecht der DDR beschäftigt, um die Arbeit in der Vertragsabteilung des Verlages zu verbessern und um endlich eine verantwortungsvollere Aufgabe zu erhalten. Andere Aufgabenfelder, mehr Verantwortung und eine höhere Entlohnung waren jetzt ihr Erfolg. Alles Streben war wie das Graben im Weinberg. Mühevoll und langwierig. Erde klebte an den Händen, das Kleid war durchgeschwitzt und das Herz an vielen Tagen müde vom Ringen. Die Ernte fühlte sich an wie ein Etappensieg, es war nicht wie ein endgültiges erfolgreiches Ankommen. Einen Erfolg, den man mit niemandem feiern kann, ist nur wie ein halber Erfolg. Johanna hatte beruflich vieles erreicht, aber sie war mit ihrem Kind allein. An das Theologiestudium, dass sie vor zehn Jahren abgebrochen hatte, dachte sie nicht mehr und auch Andreas nahm in ihren Gedanken keinen Platz mehr ein. Zusammen mit Katharina ging sie aus. Im Prater bestellte Johanna für beide einen opulenten Eisbecher mit Sahne und sie beschlossen, auf dem Rückweg im Spielzeugladen an der Straßenbahnhaltestelle einzukehren. Mehr Feier für ihren Erfolg brauchte sie an diesem Tag nicht, stellte sie zufrieden fest, als sie wieder zu Hause ankamen.

Gefühle

Rückblickend hatte Johanna am Ende des mühevollen Weges den begehrten Studienabschluss in den Händen, hatte eine gute Arbeit, hatte Anerkennung bei den Kollegen und sogar Katharina hatte gesundheitliche Stabilität und einen guten Freund in der Schule gefunden. Ihrer beider Leben war so sehr geordnet, dass für Unerwartetes kein Platz zu sein schien. Aber genau das Unerwartete, neue Gefühle und ein Wunder, wünschte sich Johanna. Natürlich, die kleine Katharina war ein Teil des Wunders ihres Lebens, stellte Johanna glücklich fest, aber das Leben hat mehr Wunder, immer neue und ewige. Ich habe mein Leben zu eng geschnürt und Wundern keinen Platz gelassen. Ich habe nicht auf Wunder gewartet und einem Wunder nicht einmal eine Chance eingeräumt. Mit überlegten Entscheidungen in der Gegenwart habe ich meine Zukunft immer schon vorherbestimmt. Zukunft will aber offen sein und der Horizont soll seine unendliche Weite behalten. Nur, wie geht das?, fragte sich Johanna. Liegt es daran, dass ich immer tue, was vernünftig ist und was getan werden muss und niemals das tue, was ich wirklich möchte? Hätte ich dazu überhaupt den Mut?, fragte sich Johanna selbstkritisch. Kann ich Unbekanntes zulassen, kann ich Neues aushalten und will ich mich auf Fremdes einlassen? Was sind dann meine Werkzeuge, was meine Orientierung und wer wird mich führen? Was ist mein Ziel? Wie heißt das, was mir fehlt? Es war die Liebe, die ihr fehlte. Johanna wusste es längst und heute, die Einladung bei Christine, war ein besonderer Grund sich zu freuen. Vielleicht würde auch Fred zur Geburtstagsfeier kommen und vielleicht würde sie Zeit für eine Unterhaltung mit ihm finden. Fred, ja, sie mochte ihn. Sehr sogar. Manchmal begegnete er ihr in ihren Träumen. Damals in der Herbstnacht war er ihr so nahegekommen, dass sie bis jetzt glaubte, es würde sie etwas verbinden. Manchmal lag sie abends im Bett und wünschte sich, von ihm geliebt zu werden. Zärtlich und mit allen Sinnen. Sie gab sich der Vorstellung hin, dass ihre Hingabe einzigartig sein würde und Fred sie ebenso begehren würde, wie sie ihn. Aber es waren nur Träume und Sehnsuchtsfantasien und obwohl sie das erkannte, freute sie sich auf ein Wiedersehen mit ihm.

Fred war unter den Geburtstagsgästen. Er begrüßte Johanna und Katharina überschwänglich und hatte für beide sogar ein kleines Geschenk mitgebracht. Aber Fred zog sich bald von Johanna zurück, ohne dass es zu einer wirklichen Unterhaltung gekommen war, und tauchte in der fröhlichen Runde der anderen weinseligen Gäste unter, ohne dazuzugehören. Was seit jener Nacht im Park für Johanna eine Verbindung bedeutete, waren für

Fred Nähe und Verlorenheit, an die er nicht gern zurückdachte und er wollte auch Johanna nicht daran erinnern. Es schmerzte ihn immer noch, wie verzweifelt Johanna damals mit ihrem Leben rang. Er hatte ihr Leid gespürte und ihre Ausweglosigkeit erlebt, und beides war so tief in seine Seele eingedrungen, dafür schämte er sich jetzt. Sie ist tatsächlich eine besondere und eine schöne Frau, stellte Fred erneut fest, als er heimlich zu ihr hinüberschaute und sie beobachtete. Wenig später verabschiedete er sich von allen und Christine meinte, er sei heute ein bisschen komisch gewesen, das komme vielleicht davon, dass er demnächst zum Reservistendienst eingezogen werde.

Johanna und Katharina fuhren nach dem Abendessen nach Hause. Johanna telefonierte und Katharina blätterte noch in dem neuen Büchlein von Fred. Plötzlich liefen Johanna die Tränen über die Wangen. »Was hast du Mutti?«, fragte sie angstvoll. »Ich weiß es nicht, mein Liebes, es kam einfach so, als ich an deinen Großvater in Grünfeld gedacht habe. Ich mache mir Sorgen um ihn. Er ist krank, habe ich eben erfahren, aber ich weiß nicht, was er hat. Seit drei Tagen liegt er im Krankenhaus in Sömmerda. Hoffentlich sind meine Sorgen unbegründet. Ach, wenn wir doch mehr von ihm wüssten«, in Johannas Stimme war Traurigkeit. Die Tränen hatten ihren eigenen Grund überzulaufen. Katharina tröstete ihre Mutti, indem sie von Thomas' Missgeschicken berichtete und Johanna hatte bald das Traurige abgelegt. Nach wenigen Tagen, so erfuhr sie am Telefon, wurde ihr Vater wieder aus dem Krankenhaus entlassen und Johanna glaubte, er würde wieder gesund werden, denn er arbeitete wieder wie früher auf dem Hof. Selbst seine schädlichen Zigarren rauchte er genussvoll weiter und trank regelmäßig sein Bier. Nichts deutete auf ein drohendes Unglück hin. Dann musste der Vater plötzlich wieder ins Krankenhaus, er hatte Schmerzen, er wurde sofort operiert, dann aber bald wieder entlassen und er rauchte seine Zigarren weiter. Was mag das für eine Krankheit sein? Grübelte Johanna meist in den Abendstunden vor dem Einschlafen. Wenige Tage später brach der Vater zu Hause zusammen und wurde erneut ins Krankenhaus eingeliefert. Johanna hatte einige Tage Urlaub und Katharina gerade Ferien. Sie beschlossen spontan nach Grünfeld zu fahren, um den kranken Vater zu besuchen. Sie fuhren mit dem Zug bis Erfurt und dort erreichten sie noch den letzten Bus nach Grünfeld. Sie gingen die Lange Straße entlang, am Haus von Tante Elisabeth vorbei, deren Fenster schon dunkel waren, und kamen spät in der Feldgasse an. Die Mutter freute sich und empfing beide mit einem vorbereiteten Abendbrot. Während Johanna und Katharina aßen, berichtete die Mutter, dass sich der Allgemeinzustand des Vaters, seit er wieder im Krankenhaus lag, zwar verbessert habe, aber seit gestern ginge es ihm wieder schlechter. Es war ein ständiges Auf und Ab. Johanna wollte am liebsten gleich zu ihrem Vater ins Krankenhaus fahren. Irgendetwas in ihrem Inneren trieb sie an und diese Unruhe füllte sie vollkommen aus. Die Mutter beruhigte sie, es sei zu spät, der Vater würde vielleicht schon schlafen und Besuchszeit sei jetzt auch nicht mehr. Sie schlug vor, ihn am nächsten Tag gemeinsam zu besuchen. Am nächsten Morgen, als alle gemeinsam beim Frühstück saßen, kam ein Telegramm. Der Vater war in der Nacht gestorben.

Johanna fuhr allein ins Krankenhaus und bestand darauf, sich von ihrem Vater zu verschieden. Sie wurde in einen Raum geführt und gebeten, einen Moment zu warten. Hier standen zwei Stühle vor einer Wand aus Glas. Als der Vorhang auf der anderen Seite der Glaswand entfernt wurde, sah Johanna ihren Vater dort liegen. Er war bis zur Brust zugedeckt. Sein Gesicht war eingefallen, seine braungebrannte Haut war wie mit weißer Farbe überstrichen und sah befremdlich aus. Die wenigen dünnen Haare waren gekämmt. Der linke Arm, einst muskulös, jetzt dünn und behaart, lag auf der Zudecke. Seine große Bauernhand, die Johanna früher oft mit der Bürste gewaschen und geschrubbt hatte, lag sauber neben seinem Körper. Seine rechte Schulter endete verkrüppelt dort, wo bei anderen Menschen der Arm beginnt. Johanna setzte sich auf den Stuhl und schaute hinüber zu dem toten Mann, der ihr Vater war. Vater, sagte etwas in ihr. Sie versuchte zu verstehen, was ihren Vater so krank gemacht hatte. Sie versuchte sich in ihren Gedanken an schönen Erinnerungen festzuhalten. Es gab keine Gedanken in ihrem Kopf. Es gab nur Leere. Drückende, schreiende Leere. Vater, ich wusste nicht, wie krank du warst, sagte sie leise. Es tut mir leid, dass ich nicht früher gekommen bin. Es tut mir so leid. Johanna schaute in sein Gesicht, aber es war nicht das Gesicht ihres Vaters. Sein Mund, seine blauen Augen, sein Zwinkern, nichts davon fand sie hier. Es war nicht mehr ihr Vater, wie sie ihn gekannt und geliebt hatte. Ihr Vater war gestorben. Sie sah es, sie verstand es, sie spürte es. Ihr Vater war gestorben und hinübergegangen zu den Altvorderen.

In der Stille kamen die Tränen. Sie liefen Johanna übers Gesicht, sie versuchte nicht, sie zu unterdrücken und sie wischte sie auch nicht weg. Als sie aufstand und gehen wollte, gab es kein Wort des Abschiedes, nur einen Blick und den Schmerz im Herzen. Sie traf einen Arzt, der ihr erklärte, dass ihr Vater an Magenkrebs gestorben war, der ihr auch sagte, dass ihr Vater schon seit einigen Wochen mit seinem Tod gerechnet hatte.

Nach nur wenigen Tagen, in der letzten Maiwoche, wurde Johannas Vater in Grünfeld beerdigt. Die Sonne schien warm und aller Abschiedsschmerz mischte sich mit frühlingshaften Empfindungen. Der Sarg stand in der Leichenhalle und erwartete jene, die ihm das letzte Geleit geben wollten. Mutter saß in der Küche und wartete noch auf Tante Elisabeth. Als sie kam, setzte sich der kleine Familientrauerzug von der Feldgasse zum Friedhof in Bewegung. Voran gingen Mutter und die drei kleineren Geschwister, dahinter folgten Albrecht und Johanna. Sie hatten Tante

Elisabeth in ihre Mitte genommen, sodass sich die alte Tante bei ihnen festhalten konnte. Immer mehr Grünfelder schlossen sich schweigend dem Trauerzug an. Wie eine große besiegte Schlange wand sich der Zug von schwarz gekleideten Menschen stumm durch die Straßen hinauf durch den kleinen Park, an der Kirche vorbei zum Friedhof und hin zur Leichenhalle. Dort standen noch mehr Grünfelder, die ebenfalls zur Beisetzung gekommen waren. Was bedeutet es, ging es Johanna durch den Kopf, wenn so viele Menschen Abschied nehmen wollen. Nach der Andacht trugen die Sargträger Vater zu seiner Grabstelle. Seine letzte Bleibe für die Ewigkeit. Noch eine Ansprache, noch ein schmerzhafter Abschied. Mutter ging zuerst ans Grab und verabschiedete sich. Mutter weinte, Mutter litt, Mutter zerbrach. Dann traten die fünf Kinder zum Grab, einzeln, dem Alter nach. Die Kinder und Tante Elisabeth stellten sich neben die Mutter ans Grab und ließen den Strom der Trauergemeinde vorüberziehen. Endlos waren die Tränen und endlos die Trauer. Mutter ging mit den Kindern nach Hause, nur Johanna blieb bei Tante Elisabeth, die sich noch einmal in die Leichenhalle setzen und ausruhen wollte.

Tante Elisabeth war so winzig in ihrem Kummer. Sie bat Johanna, sich neben sie zu setzen und legte ihre kleine Hand auf Johanna. Dann sprach sie leise:»Weißt du Johanna, der Friedhof hat für mich keinen Schrecken. Hier sind sie alle, die mir lieb waren. Mutter Martha, meine Großmutter Elisabeth, Friedrich, dein Großvater, Konrad, mein Mann, und nun auch Bertold. Die Altvorderen sind beisammen und warten nur noch auf mich. Friedhelm und Gerhard hat der Krieg verschlungen, aber wir haben mit ihren Namen ihr Andenken ins Dorf und in die Familie zurückgeholt.« Johanna erinnerte sich an Großvater Friedi, der auch immer von den Altvorderen sprach.»Johanna, die Altvorderen sind deine Familie, sie sind deine Wurzeln, ohne die du nicht das geworden wärest, was du heute bist. Komm, bitte begleite mich zum Grab von Konrad und Friedrich. Du weißt, der Weg von der Langen Straße bis zum Friedhof ist so weit und ich schaffe ihn immer seltener.« Sie stand auf und hakte sich bei Johanna unter. Das Grab von Großvater Friedi war gleich neben der Leichenhalle. Dorthin gingen sie zuerst. Tante Elisabeth stand am Grab und hielt offensichtlich stille Zwiesprache. Nur hin und wieder vernahm Johanna ein Gemurmel, das sie an eine Beschwerde oder eine Klage erinnerte. Schließlich weinte Tante Elisabeth wieder. »Komm, gehen wir.« Am Grab von Onkel Konrad weinte sie noch immer. Eine unendliche Traurigkeit drückte wie eine Last auf die Schultern der alten Dame. Sie wirkte an den Gräbern so hoffnungslos, klein und zerbrechlich. Als Johanna sie trösten wollte, kam ein Ehepaar auf sie zu. »Verzeihen Sie die Störung«, sagte der Mann mit einer markanten tiefen Stimme, die Johanna sofort erkannte, und wandte sich der Tante zu. »Kann ich Sie mit dem Auto mitnehmen?« Es war Ludwig. Die Frau an seiner Seite musste seine Ehefrau sein, dachte Johanna. »Ach, Ludwig, wenn es Ihnen und Ihrer Gattin wirklich nichts ausmacht, nehme ich Ihr Angebot gern an und bedanke mich dafür. Es ist der Bewegungsapparat und die Jahre, die mir Probleme bereiten«, sagte die Tante und Johanna merkte, wie froh sie war, nicht den weiten Weg zurück bis in die Lange Straße laufen zu müssen. Tante Elisabeth stieg in Ludwigs Auto und sie fuhren davon. Nach so vielen Jahren und unter so besonderen Umständen hatte Johanna ihren Ludwig wiedergesehen. Ob er sie auch erkannt hatte, überlegte sie sich auf dem Weg in die Feldgasse.

Johanna wäre gern noch einige Tage in Grünfeld geblieben, wäre gern noch einmal allein auf den Friedhof gegangen, noch einmal ans Kleb und noch einmal zu Tante Elisabeth. Sie wäre gern auch noch einmal an Ludwigs Haus vorbeigegangen, aber ihr Urlaub war zu Ende und sie musste zurück.

Johanna und Katharina waren wieder in Berlin in ihrem Alltag angekommen. Tagsüber hatte Johanna Ablenkung durch ihre Arbeit, aber abends kamen die Grübeleien, die Fragen, die ohne Antwort blieben, und die Gedanken, die in die Ausweglosigkeit führten. Johanna hätte gern mit ihrem Vater über alte Missverständnisse geredet, sie hätte gern seine Gedanken über seine Krankheit gekannt. Hatte er über seinen Tod nachgedacht, hatte er Angst vor seinem Tod?, fragte sie sich. Johanna wusste es nicht und ihr schien, als würde ihr etwas Wichtiges für immer verborgen bleiben. Seit er tot war, sehnte sie sich besonders stark nach seiner Zuneigung und Anerkennung. Der Vater und Großvater Friedi hatten ihr immer vertraut und an sie geglaubt. Nun waren sie beide tot. Sie wünschte sich, der Vater hätte sie noch einmal in seinen Arm genommen und ihr gezeigt, dass er sie liebte.

Ach, Vater, es tut so weh, dich zu verlieren, dröhnte es in ihrem Kopf und bereitete ihr, wenn sie allein war, drückende Kopfschmerzen. In den stillen Abendstunden, einige Wochen nach seiner Beerdigung, wenn Katharina schon schlief, setzte sich Johanna an ihren kleinen Sekretär, der noch aus Naumburger Studentenzeiten stammte, und schrieb für ihren Vater ein Gedicht:

Allein dein Bild ist mir geblieben.
Du schaust mich an stumm und verloren.
Meine Sinne und meine Gefühle suchen in deinen Augen
    Frieden.

Meine Sorgen graben sich in die Falten deines Gesichts.
Du hörst mir zu in deiner Ewigkeit,
und schenkst mir Kraft und Liebe mit jedem Tageslicht.

Mit Krieg und Leid gefüllt war dein Lebensbogen.
Aber dein Herz war voll Heiterkeit und Zauber.
Die Erinnerung ist für immer in meine Seele eingezogen.

Es war einfach, vielleicht sogar trivial. Aber Johanna legte in diese Worte ihren Schmerz, ihre Traurigkeit und ihre Verzweiflung. Das war kein Gedicht für irgendjemanden oder für eine Anthologie. Das war ein Gedicht für sie selbst. Es war ein Klagelied, so wie es sie früher schon in der Antike gab. Der Trauergesang, der Schmerz und Trauer beschrieb, oder das Totenlied, das den Toten verherrlichte. Für Johanna war das Gedicht ihre Form der gestalteten Totenklage für ihren Vater.

Sie kaufte für sein Foto einen schönen Rahmen und stellte das Bild neben die Schreibfläche auf ihren Sekretär und schob das Gedicht darunter. Das kleine Gedicht gab ihrem Schmerz Worte und die Worte trugen die Bitterkeit seines Todes hinaus in die Welt. Hinaus aus ihrer Welt, hinaus aus der Welt von Grünfeld und hin zu den Altvorderen. Er war nun einer von ihnen geworden, dachte Johanna wehmutsvoll. Meine Altvorderen, sinnierte sie weiter, es gab schon so viele, die dazugehörten. Eigentlich waren sie sogar in der Mehrheit. Johanna dachte an Großvater Friedi, Großmutter Thea, an die beiden Großeltern Liebig und Onkel Konrad. Die Ewigkeit von Grünfeld hat sie alle aufgenommen. Nur Friedhelm, Vaters Bruder, und Gerhard, der Sohn von Tante Elisabeth, waren in der Verlorenheit des Krieges untergegangen.

Johanna dachte, seit sie das Gedicht geschrieben hatte, intensiver über das Leben ihres Vaters nach, aber sie konnte seine Gedanken und seine Gefühle in alten Gesprächen und in bekannten Verhaltensmustern nicht finden. Was hatte er eigentlich von ihr erwartet?, überlegte Johanna. Hatte er ihr jemals die Ehescheidung verziehen? Womit hätte sie ihrem Vater eine wirkliche Freude gemacht, was hätte für ihren Vater im Leben gezählt?, grübelte sie. Ihr fiel nur ein, man muss fleißig, ehrlich, arbeitsam und freundlich anderen gegenüber sein. Aber bin ich das nicht, Vater?, hielt sie eine stille Zwiesprache. Der Vater antwortete nicht, er würde nie mehr antworten. Johanna erlebte, dass NICHT-FRA-

GEN UND NICHT-SAGEN Menschen, die einander nahestehen, für alle Zeit entfremden konnte. Ich habe einen furchtbaren Fehler gemacht, erkannte sie. Verzeih mir bitte Vater, ich hätte dir und Mutter sagen und zeigen müssen, dass ich euch beide liebe. Das ist meine Schuld. An diesem Tag nahm sie sich vor, beim nächsten Besuch in Grünfeld mit der Mutter zu reden.

Der Sommer und der Herbst vergingen. Urlaubsfahrten, wie früher mit Dr. Fellner nach Hiddensee, gab es schon lange nicht mehr. Johanna konnte sich das finanziell nicht leisten und sie sparte sich ihre Urlaubstage auf für Katharinas Ferien. Deshalb fuhr Katharina mit Thomas und Elli in den Oderbruch ins Sommerhaus der Schuberts oder sie fuhren zu zweit in den Tierpark. Nach Grünfeld fahren, wollte Johanna nicht, denn die Mutter hatte nach der Beerdigung des Vaters Andreas und seine neue Frau wieder zu Besuch empfangen. Offensichtlich hielt sie noch immer in freundschaftlicher Verbindung an Johannas geschiedenem Mann fest.

Es kam ein kalter Herbst in diesem Jahr, der schon im Oktober den ersten Schneeregen brachte.

In der Adventszeit besuchten Johanna und Katharina endlich wieder Christine. Sie freuten sich schon seit Tagen auf das Wiedersehen. Katharina spielte mit Lisa, Christines Tochter, und die beiden Frauen hatten sich eine Flasche Rotwein geöffnet und genossen den Adventssonntag. Christine erzählte, dass sie am Abend Besuch bekäme von zwei ehemaligen Thomanern aus Leipzig, von denen der eine ihr besonders gut gefiel. Die beiden seien Freunde und zufällig in Berlin.

Johanna beneidete Christine, die immer jemanden kennenlernte und sich schnell verlieben konnte. Leipzig, wie kommt sie bloß nach Leipzig, dachte Johanna, da erzählte Christine, dass der von ihr erwartete und ersehnte junge Mann ein Musiker sei. Christine konnte wunderbar träumen und die Welt mit bunten und leuchtenden Farben anstreichen, auch wenn es tatsächlich vorweihnachtlich kalt und dunkel war. Sie war so voller Freude und Erwartung, dass die Flasche Wein bald ausgetrunken war. Es wurde spät, die beiden Leipziger Thomaner kamen nicht, und Christine brachte Johanna und Katharina zur Straßenbahn. Sie wollte ihre Enttäuschung in der kalten Dezemberluft ausschütteln.

Am 23. Dezember musste Johanna bis nachmittags arbeiten. Danach kauften Johanna und Katharina in der Schwedter Straße einen Weihnachtsbaum. Es war nicht der letzte, aber es war einer, den niemand haben wollte. Eigentlich wollte ihn Johanna auch nicht, aber alle anderen, die noch hier lagen, sahen ebenso schäbig aus. Sie gingen schnell nach Hause, denn Johanna musste noch das Treppenhaus reinigen, waschen und bohnern, denn schließlich war Weihnachten. Dann wollte sie den Baum anputzen, das Wohnzimmer schmücken und für morgen den kleinen Gabentisch herrichten. Katharina sollte in ihrem Zimmer noch einmal Staub wischen und nachschauen, ob alles schön aufgeräumt war, dann durfte sie spielen, bis Johanna mit dem Treppenhaus fertig war. Den Weihnachtsbaum wollten sie zusammen schmücken. Wie jedes Jahr. Die Treppenhausreinigung dauerte heute länger. Wieder, wie in letzter Zeit öfter, musste Johanna einen Hundehaufen auf dem ersten Treppenabsatz beseitigen. Das war sehr eklig. Johanna mochte keine stinkenden Hundehaufen. Es blieb ihr aber nichts übrig, sie beseitigte den Haufen und ärgerte sich maßlos. Als sie fertig war und mit klapperndem Eimer nach oben ging öffnete Mary aus dem Hochparterre ihre Wohnungstür und überreichte Johanna ein Päckchen mit Kosmetika aus dem Westen und eine Tafel Sarrotti-Mohr-Schokolade für Katharina. »Danke für das Putzen, und Frohe Weihnachten«, dann war sie wieder verschwunden. Johanna freute sich und beschloss die Kosmetika mit Steffi zu teilen. Sie wusste, Steffi würde sich über gute Kosmetika sehr freuen. Die alte Frau Ludwig kam auch aus ihrer Wohnung und brachte eine kleine Tüte. »Für Katharina«, sagte sie, »und das hier ist für Sie, Johanna«, und übergab Johanna einen Geldschein. Zwanzig Westmark. »Das ist ein Vermögen, Frau Ludwig.« – »Na, nehmen Sie schon, ich bekomme doch eine kleine Westrente und Sie sind ein Gewinn für das Haus hier.« Johanna bedankte sich und wünsche auch Frau Ludwig ein frohes Fest. Dann eilte sie rasch nach oben.

Katharina hatte zuerst auf ihre Mutti gewartet und war dann auf der Liege im Wohnzimmer eingeschlafen. Dann putze ich den Baum allein und wecke sie, wenn ich fertig bin, zum Abendessen, sagte sich Johanna. Sie stellte den Tannenbaum in den Ständer und begann die alten Kerzenhalter in den Stamm zu bohren. Die langen, die nach unter gehörten, waren die letzten. Zuerst kamen oben die kleinen an die Reihe. Johanna sortierte die Kerzenhalter der Größe nach. Vier kleine, vier mittelgroße und sechs lange Kerzenhalter. Die Kerzenhalter mussten in den Stamm des Baumes geschraubt werden, damit sie festsaßen und die Kerzen, das waren übliche schwere Haushaltskerzen, tragen konnten. Die vier kleinen waren schnell eingeschraubt, dann die vier mittelgroßen. Bei denen war der Bohrer des Kerzenhalters wesentlich dicker und sie ließen sich deshalb nicht so leicht in den Stamm schrauben. Schließlich kamen noch die letzten großen Halter. Sechs Stück. Johanna kniete sich auf den Boden und begann den ersten Bohrer in den Stamm zu drehen. Mit einer Hand hielt sie den Stamm fest und mit der anderen Hand drückte und drehte sie den Bohrer ins Holz. Sie musste den Bohrer kräftig gegen das Holz drücken und gleichzeitig drehen. Das Holz war fest und glatt. Sie drückte und drehte den Bohrer. Dann gelang es ihr. Der erste Kerzenhalter war eingeschraubt. Auch den zweiten Halter bekam sie fest. Dann begannen ihr die Hände zu schmerzen. Das Bohren mit den dicken Bohrern fiel ihr schwer. Festhalten, drücken und drehen. Sie wollte wenigstens noch zwei Kerzenhalter befestigen, dann würde es schon genügen, beschloss sie. Da passierte es, dass sie beim Drücken und Bohren abrutschte und sich den Bohrer durch die ganze Hand, die den Stamm umfasst hatte, bohrte. Auf dem Handrücken ihrer linken Hand schaute die Spitze des Bohrers heraus. Johanna kämpfte gegen eine drohende Ohnmacht. Sie setzte sich auf den Teppich mit den Rücken gegen den Schrank gelehnt. Die Hand gespreizt und aufgespießt. Die Schmerzen steigerten sich, als sie die Finger bewegte. Sie musste den Bohrer aus der Hand ziehen. Das sagt sich sehr leicht, wenn man nicht gleichzeitig die Schmerzen aushalten muss. Nur mit einem Ruck ziehen. Oder ziehen und drehen? Johanna schloss die Augen und entschied sich für die Ruck-Variante. Sie saß noch immer auf dem Teppich und von Sekunde zu Sekunde verschob sie den Ruck. Dann bewegte sich Katharina auf der Liege. Schnell, ohne Nachdenken, ohne weitere Vorbereitung, riss sich Johanna den Bohrer aus ihrer Hand. Dann kamen die Tränen, der Schmerz und die Angst, sich eine Blutvergiftung zu holen.

Johanna wickelte sich ein griffbereites Geschirrtuch um die Hand und legte sich zu Katharina auf die Liege. Es war warm im Wohnzimmer, nur mit einer Wolldecke zugedeckt kuschelte sie sich an ihr Kind. Lieber Gott, bitte lass mich nicht an einer Blutvergiftung sterben. Bitte hilf mir, bitte hilf uns beiden, wir haben nur uns. Katharina schlang ihre Arme um ihre Mutter und atmete ihr ins Gesicht. Johannas Hand, in das Geschirrtuch gewickelt, lag wie ein Fremdkörper neben ihr. Sie fiel in einen tiefen Schlaf. Katharinas Zappeln weckte sie am nächsten Morgen. Der 24. Dezember. Johannas Hand lag noch immer eingewickelt im blau-rot-gelb-karierten Geschirrhandtuch. Sie konnte den Arm bewegen, aber die Hand schmerzte. Vorsichtig, noch im Liegen, wickelte Johanna die Hand aus und sah, dass die Wunde kräftig geblutet hatte. Das war ein gutes Zeichen. Sie erklärte Katharina, dass sie sich gestern verletzt hatte, und deshalb den Baum nicht weiter schmücken konnte. Als Katharina die Wunde sah, versprach sie, die Kugeln allein aufzuhängen und die Kerzen wegzulassen. Sie wollten die Kerzen nicht sehen. Johanna reinigte die Einstich- und Austrittsstelle des Bohrers und verband ihre Hand mit sauberen Binden. Es war die linke Hand, die in den nächsten Tagen geschont werden musste. Weihnachten, dachte Johanna, lieber Gott, wie nahe Glück und Unglück beieinander liegen. Katharina half ihrer Mutti jeden Tag, die Wunde zu versorgen und einen neuen Verband um die Hand zu legen. Die Angst, doch noch eine Blutvergiftung zu bekommen, lähmte Johannas Aktivitäten und sie verließen beide während der Feiertage nicht die Wohnung. Wenn Katharina ihren Mittagsschlaf machte, legte sich auch Johanna auf die Liege und ließ ihren Gedanken und Träumen freien Lauf. Was wäre passiert, wenn ich ohnmächtig geworden wäre oder wenn ich eine Blutvergiftung bekommen hätte?, grübelte Johanna. Aber eigentlich dachte sie darüber nach, nicht mehr allein zu sein. Wenn es jemanden gäbe, der auch für sie da wäre. Der ihr helfen würde, der sie beschützten könnte, der achtsam wäre und der sie trösten würde. Ich möchte um meiner selbst willen geliebt werden, wünschte sich Johanna. Aber wie, wo, wann finde ich Liebe, kreisten ihre alten und neuen Gedanken im Labyrinth vielschichtiger und weitläufiger Gehirnwindungen. Die Gedanken versickerten in den Gedankenschichten wie Wasser in der Wüste. Nichts an Erkennen und Verstehen blieb. Johanna fand keine Antwort. Alle ihre suchenden Überlegungen endeten in einer Traurigkeit.

Liebe kommt nicht durch Nachdenken, nicht durch einen Plan oder durch Vorbereitung, das war Johanna klar. Aber wie kann man sein Herz für die Liebe öffnen? Hatte sie es schon zu lange verschlossen gehalten, hatte sie in all den Jahren die Stimme des Herzens abgetötet? Hatte sie nicht genau dieser Stimme verboten, sie Wege zu führen, die nicht rational und vernünftig waren? Hatte sie damals nicht selbst die Stimme vor Risiken, Gefahren, Enttäuschungen, Verletzungen und Ängsten gewarnt? Ja, es war so, sie selbst hatte die Stimme verstummen lassen. Sie selbst hatte die Liebe nicht bejaht. Sie selbst hatte in dunkler Nacht das Band zwischen Kopf und Herz durchtrennt. Sie hatte etwas abgelegt, etwas, dass, wie sie nun feststellte, zu ihrem ureigenen Wesen gehörte. Sie hatte sich von ihrem naturgegebenen Sein entfernt. Sie hatte ihr Bauchgefühl und ihre Intuitionen unterdrückt, um auf Moral, Bildung, gute Manieren, Höflichkeit und Anstand zu achten, sie hatte sich leiten lassen von einer bewusst eingesetzten Rationalität. Aber Vernunft und Situationsanalyse gepaart mit Zivilisation allein, entbehren jene emotionale Tiefe, die unsere wesenseigene Selbstverständlichkeit darstellt. Jetzt, nach so vielen Jahren des Alleinseins, war es an der Zeit, eine neue Entscheidung zu treffen. Johanna wollte ihr Leben verändern, sie wollte ganz bestimmten Dingen wieder einen festen Platz in ihrem Leben geben, Dinge, die sie früher stark gemacht hatten. Das waren Emotionen und Empathie. Und Johanna konnte beides mit einem großen Maß an Empirie verbinden, die sie in den vergangenen Jahren erfahren hatte.

Johanna versorgte mit schmerzender Hand Katharina und den kleinen Haushalt. Sie bemühte sich um weihnachtliche Stimmung und sie bemühte sich, Katharinas Fröhlichkeit zu wecken. Trotz Johannas unterschwelliger Angst vor einer Blutvergiftung, wurde es ein schönes Fest.

Johanna entschied sich, von nun an offen zu sein, nicht immer zu hinterfragen und nicht immer rational abzuwägen, ob etwas vernünftig ist oder nicht. Sie musste sich entscheiden zwischen Kopf und Herz und sie entschied sich für ihr Herz. Sie erkannte, dass es ein Gewinn sein kann, wenn sie bereit war zu akzeptieren, dass die Zukunft offen ist. Die Zukunft in Gottes Hand zu legen, erschien ihr heute sehr schwer, aber sie empfand es als eine Übung für das Leben und für die Liebe. Wie geht das genau, sich auf Gott verlassen?, fragte sich Johanna. Und Gott, was bedeutet das schon? Immer, wenn der Mensch nicht weiter weiß, wendet er sich Gott zu. Gott wartet aber nicht, bis er gerufen wird. Sondern es liegt an dir selbst, bereit zu sein, jetzt in der Gegenwart etwas Besonderes, etwas Außergewöhnliches, ein Wunder zuzulassen und sein Herz zu öffnen und seine Sinne darauf zu richten und schließlich sich verändern zu lassen. Vielleicht ging es den Aposteln ebenso. Sie waren Sünder, Randgruppen, Analphabeten und Ausgeschlossene, bis sie den Funken spürten und sich veränderten ließen. Kommt der Funke von Gott oder vom Universum, wer weiß das schon und welchen Unterschied macht es?, überlegte Johanna. Ich will es annehmen als eine Gabe, auch wenn es mich Kraft und Mut kostet, Gewohntes hinter mir zu lassen. Ich will leben und nicht mein Leben nur beobachten. Ich will lieben und geliebt werden und ich will die heilige Harmonie von Glauben, Liebe und Hoffnung finden.

Johanna hatte sich verändert. Sie hatte einen neuen Lebensweg begonnen, der Risiken und Geheimnisse barg, aber sie würde daran wachsen und sie würde Neues, Interessantes, Einzigartiges und Lebenswertes finden. Ihr Herz war offen und ihr Geist war aufgebrochen zu unbekannten Horizonten.

Johannas Träume und Freds wirkliches Leben

Während Johanna Christine bei den Hochzeitsvorbereitungen half, drängten sich ihr die Gedanken an Fred immer wieder auf. Aber alles, was sie dachte, waren Wünsche oder Träume, sie waren so real wie Seifenblasen. Johanna kannte Freds Leben nicht und Christine wusste auch nicht viel über ihn zu erzählen, außer, dass er Lehrer war, gern nach Berlin kam und wie Christine im Jugendchor in Berlin gesungen hatte. Freds Leben fand an einem anderen Ort statt, mit anderen Menschen und mit unbekannten Aufgaben. Er war weit von Johanna entfernt, trotzdem war es für sie gut, so wie es war. Er hatte sein Leben und seine Welt.

Als Fred eine Einladung zu Christines Hochzeit mit dem Musiker aus Leipzig erhielt, war der Juni schon fast vorüber. Die geplante Hochzeit sollte zu Beginn des Herbstes stattfinden. Zufälligerweise hatte Fred in letzter Zeit oft an Christine, aber noch öfter hatte er an Johanna gedacht. Sie war in jener Nacht vor einigen Jahren in sein Herz eingezogen. Die Gedanken an sie waren nicht nur sehr liebevoll, sondern sie waren auch sehr innig. Fred musste mit Johanna reden. Seit Monaten, vielleicht sogar schon seit Jahren, hatte er beobachtet, dass er für sie mehr war als nur ein guter Freund und Vertrauter. Aber Johanna hatte bisher jeden näheren Kontakt und jedes persönliche Gespräch ebenso vermieden wie er selbst. Sie zeigte ihre Zuneigung zu ihm dadurch, dass sie ihn zuvorkommend, aber distanziert behandelte. Dass sie nicht das Gespräch mit ihm suchte und nicht nach seinem Leben und seiner Arbeit fragte, sich meist kühl im Abseits hielt. Seine Johanna und kühl, nein, das ist sie bestimmt nicht, überlegte Fred und musste dabei schmunzeln. Ich werde mit ihr reden, wenn ich nach Berlin zu Christines Hochzeit fahre, ich muss endlich Klarheit schaffen und ich muss ehrlich zu ihr sein, beschloss er. Es wird das Beste sein, nahm er sich vor, wenn ich ihr von unterwegs eine Postkarte schreibe und ihr mitteile, dass ich zu Christines Hochzeit kommen werde.

Am 2. August 1984 wurde Fred vierzig Jahre alt. Geburtstag in den Ferien wünscht sich jeder Lehrer. Im Frühjahr hatte sich Fred überlegt, eine MZ ETZ 250 zu kaufen. Dann hatte er in letzter Minute gezögert, weil es ihm ratsam schien, sich vor dem Kauf mit seinem Freund Martin zu beraten. Martin arbeitete in der Entwicklungsabteilung der Motorradwerke Zschopau und war der absolute Fachmann für die MZ ETZ. Er würde ihm einen guten Rat geben, vielleicht sogar eine gute Maschine vermitteln können. Bis er die neue Maschine hätte, wollte er seinen Wunsch, eine Motorradtour ins Rila-Gebirge nach Bulgarien zu unternehmen, aufschieben. Das Rila-Gebirge war unter Motoradfahrern das absolute Highlight. Solche Kurven, Berge, Landschaft und Geschichte gab es nirgendwo im Ostblock. Das Rila-Kloster war neben dem Sonnenstrand am Schwarzen Meer seit einigen Jahren bei den Jugendlichen in der DDR ein beliebtes Urlaubsziel.

Motorradfahren war seit seiner Schulzeit Freds Leidenschaft. Mit seinem Freund Martin besuchte er regelmäßig die Motorradrennen um die DDR-Meisterschaft am Schleizer Dreieck. Schon die Rennstrecke beeindruckte Fred. Seit 1923 wurden hier Motorrad- und Autorennen gefahren. Sie war die älteste und seiner Meinung nach auch die schönste Naturrennstrecke Deutschlands. Der Kurs mit einer Gesamtlänge von über sieben Kilometern, verlief über Landstraßen, an Feldern und Wäldern vorbei. Fahrtechnisch interessante Streckenabschnitte waren die Linkskurve am Buchhübel, die Spitzkehre, die Seng, die Heinrichsruher Kurve, der Schauer Schacht, die Waldkurve und die letzte Linkskurve vor dem Ziel. Fred liebte die Waldkurve. Wer in der Waldkurve vorn lag, hatte schon so gut wie gewonnen. Er durfte sich nur in der letzten Linkskurve kurz vor dem Ziel keine Fahrfehler leisten und sich nicht von der Innenbahn abdrängen lassen. Wenn das Wetter gut war, standen bis zu 300.000 Besucher an der Strecke.

Das Schleizer Dreieck war ein Begriff in der Motorwelt. Hier wurden einstmals die großen Rennen gefahren. Jeder Schuljunge aus der Gegend kannte heute noch den Namen Huldreich Heußler, der 1923 auf seiner Wander mit einer Geschwindigkeit von

179

41,4 Stundenkilometern den Sieg einfuhr und Horst Raebel aus Apolda schaffte mit seiner 1000er-Mars 62,2 Stundenkilometer. Wer wird in diesem Jahr das Rennen gewinnen?, fragte sich Fred. Seine Favoriten waren Michael Freudenberg und Günther Hösel, vielleicht auch der Hollstein, dachte Fred, der war im letzten Jahr DDR-Meister geworden. Er freute sich auf Martin. Die beiden Männer hatten sich am Schleizer Bahnhof verabredet. Martin holte Fred mit seiner neuen roten MZ ETZ 250-Kubikzentimeter ab. Auch in diesem Jahr wollten sie sich an die Waldkurve stellen. Die Strecke war voller Besucher. Sie stiegen eine kleine Anhöhe hinauf, setzten sich auf Holzstapel und wurden mit einem guten Blick auf die Kurve selbst und einen Ausblick auf die Strecke nach der Kurve belohnt. Bis zum Rennen würde es noch eine Stunde dauern. Fred schaute sich mit großem Interesse das neue Motorrad von Martin an. Es gefiel ihm gut, ein solches Modell hätte er auch gerne gehabt. Er fachsimpelte mit ihm über die Vorteile des Fünf-Gang-Getriebes, über den Nutzen eines Zylinders mit vier Überstromkanälen, über die Zwölf-Volt-Lichtmaschine, die eine Lichtleistung von 180 Watt hatte, und natürlich über die Sicherheit, die die Scheibenbremse des Vorderrades bot statt der sonst üblichen eingebauten Trommelbremsen. Martin erklärte, dass die Scheibenbremsen aber nur bei der Luxusausführung vorhanden waren und die war dann auch etwas teurer. Schließlich fragte Fred direkt, was die Luxusausführung gekostet hatte. Martin sagte ihm, dass der offizielle Verkaufspreis 4.005 Mark der DDR beträgt, aber er könnte vielleicht als Werksangehöriger noch 150 Mark Vergünstigung erhalten. Fred ging um Martins Motorrad herum, ja genauso eine Maschine, möglichst in Blau, wünschte er sich. »Also gut«, sagte Fred entschlossen, »du kaufst mir auch so eine Luxusmaschine und falls es geht, möchte ich sie in Blau und sofort haben.« – »Abgemacht«, sagte Martin, denn er wusste, auf Freds Worte konnte man sich verlassen. »Du bekommst die Maschine spätestens nächste Woche, denn wir stellen gerade eine Lieferung in die BRD zusammen, da sind immer zwei oder drei Motorräder als Reserve eingeplant, für den Fall, dass die Endkontrolle noch optisch etwas kritisiert.« Fred war sehr zufrieden. Er streckte sich auf der mitgebrachten Decke aus und träumte von seinem eben gekauften Motorrad. Das Geld hatte er gespart und wenn er die Maschine wirklich am Anfang der nächsten Woche bekommen würde, wäre für die Fahrt nach Bulgarien noch genug Zeit, denn die Schulzeit begann in diesem Jahr erst wieder am 4. September. Reichliche drei Wochen könnte er mit dem Motorrad unterwegs sein. Was für eine wunderbare Vorstellung.

Martin hatte auch an Verpflegung gedacht. Er packte den von seiner Mutter selbst gemachten Kartoffelsalat aus und verteilte die Portion auf zwei Pappteller. Dann öffnete er die Plastikbüchse und legte zu dem Kartoffelsalat auf den Teller jeweils noch zwei Bratklößchen. Die sauren Gurken fischten beide mit den Fingern aus dem Glas und aßen sie dazu.»Deine Mutter ist die Beste«, sagte Fred mit vollem Mund. Es schmeckte köstlich. Nach dem Essen streckten sich beide auf den Decken aus und plötzlich fragte Martin:»Warum willst du eigentlich das Motorrad sofort kaufen?« Fred erzählte von seinem Plan, nach Bulgarien bis ins Rila-Kloster zu fahren. Das Rila-Kloster, davon hatte Martin schon gehört.»Das Kloster«, sagte Martin leise,»soll das berühmteste und schönste Kloster des Balkans sein. Ich würde mir das auch gern anschauen. Was meinst du, wenn wir zusammenfahren, ich habe in diesem Jahr meinen Urlaub noch nicht genommen? Wir könnten mit zwei Maschinen fahren.« Fred hätte jubeln können. Mit Martin in den Urlaub zu fahren, daran hatte er nicht einmal zu denken gewagt. Fred öffnete zwei Brauseflaschen und sie stießen auf das gemeinsame Abenteuer an. Fred schlug vor, sich um die Route und mögliche Stationen zu kümmern und Martin übernahm die Sicherheit der Motorräder.

Die Motorradfahrer lieferten sich an diesem Renntag ein spannendes Kopf-an-Kopf-Rennen. Bis zur letzten Runde sah es so aus, als würde Günther Hösel siegen. Er fuhr grandios. Er nahm die Kurven elegant, aber nicht zu großräumig und verschenkte weder Zeit noch die Möglichkeit, ihn hier zu überholen. Zwei Kubaner, mit den Nummern 99 und 96, folgten ihm mehrere Runden und bedrängten ihn immer wieder in den Kurven, aber Günther Hösel blieb souverän vorn und verteidigte die Spitze. Die letzte Runde war fast zu Ende. Drei Motorräder, nahe beieinander, näherten sich der Waldkurve. Hösel führte. Dann geschah Hösel ein kleiner Fehler. Er fuhr in die Kurve hinein und gab dabei die Innenbahn frei. Sofort überholte ihn der Kubaner und errang den Sieg in diesem Rennen.

Anschließend brachte Martin Fred zum Bahnhof. Die Freunde verabschiedeten sich und Fred stieg in den Zug nach Magdeburg über Halle ein.

Tatsächlich begann wenige Tage später die gemeinsame Reise zum Rila-Kloster nach Bulgarien. Fred hatte seine neue blaue MZ ETZ 250-Kubikzentimeter-Luxusausführung unter sich und Martin startete mit seiner roten MZ ETZ 250-Kubikzentimeter-Luxusmaschine. Sie hatten sich auf drei Wochen eingerichtet. Danach würde Freds Unterricht an der POS in Magdeburg wieder beginnen und dann musste Martin auch wieder arbeiten. Die erste Station machten sie in der Nähe von Bratislava, dann fuhren sie bis zum Balaton und tauchten ein in die warmen Fluten des Binnensees. Die Pause am Balaton war notwendig, denn die lange Motorradfahrt hatte beide angestrengt. Der Balaton war überfüllt, die Quartiere, die sie bekamen, waren teuer und schlecht. Deshalb beschlossen sie nach zwei Übernachtungen über Szeged und Arad weiter nach Rumänien zufahren. Von Arad fuhren sie bis Temeschburg und fanden hier ein gutes Wirtshaus in einem historischen Gebäude. Sie waren von der Stadt überwältigt. Die vielen wunderschönen alten Häuser aus der Kaiserzeit bezeugten einen lange verblichen Glanz. Die meisten Gebäude waren auffällig in einem bestimmten Gelbton gehalten, die Wirtin, die gut deutsch sprach, erklärte ihnen beim Abendbrot, das sei das Schönbrunner-Gelb. Deshalb würde man auch die Stadt gern Klein-Wien nennen. Naja, in Wien sind aber bestimmt nicht so viele Dächer kaputt, fügte sie traurig hinzu. Als sie am nächsten Tag durch die Stadt zur Festung gingen, ergriff Martin Freds Hand. Wie zufällig, aber mit Bedacht, nur kurz, aber lange genug. Sie blieben für zwei Nächte in der alten schönen Stadt im Banat und sahen sich noch die Kathedrale der Heiligen drei Hierarchen und die Sankt-Georgs-Kathedrale an. Dann fuhren sie fast 600 Kilometer bis Bukarest und mit einem kurzen Übernachtungsstopp ging es anderntags weiter bis zur bulgarischen Grenze. Sie überquerten die Grenze hinter Giurgiu und fuhren über die große Brücke über die Donau hinein ins Tal der Rosen nach Rousse. Beide hatten nach der anstrengenden und langen Fahrt eine längere Pause nötig und beschlossen, in dem kleinen Gasthof im Ort zu bleiben. Nachmittags aßen sie eine Art Kuchen, in den Käse eingebacken war. Das noch warme Gebäck schmeckte köstlich. Sie spazierten durch den kleinen Ort und schauten immer wieder auf Rosenbüsche. Überall gab es getrocknete Rosenblätter, Rosenwasser, Rosenseife oder Cremes mit Rosenduft zu kaufen. Fred kaufte zwei Flaschen Rosenwasser. Eine für Johanna und eine für Christine. Am übernächsten Tag fuhren sie bis nach Sofia. Hier war es sehr heiß. Die Stadt war sauber, aber fast menschleer. Nur hier in der Alexander-Newski-Kathedrale trafen sie eine kleine Gruppe Touristen aus Österreich.

Von Sofia aus war es nicht mehr weit ins Rila-Gebirge. Vielleicht 120 bis 130 Kilometer. Sie fuhren hinauf ins Gebirge und mussten ihre Geschwindigkeit den Straßenverhältnissen anpassen. Das Rila-Kloster lag im Westteil des Rila-Gebirges in einem

Tal zwischen zwei Flüssen, aber immer noch auf einer Höhe von mehr als 1.100 Metern. An der Nordseite des Tales hinter dem Kloster stiegen die Hänge bis hinauf auf über 2.700 Metern an. Hier lag der Maljowiza Berggipfel, er war die höchste Erhebung des Rila-Gebirges. Es war nachmittags als Martin und Fred das ehrwürdige orthodoxe Kloster erreichten. Sie schoben ihre Motorräder durch den Eingangsbogen. Ein Blick auf das Piktogramm am Eingang, ja, sie hatten lange Hosen und ein ordentliches Hemd an und konnten passieren. Der erste Eindruck war unbeschreiblich prächtig. Die typische Musterung, die Hell-Dunkel-Streifung der Gebäude, die Farbigkeit der Gemälde an den Wänden und das Bergpanorama im Hintergrund vermittelten eine Heiligkeit dieses Ortes, die jeden verstummen ließ. Ein Mönch, auf den sie auf dem Klosterareal trafen, zeigte ihnen einen dreigeschossigen Wohntrakt, in dem sich schätzungsweise 120 Zimmer befanden. Der Wohntrakt, mit seinen offenen Laubengängen, umzingelte die Hauptkirche. »Lass uns zuerst die Zimmer beziehen, dann erkunden wir das Kloster in Ruhe«, schlug Martin vor. Fred war müde, »gut,«, sagte er, »ich würde mich auch gern vorher waschen«. Ihre Zimmer, im zweiten Stock gelegen, waren einfach, aber sauber. Vom Gang aus hatten sie einen wunderbaren Blick auf die Kirche und die anderen Gebäude. Fred und Martin lehnten an der Brüstung und schauten hinunter auf den felsigen Klosterhof. Wir haben es geschafft, wir sind im Rila-Kloster angekommen. Zwei Männer, die froh waren, ihr Ziel erreicht zu haben, schauten sich stolz an. »Also gut, in einer Stunde in der Hauptkirche«, schlug Martin vor. Fred stimmte zu und verschwand in seinem Zimmer. Er legte sich auf sein Bett und schloss für einen Moment die Augen. Er war so glücklich und gleichzeitig unendlich traurig, weil er wusste, dass diese wunderbare Zeit mit Martin vorbeigehen wird. Und dann?, fragte er sich, stand schnell auf und ging duschen.

Die Hauptkirche, die Kirche der Sweta Bogorodiza, war ein imposantes Bauwerk. Fünf Halbkuppeln und an den Seiten zwei Kapellen. Wände und Decken waren prächtig mit Fresken verziert, dazu eine monumentale Ikonostase. »Ich habe gelesen«, sagte Fred, »dass der Maler Sachari Sonograf diese Ikonen gemalt hat. Er lebte bis 1853 und war nicht nur ein bekannter Maler, sondern er setzte sich auch dafür ein, dass im Gottesdienst die bulgarische Sprache gesprochen wurde. Das war die Zeit der nationalen Wiedergeburt in Bulgarien. Dazu gehörte auch der Geistliche Neofit Rilski, der sogar für eine unabhängige bulgarische Kirche gekämpft hatte. Neofit hat den Bulgaren ihre erste Grammatik gegeben. Er war es auch, der die Klosterschulen reformierte und den Unterricht säkularisierte. Das war der Beginn des Schulwesens in Bulgarien. Neofit starb Ende des 19. Jahrhunderts als Aufklärer und Geistlicher, mehr weiß ich leider nicht mehr«, endete Fred.

In der Kirche war es angenehm kühl. Fred schien es, als würden die Wandmalereien im Narthex, der Vorhalle der Kirche, aus verschiedenen ikonografischen Techniken und ikonografischen Stilen bestehen. Das Gold bestimmte alle Farben. Es lag schwer auf den Bildszenen, die Pracht fesselte den Betrachter. So viel Gold. So viel Glanz. Fred ging hinaus. Er setzte sich auf eine Bank im Schatten und wartete auf Martin. Es war ihm heute zu viel. Die anstrengende Fahrt über die Serpentinen hier herauf und dann die Hitze hier oben. Er schloss die Augen und sah in Gedanken die Ikone mit dem Abendmahl. Das Abendmahl, erinnerte er sich, diese Ikone gefiel ihm. Die zwölf Jünger saßen mit ihrem Herrn in einer lockeren Runde um einen Tisch herum. So, wie eben Männer an einem Tisch sitzen. Jeder schwatzt mit jedem. Eine fröhliche Gemeinschaft. Da erinnerte sich Fred wieder an Christines bevorstehende Hochzeit und die mögliche Begegnung mit Johanna. Es würde euch beiden Frauen hier auch gefallen, dachte er plötzlich. Ob ich Johanna von hier schreiben sollte. Die Idee gefiel ihm. Er ging hinüber zum Kiosk und kaufte eine Postkarte vom Rila-Kloster. Dann kam Martin mit dem Fotoapparat in der Hand. »Ich habe Hunger und trinken wäre auch gut«, rief er Fred zu. »Ja, ich bin auch hungrig, lass uns ins Hotel gehen und dort etwas essen.« Sie gingen ins Hotel und stellten fest, dass es schon nach fünf Uhr war und eigentlich auch schon Zeit, Abendbrot zu essen. Fred bestellte sich ein Bier und Martin ein Pilsner. Sie saßen am Fenster und schauten auf den Klosterhof. Es waren immer noch Touristen auf dem Klostergelände, obwohl die letzten Busse vor wenigen Minuten abgefahren waren. Die Touristen saßen in der Sonne oder schrieben an den Tischen Postkarten nach Hause. »Ich bin heute zu kaputt, lass uns den Verteidigungsturm und das Museum auf morgen verschieben und die anderen Gebäude mit den unzähligen Wand- und Deckenmalereien könnten wir uns dann übermorgen vornehmen.« Martin war mit dem Vorschlag einverstanden. Sie bestellten ein typisch bulgarisches Abendessen, von dem sie nur wussten, dass es sich um Kraut, Fleisch und Käse handelte. Es schmeckte gut, aber es war für die hungrigen Männer zu wenig. Danach bestellten sie noch eine Flasche Rotwein und für jeden noch eine Portion. Beim Rotwein erzählte Martin, dass das Kloster eine Gründung sei, die auf den heiligen Iwan Rilski zurückgehe. Dieser hat als Einsiedler von 846 bis 940 nach Christus hier in einer Höhle gelebt. Seine Jünger erbauten zu seinem Gedenken das Kloster, das aber im 19. Jahrhundert fast vollständig verbrannte. Nur der steinerne Turm, ehemals der Verteidigungsturm, blieb erhalten. Das Kloster wurde nach dem Brand wieder aufgebaut. Deshalb sind die Ikonenbilder und die Wand- und Deckenfresken auch aus der Zeit der nationalen Wiedergeburt Bulgariens. Der Heilige Iwan Rilski war und ist der Schutzpatron der Könige. Ferdinand I. war ein Wettiner aus dem Hause Sachsen-

Coburg. Er lebte von 1861 bis 1948. Von 1908 bis 1918 war er Zar in Bulgarien. Er war der erste bulgarische Zar nach der Beseitigung der Osmanischen Fremdherrschaft. Vor ihm war Bulgarien lediglich als Fürstentum eingestuft und wurde von Fürst Alexander dem I. regiert. Ferdinands Sohn Boris der III. lebte von 1894 bis 1943. Er regierte als Zar von 1918 bis 1943. Sein Sohn Simeon der II. wurde 1937 geboren und war der letzte Zar in Bulgarien. Er regierte von 1943 bis 1946.« –»Was ist nun aus dem Bemühen geworden, eine eigene bulgarische Kirche zu errichten?«, fragte Fred. »Nach 500 Jahren osmanisch-türkische Fremdherrschaft erließ der Sultan ein Dekret, dass Bulgarien zu einem Exarchat erklärte. Damit wollte der Sultan die Einflüsse des Patronats der griechisch-orthodoxen Kirche von Konstantinopel zurückdrängen. Aus diesem ehemaligen bulgarischen Exarchat wurde die bulgarisch-orthodoxe Kirche.« Die Männer prosteten sich zu. »Ich bin beeindruckt, was du alles über Bulgarien weißt«, gab Fred offen zu. »Was oder wer steckt dahinter?« Martin lächelte verschmitzt. »Na, eine Frau, was denkst du denn«, sagte er fröhlich. »Irina war Studentin in Chemnitz und ihr Hobby war bulgarische Geschichte. Da musste ich mich ins Zeug legen, um mithalten zu können«, sagte Martin. »Wieso weiß ich von Irina nichts?«, fragte Fred. »Weil ihr Professor sich auch ins Zeug gelegt hat, und sie entschied sich für ihn.« Fred hatte genug gehört. »Komm lass uns schlafen gehen«, schlug er vor.

In seinem Zimmer setzte sich Fred an den Tisch und schrieb die Postkarte an Johanna.

Liebe Johanna, ich bin hier im Rila-Kloster in Bulgarien und bestaune die wunderbaren Wand- und Deckenfresken. Rila ist ein großartiges Kloster. Ich erinnere mich, du hattest auch einmal davon berichtet. Ich freue mich auf unser Treffen zu Christines Hochzeit. Liebe Grüße Dein Fred.

Warum habe ich nicht geschrieben, ich muss mit dir reden. Ich bin ein Idiot, dachte Fred. Ach, Johanna, du bist eine so liebenswerte Frau, aber für mich kannst du immer nur eine gute-beste Freundin sein. Verzeih mir, du Liebe. Fred legte sich auf das Bett, aber er konnte nicht einschlafen. Alle Gedanken hießen Martin. Was hatte er denn von einer Reise mit Martin erwartet?, fragte er sich. Martin, seine Gedanken kreisten immer wieder um ihn. Ich habe es bisher nicht geschafft, ihm meine Gefühle zu zeigen, jetzt macht es auch keinen Sinn mehr. Martin würde mich nicht verstehen und ich würde unsere Freundschaft zerstören. Martin und eine Irina, dieser Gedanke schmerzte ihn. Warum hat er nichts davon erzählt und warum habe ich nichts gemerkt? Fred wälzte sich im Bett, aber er konnte nicht einschlafen. Als eine Glocke schlug, stand er auf und ging hinunter zur Hotelbar und bestellte sich einen doppelten Wodka. Dann das Gleiche noch einmal. Es schmeckte furchtbar, aber es benebelte die Sinne.

Beim Frühstück am nächsten Tag saßen sie sich wortlos gegenüber. Es war schon nach zehn Uhr. Fred kaute nach einer Viertelstunde noch immer auf dem gleichen Brötchen herum. Da fragte ihn Martin: »Bist du krank?« – »Nein, ich habe nur einen Wodka-Kater«, antwortete Fred müde. »Ach so, du hattest das Vergnügen und ich mache mir jetzt Sorgen. Ich konnte auch nicht einschlafen und hatte kurzzeitig in Erwägung gezogen, noch einmal an die Bar zu gehen«, erklärte Martin. »Aber dann hat die Faulheit gesiegt. Ich wollte mich nicht noch einmal anziehen. Wir gehen es heute langsam an und machen heute Nachmittag ein Ausnüchterungs-Mittagsschläfchen.« – »Einverstanden« sagte Fred und trank die dritte Tasse mit schwarzem Kaffee.

Um elf Uhr brachen sie schließlich auf. Fred war immer noch sehr einsilbig, er hatte kein einziges Mal beim Frühstück gelacht, aber seine gewohnte gute Laune war zurückgekommen. Sie liefen zum Verteidigungsturm, der aus dem 14. Jahrhunderts stammen sollte, und besichtigten den angebauten Glockenturm, Dann gingen sie hinüber zum Ostflügel. Hier war das Museum. Sie sahen die alten Waffen der einstigen Klosterwachen, Urkunden bulgarischer Zaren, Schmuck, Münzen und natürlich eine Vielzahl an sakralen Gegenständen. Zum Schluss gingen sie noch in die Ikonenausstellung. Die Ikonen waren Geschenkgaben anderer Klöster. Während Martin sich die umfangreiche und an Pracht nicht zu überbietende Ikonenausstellung ansah, betrachtete Fred das sehr besondere, aber gar nicht allzu große Kreuz. Vielleicht war es ein Meter mal einen halben Meter, schätzte Fred. Raffails Kreuz, las er auf der Erläuterungstafel daneben. Und weiter las er, dass darauf 104 religiöse Szenen dargestellt wurden und sich insgesamt auf dem Kreuz 650 Kleinfiguren befanden. Fred bestaunte diese Meisterleistung der Handwerkskunst. Er hat es für seinen Gott geschaffen, so wie Gott ihm die Fähigkeit dazu gegeben hatte. Die Vollkommenheit liegt im Gleichklang der Reziprozität. Sucht nicht auch die Liebe diesen Gleichklang, sinnierte Fred.»Ich gehe hinaus und warte am Kiosk auf dich«, sagte er zu Martin und verließ das Museum.

Vom Kiosk aus schaute er auf die unzähligen Gebäude auf dem Klosterareal, die alle bunt waren und die meisten waren vollständig mit Wand- und Deckenfresken bedeckt. Auf den Bildern waren Alltagsszenen aus den Evangelien dargestellt. Fred konnte sich nicht sattsehen. Er suchte sich einen Tisch im Schatten aus und bestellte sich am Kiosk einen Kaffee. Die Hitze, die vielen Eindrücke und die Müdigkeit der letzten Nacht überfielen ihn. Er schloss die Augen und seine Träume wanderten hinaus aus dem Kloster. Die Straße entlang, hier an der Gabelung hatten sie gehalten und pausiert, hier hatten sie gehalten und Martin hatte seinen Reifen kontrolliert, in dem alten Wirtshaus in Temeschburg hatten sie einander berührt und angesehen. Fred hatte damals Mühe, seine Gefühle nicht zu verraten. Seine Gefühle, sie sind ihm auf der

Reise bleischwer geworden. Sein Kopf riet ihm zur Vernunft. Bekannte Gedanken wiederholten immer wieder die gleichen Sätze, du bist mit ihm zusammen, ihr habt Freude zusammen, ihr erlebt wunderschöne Eindrücke. Vielleicht gibt es nicht mehr Glück auf dieser Erde für mich, zischte ein Gedankensplitter durch sein Gehirn. Ich will es annehmen, so wie es mir geschenkt wird, und ich will dankbar sein, beschloss Fred und stand auf, ging zum Briefkasten, warf die Postkarte für Johanna ein, und suchte Martin. Der war bei den Motorrädern. Als er ihn sah, hatte er schmutzige Hände und eine Hand hatte auch seine Hose schmutzig gemacht. Seine Stirn zierte ein schwarzer öliger Streifen.»Du hast einen Platten vorn und ich weiß noch nicht, was der Grund dafür ist«, sagte Martin, und wischte sich noch einmal mit der schmutzigen Hand den Schweiß von der Stirn.»Komm, lass uns zusammen noch einmal nachsehen.« Martin hatte schon das Vorderrad genau inspiziert, hatte aber keinen Reifenschaden entdecken können.»Dann ist es vielleicht das Ventil«, sagte Fred.»Ersatzventile habe ich einstecken, ich hole ein neues Ventil, vielleicht haben wir Glück«, entgegnete Martin. Sie setzten ein neues Ventil ein und pumpten abwechselnd das Vorderrad mit der Luftpumpe auf. Das war sehr mühsam. Martin fragte einen Busfahrer nach einer Tankstelle, aber der winkte nur ab. Als ihm Martin zwanzig Mark gebe wollte, sagte er *Pneu hier* und verschwand mit dem Zwanzig-Markschein. Wenig später brachte er einen Kompressor, der vermutlich fünfzig Jahre alt war, und obwohl die Anschlüsse auch nicht so richtig passten, füllte sich der Motorradreifen allmählich mit Luft.

»Wir sollten morgen einen Ausflug machen und die nächste Tankstelle ansteuern«, schlug Martin vor. Fred überlegte, »ich habe im Prospekt auf unserem Zimmer gelesen, dass es hier in der Umgebung noch fünf Kleinklöster und Metochien gibt, die zum Rila-Kloster gehören. Vielleicht können wir das mit der Tankstelle verbinden. Also brechen wir morgen früh auf, zuerst die Tankstelle, dann die Besichtigungen.« –»Dann sind wir für die Rückreise übermorgen gut vorbereitet. Ich würde mir gern noch das Grab des Heiligen Iwan von Rila anschauen und auch die Einsiedelei des Heiligen Urs und, wenn wir sie finden, auch noch die Friedhofskirche«, bat Martin. Sie waren sich einig.

Am nächsten Tag brachen sie mit ihren Motorrädern auf. Wie es schien, hatte die Luft im Vorderrad gehalten.»Vielleicht war es wirklich nur das Ventil«, sagte Fred.»Lass uns heute vorsichtig fahren, bis wir an der Tankstelle waren und wissen, was mit deinem Reifen ist«, riet Martin. Ich habe heute ein komisches Gefühl, dachte Fred und setzte sich den Helm auf.»Ich fahre vor und wenn wir wegen der Serpentinen nicht auf Sicht fahren können, warte ich wie üblich an der nächsten Abzweigung«, rief Martin seinem Freund zu.»Gut, so machen wir das«, bestätigte Fred. Martin fuhr los, seine rote Maschine leuchtete zwischen den Bäumen hindurch den Berg hinab und verschwand bald. Fahre vorsichtig, du lieber Martin, mein Lieber, dachte Fred und stieg auch auf. Fred fuhr in die erste Kurve hinunter und hatte das Gefühl, das die Maschine schlingerte. Dann kam eine lange Gerade und Fred glaubte seine Sicherheit auf dem Motorrad wiedergefunden zu haben. Kurzzeitig sah er Martins rote Maschine zwischen den Bäumen vor der nächsten Kurve, dann verschwand sie mit der Straße nach rechts. Es kam eine langgezogene leicht fahrbare Rechtskurve, danach ging es steil bergab. Fred nahm die Geschwindigkeit zurück, aber das starke Gefälle drückte ihn und die Maschine den Berg hinab. Etwas stimmte mit dem Motorrad nicht. Ist es nur das Gefälle, überlegte er und Unsicherheit breitete sich in seinem Innern aus. Er musste mit Martin reden. Martin, wo war er nur. Fred kämpfte sich mit dem Motorrad in die nächste Kurve hinab. Doppelkurve oh, stöhnte er. Er konnte das Motorrad kaum noch halten. Martin hilf mir, flehten die angstvollen Gedanken. Martin. Seine Hände waren schweißnass und das Herz raste. Angst kroch in alle Zellen und zündete ein Feuer an. Als würde das Blut in seinen Adern kochen, pulsierte die Hitze durch seinen Körper. Alle Sinne erkannten in diesem Augenblick das Unabwendbare, das, was jetzt gleich geschehen würde. Freds Zeit stand still. Es war die Zeit zwischen Leben und Tod. Dann gab es keine Zeit mehr. Das Schicksal war gnadenlos, es gab kein Entrinnen. Ein letzter Gedankenblitz, der Martin hieß, raste durch vertraute alte Gedankengänge und brachte wohltuende Wärme und ewige Ruhe. Er hörte nichts, er sah nichts, unwirklich streifte ihn die nasskalte Bergluft. Alles Denken und Hoffen waren zu Ende. Das Universum hüllte ihn ein wie eine verlorene Erkenntnis. Die göttliche Harmonie dieses Morgens in den Bergen war nicht gestört worden. Die Vögel hörten nicht auf, ihre Lieder zu singen, die Grünfarben der Büsche, Bäume und Sträucher vermischten sich unablässig weiter mit dem Graublau des Himmels und die Wolken verließen nicht ihre Bahn. Der Wind mischte bekannte mit unbekannten Geräuschen und trug sie eilig fort zum Horizont. Der Wind, er hatte Fred umhüllt, aber er konnte ihn nicht seinem Schicksal entreißen. Nichts schien in dieser wunderbaren Schöpfung geschehen zu sein und doch war eine ganze wunderbare Menschenwelt zerbrochen.

Fred war mit seinem kaputten Motorrad hinabgestürzt in die Tiefe und war auf einem Felsen aufgeschlagen. Er hatte hier im Rila-Gebirge sein Ende gefunden. Von seiner Liebe und seinen Träumen war nur noch in dem Rauschen der alten Bäume zu hören, die bis zum großen Felsen weit unten, dicht beieinanderstanden.

Was ist denn los, wo bleibt Fred denn, hat er gehalten und musste in die Büsche? Martin schaute auf die Uhr, wenn er in zehn Minuten nicht hier ist, fahre ich zurück. Die Minuten vergingen unendlich langsam. Fred kam nicht. Es war kein Geräusch auf der Straße zu hören. Kein Fahrzeug kam. Martin wendete seine Maschine und fuhr langsam zurück. Sein Gespür sagte ihm, dass irgendetwas nicht stimmte. Es war kein Verkehr auf der Straße. Die Kurven fuhren sich gut, fand er. Sie waren schmal, aber gut instandgesetzt. An der nächsten Straßenverbreiterung, einer Begegnungsstelle für Autos, hielt er wieder an und lauschte. Nichts. Die Vögel sangen ihre Lieder, ohne auf ihn zu achten. Martin hatte angehalten, war abgestiegen und wartete. Nach einigen Minuten stieg wieder auf seine MZ und fuhr zurück in Richtung Rila-Kloster. Dann, hinter der nächsten Kurve, mitten in der engen Doppelkurve, sah er die frische Bremsspur, die Richtung Abhang führte. Martin war schweißgebadet, als er das Motorrad an der Seite abstellte und zum Abhang ging. Er schaute in die traurige Gewissheit, dass Fred mit seinem Motorrad verunglückt war. Fred war in den Abgrund gestürzt. Durch die Büsche und zwischen den Bäumen hindurch leuchtete das Azurblau seines Motorrades, als wäre ein Stück vom Himmel auf die Erde gefallen. Martin suchte mit den Augen den Abhang ab. Er rief Freds Namen. Er versuchte ein Stück den Abhang hinunterzukriechen, in der Hoffnung, Fred zu finden. Es gab hier aber keinen Halt, außer an einzelnen Büschen oder Wurzeln. Er rief und brüllte schließlich Freds Namen in das grüne Dickicht unter ihm. Dann kroch er langsam wieder nach oben. Wo bist du, aber er konnte Fred von oben nicht sehen. Tränen der Ohnmacht liefen über sein Gesicht. Was sollte er tun? Angst, Trauer, Schuld und Verzweiflung lagen wie Steine in seinem Magen, seine Gedärme waren wie Fremdkörper und die Nerven drohten zu zerreißen. Ich weiß nicht weiter, weinte er lautlos vor sich. Er entschloss sich, ins Kloster zurückzufahren und Hilfe zu holen.

Am späten Nachmittag dieses Tages wurde Fred tot geborgen. Die Polizei kam und ermittelte, aber der Sachverhalt war eindeutig und die Bremsspuren belegten es. Tödlicher Unfall in einer

Doppelkurve. Das Protokoll wurde geschlossen und Fred wurde beerdigt. Martin lief hinter dem Grab seines Freundes her. Wenn ich das Motorrad für ihn nicht besorgt hätte, wenn ich die Maschinen heute getauscht hätte, wenn ich ihm wenigstens gesagt hätte, was er für mich bedeutet. Alle Gedankensätze in seinem Kopf fingen mit ›Wenn ich‹ an. Er legte einen Strauß weißer Lilien auf Freds Grab. Als er sein Taschentuch aus der Tasche zog, um sich den Schweiß von der Stirn zu wischen, spürte er in der Hosentasche den Ersatzschlüssel für Freds Motorrad. Er nahm ihn heraus und legte ihn zu den Blumen auf Freds Grab. Adieu Fred, mehr Worte fand Martin nicht.

Martin fuhr nach Hause. Auf dem langen einsamen Weg zurück erkannte er, wie wenig er von seinem Freund wirklich gewusst hatte, obwohl sie sich seit der Schulzeit kannten und seit dieser Zeit auch befreundet waren. Er weinte als er durch Bulgarien fuhr, als er durch Rumänien fuhr und weit bis nach Ungarn hinein. Dann versuchte er sich zu erinnern, aber sein Herz schmerzte und suchte immer wieder eine Schuld. Gibt es eine Schuld bei mir?, fragte er sich. Plötzlich dachte er an das alte Wirtshaus in Temeschburg und es war wie ein Hauch Liebe, der ihm dort begegnet war. Liebe, hieß die Erkenntnis. Er trauerte um seinen verlorenen Freund und um eine Erinnerung an Liebe.

In der ersten Septemberwoche erhielt Johanna Freds Postkarte aus dem Rila-Kloster aus Bulgarien. Ihr Herz jubelte. Er freut sich, mich wiederzusehen. Wird er mir sagen, dass er für mich etwas empfindet?, überlegte sie. Vielleicht nennt er es Zuneigung? Johanna träumte, ja, Fred wäre ein wunderbarer Mann. Es sind nur noch sechs Wochen bis Christines Hochzeit, dann sehe ich ihn. Sie war verliebt und jeder Herzschlag hieß von nun an Fred.

In der darauffolgenden Woche rief abends Christine bei Johanna an. »Weißt du, was ich gerade erfahren habe?«, fing sie gleich zu erzählen an. »Die Angelika, die auch Lehrerin in Freds Schule ist, hat erzählt, dass Fred im Urlaub tödlich verunglückt ist und in Bulgarien beigesetzt wurde.« Johanna hörte zu, aber das Gehörte erreichte nicht ihren Verstand. Ihr Herz schrie auf. Nein, nicht Fred. Alles in ihr wehrte sich gegen das eben Gehörte.»Lass uns in Ruhe am Wochenende darüber reden, wenn du mit Katharina kommst«, beendete Christine das Gespräch und legte rasch den Hörer auf.

Johanna setzte sich an den Tisch in der Küche und es war ihr, als würden alle inneren Organe gleichzeitig versagen, sie war wie gelähmt, unfähig zu denken, zu atmen und zu leben. Fred, warum er?, schrie es aus ihrer Seele. Aber das Schicksal blieb stumm, ohne Worte und ohne Erkenntnis. Ihr Traum hatte ein jähes Ende gefunden. Das Universum fragt nicht und antwortet nicht. Das Universum schenkt und nimmt, es ist hell und dunkel und wunderschön und pechschwarz. Es ist alles.»Fred, ich habe mich so auf dich gefreut«, sagte Johanna. Dann stand sie auf und ging hinüber ins Kinderzimmer. Katharina machte ihre Hausaufgabe, »soll ich dir helfen?«. –»Ach nein, Mutti, ich schaffe das schon allein«, sagte das kleine Mädchen.»Mit wem hast du in der Küche geredet Mutti?«, fragte sie neugierig.

Neuanfang

Christines und Alexanders Hochzeit wurde ein schönes Fest. Christines Freundinnen und die Kollegen aus dem Studio waren gekommen, Alexanders Freunde aus der Schulzeit aus Sachsen waren angereist, seine Kollegen aus der Uni und die Mitglieder aus seiner Band waren erschienen und beide Familien komplettierten die große und fröhliche Runde. Nur Johanna konnte sich nicht in den Trubel einbringen. Sie dachte an Fred, und überlegte zum hundertsten Mal, wie die Begegnung mit ihm heute abgelaufen wäre und worüber sie sich unterhalten hätten. Am Nachmittag wollte sich Johanna verabschieden, denn die Erinnerung an Fred gehörte nicht hierher. An der Tür sprach Peter sie an. Peter war ein Freund von Alexander.»Wohin willst du?«, fragte er.»Ich gehe nach Hause,«sagte Johanna bestimmt.»Kann ich dich ein Stück begleiten, mir ist das hier auch zu laut und etwas zu fröhlich.«Sie gingen beide die Bergstraße entlang und in der Brunnenstraße wollte Johanna in eine Straßenbahn steigen. Während sie schwieg und ihren Gedanken an Fred nachspürte, erzählte Peter von seinem wichtigen Job im Sankt-Georg-Krankenhaus in Leipzig. Er erzählte, was er für Aufgaben dort hätte, und wie er Job und Weiterbildung zum Facharzt unter einen Hut bringen müsse, da blieb Johanna plötzlich stehen, schaute ihm ins Gesicht und fragte,»was willst du mir wirklich erzählen?«.»Ich weiß es nicht, aber ich wollte dir imponieren«, gab er ehrlich zu. Sie lachten beide.»Warum bist du nicht länger geblieben?«, wollte Peter wissen.»In diese Runde gehörte noch ein Freund, aber der ist in diesem Sommer tödlich verunglückt, ich musste an ihn denken«, sagte Johanna kurz angebunden.»Er war dir sehr wichtig. Es schmerzt noch, oder?«Johanna erwiderte nichts darauf. Sie gingen eine Weile wortlos nebeneinanderher.»Hast du ihn geliebt?« –»Was geht es dich an«, wurde Johanna wütend.»Verzeih, ich wollte dich nicht verärgern und es war dumm von mir, mich einmischen zu wollen. Ich habe selbst genug Ärger.«Sie schwiegen wieder.»Kann ich dich zu einem Kaffee oder einem Eis einladen und mich entschuldigen?«, fragte Peter mit versöhnlicher Stimme.»Ja, das ist eine gute Idee, jetzt einen Kaffee zu trinken«, lenkte Johanna ein. Sie kehrten in das kleine Café in der Brunnenstraße ein. Peter bestellte zwei Kännchen Kaffee und zwei Stücke vom Frankfurter Kranz.»Du musst entschuldigen«, begann Peter die Unterhaltung,»wie du feststellen konntest, habe ich absolut kein Glück mit den Frauen. Ich habe eben eine Ehescheidung hinter mir und wohne bis zum nächsten Monat, dann bekomme ich hoffentlich eine Wohnung, bei meinen Eltern. Ich habe zwei Kinder, die ich auch nur selten sehen kann, weil ich entweder arbeite oder die Großeltern sie betreuen und sich immer einmischen oder meine Exfrau etwas gegen den Umgang mit mir hat. Eigentlich ist die Arbeit das Einzige, woran ich mich festhalten kann. So, mehr gibt es von mir nicht zu sagen«, schloss Peter seinen Satz. Johanna wollte nicht reden, sie wollte ihn nicht fragen, sie wollte nichts von ihm wissen. Warum erzählt er mir das?, fragte sie sich. Sie aß ihren Kuchen und schaute Peter an. Er war groß, hatte sehr dunkle Augen und schon leicht ergraute Haare, aber er hatte schöne Hände. »Ich möchte jetzt lieber allein sein«, sagte Johanna, stand auf und rannte zur Straßenbahn. »Darf ich dich anrufen«, rief Peter ihr hinter her. »Ja, kannst du«, und schon schloss sich die Tür der Straßenbahn hinter ihr.

Johanna suchte immer wieder nach Erklärungen und Antworten, fand sie aber nicht. Vielleicht besteht die Kunst des Lebens darin weiterzuleben, dachte sie schließlich. Weitergehen, nicht stehen bleiben, nach vorn schauen, den Horizont verschieben, reden und das Schweigen überwinden, lachen und die Traurigkeit zurücklassen. Fred hatte mich zum Leben ermuntert, vielleicht hatte er mich sogar zur Liebe ermuntert, dachte sie eines Tages.

Peter rief oft an. Dann kam die Zeit der Besuche. Meist fuhr Peter von Leipzig nach Berlin. In der dunklen Weihnachtszeit hatten sich Johanna und Peter besonders viel zu erzählen. Nach Weihnachten lernte Johanna Peters Eltern kennen, bei denen er immer noch wohnte. Sie hatte keine bestimmten Erwartungen, und mit besonderer Freundlichkeit hatte sie auch nicht gerechnet, denn Peter hatte manches von ihnen erzählt. Peter war ihr einziges Kind und es schien, dass es keine Schwiegertochter gäbe, die ihren Sohn verdient hätte. Der Besuch endete in einem Fiasko. Die Eltern wollten um jeden Preis verhindern, dass Peter und Johanna ein Paar würden. Sie befürchteten zu Recht, dass Peter die elterliche Enge verlassen und Johanna nach Berlin folgen könnte. Im Nachhinein betrachtet, war es vielleicht auch der Grund für Peter, sich für Johanna zu interessieren. Das klingt absurd, aber der Zuzug von Leipzig nach Berlin war zu DDR-Zeiten nicht so einfach möglich, wenn man keine Arbeit und keine Wohnung in Berlin hatte. Aber andererseits bekam man eine Wohnung nur, wenn man eine Arbeitsstelle in der Stadt hatte. Bei einer Heirat mit einer Berlinerin oder einem Berliner gab es diese Schwierigkeiten nicht. Peter zog eines Tages bei Johanna ein. Er bekam sogar bald eine gute Arbeit in der Charité. Peter war glücklich, er begann sogar Johanna zu lieben. Aber Johanna bemerkte, dass sie einen Fehler gemacht hatte. Katharina mochte den neuen Mitbewohner nicht und Peter konnte nicht mit Kindern umgehen. Sie vermittelte zwischen beiden und weckte Verständnis, wo keines vorhanden war, sie wollte Harmonie, aber Katharina störte jede Gemeinsamkeit. Dann erkrankte Katharina wieder. Der Smog in Ostberlin, besonders im Prenzlauer Berg, war an manchen Tagen für Katharina kaum auszuhalten. Die Bäume vor dem Haus verkümmerten und gingen langsam ein. Johanna und Peter beschlossen ins Berliner Umland zu ziehen, um der Luftverschmutzung und der deprimierenden Atmosphäre des Baumsterbens zu entkommen. Wenn Katharina in der Schule sagte, dass sie wegen des Smogaufkommens keine Luft bekam, erklärten ihr die Lehrer, dass sei reine Propaganda des Westens. Aber tatsächlich war die Luft stark verunreinigt. Peter und Johanna suchten im Umland nach einem Einfamilienhaus. Es gab zwar Häuser zu kaufen, meist von Menschen, die die DDR verlassen wollten, aber die Häuser waren viel zu teuer. Peter hatte kein Geld, weil er eine Scheidung hinter sich hatte und für zwei Kinder Unterhalt zahlen musste, und Johanna hatte nur wenig, weil sie immer allein für ihren und Katharinas Unterhalt sorgen musste.

Nach anderthalb Jahren fanden sie im Norden von Berlin, in Waldstätt, ein Häuschen, das winzig war, ein Zimmer mit Küche und zwei Bodenkammern, aber immerhin über einen Gasanschluss verfügte. Die jungen Leute, die verkaufen wollten, suchten eine Wohnung in Berlin. Vielleicht wollten sie untertauchen, aber Ende der Achtzigerjahre fragte man besser nicht so genau nach. Sie übernahmen mit Johannas Möbeln auch den alten Sekretär aus Naumburger Zeiten. Bei Peters Eltern borgten sich Peter und Johanna das fehlende Geld und kauften das Haus mit Grundstück. Bevor sie aber Berlin verließen, heirateten sie. Das für sie zuständige Standesamt befand sich im Berolinahaus. Unangenehme Erinnerungen überfielen Johanna, als sie mit Peter und Katharina das Gebäude betrat.

Im Frühsommer 1987 zog die kleine Familie in den Norden von Berlin – nach Waldstätt. Johanna musste an den Weinberg denken. Hier, in dem neuen Zuhause, würde sie graben für die Familie und für ihre gemeinsame Zukunft. Die Luft in Waldstätt war gut und Katharina fühlte sich hier wohl. Peter und Johanna machten Umbaupläne. Sie fanden im Ort einen Bauingenieur, der sie baulich betreute. Sie erhielten sogar einen Kredit und hätten den Umbau auch gut finanzieren können, aber Johanna und Peter waren in Baufragen absolute Laien. Peter interessierte sich nicht fürs Bauen und dachte, das macht der Bauingenieur allein, und Johanna ahnte nicht, welche Schwierigkeiten es geben würde, um Baumaterial zu beschaffen. Sie fanden einen Maurer, der ihnen alte Abriss-Mauersteine besorgte, mit denen er baute. Er brachte auch mal eine Ladung Zement und wollte Westgeld dafür. Irgendwie konnten sie das auch auftreiben. Dann endlich nach einem Jahr war mit den alten Mauersteinen ein Zimmer angebaut worden. Es fehlte nun an Stahlbetondielen, um die Decke über dem Zimmer zu schließen. Diese sogenannten Stolte-Dielen gab es natürlich auch nicht. Das Zimmer stand ohne Decke mona-

telang unfertig da. Dann besorgte der Bauingenieur diese Stahlbetondielen. Woher er sie hatte, wurde vorsichtshalber nicht er-
fragt. Die Bauarbeiten konnten weitergehen. Leider hatte er sich
vermessen und es fehlte zum Schluss noch eine einzige Diele. Die
fanden sie zufällig in Buckow auf dem Abrisshaufen hinter einem
Restaurant. Sie hatte zwar nicht die Maße, die sie brauchten, aber
sie nützte trotzdem. Johanna erkannte, dass Bauen in der DDR
nur möglich war, wenn man Beziehungen zu Baumaterial oder zu
Westgeld hatte oder bereit und fähig war, möglichst viel selbst zu
machen. Sie hatten keine Beziehungen, sie hatten kein Westgeld
und Peter war kein Handwerker. Er hasste das Haus und die Baumaßnahmen, er hasste den Garten, in dem außer Schuttbergen
nichts wuchs, er hasste das Nebengebäude, das einer alten Ruine
glich und sehnte sich zurück nach Berlin in die Stadt mit ihren
Restaurants und Theatern. Das Haus war Johannas Idee und es
war Johannas Fehler, an dieser Idee festzuhalten. Aber es gab
kein Zurück. Häufig wurde gestritten und ebenso oft wurde erkennbar, wie verschieden Peter und Johanna waren und wie verschieden auch ihre Zukunftsvorstellungen waren. Das angebaute
Zimmer wurde irgendwann fertig, und das vorhandene Wohnzimmer konnte sogar vergrößert werden. Es war nach zwei Jahren
Bauzeit fast gemütlich. Vor dem nächsten Winter sollte noch die
Garage fertig werden. Die Abrisssteine waren vermauert, es fehlte noch die Dacheindeckung mit Holz und Teerpappe. Johanna
fragte überall herum, wo sie denn Holz herbekommen könnte.
Sie fragte auch eine Frau in ihrer Straße, die ebenfalls baute und
die gerade eine Holzlieferung erhalten hatte. Die Frau hatte mit
Johanna Mitleid, sie lud sie auf eine Tasse Kaffee ein und erklärte, »dass sie für das Holz die Beine breitgemacht hatte«. Johanna war entsetzt. Die Frau merkte das und erklärte ruhig weiter,
»du kannst noch froh sein, wenn hinterher auch das Holz kommt
und du nicht verarscht worden bist.« – »Wie oft haben Sie das

gemacht?«, fragte Johanna unsicher. »Steine, Zement, Holz und Fliesen und bei den Fliesen hat er mich verarscht, das Schwein. Kindchen, sei nicht naiv, was hätte ich tun sollen? Wenn von dem Holz was übrig ist, könnt ihr es euch holen«, bot sie Johanna an. Johanna bedankte sich und versprach die Einladung zu erwidern. Dann ging sie nach Hause und überlegte. Es gab an diesem Abend keinen Streit. Peter hatte Bereitschaftsdienst in der Charité und würde nicht nach Hause kommen. Katharina hatte ihre Freundin mitgebracht und beide Mädchen spielten oben in Katharinas Dachkammer. Johanna musste an das Gespräch von heute Nachmittag denken. Sie war naiv gewesen, aber würde sie es schaffen, sich für eine Holzlieferung einem fremden Mann hinzugeben. Sie würden dann schnell fertig werden, aber diesen Ekel und diese unglaubliche Demütigung, würde sie das jemals vergessen können? Sie öffnete eine Flasche Wein, die erste, die nur für sie selbst gedacht war. Aber bevor sie sich ein Glas eingoss, machte sie schnell Abendbrot für die Kinder. Sie hatten gemeinsam gegessen, dann war die Freundin von ihrer Mutter abgeholt worden und Katharina war ins Bett gegangen. Johanna trank hastig das erste Glas Wein aus. Sie goss schon das nächste ein, aber sie konnte das Grübeln nicht abstellen. Nach zwei Stunden rief Peter an. Wie geht es dir?«, fragte er. Johanna erzählte, dass sie eine Flasche Wein geöffnet hatte, weil sie sich verlassen fühlte. »Trink sie aus und geh schlafen, vielleicht tut es dir gut«, sagte er. Sie konnte Peter nicht erzählen, was sie wirklich beschäftigte. Vielleicht sollte sie das Opfer doch bringen, seinetwegen. Aber ein Opfer gleicht immer auch eine Schuld aus, welche Schuld?, fragte sie sich. Würde ich ihn dann mehr lieben als jetzt? Würde er mich dann mehr lieben? Oder würde ich ihn dann hassen, weil ich es auch seinetwegen tat? Was könnte eine solche Tat Gutes hervorbringen? Johanna trank die ganze Flasche leer. Sie legte sich schlafen, aber die Unruhe in ihr trieb ihre Gedanken zu wilder Fantasie an. Ich gewinne eine Ladung Holz und ich verkaufe meine Seele. Ich opfere meine Selbstbestimmung, meinen Stolz und lass mich demütigen bis weit unter die Haut. Ich lass mich verletzten und mache mich unfrei. Nein, ich will es nicht. Ich will mich nicht verkaufen, weder für Silberlinge noch für Holz. In ihren alten Gedanken sagte etwas, das ist falsch, tue es nicht. Tue nichts Falsches. Ja, so einfach war es. Meine ureigenste natürliche Moral weist mir den Weg, zeigt, was in jeder zwischenmenschlichen Gemeinschaft gut oder schlecht ist. Meine ureigenste Stimme beschützt mich. Ich weiß es in diesem Augenblick. Dann schlief sie müde ein und hatte einen erholsamen Nachtschlaf. Von den Lobetaler Einrichtungen, in denen sie manchmal ausgeholfen hatte, bekam sie wenige Monate später eine Lieferung Schalbretter, die für das ganze Garagendach ausreichten. Da erkannte Johanna, dass es im Leben auch darauf ankommt, welche Methoden, welche Hilfe und welchen Weg man nutzt, um an sein Ziel zu gelangen. Ein guter Weg führt zu einem guten Ausgang. Kann man sich darauf verlassen, gilt das immer?, fragten lästige Überlegungen, die im Hinterkopf aufstiegen.

Waldstätt

Seit einiger Zeit lebten Johanna und Peter schon in Waldstätt. Für Peter war Waldstätt eine Schlafstadt. Johanna wollte jedoch hier leben. Dazu gehörte, dass sie die Menschen kennenlernte, die Einkaufsmöglichkeiten, die Natur, die den Ort umgab, aber auch, wo die Menschen hier arbeiteten und was sie taten. Der Ort hatte vielleicht 2.000 bis 3.000 Einwohner, aber den Eindruck einer Stadt, gab es nicht. Die Menschen wohnten in kleinen Siedlungen, die teilweise bis zu zwei Kilometer voneinander entfernt lagen. Begegnungsmöglichkeiten waren in einer Siedlung der Fleischer, in einer anderen der Bäcker und dann in Bahnhofsnähe ein Konsum und eine Gärtnerei mit Blumenladen, die Post und ein Industrieladen, vielleicht auch noch der Friedhof. Es gab einen Kindergarten und eine Schule. Das Angebot in den Verkaufseinrichtungen war, wie in der DDR überall, schlecht. Versorgungsengpass wurde das offiziell genannt und damit war der Sachverhalt schon fast nicht mehr so schlimm. Der Fleischer hatte nachmittags außer vielleicht Schmalz nichts mehr zum Verkaufen. Nicht, dass er vormittags prall gefüllte Regale gehabt hätte, es war so wenig, so dürftig, dass man sich daran gewöhnt hatte zu kaufen, was es gerade gab. Ebenso der Bäcker, ebenso der Konsum. Viele Menschen in Waldstätt waren genügsam, wie überall in der Republik. Sie kauften, was es gab, sie reisten dorthin, wohin es erlaubt war, sie glaubten und wählten, was ihnen gesagt wurde. Sie arbeiteten fleißig, aber an veralteten Produktionsmaschinen und mit häufigen Materialengpässen wenig effektiv. Dennoch wurden die hochwertigsten Konsumgüter in den Westen exportiert. Für die Menschen in der DDR, die ebenfalls hochwertige Waren kaufen wollten, blieben nur die Intershops, in denen man mit Westgeld bezahlen musste, und die sehr teuren Exquisit- und die Delikat-Läden. Es wurden neue Wohnblocks in neuen Stadtvierteln gebaut, aber die schönen alten Häuser im Zentrum verfielen schneller, als neuer Wohnraum entstehen konnte oder eine Modernisierung erfolgte. Toilette auf halber Treppe, dunkle und zu kleine Seitenflügel- oder Hinterhauswohnungen, fehlende Badezimmer und sanitäre Einrichtungen, Heizungsanlagen, die aus dem vorigen Jahrhundert stammten, kaputte Dächer und marode Wasser- und Abwasserleitungen waren der übliche Standard in der DDR.

Trotzdem übten sich die Menschen in der Öffentlichkeit in der Sprache der Partei und wiederholten propagandistische Formeln wie *Überholen, ohne einzuholen*. Sie sprachen vom Fortschritt und verbesserten Wohn- und Lebensverhältnissen für alle Menschen.

Sie glaubten trotz schlechter Versorgungslage bei den Gebrauchsgütern und Lebensmitteln an den unvermeidlichen Sieg des Sozialismus über den Kapitalismus. Viele Menschen bewegten sich folgsam und geduldig innerhalb dieses politischen Gebildes, viele junge Menschen, die nichts anderes kennengelernt hatten, zweifelten nicht einmal an der Richtigkeit dieses sozialistischen Weges. Viele hatten sich sogar eingerichtet in dem System, dem sie nichts, weder Kritik noch Streik noch Verweigerung oder Klage entgegensetzen konnten. *Das Schild und Schwert der Partei,* die Staatssicherheit, wachte über allem und über jedem. Das Recht war längst der Politik untergeordnet worden. Es war zu einem Instrument mutiert, das den Einfluss der allmächtigen Partei sicherte und die vermeintlichen Abweichler vom sozialistischen Weg bekämpfte. Gerichte und Staatssicherheit kontrollierten alle Bereiche der Gesellschaft. Die Staatssicherheit arbeitete weitgehend mit vergleichbaren stalinistischen Methoden.

In Waldstätt dominierte die riesige Kaserne der Bereitschaftspolizei. Sie war fast eine Siedlung in sich, abgegrenzt durch eine hohe Mauer und stabile Zäune. Sie war der Hauptarbeitgeber des Ortes. Das Gelände und die Gebäude, meist barackenähnliche Gebäude oder alte Eingeschosser, die von den militärischen Einheiten genutzt wurden, stammten zum größten Teil aus der Zeit des Nationalsozialismus. Ab 1939 waren hier in den Baracken und Häusern bis zu 3.000 Fremdarbeiter untergebracht, die in den Brandenburger Motorenwerken arbeiten mussten. Von den vier großen Wachtürmen an den Ecken der Kaserne aus konnte das ganze Gelände überblickt werden. Vermutlich stammten die Wachtürme ebenfalls aus der Nazizeit, aber die Bereitschaftspolizei nutzte sie ohne Skrupel weiter und bewachte schließlich die eigenen Soldaten. Wie damals in der NS-Zeit das Lager den Ort geografisch, wirtschaftlich und politisch beherrscht hatte, so beherrschte die Kaserne nun die Gemeinde. Die politischen

Ansichten, die in der Kaserne vertreten oder verbreitet wurden, machten an den Mauern nicht halt. Viele Offiziere und Vertreter aller Dienstgrade wohnten im Ort. Das bedeutete für alle anderen Dorfbewohner, dass immer Vorsicht geboten war, wenn man seine Meinung laut äußerte. Besonders, wenn beim Einkaufen die Wut zu groß wurde, hörte schon mal der Verkäufer einfach weg, um nicht ebenfalls in Gefahr zu geraten. Die Angst ging immer um. Vor jedem musste man sich in Acht nehmen, jeder konnte jedem gefährlich werden. Die Staatssicherheit war allgegenwärtig und für die Staatssicherheit zählte ein Menschenleben wenig. Schon das Wort Staatssicherheit machte Johanna Angst. Wie kann ein Wort Angst machen. Ein Wort? Das fragte sich Johanna immer wieder. Trotzdem hatte auch sie Angst, einem System ausgeliefert zu sein, in dem es für den Einzelnen keine Rechte gab. Sie kannte Pfarrer, die mutiger als sie, in der Öffentlichkeit die Missstände in Sachen Meinungsfreiheit oder Bildungsfreiheit anprangerten, die mutiger für den Umweltschutz protestierten, als sie sahen, dass in Berlin die Bäume starben, und die mutiger Reisefreiheiten einforderten. Aber Johanna wusste auch, dass diese Pfarrer geschützter waren als sie und jeder andere Bürger. Denn wäre ein Pfarrer verhaftet worden, hätten seine Verwandten oder Freunde oder die Kirche in der Bundesrepublik ihn freikaufen können. Er wäre in den Westen übergesiedelt und seine Familie wäre später hinterhergekommen. Nicht so bei einem normalen Bürger, der keine Kirche hinter sich hatte. Der wäre mundtot gemacht worden durch Verhaftung und Gefängnis und seine Familie wäre gebrandmarkt gewesen.

Ab Mitte der Achtzigerjahre, seit sie Steffi kannte, wurde Johannas politscher Instinkt besonders geschärft. Sie sah genauer hin, wenn sie von Berlin in ihr Heimatdorf nach Thüringen über Eisleben und Sangerhausen fuhr. Sie sah, wie der Raubbau an der Natur ausgeweitet wurde, Die Tagebaue für die Braunkohle immer größer wurden. Die Abraumhalden in den Himmel wuchsen. Mitteldeutschland blutete aus. Sie sah und roch es, die alten Chemieanlagen in Leuna und Bitterfeld, die kaum mehr als Ruinen waren, mussten Höchstleistungen erbringen. Wenn sie mit dem Zug vorbeifuhr, sah sie die zahllosen Fabriken der Industrieanlagen von Leuna, die nicht einmal mehr Fensterglas in den Fenstern besaßen. Sie hörte auf die Zwischentöne im Ostfernsehen und war sich sicher, wo die Arbeitsleistungen angeblich am größten waren, waren die Umwelt und die Luft und damit auch die Menschen, die dort wohnten, besonders gefährdet. Das Leben der Werktätigen war geprägt von Öffentlichkeit. Fast alle Bürger waren vollbeschäftigt, das bedeutete, sie arbeiteten acht Stunden plus eine Dreiviertelstunde Pausenzeiten, also Achtdreiviertelstunden täglich in der Fabrik oder im Betrieb. Dazu kamen täglich zwei Stunden für An- und Abfahrt. Daraus folgt täglich zehn Stunden Arbeit, eine Stunde Kinder abholen und eine Stunde einkaufen, dann den Haushalt erledigen, das ergab für die meisten Frauen eine wöchentliche Arbeitsbelastung von ungefähr siebzig Stunden. Die Zeit für das geforderte ehrenamtliche oder gesellschaftliche Engagement kam noch obendrauf. Trotzdem war erkennbar, dass die Wirtschaft des gesamten Landes seinen kontinuierlichen Niedergang erlebte. Johanna redete häufig mit den Menschen in ihrer Nachbarschaft. Die meisten teilten ihre Meinung, schwiegen aber. Dieses kleine Land mit seinen fleißigen Männern und Frauen und seinen veralteten Industrieausstattungen konnte die große NVA, den riesigen Parteiapparat und das ganze System der Staatssicherheit nicht mehr länger finanzieren. Es war ein zu großes Ungleichgewicht entstanden zwischen denen, die die Leistungen erbrachten und denen, die davon lebten. Das sich trotz der offenkundigen wirtschaftlichen Misere die DDR noch am Leben hielt, lag einzig am Fleiß, an der Geduld und an der Bescheidenheit der meisten Männer und Frauen.

Als sich Peter und Johanna vor zwei Jahren ihr Haus aussuchten, ahnten sie nichts von den Konflikten, die eine militärische Formation zu DDR-Zeiten ausstrahlte. Peter war bei den Thomanern, hatte danach gleich studiert und promoviert und war anschließend für die Musterung und Einberufung zur Nationalen Volksarmee zu alt gewesen. Johannas Erfahrung mit dem Staatsapparat war die Begegnung mit der Schokoladen-Mitarbeiterin im Berolinahaus. Sie beide hatten keine Vorstellung, was die Bereitschaftspolizei überhaupt für Aufgaben hatte und wie sie aufgebaut war. Bereitschaftspolizei klingt wie Polizei, dachte Johanna und Polizei ist nichts Schlechtes. Falsch gedacht, wie sie wenig später erfuhr.

Die Bereitschaftspolizei, kurz BP genannt, war, wie zum Beispiel die Nationale Volksarmee, die Grenztruppen und das Wachregiment »Feliks Dzierzynski«, ein Teil der kasernierten Einheiten des Ministeriums für Inneres. Sie gehörten alle zu den bewaffneten Organen der DDR und dienten in territorialen Bereichen der Landesverteidigung. Insgesamt gab es in der DDR einundzwanzig Bereitschaftspolizei-Einheiten. Davon waren sechs um Berlin herum stationiert. Jede Einheit war strukturiert mit einem Kommandeur und seinen Stellvertretern, Politologen, Stab, Versorgungsdiensten und Einheiten. Daneben gab es den Parteisekretär, den FDJ-Sekretär und einen Abwehroffizier des Ministeriums für Staatssicherheit. In der BP in Waldstätt waren zwei Schützenkompanien, eine Schützenpanzerkompanie, eine schwere Kompanie mit Artillerie, Fliegerabwehr und Panzerabwehr, eine Stabskompanie mit Aufklärungszug, Pionierzug, Nachrichtenzug und Transportzug stationiert. Das alles hatte nichts mit Polizei zu tun, aber das wusste niemand so genau.

Immer wieder wurde besonders den Wehrpflichtigen eingeredet, dass es eine Bedrohung der DDR durch den Westen gäbe. Immer wieder wurde durch die Propaganda verbreitet, dass der

Imperialismus des Westens den Sozialismus und seine Menschen bedrohen würde. Johanna glaubte den Parolen schon lange nicht mehr. Was Eduard von Schnitzler in seiner Sendung sagte, war für sie reine Propaganda. Sie ließ sich nichts einreden, was ihr Gewissen nicht guthieß. Dumme Parolen, wie *Wir wollen, dass jedes Kollektiv das »Beste Kollektiv« ist*, ärgerten sie maßlos, weil sie sich verdummt vorkam. Es gab nur Superlative, nur Erfolgsmeldungen, während die ganze Wirtschaft vor dem Zusammenbruch stand. Es gab die ständigen Versorgungsengpässe, die jedermann spürte. Kubanischen Orangen waren eben keine Alternative zu Mandarinen, Apfelsinen, Ananas und Pfirsichen. Jeder denkende DDR-Bürger hätte sich spätestens ab Mitte der Achtzigerjahre politische, wirtschaftliche und gesellschaftliche Reformen gewünscht. Die Menschen hätten sich mehr Freiheit bei der Meinungsbildung, bei der Meinungsäußerung und beim Reisen gewünscht. Die Menschen wollten sich nicht mehr bevormunden lassen und sie wollten sich auch nicht mehr bescheiden. Sie arbeiteten hart, aber der Staat und die Partei belohnte sie nur mit Durchhalteparolen.

Johanna ging zu öffentlichen Versammlungen in Waldstätt und diskutierte mit den anderen Anwesenden. Sie musste sich immer wieder das Totschlagargument der Genossen anhören, welche Errungenschaften der Sozialismus den Menschen bieten würde. Immer wieder kamen die Thesen, es gibt in der DDR Polikliniken für jedermann, es gibt die Kinderbetreuung, es gibt Ganztagsschulen und es gibt die Gleichberechtigung der Frauen. Was für scheinheilige Beispiele, dachte Johanna. Glauben denn die Genossen, im Westen würden die Menschen nicht auch medizinisch versorgt? Vielleicht anders, aber nicht schlechter. Kinderbetreuung, ja die gab es tatsächlich, aber nur, damit die Frauen arbeiten konnten. Die Frauen arbeiteten fast alle in Vollzeit. Die Frauen waren gesellschaftlich verpönt, wenn sie zu Hause blieben und sich selbst um ihre Kinder kümmern wollten. Schule und anschließende Hortbetreuung hatte im Sozialismus zwei Ziele, den Müttern die Kinderbetreuung abzunehmen, um sie als Arbeitskraft nicht zu verlieren, und die Schule hatte den Auftrag, Schüler und Elternhaus politisch zu kontrollieren. Die Bildungsinhalte und Erziehungsziele wurden politisch festgelegt, denn das Ziel von Schule in der DDR war, dem Sozialismus treue Anhänger zu schaffen, die bedingungslos der Staatsmacht folgen sollten. Es ging nicht um eine Allgemeinbildung, es ging auch nicht um humanistische Wertevermittlung und es ging schon gar nicht um das Bekanntmachen christlicher und abendländischer Kulturen. Alle staatliche Bildung und Erziehung in der DDR drehten sich um die Vermittlung der marxistisch-leninistischen Ideologie. Auch die außerschulische Betreuung der Schulkinder hatte rein politische Ziele. Die sozialistischen Massenorganisationen wie Pioniere und die FDJ eigneten sich gut, Elternhäuser aufzuspüren, in denen politische Abweichler beheimatet waren. Und von der Gleichberechtigung der Frauen in der DDR wollte Johanna gar nicht reden. Es gab sie nicht. Wie viele Frauen regierten in der Volkskammer mit? Im Ersten Präsidium der Volkskammer, dem höchsten Gremium der Republik, gab es von insgesamt dreizehn Mitgliedern nur eine einzige Frau. Frau Schirmer-Pröscher wurde 1986 im Alter von siebenundneunzig Jahren für den Deutschen Frauenbund in das oberste Staatsorgan gewählt. Gab es in der DDR eine Kombinatsdirektorin oder Bereichsleiterin, gab es eine Dekanin einer Hochschule oder Universität, gab es eine Parteisekretärin, gab es außer vielleicht einer Schulleiterin oder der Leiterin eines Kindergartens überhaupt Frauen in Führungspositionen? Natürlich nicht. Frauen waren gleichverpflichtet, aber nicht gleichberechtigt. Johanna war sich sicher, die sogenannten Errungenschaften, die es nur verbal gab, dienten allein den Männern in der Partei.

Im Frühsommer 1989 wurde der Garten zwischen Haus und Garage hergerichtet. Das alte, halb eingefallene Nebengebäude mit Schuppen und Hühnerstall war endlich abgerissen worden, und an dieser Stelle sollte eine Terrasse errichtet werden, die vom Wohnzimmer aus zugänglich sein sollte. Die Abrisssteine hatte sich ein Mann aus der Siedlung geholt, ein alter Tischler, und als Gegenleistung hatte er für Peter und Johanna eine Terrassentür gebaut und hatte sie sogar mit seinem Sohn gleich eingebaut. Die Terrasse war vorbereitet, aber es fehlten der Terrassenbelag. Trotzdem war es schön, die Terrasse schon zu nutzen. Abends saß Johanna gern dort und schaut auf den unfertigen und verunkrauteten Garten. Der Garten kommt als Nächstes an die Reihe, nahm sie sich vor. Gartenarbeiten machten ihr Spaß und sie erinnerte sich an die mühevollen Arbeitseinsätze am Kleb in Grünfeld. Sie dachte an die sinnlosen Versuche Großvater Fredis, eine Beet-Umfassung mit Flaschen zu gestalten. Ach, Großvater, das war keine gute Idee, du lieber Weggefährte meiner Kindheit, erinnerte sie sich.

Johanna arbeitete oft, bis es dunkel wurde und da das kleine Häuschen direkt an der Ecke zur Zuwegung zur Kaserne lag, kamen viele Offiziere und Bedienstete der Kaserne bei ihr vorbei. Manche blieben sogar stehen und machten ein Pläuschen mit ihr. Ein Offizier, von dem Johanna wusste, dass er ein hoher Funktionär in der Kaserne war, unterhielt sich gern mit ihr. Dr. Kahle interessierte sich für ihre Sanddornbüsche und gab ihr Ratschläge, wie man aus den Früchten Saft herstellen konnte. Johanna blieb freundlich, aber überaus wachsam. Warum unterhält sich so einer mit mir? Sie war so sehr eingeschüchtert, dass ihr nicht einmal in den Sinn kam, dass er das nur tat, weil er sie nett fand.

Der Sommer brachte noch größere Unruhe und Unsicherheiten. Die Nachrichten vom Platz des Himmlischen Friedens in China waren beängstigend. Würde in einem ähnlichen Fall die Nationale Volksarmee auch auf die eigenen Leute schießen? Das fragte sich nicht nur Johanna. Die Demonstrationen in Leipzig wurden immer größer. Immer mehr Menschen gingen auf die Straße. Die Menschen waren höchst diszipliniert, sie provozierten nicht und sie gaben keinen Anlass für ein militärisches Eingreifen. Aber die Kontinuität der Versammlungen und die Demonstration des Aufbegehrens waren unübersehbar. In Berlin waren die Kirchen geöffnet und es fanden Konzerte und Friedensgebete statt. Johanna hatte Angst. Sie sah jeden Tag die geballte Macht des Militärs in der Kaserne der Bereitschaftspolizei und suchte jeden Tag einen anderen Ausweg aus dem Konflikt.

Es war an einem regnerischer Tag Anfang Oktober, die dunklen Wolken schluckten das wenige Tageslicht. Gegen zwanzig Uhr brach die Dämmerung herein. Johanna und Peter saßen in der Küche beim Abendbrot und hörten laute Fahrgeräusche von Lkws. Sie schauten durch das Küchenfenster hinaus, die kurze Straße entlang und sahen auf den Haupteingang der Kaserne. Peter sprang auf und schaltete sofort das Licht in der Küche aus. Jetzt konnten sie besser sehen. Ein Lkw W50 nach dem anderen verließ das Kasernengelände. Sie fuhren alle in Richtung Berlin. Das war kein normaler Einsatz zu einer Objektsicherung, zum Beispiel in der Ruschestraße, der Normannenstraße oder am Polizeipräsidium am Alexanderplatz, auch keine Mielke Bewachung und keine Absicherung eines Staatsbesuches. Was passierte da? Angst stieg auf. Peter sagte, er fahre gleich nach Berlin, denn er hatte Rufbereitschaft in der Charité und rechnete damit, gebraucht zu werden. Er machte sich schnell fertig und es sah aus, als führe er der Kolonne hinterher.

Johanna hatte Angst, sie zog sich ihre warme Jacke an, die sich wegen der fortgeschrittenen Schwangerschaft schon nicht mehr über dem Bauch zuknöpfen ließ, und verließ im Dunkeln das Haus. Sie ging um die Ecke, dann drei Häuser weiter und klingelte bei den Grossers. Diese Familie kannte sie gut, denn Katharina hatte mit Melanie Grosser zusammen Konfirmation gefeiert. Herr Grosser war ein Hüne. Er bat Johanna schnell herein und Johanna erzählte ihm in aller Offenheit, was sie und Peter vor wenigen Stunden beobachtet hatten. Herr Grosser bat: »Johanna, gehen Sie wieder nach Hause und öffnen Sie die Terrassentür. Ich bringe noch jemanden mit, wir wollen wissen, was heute Nacht in der Kaserne passiert. Wir werden von Ihrer Küche aus den Haupteingang beobachten.« Johanna ging nach Hause und öffnete die Terrassentür. Wenig später kam Herr Grosser und nach weiterer Augenblicken kam der Tischler, der die Terrassentür gebaut hatte. »Paul kommt in zwei Stunden und löst mich ab«, sagte er, als er kam. Die Männer setzten sich in die Küche und tranken im Dunkeln ihr mitgebrachtes Bier. Die einzig intakte Straßenbeleuchtung reichte aus, um genug auf der Hauptstraße erkennen zu können. Johanna legte sich ins Wohnzimmer auf die Liege, die Füße waren durch die Schwangerschaft angeschwollen und schmerzten. Sie schlief schnell ein. Viel später hörte sie wieder den Motorenlärm und wachte auf. Jemand hatte sie mit einer Decke zugedeckt. Sie musste lächeln und stand auf. Die Männer waren noch immer in ihrer Küche und Herr Grosser zählte die Lkws. Es waren insgesamt sechzehn Lastkraftwagen vom Typ W 50. Das Tor der Kaserne schloss sich und dann war Nachtruhe. Die Männer gingen nach Hause. »Sagen Sie mir bitte Bescheid, wenn sich wieder etwas tut und wenn Sie Hilfe brauchen«, flüsterte Herr Grosser, als er hinter sich die Terrassentür zuzog und durch den dunklen Garten davoneilte. Am nächsten Tag rief Peter aus der Charité an. Ich habe gehört, es war nur *Kerzen auspusten*, sagte er. Jeder wusste, dass damit Einsätze um die Kirchen gemeint waren. Aber dann, zwei Tage später, am 7. Oktober fuhren wieder die Lkws aus der Kaserne, aber dieses Mal nicht nachts, sondern am Vormittag. Es waren nur acht Lkws. Mittags erfuhr Johanna im Radio, dass Gorbatschow nach Berlin gekommen war. Das war also der Grund des Ausrückens, folgerte sie. Dann, spät am Abend, war das Motorengeräusch wieder da. Sie stand hinter der Gardine in der Küche und zählte die Lastkraftwagen. Vierundzwanzig Lkws W 50. Dann lief sie zu Grossers und berichtete von ihren Beobachtungen. Herr Grosser ging gleich mit Johanna zurück und beobachtete und wartete bis weit nach Mitternacht, bis scheinbar die Aktion beendet war und die letzten Lkws wieder hinter dem Kasernentor verschwunden waren. Was war da los in Berlin?, fragten sich beide, aber keiner hatte eine Ahnung. Das erfahren wir noch von meiner Frau, sagte er, als er ging. Frau Grosser arbeitete als Verkäuferin in dem kleinen Industrieladen hinter der Post. Sie würde in den folgenden Tagen die Ohren offenhalten, um den Grund für das nächtliche Ausrücken der Bereitschaftspolizei zu erfahren. Tatsächlich dauerte es nur bis zum Abend, bis Johanna erfuhr, dass es Einsätze in dem Quartier Schönhauser Allee, am S-Bahnhof Schönhauser, dem Colloseum, in der Bornholmer Straße und in der Gleimstraße gegeben hatte. Einige Menschen wurden verhaftet und nach Rummelsburg ins Gefängnis gebracht, aber das Bemerkenswerte war, das alle Straßen voller Menschen waren, die eine Kerze in der Hand trugen. Frau Grosser sagte auch, dass nicht geschossen wurde und manche sagten, als sie zurückfuhren, es sei das ›Wunder der Schönhauser‹ gewesen. Bereitschaftspolizei und Wunder, das passte nicht nur schlecht, das passte gar nicht zusammen. Herr Grosser, der Tischler und sein Sohn Paul kamen in den kommenden Tagen noch oft in Johannas Küche und beobachteten die nächtlichen Bewegungen aus der Kaserne heraus und in die Kaserne hinein. Jeden Tag war die Angst da, dass bei einem Einsatz geschossen werden würde. Was würde dann passieren? Niemand wagte sich das vorzustellen.

Der Oktober verging. Die Montagsdemonstrationen in Leipzig waren zu Großveranstaltungen angewachsen, aber sie gingen gewaltfrei und ohne Provokationen weiter, andere Städte organisierten ebenfalls friedliche Demonstrationen, die Kirchen in Berlin unterstützen die Demonstrationen mit Friedensgebeten, Fürbittgebeten und Konzerten. Die ganze DDR war von einer Massenbewegung erfasst worden, die politische Reformen und eine Öffnung der Mauer einforderte. In Ungarn waren seit Monaten die Grenzsicherungsanlagen zu Österreich abgebaut worden, die Botschaft in Prag war voller Ausreisewilligen. Gorbatschow hatte mit Perestroika und Glasnost Weichen gestellt und andere sozialistische Länder, wie Ungarn und Polen, hatten sich schon vom Sozialismus abgewandt. Die DDR-Führung war bisher stur geblieben, was die Angst in der Bevölkerung anfachte. Dann, am 4. November, gab es in Berlin eine Großdemonstration. Mehr als 600.000 Menschen gingen auf die Straße. Die Bereitschaftspolizei rückte mit einem Großaufgebot aus. Die Demonstration verlief zum Glück vollkommen gewaltfrei. Aber die Angst war greifbar. Eine Unbedachtsamkeit auf beiden Seiten hätte schon zum Blutvergießen führen können.

Johannas Küche war zu einem Beobachtungsposten einiger Waldstätter Bürger geworden. Dann, am 9. November, einem kalten trüben Herbsttag, fuhren schon ab spätem Vormittag die Lkws mit voller Besatzung in die Hauptstadt. Es war eine wichtige Pressekonferenz angekündigt, die Veränderungen versprach. Wie würden die versprochenen Reformen ausfallen? Wie würden die Massen auf der Straße auf die Reformen reagieren? Alles war möglich. Blutige Auseinandersetzungen waren möglich. Kampf auf den Straßen war denkbar. Massenhafte Verhaftungen waren nicht ausgeschlossen. Die Massen waren voller Erwartungen auf die Straße gegangen, aber es waren auch alle militärischen Einheiten aufgeboten worden. Zwei unversöhnliche Seiten standen sich gegenüber. Herr Grosser und einige seiner Freunde waren wiedergekommen und warteten auf die Rückkehr der Lkw-Kolonne. Bis Mitternacht kam kein einziges Auto zurück in die Kaserne. Die Männer diskutierten heftig, was das bedeuten könnte. Plötzlich kam gegen Mitternacht Frau Grosser über die Terrasse und berichtete, dass, sie im Radio gehört habe, dass die Grenze offen ist, Schabowski hätte in der Pressekonferenz für die Regierung der DDR gesagt, dass die Grenzen geöffnet seien und jeder Bürger, ohne bestimmte Voraussetzungen, ausreisen könne. Jetzt hatten es die Männer eilig, nach Hause zu kommen. Die Grenze ist auf, sagte Peter am Telefon. Hier in der Stadt ist die Hölle los, alle Menschen wollen nach Westberlin. Die Straßen sind dicht. Beruhige dich, es ist alles gut. Ich komme erst morgen nach Hause. Johanna ging schlafen und hatte das Gefühl, dass eine neue Zeit anbricht. Sie war glücklich.

Ein halbes Jahr nach der Wende fuhren Johanna und Peter zu seinem Patenonkel in die Eifel. Sie fuhren mit ihrem Wartburg durch Westdeutschland. Die Menschen in dem kleinen Eifeldorf waren freundlich, aber skeptisch. Hatten sie Angst, man würde ihnen etwas von ihrem Wohlstand wegnehmen? Mit dem Onkel fuhren sie eines Tages in einen Baumarkt in der nahegelegenen Kreisstadt. Der Baumarkt, ganze Reihen von verschiedenen Hölzern, Kanthölzer, Bretter, Dielen, Fenster und Türen. Hier gab es jede Menge und jede Größe an Steinen und ganze Wände mit Fliesenmustern. Hier gab es alles. Alles. Alles, Johannas Kopf schmerzte. Ihr Herz raste. Dann setzte der Verstand wieder ein. Grenzenlose Wut und maßlose Empörung gegen den erlebten Sozialismus breitete sich in jeder Faser ihres Körpers aus. Tränen liefen ihr über das Gesicht, aber sie schämte sich nicht. Tränen für Demütigungen, Tränen für Verletzungen und Tränen für Ohnmacht. Johanna ging hinaus und weinte auch für die Frau aus Waldstätt, die für Steine und Holz und wer weiß noch wofür die Beine breit machen musste und dabei sogar noch verarscht worden war, wie sie sagte. Wer hatte solche Demütigungen zu verantworten? Ich könnte Selbstjustiz sogar verstehen, dachte Johanna. Es war ein menschenverachtendes und frauenverachtendes System, das untergegangen war. Gott sei Dank. Johanna steckte ihr Taschentuch ein, als sie Peter und seinen Onkel kommen sah. Dann wollte sie nur noch schnell weg von hier und nach Hause.

Johanna verlor, wie viele andere Menschen in der ehemaligen DDR auch, noch Ende dieses Jahres ihre Arbeit in Berlin. Da sie aber schwanger war und kurz vor der Niederkunft stand, plante sie, das Babyjahr zu nehmen und sich danach neu zu orientieren. Sie war fast vierzig Jahre alt, vielleicht zu alt für ein weiteres Kind, doch die Freude auf das neue kleine Geschöpf überwog die zweifelnden und ängstlichen Bedenken, die abends, wenn es dunkel wurde, kamen. Manchmal blieben sie die ganze Nacht und waren beharrlich, wie die Schwangerschaft selbst. Das kleine Geschöpf, da steckt zu Recht das Wort Schöpfung drin, war ein kleines Wunder der Natur. Je näher der Geburtstermin heranrückte, desto öfter und genauer erinnerte sich Johanna an Katharinas Geburt. Die Entwürdigungen und die Grobheiten, die Rücksichtslosigkeiten und die Gleichgültigkeit des Personals waren wieder in ihrer Erinnerung präsent. Johanna hatte Angst. Sie sprach nicht darüber, mit wem auch. Es gab niemanden, der sich für die Gewalt im Kreissaal interessierte. An manchen Tagen sprach Johanna kein Wort. Sie schlief schlecht, sie aß wenig. Sie war unausgeglichen, verängstigt und körperlich erschöpft.

Als es so weit war, brachte Peter sie in die Charité und blieb bei ihr. Nicht gerade am Bett, aber doch in der Nähe. Johanna war auf alles Böse, Schwere und Schmerzhafte eingestellt, aber diese Geburt war anders. Lag es an Peter, der immerhin ein Kollege war, oder an der Charité, egal, Johanna war froh und dankbar über die erhaltene Hilfe. Nach drei Stunden und ohne Dammriss brachte Johanna ein gesundes Mädchen zur Welt. Sie nannten sie Dorothea.

Zwei Monate nach Dorotheas Geburt wurde Johanna bei der Kommunalwahl in Waldstätt mit überwältigender Stimmenmehrheit zum Gemeindevertreter gewählt. Eineinhalb Jahre später, als die kleine Dorothea schon in die Kinderkrippe ging, übernahm Johanna das Amt der Bürgermeisterin und sollte es vierzehn Jahre lang bekleiden. Johanna hatte keine Ahnung, worauf sie sich überhaupt eingelassen hatte. Sie war nicht qualifiziert und nicht vorbereitet für eine kommunale Verantwortung. Aber sie war entschlossen, ihre Aufgabe gut zu machen. Johanna erkannte bei der ersten Gemeinderatsitzung, dass natürlich auch ehemalige Offiziere in den Gemeinderat gewählt worden waren. Natürlich, die hatten auch ihre Wählerschaft hier im Ort, erkannte sie. Und einige sahen es bis jetzt nicht ein, ihre Macht zu teilen. Die Fronten der neuen Parteien waren unversöhnlich und Vertrauen fehlte auf allen Seiten. Die neue Kommunalverfassung kannte niemand. Die Neu-Organisation der Verwaltung stieß weder bei den hauptamtlichen Mitarbeitern noch bei einigen Gemeindevertretern auf Sympathie. Johanna arbeitete sich gründlich in die neuen Bestimmungen und Gesetze ein. Sie wollte den Gemeindevertretern ein Vorbild sein. Mit Wissen und mit Vertrauen führte sie die regelmäßigen Sitzungen, führte die manchmal hitzigen Diskussionen auf der Basis der Sachlichkeit und bereitete überlegt entscheidende Beschlussvorlagen vor. Aber ebenso wichtig waren für Johanna die Gespräche mit den Bürgern. Diese Bürgersprechstunden waren immer gut besucht. Für jedes Gespräch nahm sich Johanna Zeit. Jedem schenkte sie ihre Aufmerksamkeit. Aber was sie von den Bürgern zu hören bekam, war meist ein Aufschrei von persönlicher Hilflosigkeit. Anfangs kamen einfache Frauen und Männer und klagten über die ihnen angetane Ungerechtigkeit. Sie waren wütend, sie hassten die Linken, und verstanden nicht, warum diese Kasernen-Genossen schon wieder im Gemeindeparlament saßen und über die Geschicke des Ortes berieten. Manchmal fiel sogar der Satz, man sollte sie aufhängen, an die nächste Laterne, diese Verbrecher. Johanna hörte sich die Wut und die Verzweiflung an. Sie ließ die Menschen zu Ende reden, sie ging auf sie ein, weil sie vieles, was gesagt wurde, selbst gut verstehen konnte, und schließlich machte sie deutlich, dass Gedanken und Worte und Taten zusammenhängen. Gedanken entstehen aus Emotionen, aber Worte und Taten sind rationalen Ursprungs. Und dafür muss man Verantwortung tragen. Die Menschen waren verletzt. Wissen Sie, Frau Bürgermeisterin, in was für einem Haus diese Leute wohnen, kam oft als eine Erklärung für ihre Verärgerung und Wut. Auch die Frau aus ihrer Siedlung, die ihr damals den Rat gegeben hatte, die Beine breit zu machen, kam eines Tages in die Bürgermeistersprechstunde. Sie setzte sich an die Rückseite von Johannas Schreibtisches, schaute erst Johanna an, stützte dann ihren Kopf mit den Händen und weinte. Johanna machte ihr einen Kaffee und wartete ab. Es dauerte lange, bis sich die Frau beruhigt hatte. Dann erzählte sie, dass sie ihrem Mann berichtet hatte, was sie für das gemeinsame Haus getan hatte. Sie hatte ihm von dem Ekel erzählt, von den Lügen, wenn die Lieferung doch nicht kam und von den unerträglichen Demütigungen, sich für eine Fuhre Steine oder Holz zu erniedrigen. Es ist das Schrecklichste, was einer Frau widerfahren kann, sagte sie müde, ekelhaften Männern zu Willen zu sein. Diese Männer verhielten sich brutal, hemmungslos und einer war wirklich abartig. Sie wussten genau, ihnen konnte nichts passieren. Solche Frauen wie ich hätten sie immer in der Hand, solche Frauen würden niemanden davon erzählen können. Die Frau trank den Kaffee aus und weinte wieder. »Mein Mann will sich scheiden lassen und ich soll ausziehen. Er sagt, er kann mich nicht mehr ertragen und er will nicht durch den Ort laufen als ein betrogener Ehemann. Frau Bürgermeisterin, was soll ich bloß machen?« Sie schaute auf ihre Hände »und meine Arbeit bei der Bahn habe ich auch verloren.

Inzwischen ist mir dieser Scheiß-Westen egal. Ich weiß einfach nicht weiter.«

Johanna versicherte ihr, dass sie sich etwas überlegen würde. Die Frau ging nach Hause und Johanna grübelte bis zum nächsten Abend. Dann ging zum Haus dieser Familie. »Ich möchte mit Ihnen reden, Herr Becker. Ist das für einen Moment möglich?«, fragte Johanna freundlich. »Natürlich, kommen Sie herein, Frau Bürgermeisterin«, sagte Herr Becker sichtlich über den Besuch überrascht. »Herr Becker, ich war schon einmal hier in Ihrem Haus. Das war im Frühjahr 1989. Damals war ich sehr verzweifelt, weil wir kein Holz bekamen für das Garagendach. Ich habe mit Ihrer Frau gesprochen und sie konnte mich verstehen. Sie hat mir damals schon erzählt, was sie Ihnen erst jetzt anvertraut hat. Ich hatte ihr damals geraten, mit niemanden darüber zu reden. Sie ist zu Ihnen offen gewesen und bis auf den Grund ihrer Demütigung ehrlich. Sie hat ihnen vertraut, weil sie hoffte, sie würden ihr Verhalten verstehen. Sie würden verstehen, dass eine Frau nur aus Liebe zu einer solchen Erniedrigung fähig ist. Ihre Frau wusste, wie wichtig Ihnen das Haus ist und sie wollte Ihnen helfen. Es gab damals keinen anderen Weg. Und, Herr Becker, ich muss ehrlicherweise sagen, dass ich damals genauso verzweifelt war wie Ihre Frau, und ich habe sehr lange ernsthaft überlegt, wie ich mich verhalten sollte. Glauben Sie mir, Richten ist einfacher als Verstehen.« Herrn Becker war die Unterhaltung äußerst unangenehm, Johanna spürte seine Ablehnung. »Sie haben eine wunderbare Frau und Sie haben die beste Mutter für Ihre Jungs«, sagte Johanna. »Ihre Frau hat sich aus Liebe zu Ihnen und zu Ihren Kindern geopfert. Glauben Sie mir, das war ein großes Opfer. Dieses Opfer hat sich wie ein Brandmal in ihre Seele gebrannt, ich verstehe das. Man sagt das so einfach hin, sie hat es aus Liebe getan. Liebe besteht aus vielen Bestandteilen, nicht nur die Worte, Haltungen und Taten, die wir im Alltag miteinander austauschen sind die Liebe, die uns verbindet. Liebe ist auch eine Haltung, so zu leben, dass der Geliebte sich an unserer Seite geborgen fühlt, dass die Familie beschützt ist. Das allein, wollte Ihre Frau erreichen. Liebe sollte auch bedeuten, dass man nicht vergisst, wer in der Not geholfen hat, bzw. wer sich geopfert hat. Lassen Sie die verborgenen Gefühle, die zur Liebe gehören, wieder zu. Liebe wird immer wieder neu sein, wenn man sie nur lässt.« Herr Becker schwieg. Johanna stand auf, »verzeihen Sie bitte, ich bewundere Ihre Frau, dass sie so viel Vertrauen hatte, Ihnen die Schmerzen in ihrer Seele zu offenbaren«. Johanna verließ das Haus der Beckers und ging auf direktem Wege nach Hause. Wie hätte Peter reagiert?, überlegte sie. Peter hätte sie nicht verstanden, bei ihm war zu viel Eitelkeit im Spiel, da war sie sich sicher.

Johanna wollte die Gemeindevertreter davon überzeugen, sich in die Zukunft ihrer Gemeinde hinzuversetzen und sich Visionen oder wenigstens Entwicklungsziele zu überlegen. Alle Diskussionen waren zu sehr im Alltäglichen verhaftet. Die meisten Beschlüsse liefen der Zeit hinterher und waren eher ein Reagieren als ein Agieren. Heute Abend wollte sie über das neue Gewerbegebiet reden. Dafür würde sie kämpfen. Die Menschen hier brauchten dringend neue Arbeitsplätze und neue berufliche Perspektiven. Viele Menschen, auch hier in Waldstätt, hatten auf eine schnelle Verbesserung ihrer Lebensverhältnisse gehofft und waren enttäuscht worden. Statt einer besseren Arbeit, hatten sie nun gar keine Arbeit. Mit der schnellen Entwicklung eines Gewerbegebietes könnten hier im Ort einige neue Arbeitsplätzen entstehen. Es zeigte sich, dass die Arbeit in der Gemeindevertretung dann gut funktionierte, wenn es Johanna gelang, die Parteiinteressen einzelner Abgeordneter zu umgehen und das Gemeinwohl in den Vordergrund zu stellen. Das Gemeinwohl war das Verbindende, und darauf musste sie sich konzentrieren. Sie musste die Offiziere und die Leute aus der ehemaligen Kaserne, die von ihren

Anhängern in die Gemeindevertretung gewählt worden waren und mit am Tisch saßen und mitbestimmten, einbeziehen. Diese Abgeordneten mussten begeistert werden und nicht ausgegrenzt werden. Die Sitzung lief an diesem Abend gut und auf dem Nachhauseweg dachte Johanna an das Gleichnis mit dem verlorenen Sohn. Nun ja, es kam keine überschwängliche Freude auf über die Fraktion der Linken, aber sie hatten es bisher, auch mit Hilfe der Linken selbst, geschafft, nicht ein Oppositionsdenken und eine Oppositionshaltung entstehen zu lassen. Darüber war Johanna recht froh und das gemeinsame Ziehen an einem Strang entwickelte sich für den Ort erfolgreich.

Johanna hatte es sich zur Angewohnheit gemacht, seit sie Bürgermeisterin war, Geburtstagskinder, die älter als fünfundsechzig Jahre waren, in ihrer Gemeinde persönlich zu besuchen und ihnen zu gratulieren. Bei solchen Familienereignissen lernte sie oft die Lebensverhältnisse und das soziale Umfeld des Jubilars kennen und erkannte dabei oftmals im Vorfeld persönliche Härten, wie Hilflosigkeit, Vereinsamung, wirtschaftliche Notlagen oder drohende Pflegebedarfe. Für Johanna war dieses Wissen wichtig. Sie wollte niemanden in den Zeiten des Aufbruchs zurücklassen. Niemand sollte im Alter vergessen werden, weil die jungen Menschen weggingen und die anderen große eigene berufliche oder wirtschaftliche Probleme hatten. Die gravierendsten sozialen Härtefälle besprach sie mit den Abgeordneten und dem Sozialamt oder sie organisierte mit Hilfe gemeinnütziger Vereine eine Betreuung oder wenigstens einen Besuchsdienst. Heute war wieder ein Geburtstag bei einem fünfundachtzigjährigen alleinstehenden Mann, der in einem kleinen Häuschen in der abgelegenen Siedlung hinter den Bahnanlagen wohnte. Mit einem Blumenstrauß in der Hand ging Johanna durch den verwilderten Garten.

Der Weg von der Gartenpforte bis zum Haus war nur noch eine schmale Gasse zwischen unverschnittenen Kletterrosen und einem wild wuchernden Fliederbusch. Ich sollte ihn fragen, ob ich einen Bauhofmitarbeiter hierherschicken soll, der das Dickicht beseitigt, dachte Johanna als sie nach einer Klingel Ausschau hielt. Wenn hier einmal ein Rettungsdienst hindurch muss, wird es sehr eng. Gerade als sie klingeln wollte, hörte sie mehrere Männerstimmen, die ein Lied sangen. Sie wartete einen Moment und als das Lied zu Ende war, klingelte sie. Johanna wurde hereingebeten. Sie trat in ein größeres Zimmer, vielleicht das Wohnzimmer. Einen Augenblick lang stockte ihr Herz. Was war hier los? In der Mitte des Zimmers stand ein Tisch vor einem Sofa, auf dem drei Männer in Uniformen saßen. Rechts und links an den Stirnseiten des Tisches saßen ebenfalls Männer in Uniformen. Der Mann, der rechts an der Tischseite saß, nahe dem alten Kachelofen, war der älteste und vermutlich der Jubilar. Mit den Worten, »Genosse Oberstleutnant, Sie bekommen Besuch«, wurde Johanna angekündigt. Mindestens zwei Männer in dieser Runde waren schon angeheitert und winkten ihr fröhlich zu, »hallo, Frau Bürgermeisterin«. Das Wort Bürgermeisterin kam ihnen auch schon nicht mehr unfallfrei über die Lippen. Johanna gratulierte dem Jubilar und bekam von ihm ein Glas Sekt zum Anstoßen. »Das sind meine Offiziere«, verkündete er und zeigte stolz in die Runde. Die Offiziere standen alle auf. »Bitte setzen Sie sich doch, Frau Bürgermeisterin.« Er zeigte auf einen freien Stuhl. »Wo ist denn Panzer-Paul überhaupt?«, fragte er plötzlich den neben ihm sitzenden angetrunkenen Uniformierten. »Panzer-Paul liegt immer noch im Krankenhaus, Genosse Oberstleutnant«, war die Antwort. »Darf ich Ihnen meine Gäste vorstellen«, wandte sich der Jubilar galant an Johanna. »Das sind, dabei zeigte er auf das Sofa, Hauptmann Fischer, Oberleutnant Schulz und Hauptmann Kroll und mir gegenüber Major Krüger.« Johanna schaute in die Runde und hatte keine Ahnung, was für Orden diese Männer an ihrer Brust trugen. Aber es waren viele. Zu viele, fand sie. Sie trank ihr Sektglas aus und fragte das Geburtstagskind, ob sie in den nächsten Tagen einen Mitarbeiter vom Bauhof vorbeischicken sollte, damit er die Zuwegung zum Haus freischneidet. Als Johanna aufbrach, bedankte sich der Jubilar sehr herzlich für ihr Kommen und befahl Oberleutnant Schulz sie zur Tür zu geleiten. Draußen hörte Johanna wieder die Männer singen. Es waren aber keine Geburtstagslieder. Nur schnell weg, wünschte sich Johanna. Solche Menschen, die im Gestrigen verhaftet sind und ihren Rang und ihre Orden feiern, gibt es also auch noch in diesem Ort, war das bittere Resümee auf dem Nachhauseweg. Wie geht man mit diesen Menschen um. Die haben ihre Uniformen und Orden aufgehoben und tragen sie heute noch voller Stolz und Selbstbewusstsein. Sie würden, wenn es in ihrer Macht stünde, die alte DDR zurückerobern wollen. Diese Menschen sind gefährlich, weil sie die Tatsachen nicht akzeptieren konnten und wollten. Johanna wusste es. Sie konnten nicht anders, als die Welt aus ihrer Perspektive zu sehen, denn die menschliche Natur gibt nicht so einfach etablierte und verfestigte Ansichten auf, auch wenn sie verstörend, falsch oder gefährlich sind. Die menschliche Natur versucht, die Wahrnehmung realer Geschehnisse, den eigenen Ansichten anzupassen. So ist eben der Mensch, denn dieser Versuch war tröstlicher als zu erkennen, jahrelang einem Irrtum aufgesessen zu sein. Diese Logik machte Angst, stellte sie beunruhigt fest.

Johanna schickte wenige Tage später einen Mitarbeiter vom Bauhof zu dem Grundstück. Er verschnitt die Kletterrosen und den Fliederbusch, sodass notwendige medizinische Hilfe oder die Feuerwehr ungehindert ins Haus gelangen konnten. Diese Begegnung mit den uniformierten Gestrigen ging Johanna lange nach. Da tat es gut auch andere ehemalige Genossen zu kennen, wie zum Beispiel, die beiden alten Männer aus der Gemeindevertretung, die mit Sicherheit früher hochprozentige Genossen waren, vielleicht sogar Stasi-Leute waren. Aber heute arbeiteten sie engagiert für die Entwicklung des Ortes mit. Sie waren einsatzbereit, hatten kluge Ideen, waren immer zuverlässig und gaben ihr Bestes. Johanna hatte mit dem älteren, der beiden, Hans Hesse, schon viele Gespräche geführt und ihn und seine Frau dabei näher kennengelernt. In der Kommunalpolitik setzte er, wenn er überzeugt war, sich sogar offen für Johanna ein. Vielleicht war es Achtung, dachte Johanna. Wenn sie ihn und auch seine Frau zu Hause besuchte, hatte sie sogar das Gefühl, gern gesehen zu sein. Hans Hesse bot irgendwann Johanna das Du an und langsam entstand zwischen so unterschiedlichen Menschen Vertrauen. Auch der Jüngere, ein ehemaliger hochrangiger Militärangehöriger, Wolfgang Falk, war in der kommunalpolitischen Arbeit loyal, hilfsbereit, korrekt und absolut verlässlich. Johanna schätzte die Arbeit dieser beiden. Hans und Wolfgang waren, obwohl sie beide zum Militär gehörten, sehr unterschiedlich. Sie hatten unterschiedliche Lebensläufe, hatten unterschiedliche Lebenseinstellungen und lebten nach unterschiedlichen moralischen Konzepten, aber sie hatten in der Kommunalpolitik ein gemeinsames Ziel. Auch der Jüngere, immer noch fünfzehn Jahre älter als Johanna, bot Johanna irgendwann das Du an und in dem Du waren Achtung der Person und Achtung vor der geleisteten Arbeit und dem Verantwortungsbewusstsein enthalten.

Eines Abends, es war vor der Jahrtausendwende, kam Hans überraschend zu Johanna nach Hause. Er wirkte müde und krank. »Kann ich mit dir sprechen?«, fragte er unsicher. »Ich habe ein persönliches Anliegen.« Johanna bat ihn in das Wohnzimmer und während sie Kaffee tranken, begann Hans zu erzählen.

»Ich muss morgen nach Berlin zu einer Vernehmung vor das Landgericht. Ich weiß nicht, was man von mir will und was ich dort sagen soll, aber es ist mir wichtig, heute mit dir über die Hintergründe zu reden.« – »Wie kann ich dir helfen?«, fragte Johanna unsicher. »Du kannst zuhören und mich verstehen«, sagte Hans, »und du hast eine Meinung, die du mir sagen wirst.« Er schwieg und trank seinen Kaffee aus. Dann begann er leise zu erzählen. »Es geht immer noch um den Fall Gueffroy«, sagte er müde. »Du weißt vielleicht, dass es 1991 bis 1992 eine Verhandlung vor dem Landgericht in Berlin zu dem Fall gab. Vier Grenzsoldaten standen damals vor Gericht. Das ging durch alle Medien. In der Urteils-findung zu dieser Verhandlung verurteilte das Landgericht, einen Grenzsoldaten zu einer Haftstrafe von drei Jahren und sechs Monaten, ein anderer Grenzsoldat erhielt eine Bewährungsstra-fe und zwei weitere Grenzsoldaten wurden freigesprochen. Ich empfand damals das Urteil als ungerecht. Ich empfand es nicht als ungerecht, dass überhaupt eine Verhandlung geführt wurde, aber es standen meiner Meinung nach die falschen Menschen vor dem Richter. Damals hatte ich nicht den Mut aufzubegehren und auch nicht die Kraft. Jetzt kommt noch einmal die Chance, für mich vielleicht zum letzten Mal, zur Aufklärung dieser Schüsse beizutragen.« Hans atmete schwer und schaute Johanna ins Ge-sicht.

»Ich muss dazu weit ausholen, wenn du erlaubst.« Johanna nick-te ihm zu und goss noch einmal Kaffee nach. »1961, als die Mauer gebaut wurde, wurde die Grenzsicherung der Stadtkommandan-tur zugeordnet. Die Stadtkommandantur hatte zwei Standorte, in der Innenstadt und in Karlshorst. Während die Kommandantur der Innenstadt administrative Aufgaben wahrnahm, waren der Karlshorst-Kommandantur die drei Grenzbrigaden Nord, Mitte und Süd unterstellt. 1971 wurden der Grenzbrigade Mitte, jetzt Grenzkommando Mitte, sechs Grenzregimenter, ab 1985 sogar sieben Grenzregimenter unterstellt und diesen Einheiten waren wiederum insgesamt sechsunddreißig Grenzkompanien zugeord-net. Ich selbst habe einige Jahre eine solche Grenzkompanie ge-leitet. Natürlich gab es Grenzkonflikte, und heute bedauere ich aufrichtig die vielen Toten an der Grenze. Eigentlich war jeder Tote einer zu viel, das weiß ich heute. Damals aber war die Stimmung unter den Kompaniechefs angeheizt, Grenzverletzungen mussten um jeden Preis verhindert werden. Die Grenze musste sicher sein. Die Grenze musste unbezwingbar sein. Keiner von uns Kompaniechefs wollte vorgeführt werden, keiner wollte die parteipolitische Prozedur der Rechtfertigung und der Erklärungen des persönlichen und organisatorischen Versagens auf sich nehmen, wenn sich in seiner Kompanie eine Republikflucht oder eine Grenzverletzung ereignet hatte. Ich hatte vor einem solchen Ereignis immer Angst. Angst, dass in meinem Bereich jemand die Grenze überwindet, dass ein Schusswechsel einen Menschen tötet und ich hatte auch Angst vor der Verurteilung durch die anderen Kompaniechefs und vor den Stellungsnahmen vor den Mitarbeitern des Ministeriums für Staatssicherheit. Deshalb habe auch ich meinen Grenzsoldaten mehr als einmal gesagt, wenn es nicht anders geht, nehmt die Waffe und schießt. Schießt auf die Beine. Manchmal geht es nicht, auf die Beine zu zielen. Das weiß ich auch. Also habe ich in Kauf genommen, dass Menschen getötet werden. Jeden Tag war mir das bewusst.«

Hans strich sich mit der rechten Hand über die Stirn, wischte eine graue Haarsträhne zurück und machte eine Pause. »Als der Gueffroy getötet wurde, war ich bereits im Ruhestand. Er wurde auch nicht an dem Abschnitt erschossen, für den ich früher verantwortlich war. Aber für mich macht es damals und auch heute keinen Unterschied. Es hätte in meinem Bereich sein können und es hätte in meiner Dienstzeit passieren können und es hätten auch meine Leute sein können. Die Schuld trifft nicht allein, diejenigen, die geschossen haben, will ich damit sagen. Ich trage genauso viel Schuld, wie der Grenzsoldat, verstehst du mich?« Hans schaute Johanna in die Augen. In seinem Gesicht sah Johanna einen Mann, der immer wieder über Schuld nachgedacht hatte, weil er Schuld in seinem Herzen und in seiner Seele gefunden hatte und nun einen Ausweg suchte. Die Schuld hatte ihn gebrochen. Mit jedem Erinnern und mit jedem Nachdenken darüber etwas mehr. Hans schwieg.

Schuld, überlegte Johanna, zahlreiche Bilder stiegen hintereinander in ihrer Gedankenwelt auf. Alte Gedanken drängten sich inhaltsschwer aus fernen Gedankengängen hinauf in ihr Bewusstsein. Sie entstiegen tiefen Schichten des Gehirns und wurden übermächtig und brachten alten Schmerz zurück. Unbarmherzig wie ein Krebsgeschwür fraßen sich die alten Erinnerungen immer weiter in ihr Gedächtnis, bis es nur noch angefüllt war mit den Worten Schuld und Tod. Johanna spürte die alte Schuld am Tode des kleinen Jungen erneut, und es tat noch immer weh. Schuld und Tod. Tod und Schuld. Schuld, schwer wie Kindstod. Die Zeit verging. Beide schwiegen.

Hans legte seine Hand auf ihren Arm. »Weißt du, im Jahr 1994 hob der Bundesgerichtshof das Urteil des Berliner Landgerichtes in Fall Gueffroy auf, fuhr Hans mit seiner Erzählung fort. Der Fall wurde an eine andere Kammer des Berliner Landgerichtes zurückverwiesen. Es ging jetzt um Rechtsgeltung. Waren die Grenzsoldaten schuldig und mussten bestraft werden oder waren sie unschuldig, weil sie nach DDR Grenz-Recht gehandelt hatten? Waren sie Opfer oder Täter? Konkret ging es um den Paragrafen 27 ll des DDR-Grenzgesetzes. Hier stand: *Die Anwendung der Schusswaffe ist gerechtfertigt, um die unmittelbar bevorstehende Ausführung oder die Fortsetzung einer Straftat zu verhindern, die sich den Umständen nach als ein Verbrechen darstellt. Sie ist auch gerechtfertigt zur Ergreifung von Personen, die eines Verbrechens dringend verdächtig sind. ...* Wer ohne staatliche Genehmigung das Gebiet der DDR verließ, verstieß gegen den Paragrafen 213 des Strafgesetzbuches der DDR (ungesetzlicher Grenzübertritt) und beging damit eine Straftat. Soweit war die Tötung der Flüchtlinge durch die Grenzposten nach dem Paragrafen 27 ll DDR-GrenzG gerechtfertigt. Die Kammer des Landgerichtes stellte aber die Rechtsgrundlage des Paragrafen 27 ll des DDR-GrenzG infrage und kam zu dem Ergebnis, diese Vorschriften, Paragrafen 27 ll des DDR-GrenzG und Paragrafen 213 StGB der DDR waren kein gültiges Recht. Deshalb konnte sie auch eine Tötung nicht rechtfertigen. Warum die Kammer so entschieden hatte, habe ich lange Zeit nicht verstanden. Ich habe es mir dann erklären lassen. Die bundesdeutsche Justiz legte in ihrer Rechtsprechung den moralbezogenen Rechtsbegriff zugrunde. Moralbezogener Rechtsbegriff bedeutet, ein Gesetz ist nur dann als Recht anzuerkennen, wenn es einen bestimmten Inhalt aufweist, insbesondere wenn der Inhalt ein moralisches Minimum wahrt. Oder anders gesagt, nicht jeder Inhalt kann Recht sein. Das war für die Bundesrepublik eine wichtige Lehre aus dem Nationalsozialismus. So habe ich das jedenfalls verstanden.

In der Verhandlung morgen geht es um den Grenzkommandeur, der die tödlichen Schüsse befohlen hatte. Diesen Mann kenne ich seit vielen Jahren und ich habe seine Arbeit genauso verstanden wie er und genauso verrichtet wie er, deshalb stehe ich morgen auch vor Gericht und ich werde aussagen. Es gab damals Kommandeure, die waren Scharfmacher und 150-prozentige Erfüllungsgehilfen, aber der angeklagte Kommandeur gehörte nicht dazu, aber es war unser Auftrag, keine Fluchten zu zulassen. Wir wurden regelmäßig vergattert und wir selbst haben vor jedem Dienstbeginn befohlen, Fluchten unbedingt zu verhindern und Fluchtwillige äußerstenfalls zu töten. Die Vergatterung war Gesetz. Ich weiß heute, als Befehlsgeber muss ich mich unter Umständen für die Anstiftung zum Mord oder Totschlag verantworten. Ich muss es endlich hinter mich bringen. Es fühlt sich für mich richtig an, dass ich morgen nach Berlin fahre. Es sind schon zu viele Jahre vergangen, in denen ich mich der Verantwortung

entzogen habe und es gibt noch zu viele ehemalige Befehlsgeber, die sich ihrer Verantwortung bisher nicht gestellt haben und
sich auch nicht stellen wollen. Ich muss das Kapitel ›Grenzkommandeur‹ anständig beenden, sonst finde ich keine Ruhe.« Hans
schwieg wieder. Plötzlich fragte er: »Wie siehst du das Johanna?
Du bist Christ und fast ein Theologe.« Johanna hatte nicht mit
einer Frage gerechnet. Sie konnte einer ehrlichen Antwort nicht
ausweichen. Unsicher begann sie zu erzählen.

»Seit Menschengedenken hat es Schuld gegeben. Es gab die
Schuld, die aus Vorsatz und die Schuld, die versehentlich entstanden ist.« Johanna dachte nach und schwieg. Versehen, Unglück,
so hießen auch die Erinnerungen an den Tod des kleinen Jungen.
Schuld aus Versehen, gibt es dafür Vergebung? Johanna fand keine zufriedenstellende Antwort.

Sie fuhr fort, »Vergebung, Verzeihung und Aussöhnung, das
ist doch das, was der Mensch sucht, der Schuld auf sich geladen
hat. Ihr fielen die Israeliten ein und sie berichtete, dass es in der
israelitischen Geschichte und Kultur den Versöhnungstag gab.
Früher wurden an diesem Tag zwei Ziegen geopfert. Eine wurde
dem Gott der Israeliten geopfert, um ihn versöhnlich zu stimmen.
Auf die andere Ziege wurden alle Verfehlungen, Vergehen und
alle Gesetzesübertretungen der Israeliten geladen. Die Sünden
des ganzen Volkes wurden dem armen Tier auferlegt, dass dann
zu einem Dämon in die Wüste geschickt wurde. Die Ziege ging
in der Wüste zugrunde. Mit diesem Akt haben sich die Israeliten
einmal im Jahr von allen ihren Sünden befreit, denn das Ziegen-
Opfer hatte sie alle entsühnt.

»Wie praktisch«, sagte Johanna, »aber es würde uns heute
nicht von unserer Schuld befreien.« Sie redete weiter. »In der Geschichte der Menschheit war es immer die Aufgabe der Götter gewesen, Menschenschuld zu vergeben. Die zahlreichen Vergehen
auf der Erde brachten die Götter in Zorn. Deshalb opferten die

Menschen ihren Göttern, um sie wieder versöhnlich zu stimmen. Die Opfer sollten den Zorn der Götter besänftigen. Aber Opfer und Zorn mussten zueinander passen. Gabe und Gegengabe bestimmten ein Gleichgewicht. Je größer die Menschenschuld war, umso größer musste dann das Opfer ausfallen, mit dem die Schuld bezahlt werden sollte. Diese Opferpraktiken sind Tausende von Jahren alt. Sie dienten den Menschen, um ein gottgefälliges Leben zu führen, Gottes Zorn vorzubeugen und sich selbst vor göttlichen Strafen zu schützen. Aber heute weiß man, dass Schuld und Sühne moralische Anforderungen sind und Moral ist nicht durch eine Religion in die Welt gekommen, sondern die Menschen haben Gott in ihr menschliches Moralsystem eingebaut, das viel älter ist als alle Opferpraktiken und jeglicher Götter Zorn. Moralisches Verhalten befolgten schon die Jäger und Sammler. Bei ihnen, die in kleinen Gruppen lebten, war ein solches Verhalten überlebenswichtig. Die sozialen Spielregeln mussten im alltäglichen Miteinander ausgehandelt werden. Moral ist tief in die Ur-Natur unseres Wesens eingraben. Das Leben der Jäger und Sammler dauerte etwa zwei Millionen Jahre an und endete vielleicht erst vor 4.000 Jahren. Der Lebensstil der Jäger und Sammler hat unsere menschliche Psyche geprägt. Ich will damit sagen«, fuhr Johanna fort, »dass unser Gerechtigkeitsempfinden nicht aus einer Religion oder aus etwas, was außerhalb des Menschen ist, kommt. Gerechtigkeit kommt aus dem Menschen, aus der Gemeinschaft, sie ist da, wo Menschen sind. Deshalb kann Gott dir nicht vergeben, ich auch nicht. Niemand kann das«, sagte Johanna. Da Hans schwieg, redete Johanna weiter. »Du bist viele Jahre einen Weg gegangen, der sich in deinen Augen heute als falsch erweist. Aber diese Erkenntnis, die du erst jetzt bekamst und die dir heute sagt, dass dieser Weg falsch war, führt dich in die Zukunft, in eine neue, andere Richtung. Das ist deine Sühne. Das ist dein Opfer, einen neuen Weg gefunden zu haben und ihn beschreiten zu müssen. Dieses Gerechtigkeitsempfinden war in dir. Dein Wesen, deine uralte Natur, führte dich zur Einsicht und zu einem neuen Ziel. Das neue Ziel liegt vor dir. Vielleicht kannst du nicht auswählen, was mit dir unterwegs dahin passiert, aber du kannst immer die Art und Weise bestimmen, wie du mit dem neuen Ziel lebst.«

Johanna schwieg einen Moment, dann fuhr sie fort: »Hans, du solltest nicht nach Erklärungen suchen für das, was in der Vergangenheit geschehen ist und warum du damals diesen Weg gegangen bist. Du hast dich verändert und heute verfolgst ein neues Ziel. Gestalte jetzt diesen neuen Weg mit Mut und Liebe.« Hans blickte ihr direkt in die Augen. Sie sah, dass sich sein Gesicht verändert hatte. »Ich fühle mich besser Johanna, und danke, dass du mir zu gehört und mit mir geredet hast. Ich bin froh, dass ich das alles einmal erzählen konnte«, sagte Hans. »Was du über Schuld und Gerechtigkeit gesagt hast, hat mir sehr geholfen. Wenn morgen ein Urteil gesprochen wird, egal wie es ausfallen wird, ich werde es für mich akzeptieren. Ich brauche ein Urteil. Vielleicht hast du recht, wenn du meinst, die Moral ist tief in mir. Tief in meinem Wesen, wie ein geheimer Code in meinen Genen. Jetzt bin ich alt, aber noch nicht zu alt, meine Moral zu leben.«

»Wer wird dich morgen nach Berlin begleiten?«, fragte Johanna. »Mein Schwiegersohn kommt mit mir. Meine Frau ist so lange bei der Tochter.« – »Ach, Hans«, sagte Johanna, »ich weiß nicht, was man in einer Situation sagt, wenn der andere zum Gericht fährt. Erzähle ihnen einfach, was du mir heute berichtet hast. Ich wünsche dir viel Kraft.«

Der angeklagte Grenzkommandeur erhielt zwei Jahre Haft auf Bewährung. Hans kam zurück und empfand sich als ein auf Bewährung verurteilter Straftäter und war froh darüber.

Trennung

Obwohl Johanna sehr müde war, konnte sie nicht einschlafen. Sie lag auf der Seite und lauschte Peters Atemgeräuschen. Morgen würde er ausziehen. Er hatte eine kleine Wohnung im Zentrum Berlins gefunden und würde sie verlassen. Verlassen werden, ja, so fühlte es sich heute an, dachte sie. Aber als sie vor einem Monat das Gespräch über die Trennung geführt hatten, war sie diejenige gewesen, die das Zusammenleben beenden wollte. Sie drehte sich leise zu ihm um und hoffte, er würde sie noch einmal in den Arm nehmen, aber Peter schlief. Johannas Gedanken kreisten zwischen Vergangenheit und Zukunft und zwischen Scheidung und Mitleid. Sie hatte Mitleid mit Peter, er war der Schwache, der Sensible, aber sie hatte auch Mitleid mit sich selbst. Diese Veränderung bedeutete für sie, wieder allein zu sein. Vor dem Leben ohne Peter hatte sie keine Angst, das würde sie gut meistern können, aber sie hatte nun zwei Kinder, Katharina und Dorothea. Wie würde das mit den Kindern gehen, würde Katharina diese Entscheidung verstehen, würde Dorothea etwas fehlen? Beide Mädchen waren so unterschiedlich wie ihre Väter. Weder im Aussehen noch im Charakter glichen sie einander. Katharina kümmerte sich liebevoll um die kleine Dorothea und Doro, wie sie in der Familie liebevoll genannt wurde, hing wie eine Klette an der älteren Schwester. Aber bald würde Katharina zum Studium weggehen, dann wäre sie mit Doro allein. Trotzdem, lieber allein sein als mit Peter zusammenzuleben, das hatte sie beschlossen.

Als sie am nächsten Morgen erwachte, war Peter schon auf. Er hatte in der Küche den Tisch für drei gedeckt und war gerade dabei, für Doro den Frühstücksbrei zu kochen. Katharina hatte gefrühstückt und war schon gegangen. Johanna setzte sich zu den beiden und hätte am liebsten losgeheult. Sie spürte, dass es das letzte Mal sein würde, dass sie mit Peter gemeinsam etwas unternahm, wenn es auch nur das gemeinsame Frühstück war. Johanna bemühte sich, fröhlich zu sein und mit Doro, die in ihrem Hochstuhl am Tisch saß, zu spielen. Sie wunderte sich über Peter, der mit großer Gelassenheit und Ruhe den Brei kochte und dann mit ihnen frühstückte. Als er Doro den Brei fütterte, konnte Johanna ihn unauffällig beobachten. Sie schaute ihn an, wie man einen Fremden betrachtete. Peter war jetzt Mitte vierzig. Er war ehrlich, klug, musikalisch, attraktiv, hatte einen guten Job. Peter liebte sie immer noch und er war ihr wirklich treu. Er war treu, Johanna erinnerte sich an Andreas, als sie über Treue nachdachte. Hatte sie sich nicht einen solchen Mann gewünscht?, fragte sie sich. Was hatte Peter falsch gemacht, was nicht korrigierbar war?, grübelte sie. Sollte sie nicht ihrer Ehe noch eine Chance geben. Doros wegen, Peters wegen. Die Entscheidung schmerzte sie.

Als Johanna aus der Kita zurück war, sprach Peter über das gemeinsame Haus und die gemeinsamen Schulden. Die Art, wie er das Problem ansprach, offenbarte, dass er darüber gründlich nachgedacht hatte. Johanna hatte nicht darüber nachgedacht und hörte Peter zu. Er machte den Vorschlag, Johanna das Haus und Grundstück und auch alle Verbindlichkeiten zu übertragen, und er erbat sich im Gegenzug von allen Unterhaltsverpflichtungen gegenüber Doro freigestellt zu werden. Peter wollte mit allem, was Waldstätt hieß, abschließen. Er wollte weg aus diesem Haus, das niemals sein Haus war, das er niemals gewollt hatte und das niemals fertig werden würde. Er hasste die endlosen Bauarbeiten, er hasste die Gartenarbeiten, die niemals aufhören würden. Das Wühlen in der Erde mit seinen Händen, mit denen er viel lieber Klavier spielen würde, war ihm ein Graus. Er hasste Waldstätt und seine Einwohner, die aus ihm immer nur Herrn Bürgermeister machten. Niemand hatte ihn jemals mit seinem Namen und mit seinem Titel angeredet. Hier war er nur der Mann von der Bürgermeisterin. Das Dorf mochte ihn nicht. In Waldstätt war er ein

Mann, der sein Haus nicht fertigbekam und seinen Garten nicht im Griff hatte. Das reichte schon aus, ein Versager zu sein. Niemand interessierte sich für ihn, niemand kam zu ihm, niemand fragte nach ihm, hier hatte er keine eigenen Freunde. Hier würde ihn auch niemand vermissen, denn er war jetzt schon die meiste Zeit nicht anwesend. Peter wollte nur schnell weg aus Waldstätt.

Wenn Bekannte oder Freunde zu Peter und Johanna kamen, waren es Freunde und Bekannte von Johanna. Meistens kamen aber nur Bürger, die ein Anliegen hatten und Johannas Hilfe brauchten. Schon lange wusste Peter, dass es ein Fehler war, mit Johanna hierher gezogen zu sein. Er war ein Stadtkind und in die Stadt wollte er unbedingt wieder zurück. Warum habe ich das niemals Johanna gesagt, warum habe ich das alles mitgemacht, als wäre es auch mein Wunsch?, fragte er sich zum hundertsten Male. Peter merkte nicht, dass sie beide still dagesessen hatten und jeder sich in seinen Gedankengängen verlaufen hatte. Jeder hatte Wahrheiten und Erklärungen gesucht und war hinabgetaucht in die Untiefen, die ohne das Sein existieren. Jeder für sich allein. Einsam, wissend, den anderen für *immer* verloren zu haben. Für *immer*, grübelte er. Ist immer ewig. Seine Gedanken hatten sich verselbständigt. Nein, nicht auf ewig verloren, wünschte er sich plötzlich und es war, als würde sein Herz aufbegehren. Wir trennen uns, wir gehen verschiedene Wege, wir leben verschiedenen Leben. Ich gehe, sie bleibt. So wird es künftig sein. Aber vielleicht kommt eine Zeit, in der meine Seele, die ihre sucht. Oder ihre Seele sucht meine, um sich auszuruhen oder um Kraft zu finden. Zu spüren, dass sich ihre Seele an meine anlehnt, würde mir gefallen. Ewig bedeutet, dass uns das Universum für alle Zeiten trennt, mehr trennt als der Tod. Dass es dann keinen Zufall gibt, nichts, was uns gemeinsam betreffen würde. Peter grübelte versonnen und schaute hinaus auf die Straße. Auch dort war es ruhig, kein Auto, kein Passant.

Johanna war leise aufgestanden und hatte die Küche aufgeräumt. »Ich kann dir beim Packen leider nicht helfen, denn ich habe noch einen Termin. Nimm dir, was du möchtest und brauchst«, sagte sie. »Aber lass uns bitte noch einen Augenblick hier zusammensitzen. Es tut mir sehr leid, dass du mit mir unglücklich warst, und es tut mir leid, dass ich das nicht viel früher bemerkt habe.« Peter nahm ihre Hand und streichelte zärtlich darüber. Johanna ließ es geschehen und war dankbar. »Ich habe, als ich dich kennenlernte, einen Menschen gesucht, auf den ich mich stützen konnte, der für mich und Katharina da war und der gut zu uns war. Alles das habe ich bei dir gefunden. Ich habe dich lieben gelernt, ich habe dich geachtet, ich war und bin stolz auf dich und ich habe dir stets vertraut. Ich vertraue dir noch heute, deshalb finde ich auch deinen Vorschlag gut, dass wir das mit dem Haus und dem Unterhalt so regeln. Du bist ein großartiger Mann, aber wir beide haben erfahren, dass wir nicht zueinander gehören. Vielleicht sollte ich besser sagen, dass wir heute nicht mehr zueinander gehören, denn damals war es anders. Es war damals für uns beide vernünftig, ein Stück unseres Lebensweges gemeinsam zu gehen. Wir hatten schöne und glückliche Tage, die ich nicht missen möchte. Ich fühlte mich geachtet, aufgehoben und geliebt von dir. Wir haben die Liebe gesucht und haben einander gefunden. Aber es war keine Liebe. Es waren Zuneigung, Sympathie und Einsamkeit. Wir haben an die Liebe geglaubt, weil wir sie uns beide gewünscht haben. Wir wollten lieben, weil wir wussten, dass die wirkliche Liebe unserem Leben fehlte. Als wir uns gefunden hatten, waren Frieden und Ruhe in meine Seele eingezogen. Du hast sie mir geschenkt. Heute glaube ich, es ist Liebe, wenn ein Funken überspringt. Der nicht aus dir oder mir kommt, der aus der Tiefe und Vollkommenheit des Universums kommt. Denn Liebe ist etwas Schöpferisches. Liebe ist, wenn das Universum unseretwegen einen Moment stillsteht. Wenn du nicht zwischen Kopf und Herz entscheidest, sondern wenn das Herz dich führt und dabei weder Risiken noch Gefahren scheut. Wenn du erlebst, dass die Liebe die Kraft deines Lebens wird. Wenn du spürst, dass die Liebe in deine Seele eingezogen ist, dann hast du sie gefunden.« Johanna schwieg. Peter nahm sie in seinen Arm und hielt sie fest.

Dann fuhr sie fort, und sprach ganz leise, als würde sie sich schämen. »Ich hatte keine Erfahrung in der körperlichen Liebe. Meine Vergangenheit hatte mich geprägt und meine Gefühle waren verletzt, vernarbt und in den letzten Jahren vollkommen verschüttet. Ich hatte dir davon erzählt, aber was sagen schon Worte über Schmerzen und Ängste. Du hattest es schwer mit mir, denn deine Erfahrungen mit Frauen waren anderer Art. Die Frauen, die du kanntest, waren temperamentvoll und genossen die Lust deines Liebespiels. Dass unser Zusammenleben deshalb ein großes Wagnis werden würde, wusste ich von Anfang an. Deshalb war die Angst, im Bett zu versagen oder dich zu enttäuschen, bei mir immer dabei. Deine Leidenschaft hat mich erschreckt und befremdet. Ich war nicht in der Lage mit deiner Körperlichkeit umzugehen. Du hast dich bemüht, wolltest mich mit deinem Temperament und deiner Lust fortreißen, aber der Sturm deiner Begierde hat mich von dir weggespült. Von Mal zu Mal etwas mehr. Ich wollte irgendwann deinen Samenerguss nicht mehr. Ich fand es eklig, wenn du mein Laken mit nassen Flecken bedeckt hattest. Ich habe mich gefürchtet und geekelt vor deinem Ejakulat. Hatte ich ihn auf meinem Körper, fühlte ich mich unsäglich beschmutzt und bekam einen Waschzwang. Du hast dir dann deine Lust genommen. Du hast meinen Körper genommen.« Peter schluckte, als hätte er einen Kloss im Hals. »Verzeih mir, Johanna«, sagte er leise. »Bitte verzeih mir. Aber wie fing das alles an?«, fragte er unsicher.

»Ja, ich verzeihe dir, weil ich weiß, dass es nicht allein deine Schuld war.

Die Liebe, in der wir anfangs miteinander verschmolzen sind, hat uns später getrennt. Ich habe es lange Zeit nicht wahrhaben wollen, aber ich bin unglücklich gewesen, wenn du mich körperlich geliebt hast. Anfangs wollte ich bestimmte Praktiken beim Sex nicht und habe mich gewehrt. Du hast ein bisschen Gewalt angewendet, später etwas mehr Gewalt, dann jedes Mal Gewalt. Vielleicht hast du gedacht, der Ringkampf im Bett würde mir gefallen. Gegen deine Gewalt kam ich nicht an. Zuerst habe ich die Gewalt abgelehnt, dann haben ich den Akt verabscheut, dann habe ich dich abgelehnt. Du hast es nicht bemerkt. Du hast mich geliebt und wolltest deine Befriedigung. Du fandest das alles richtig. Vielleicht war für dich alles in Ordnung, aber du hast einen Körper benutzt, der nicht ich war. Ich war daneben. Ich habe zugeschaut. Ich wurde verletzt. Ich habe mich schließlich vor dir gefürchtet, bis dann jeder Akt ein gewaltvoller tränenreicher Akt wurde und für mich in Abscheu endete. Du hast das weder am Anfang noch hinterher gewollt, ich weiß es«, flüsterte Johanna. »Die Zuneigung zwischen uns hat den anderen nicht mehr verstanden. Verzeih mir, lieber Peter, ich möchte, dass mein Körper in Zukunft mir wieder selbst gehört.« Johanna schwieg. Sie hatte geendet und wischte sich mit dem Taschentuch einige Tränen aus dem Gesicht. Keine Tränen mehr, sagte die Stimme in ihr, die so lange geschwiegen hatte.

»Warum hast du das niemals gesagt?«, fragte Peter. Er nahm seinen Arm von Johanna und setzte sich aufrecht neben sie. »Wie konntest du so lange schweigen?« Johanna fiel keine Antwort ein, sie schaute auf ihre Hände. »Ist dir das auch unangenehm, wenn ich meinen Arm um dich lege?«, fragte Peter verunsichert. »Nein, in deinem Arm fühlte ich mich immer noch geborgen. Das hat sich nicht geändert. Verzeih, ich muss los.« Sie stand auf und holte ihre Jacke.

»Ich bin in ein bis zwei Stunden wieder zurück«, sagte Johanna. »Bitte warte auf mich. Geh nicht einfach so weg. Das würde ich nicht verkraften.« Dann ging sie aus dem Haus. Peter schaute ihr durch das Küchenfenster nach. Nein, sie hatte sich geirrt. Es war Liebe. Nur Liebe. Sein Herz raste ungleichmäßig. Johanna, ich liebe dich. Er setzte sich wieder auf den Platz, auf den sie eben nebeneinandergesessen hatten und weinte.

Als Johanna zurückkam, packte Peter seine Koffer und trug sie ins Auto. Wäsche, Kleidung, Kopfkissen und Bettzeug hatte er in große Plastiksäcke getan, die legte er auf die Rücksitze. Johanna half ihm neben die Koffer auch das Spinett im Kofferraum zu verstauen. Das Spinett, der Klavierersatz für Peter, das er so liebte. Einige Bilder von HAP Grieshaber, die ihm gefielen und von denen er wusste, dass Johanna sie nicht vermissen würde, nahm er sich von der Wand. Dann ging er noch einmal ins Kinderzimmer. Doro war nicht da. Er strich über ihr Bettchen. Tränen liefen ihm in den Bart. »Es tut so weh, Abschied zu nehmen«, sagte er und umarmte Johanna. »Ich weiß, du bist eine großartige Mutter. Lebt wohl alle beide.« Mit großen Schritten ging er zur Haustür. Die Tür fiel ins Schloss und draußen fuhr das Auto davon. Peter war ausgezogen. Ob meine Tränen auch ausgezogen sind, dachte Johanna. Ich wünsche ihm eine Frau, die besser zu ihm passt, die ihn glücklich machen kann. Er hat sie verdient und er hat sein Glück verdient. Lebe du auch wohl, mein lieber Mann. Ich danke dir für die gute Zeit, die uns damals geschenkt war. Johanna weinte nicht, aber der Abschied tat auch ihr weh.

Peter lebte in Berlin. Er rief nicht an und er kam nicht zu Besuch. Er hatte Waldstätt aus seinem neuen Leben verbannt. Als sie sich bei der Scheidung vor Gericht trafen, erzählte er, dass er sich endlich frei fühlte. Er beabsichtigte, seine neugewonnene Kraft zu nutzen, um sein gesamtes Leben zu verändern. In dem neuen Leben würde es kein Haus, keinen Garten und keinen anstrengenden Job geben. Peter wollte leben. Jetzt und gründlich. Alle vernunftbegründeten Einwände, die Johanna ihm zu bedenken gab, schob er beiseite. »Bitte, gib deinen Job nicht auf«, bat Johanna. »Du hast eine gute Stelle in der Charité. Alle ehemaligen Genossen sind gekündigt, du könntest einen Leitungsposten bekommen, wenn du dich ein wenig anstrengst.« Aber schon bei dem Wort *anstrengst*, merkte sie, dass sie wieder das Falsche gesagt hatte. Dass sie ihn wieder angetrieben hatte, wie sie es auch früher getan hatte. »Was willst du denn tun?«, fragte sie versöhnlich. »Ich will gute Fotos machen. Vielleicht auch Aktfotos, ich glaube, davon verstehe ich etwas. Ich bin im Inneren ein Künstler, das wusste ich schon immer.« Peter hatte den Mut, das zu tun, was er, wie er sagte, schon immer tun wollte. Mit seinem Mut verließ er die Sicherheit eines regelmäßigen Einkommens, einer guten Krankenversicherung und öffentlicher Anerkennung. Peter veränderte sein Leben. Vielleicht kam er seinem Traum nahe, vielleicht wurde sein neuer Lebensweg auch sein eigentliches Lebensziel.

Er kündigte seinen Job in der Charité. Er versuchte sich mit Gelegenheitsjobs über Wasser zu halten. Er fotografierte, wurde Pharmavertreter, dann Versicherungsmakler. Schließlich bezog er eine kleinere Wohnung in einem nicht so teuren Stadtviertel. Scheinbar war er glücklich. Einmal rief er überraschend abends Johanna an. Johanna wollte mit ihm plaudern und ihm von Doro erzählen, aber er sagte nur, dass seine Eltern kurz hintereinander gestorben waren. Johanna merkte, dass er litt. Er legte den Hörer schnell wieder auf, ihren Trost wollte er nicht. Johanna hätte Peter gern mitgeteilt, dass sie ihren Mädchennamen wieder annehmen wollte. Aber Peter hatte jetzt andere Sorgen.

Als Johanna den rechtskräftigen Scheidungsbeschluss erhielt, ging sie mit ihrem Personalausweis und ihren Eheregisternachweis zum Standesamt und beantragte ihre Namensänderung. Wenig später war sie auf dem Papier wieder Johanna Trautmann. Sie ließ alle Dokumente ändern und fühlte sich gut. Sie war Johanna Trautmann und das würde sie nicht nur im Herzen, sondern auch künftig vor allen Menschen sein.

Peter lernte in diesem Sommer in Berlin Angelika kennen. Sie war Österreicherin. Angelika arbeitete in ihrem Heimatdorf als Lehrerin und machte mit ihrer Freundin einen Berlinbummel. Als sie Peter traf, war es für beide Liebe. Peter ging mit Angelika nach Österreich, heiratete sie und lebte mit ihr in ihrem Elternhaus in einem kleinen Ort in der Nähe von Wien. Angelika war die richtige Frau für Peter. Peter spielte die Orgel in dem kleinen Dorf, war auf Hochzeiten und Beerdigungen der Unterhalter und fotografierte. Natur und Menschen. Peter war in seinem Leben angekommen und war glücklich. Nach wenigen Jahren starb er plötzlich an einem Herzinfarkt. Hatte er geahnt, dass seine Tage gezählt waren und tauchte er deshalb so tief in das Leben ein? Er hatte sein Lebensziel erreicht. Er hatte Fürsorglichkeit, Sicherheiten und Bedenken überwunden und hatte eine Schwelle überschritten, zu der es Mut und Liebe bedurfte – und Gottvertrauen. Johanna bewunderte ihn dafür. Sie hatte längst erkannt, dass Peter mit ihr niemals so glücklich geworden wäre, und sie war froh für ihn, dass er Angelika gefunden hatte. Zu seiner Beerdigung fuhren Katharina und Doro gemeinsam nach Österreich. Doro hatte Peters Musikalität geerbt und spielte ihm als Abschied am Grab *Der Mond ist aufgegangen*. Sie konnte sich noch erinnern, wie er ihr dieses Lied am Kinderbettchen manchmal vorgesungen hatte. Katharina und Doro hatten beide einen lieben Menschen, vielleicht den ersten in ihrem Leben, verloren. Angelika trauerte lange Zeit, vielleicht sogar bis jetzt. Zu Peters erstem Todestag schenkte sie Doro das Spinett, das über viele Jahre hinweg Peters treuer Freund war.

Wiedersehen

Im Sommer 2006 bekam Johanna während ihrer Bürgermeistersprechstunde Besuch. Es kam eine junge Frau, die einen kleinen Jungen an der Hand hielt. Sie trug eine teure und geschmackvolle Garderobe. Der kleine Junge, er war vielleicht sechs oder sieben Jahre alt, begrüßte Johanna in einem lustig klingenden Schweizerdeutsch. Das wirkte fröhlich und Johanna wandte sich dem kleinen Burschen zu. »Er heißt Veit«, sagte die Mutter. Sie beobachtete Johanna und ihren kleinen Veit. Dann sagte sie »Johanna, wissen Sie wer ich bin?« Johanna schaute die hübsche junge Frau an und konnte sich einfach nicht erinnern. »Es tut mir wirklich leid, und eigentlich passiert mir das auch sonst nicht, aber ich kann mich nicht an Sie erinnern«, gab Johanna offen zu. »Ich bin die Steffi«, sagte die junge Frau. Johanna konnte nichts erwidern, sie ging um den Schreibtisch herum und umarmte Steffi. »Oh Steffi, es ist so schön, Sie wiederzusehen. Komm setzten Sie sich hin und erzählen Sie mir, wie es Ihnen ergangen ist.«

»Aber zuerst, wie sind Sie hergekommen?« – »Ich bin in Berlin gewesen, meine Mutter hat Darmkrebs, liegt in der Charité und wollte mich noch einmal sehen. Manuela, meine Schwester, mit der ich seit einigen Jahren wieder Kontakt habe, hatte mir geschrieben und mich gebeten zu kommen. Ich bin vor einer Woche hier angekommen und wollte aber unbedingt, bevor ich wieder abfliege, Sie besuchen. Die Leute in Ihrem Haus in Berlin in der Platanenallee sagten mir, wie Sie jetzt heißen und dass Sie nach Waldstätt gezogen sind. Dann bin ich mit meinem Sohn und der S-Bahn hierhergekommen und habe in der Bahnhofsgaststätte nach Ihnen gefragt. Der Wirt sagte zu mir, ach, Sie wollen zur Frau Bürgermeisterin, und hat mir den Weg beschrieben. Und nun bin ich hier.« – »Ach, Steffi, wie ich mich freue. Bitte, Sie müssen mir alles erzählen. Aber, wie kommen Sie wieder zurück?«, fragte Johanna. »Am besten Sie bleiben mit ihrem kleinen Jungen bei mir und fahren morgen Vormittag zurück.« – »Danke, Johanna, Ihr Angebot klingt gut, aber ich fliege morgen Abend schon wieder zurück nach Zürich. Manuela holt mich von hier ab. Ich kann sie anrufen und in ein bis zwei Stunden ist sie hier. Sie wollte mich auch herbringen, aber ich wollte Sie allein ausfindig machen, so, wie Sie mich auch einmal gefunden haben.« – »Steffi«, sagte Johanna erfreut, »wollen wir zusammen etwas essen gehen, hier gibt es ein gutes Hotel mit einem Restaurant?« – »Das wäre prima«, sagte der Kleine, »ich habe nämlich großen Durst.«

Im Restaurant bekam Veit eine Limonade und später ein Eis. Als die Kellnerin die Limonade brachte, sagte Veit zu ihr: »Sie servieren von der falschen Seite.« Die Kellnerin musste lachen und schenkte ihm ein Matchboxauto. Dann begann Steffi zu erzählen. »Wir haben uns jetzt mehr als fünfzehn Jahre nicht gesehen. In dieser Zeit ist so viel passiert. Vielleicht fange ich am Anfang an. Ich habe, wie Sie wissen, mit Wolfgang zusammengelebt. Wir lernten uns beim Arbeiten kennen. Er war anfangs mein Vorgesetzter und ihm habe ich auch zu verdanken, dass ich eine Ausbildung zur Köchin gemacht habe. Wolfgang war ein wunderbarer Mann. Zuerst hat er die Wohnung hergerichtet. Dann haben wir Zukunftspläne gemacht. Wolfgang hat immer gesagt, erst mache ich meinen Küchenmeister und dann verschwinden wir. Wir gehen zu meinem Onkel in die Schweiz. Wir haben beide den Küchenmeister gemacht. Mitte Juni 1989 wurden wir mit der Ausbildung fertig. Wenige Tage später haben wir gehört, dass in Ungarn die Überwachungsanlagen an der Grenze abgebaut wurden. Dann hörten wir von Freunden, dass die Außenminister Mock und Horn den Signalzaun an der Grenze von Ungarn zu Österreich durchtrennt hätten. Wir sind zwei Wochen, nachdem wir unsere Prüfungszeugnisse und Urkunden in den Händen hielten, mit dem Zug nach Prag gefahren, dort kauften wir eine neue Fahrkarte nach Ungarn, zuerst wieder nur bis Budapest, um nicht verdächtig zu erscheinen. Aber wir stiegen schon in Györ aus und wollten mit Rucksack über Kapuvar und Nagycenk nach Deutschkreuz in Österreich trampen. Wir bekamen in Györ einen Lkw, der uns mitnahm nach Kapuvar. Dann trafen wir auf den Strom der Ausreisewilligen, die auch auf dieser Strecke unterwegs waren. Ein Trabi hielt an und nahm uns mit. Wir fuhren zu sechst in dem Auto. Der Fahrer wollte hinter Sopron über die Grenze nach Österreich, Aber wir stiegen schon in Kophaza aus und wollten laufen. Bis Deutschkreuz in Österreich sollte es nicht mehr weit sein, hatte man uns gesagt. Auch auf dieser Straße waren wir nicht allein. Auto an Auto und vor der Grenze jede Menge stehen gelassene Pkws am Straßenrand. Wir campierten im Wald in der Nähe eines Campingplatzes. Auf dem Campingplatz erfuhren wir, dass es Hilfe aus Österreich geben würde. Tatsächlich trafen wir den Mann, der sich im Wald gut auskannte und genau wusste, wann die Grenze nicht bewacht war. Mit vier anderen brachte er uns heil ins Burgenland. Da waren wir also in Österreich. Wir konnten unser Glück kaum fassen. Die anderen vier sind sofort weitergezogen nach Bayern. Wir wollten auch weiter, aber Wolfgang ging es schlecht. Er hatte heftige Magenschmerzen und Brechdurchfall. Der Mann, der uns über die Grenze geholfen hatte, beherbergte uns noch zwei Tage. Wolfgang war mit seinen Kräften am Ende. Wir hatten kein Geld und konnten uns kein Hotel leisten. Dann nahm uns ein Wartburgfahrer bis Graz mit und setzte uns in einem Vorort von Graz in einem kleinen Gasthof ab. Die Wirtsleute waren weit über sechzig. Wir erzählten dem Gastwirt unsere Geschichte und sagten ihm auch, dass wir kein Geld hätten, um irgendetwas bezahlen zu können. Der Wirt war sehr freundlich. Er versprach uns zu helfen und wir bekamen im Gasthof ein Zimmer und eine ordentliche Mahlzeit. Am Abend machte er uns den Vorschlag, dass er uns bis Ende Februar des nächsten Jahres als Saisonarbeiter beschäftigen würde. Einer in der Küche und einer beim Servieren. Unser Gehalt und die Arbeitsbedingungen waren traumhaft und wir blieben. Wir wollten nicht als Bettler bei Wolfgangs Onkel erscheinen und erarbeiteten uns in diesem Winter ein kleines finanzielles Polster. Die Wirtsleute waren nicht nur unsere Arbeitgeber, sondern wurden richtige Freunde. Aber Wolfgang wollte weiter in die Schweiz, weil er dort seinen Onkel treffen wollte. Wir hofften, bei seinem Onkel bleiben zu können. Im März 1990 fuhren wir nach Bivio zu Wolfgangs Onkel. Bivio ist ein herrlicher Ort in Graubünden. Sein Onkel hat uns freundlich aufgenommen. Er lebte allein, seine Frau war gestorben und Kinder hatten sie nicht. Wir konnten bei ihm wohnen und wir haben auch in dem kleinen Ort sofort Arbeit gefunden. Wolfgang und ich wurden seine Familie. Wir hatten zu dritt eine wunderbare Zeit. Zunächst waren wir als Saisonkräfte beschäftigt. Aber nach den drei Monaten wurde Wolfgang in dem Hotel als Küchenmeister eingestellt. Wir wechselten uns ab mit der Betreuung des Onkels, der inzwischen einen Herzinfarkt erlitten hatte und zum Pflegefall geworden war. Den Onkel haben wir fünf Jahre gepflegt. Als er starb, vererbte er uns sein Haus. Wolfgang arbeitete immer noch in dem gleichen Hotel als Küchenleiter. Ich hatte inzwischen eine Hotelfachschule besucht und war ausgebildeter Hotelbetriebswirt. Ein großes Hotel im Nachbarort hatte mich angestellt, aber insgeheim wollte ich endlich mit Wolfgang Kinder haben. Wir hatten ein schönes Haus und wir hatten gute Jobs. Eines Tages erkrankte Wolfgang. Zunächst sah es aus, als wäre es nur ein Magen-Darm-Infekt mit furchtbarem Durchfall. Er blieb eine Woche zu Hause, aber die Magenschmerzen wurden immer schlimmer. Als er ins Krankenhaus kam, konnte er nichts mehr bei sich behalten. Er wurde operiert, dann noch einmal und dann sagte man mir, es sei Magenkrebs im Endstadium. Wolfgang starb ein Jahr nach seinem

Onkel. Er wurde in Bivio neben seinem Onkel beerdigt. An dem Begräbnis nahmen so viele Menschen Anteil, dass mir klar wurde, hier kennt man uns, hier sind wir geachtet und hier ist mein Zuhause. Ich habe es an diesem Tag gespürt, dass wir in Bivio angekommen sind. Dass ich hierhergehöre, zu Wolfgangs und des Onkels Grab und unserem Zuhause. Ich hatte meine Arbeit und hielt mich daran fest. Das Hotel, in dem ich arbeitete, war ein großes Haus mit fünfundfünfzig Zimmern, einem großen Wellnessbereich und Spa-Angeboten. Es wurde von einem sehr netten Ehepaar geführt, das zwei Kinder hatte. Eine Tochter, die in den USA lebte und dort verheiratet war, und einen Sohn, der noch studierte und der später das Hotel übernehmen sollte. Der Sohn kam selten nach Hause und die Eltern begannen sich Sorgen zu machen. Als Wolfgang starb, befürchteten sie, dass ich wieder zurück nach Deutschland gehen würde, aber das wollte ich auf keinen Fall und das sagte ich ihnen auch.

Wolfgangs Tod hatte mich ausgelaugt und oft war ich müde. Das schöne Haus vom Onkel und der große Garten lenkten mich ab, außerdem hatte ich eine gute Arbeit und verdiente gut, aber meine Seele fühlte sich einsam. Ich stürzte mich in die Arbeit und arbeitete vierzehn, manchmal sechzehn Stunden. Bis ich schließlich eines Abends, als ich das Hotel verlassen wollte, auf dem Parkplatz zusammenbrach. Die Chefin holte einen Arzt, der mich untersuchte und mir eine Überweisung in die Hand drückte, die ich in der Handtasche steckte. Die Chefin kümmerte sich um mich und brachte mich nach Hause. Ich legte mich im Wohnzimmer auf die Couch und sie bereitete mir einen Tee zu. Als es mir besser ging, fragte sie mich, zu welchem Arzt ich überwiesen wurde. Ich kramte die Überweisung aus meiner Handtasche und schaute auf den Schein und las laut *Gynäkologe*. Gynäkologe, ich verstand es nicht. Der Gynäkologe, den ich aufsuchte, verstand es. Ich war im vierten Monat schwanger. So lange schon wollten wir beide ein Kind haben, aber es hatte einfach nicht funktioniert. Mir liefen die Tränen über das Gesicht. Warum jetzt?, überlegte ich immerzu. Der Gynäkologe betreute mich weiter und dann eines Tages sagte er, das Kind hat einen schweren Herzfehler. Wir wissen nicht, was die Ursache ist und wir wissen auch nicht, ob es lebensfähig sein wird. Im siebenten Monat verlor ich das Kind. Da erinnerte ich mich, dass Wolfgang mir erzählt hatte, dass er einen kleinen Bruder hatte, der auch im Säuglingsalter an einem Herzfehler gestorben war. Unser Kind war auch ein kleiner Junge, in meinen Gedanken nenne ich ihn immer Wölfchen. Sein kleines Herz war nicht gewachsen. Ich hatte unser Kind verloren. Ich durfte seine kleine Urne auf dem Friedhof in Wolfgang Grab beerdigen. Nichts in der Welt bringt mich aus diesem Ort wieder weg«, sagte Steffi. »Hier war ich glücklich und hier war ich unglücklich. Hier hat meine Seele Ruhe und Frieden gefunden. Meine Chefin, die Leni, stand mir in allem Leid bei, sie wurde meine beste Freundin. Bei der Hochzeit von Lenis Schwester, lernte ich ihren jüngeren Bruder Urs kennen. Urs war das Nesthäkchen zu Hause, erzählte mir Leni, und ist, seit er einen Skiunfall hatte, gehbehindert. Er lebt zurückgezogen und ist auch in der Gesellschaft sehr zurückhaltend. Als ich Urs traf, spürte ich ein Licht im Herzen. Dieser Mensch berührte mich tief innen. Er hatte in mir wieder ein Feuer entfacht, das Leben heißt. Seine Augen und seine Stimme erzählten von so vielen verlorenen Chancen und von unerfüllter Zärtlichkeit. Aber seine Worte waren zögerlich und unsicher. Als es auf dem Fest besonders fröhlich wurde, ging er weg. Da sah ich, dass er hinkte. Mich störte das nicht und inzwischen merke ich das schon gar nicht mehr. Urs kam nach der Hochzeit häufiger seine Schwester in Bivio besuchen. Wir trafen uns und irgendwann verliebten wir uns ineinander. Seit sieben Jahren sind wir verheiratet. Dann kam auch bald Veit. Wir wohnen noch immer in dem Haus von Wolfgangs Onkel. Urs hat dort inzwischen sein Büro eingerichtet. Er arbeitet als Steuerprüfer. Für Veit ist es gut, wenn er aus der Schule kommt, geht er entweder nach Hause oder kommt ins Hotel. Alles ist in Bivio fußläufig zu erreichen. Du hast sicher schon gemerkt, dass an Veit ein Hotelmanager verloren gegangen ist. Er liebt das Hotelwesen und Leni, seine Patentante, findet es wunderbar und unterstützt es gern.

Ja, ich bin heute Frau Fellbacher und wohne in Bivio in der Schweiz. Durch die Heirat mit Urs bin ich auch Schweizer Staatsbürgerin geworden. Und ja, ich bin sehr glücklich. Deshalb wollte ich Ihnen danken, weil es nicht selbstverständlich war, dass Sie mir damals geholfen haben. Sie haben meine Weiche ins Glück gestellt. Dass ich Sie hier in Waldstätt wiedergefunden habe und Ihnen das alles sagen konnte, bedeutet mir sehr viel. Danke Johanna.« Steffi legte ihre Hand auf Johannas Unterarm. Johanna hatte immer noch einen Kloß im Hals.

»Meine Mutter wird sterben«, erzählte Steffi weiter, »ich habe es gesehen. Manuela bleibt bei ihr, sie hängt immer noch sehr an unserer Mutter. Meinen Vater habe ich nicht wiedergesehen. Meine Mutter hatte sich 1990 scheiden lassen und hat als Altenpflegerin gearbeitet. Zuerst als ungelernte Kraft und dann hat sie noch eine Ausbildung absolviert. Sie musste arbeiten gehen, weil sie von meinem Vater keinen Unterhalt bekommen hat. Er verkauft jetzt Versicherungen, hat Manuela erzählt. Wenn Mutter nicht mehr ist, werde ich Manuela zu mir in die Schweiz holen. Wir Schwestern haben nur noch uns und ich möchte sie nicht noch einmal verlieren.« Johanna fragte Steffi direkt: »Warum hat sich Ihre Mutter erst so spät scheiden lassen? Sie hat schon viel früher unter ihrem Mann gelitten.« – »Das habe ich mich oft auch gefragt«, gab Steffi zu. »Manuela hat Mutter einmal danach gefragt. Da hat sie geantwortet, wenn ich mich früher hätte scheiden lassen, hätte mir euer Vater mit seiner Partei und der Stasi das Sorgerecht und sicher auch das Umgangsrecht für dich genommen. Steffi war schon volljährig, aber dich hätte ich verloren. Das hätte ich nicht verkraftet, dein Vater hatte mich vollkommen in der Hand. Meine arme Mutter tut mir sehr leid«, sagte Steffi, »was für ein Leben mit der Partei im Bett und mit der Stasi am Küchentisch«, sagte sie sarkastisch.

»Ihre Mutter hat Sie geliebt«, sagte Johanna. »Sie kam zu mir, weil sie Sie finden und beschützen wollte. Sie hatte alle möglichen Tricks erdacht, um sich mit mir zu treffen.« – »Ja, heute bin ich selbst Mutter, heute weiß ich das. Auch Mutters wegen will ich Manuela mit in die Schweiz nehmen«, sagte Steffi. »Sie ist Krankenschwester und könnte bei uns im Spital arbeiten oder bei der Rettung oder bei der Bergwacht, sie ist sehr sportlich.«

Steffi und Johanna sahen aus dem Fenster und beobachteten Veit, der auf einer Federwippe spielte. »Johanna, ich möchte Sie einladen. Wenn Sie einmal Lust und Zeit finden, uns zu besuchen, würde ich mich sehr freuen. Ich habe Urs viel von Ihnen berichtet.« Steffi zog eine Visitenkarte hervor und legte sie vor Johanna auf den Tisch. Johanna las:

Steffi Fellbacher
Graubünden
Bivio 7457
Engadiner Weg Nr. 8
Telefonnummer: CH 081-789 789

Auf der Rückseite stand
Steffi Fellbacher
Hotelmanager/Hotelbetriebswirt
Prokurist:
Wellness & Spa Hotel Sankt Georg in Bivio
Telefonnummer: CH 081-224 244

»Ich habe große Hochachtung vor dem, was Sie geleistet haben«, sagte Johanna »und ich bin richtig stolz auf Sie. Der kleine Veit hat eine wunderbare Mutter, finde ich«, fügte Johanna ehrlich beeindruckt hinzu.

Es waren mehr als drei Stunden vergangen. Steffi schaute auf die Uhr, »ich würde jetzt gern Manuela anrufen, damit sie mich hier abholt. Ist das für Sie in Ordnung?« – »Natürlich, das ist in Ordnung.« Während Steffi telefonierte, bezahlte Johanna schnell. »Solange wir auf Ihre Schwester warten, wüsste ich gern, wo eigentlich Bivio liegt, ich kenne mich in der Schweiz überhaupt nicht aus«, stellte Johanna fest. Als Steffi antwortete, schwang unverkennbar eine echte Heimatverbundenheit mit. »Bivio liegt im Kanton Graubünden. Das ist ungefähr 200 Kilometer von Zürich und 25 Kilometer von Sankt Moritz entfernt. Verfolgt man die Luftlinie von Vaduz nach Süden kommt man nach Bivio. Der Ortsname Bivio bedeutet so viel Wegscheide. Die Römer benutzten die beiden Alpenpässe Septimer und Julier, um in den Engadin zu gelangen. Bivio liegt am Fuße dieser Alpenpässe und war immer für den Passverkehr bedeutsam. In unserem kleinen Ort spricht man Italienisch und Deutsch, hauptsächlich aber Deutsch. Wir wohnen auf circa 1.800 Meter Höhe und natürlich leben wir noch immer vom Tourismus und von Geschäftsleuten. Ich wollte als junges Mädchen immer in die Welt hinaus. Heute kommt die Welt zu mir herein.« Sie stießen noch einmal auf das Wiedersehen an und leerten die Weingläser. Veit rannte plötzlich über den Spielplatz in Richtung Parkplatz. Dann sahen sie Manuela aus dem Auto steigen. Mit dem kleinen Jungen an der Hand, kam Manuela ins Restaurant. Veit winkte ihnen von der Tür aus zu. Er stürzte gleich zu seiner Mutter, »ich muss aufn Aabee«. Steffi nahm ihn an die Hand, fragte nach der Toilette und verschwand mit ihm. Manuela war älter geworden, hatte sich aber im Gesicht wenig verändert. Sie selbst konnte sich noch gut an Johanna erinnern und fragte auch nach Katharina. Dann erzählte sie, dass die Mutter bald eine Chemotherapie bekommen würde. Johanna spürte Manuelas Hoffnung auf diese Chemo und sie wünschte der Mutter dieser beiden Mädchen von ganzem Herzen alles Gute. Steffi kam zurück. Die drei Frauen standen sich einen Augenblick gegenüber und schauten durch den anderen hindurch in die Vergangenheit. Dann verabschiedeten sich die beiden Schwestern mit dem Kind von Johanna und fuhren in dem alten Polo von Manuela davon. Johanna kamen langsam die Tränen. Sie weinte um die Mutter, um die Ungerechtigkeit, die man ihr angetan hatte und um ihr verlorenes Leben. Danach machte sie sich in ihrem Büro frisch und ging nach Hause, aber ihr Herz war schwer. Bis nach Hause betete sie wortlos den immer gleichen Satz: Lieber Gott, bitte, lass ihre Mutter nicht sterben, nicht jetzt.

Etwa vier Wochen später erhielt Johanna eine Traueranzeige von Manuela. Auf der Todesanzeige war zu lesen, dass Sabine Schröder im Alter von zweiundfünfzig Jahren ihrer schweren Krankheit erlag. Die beiden Töchter Steffi und Manuela trauern um ihre Mutter.

Der Todesanzeige war ein handschriftlicher Brief von Manuela beigelegt. Johanna las:

Sehr geehrte Frau Trautmann,
unsere Hoffnungen haben sich leider nicht erfüllt.
Unsere Mutter ist noch vor der ersten Chemotherapie verstorben. Seit Mittwoch konnte ich bei ihr in der Charité sein. Sie hat ein starkes Beruhigungsmittel gegen die Schmerzen bekommen, aber sie war bis zum Schluss nicht benommen oder desorientiert. Wir haben uns unterhalten und Mutter konnte mir ihren letzten Willen mitteilen.
Mutter hat uns gebeten, sie nicht allein in Berlin zurückzulassen. Sie möchte verbrannt werden und dort ein Grab bekommen, wo wir leben.

Sie schlief am Freitagabend ruhig ein und wachte nicht wieder auf.
Sie fehlt mir.
Ich werde zu Steffi in die Schweiz gehen und mir auch in Bivio eine
Arbeit suchen.
Wir wollen Mutter in Bivio beisetzen, bei Wolfgang, seinem Onkel
und Steffis erstem Kind.
Steffi und ich, wir glauben, dass Familie dort ist, wo die Gräber sind,
und die Gräber sollten bei der Familie sein.
In Bivio sind wir vereint, das hätte Mutter gefallen.
Leben Sie wohl, sehr geehrte Frau Trautmann und haben Sie vielen
Dank für alles, was Sie für unsere Familie getan haben.
Mit der Urne fliege ich morgen nach Zürich, wo mich Steffi abholt.

Mit herzlichen Grüßen
Manuela Schröder

Namibia

Die Monate und Jahre vergingen und Johanna erkannte immer mehr, dass die Kraft zu leben in jedem einzelnen Tag, in jedem einzelnen Gespräch und in jedem einzelnen Ort zu finden war. Sie hatte in ihrem Leben erfahren, wie Trauer und Verzweiflung sich blutig in die Seele gruben und am Ende hässlich vernarbten.

Die beruflichen Pflichten endeten, als Johanna die Entscheidung traf, fortan einen anderen Lebensweg zu beschreiten. Die Zeit für die Veränderung war reif wie eine Frucht, die auf die Ernte wartet. Johanna brachte den Mut auf zu träumen und hielt ihre Träume fest. Sie wollte auf ihrem künftigen letzten Lebensweg ihrem Traum nahekommen, wollte ihn Wirklichkeit werden lassen. Sie wusste auch, dass sie für jeden Schritt auf diesem neuen Weg, den sie eigentlich schon immer gehen wollte, Mut brauchte.

Sich zu entscheiden braucht Mut, unbekannten Pfaden zu folgen, braucht Mut, sich Neuem zu öffnen, braucht Mut und sich verändern zu lassen, braucht ebenfalls Mut. Mut zu haben und seinem Traum zu folgen, das bedeutet Gott zu vertrauen. Johanna war bereit dafür. Über alles Streben, das ihr bisher innegewohnte, hatte sich eine tiefe Demut gelegt, denn sie wusste, Demut ist aller Anfang eines Neubeginns. Sie öffnete sich einer neuen Welt, ließ neue Gedanken und Wünsche entstehen, die scheinbar einem Abenteuer folgten oder denen verdächtige Geheimnisse innewohnten. Johanna suchte keine Erfolge, sie wusste längst, dass sich Erfolge entweder einstellen oder eben nicht einstellen. Erfolge sind kein Ziel an sich, sondern immer nur eine Abfolge von etwas, eine Folgerung aus dem Tun. Nein, Johanna suchte Wege, ihren Traum zu gestalten. Nichts würde sie dabei unversucht lassen. Am Ende ihres Lebens sollte sich ihr Traum erfüllt haben. Ihr Traum hieß lernen. Lernen, bedeutete für sie, sich nicht nur Wissen anzueignen, sie wollte die Welt kennenlernen, sie wollte erfahren, wie andere Menschen lebten, dachten, empfanden, woran sie glaubten und wovon sie träumten. Sie wollte in das Universum eindringen und bewusst teil-nehmen und teil-geben.

Eines Abends, als Johanna bei Bekannten eingeladen war, erzählten diese von ihrem Hilfsprojekt für die Buschmänner in Namibia. Die Buschmänner, auch San genannt, und ihr Leben waren Johanna bis dahin vollkommen unbekannt, Namibia war ihr unbekannt. Sie begeisterte sich für die ehrenamtliche Arbeit, die die Freunde von Maria, einer guten Bekannten, leisteten und war bereit, in dem Verein und in dem Hilfsprojekt vor Ort mitzuarbeiten. Wenige Monate später flogen Johanna und Maria, ausgerüstet mit medizinischen, pharmazeutischen und sanitären Gegenständen nach Windhoek in Namibia. Auf dem Flughafen mieteten sie sich aus Gründen der Sparsamkeit ein kleines Auto. Maria drehte auf dem Parkplatz einige Runden, um sich an den

Linksverkehr zu gewöhnen und daran, dass im Auto die Fahrer-
seite nicht rechts, sondern links war und der Lichtschalter und der
Blinker ebenfalls auf der anderen Seite angeordnet waren. Über
Okahandja, Otjiwarongo, Otavi und Tsumeb fuhren sie Richtung
Norden. Hinter Tsumeb verließen sie die Teerstraße und fuhren
auf einem wenig befahrenem Schotterweg weiter nördlich. Seit
sieben Stunden waren sie mit dem Auto unterwegs. Johanna bat
Maria, eine Rast zu machen, um etwas zu trinken und zu essen
und ein paar Schritte zu laufen. Sie hielten hinter einer Straßen-
gabelung. »Wir können hier nicht lange stehen bleiben«, sagte
Maria. »Es sind noch ungefähr ein und eine halbe Stunde Fahrt.
Dann ist es dunkel und ich werde den Weg nicht finden.« Johanna
verstand Marias Einwand nicht, »es ist doch noch taghell«, widersprach sie. »Ja, aber hier kommt die Dunkelheit ganz schnell.«
Johanna konnte sich das nicht vorstellen, aber sie gab sich zufrieden. Nach wenigen Minuten fuhren sie weiter. Der Schotterweg
wurde zu einem Pfad im tiefen Sand. Das kleine Auto quälte sich
langsam und mühevoll durch den tiefen Sand. Das Schlingern
war unvermeidlich. »Siehst du das dürre Geäst auf dem Weg?«,
fragte Maria. Der Wind hatte die trockenen Zweige zu einem
Ball geformt und trieb sie vor sich her. Manche Bälle lagen direkt
auf dem Weg. »Wir dürfen nicht darüberfahren«, sagte Maria.
»Ich halte lieber an, damit du sie aus dem Weg räumen kannst«,
schlug Maria vor. »Andernfalls kostet es uns den Reifen. Diese
Dornen sind so groß und spitz, die könnten sogar einen Lkw-Rei-
fen durchstechen.« Johanna räumte das Dornengeäst aus dem
Weg. Hinter der nächsten Kurve endete der Weg abrupt vor einem Zaun. Maria stieg aus und öffnete das alte Gattertor. Es war
nur mit einer Kette zugehalten, aber nicht abgeschlossen. Maria
erklärte Johanna, dass sie noch zwei Farmen durchqueren müss-
ten und da die Tiere, Rinder, Schafe oder Ziegen auf den meisten
Farmen frei herumliefen, ist es wichtig die Tore geschlossen zu

halten. Sie fuhren noch eine Stunde, dann wurde es dunkel. Es wurde tatsächlich innerhalb einer halben Stunde richtig finster.

Mit dem letzten Licht, mit dem sich der Tag verabschieden wollte, kamen sie auf der Farm an. Es war ein kleines Farmhaus mit einem Nebengebäude, in dem drei oder vier Apartments eingerichtet waren. Johanna war müde, sie wollte kein Abendbrot mehr, sie ging gleich in ihr Apartment und legte sich schlafen.

Am nächsten Morgen ging die Dusche nicht. Der Hahn drehte sich, aber es floss kein Wasser. Dann frühstücke ich erst, dachte Johanna und hielt nach Maria Ausschau. Maria hatte das Auto ausgepackt, die eigenen Koffer standen vor der Tür, die Sachen, die für die San gedacht waren, lagen separat. Was die Krankenstation und die Apotheke erhalten sollte, stand ebenfalls schon bereit. Maria saß beim Frühstück und erwartete Johanna. Eine kleine dunkelhäutige Frau brachte einen zweiten Teller mit Besteck. »Das ist Mpumie«, sagte Maria. Mpumie nickte und wischte mit ihrer Schürze die zahlreichen blauen Blüten vom Gartentisch und stellte den Teller ab. Dann band sie die Schürze ab und wedelte mit der Schürze unter dem Jacarandabaum herum, um die Vögel aus den Ästen zu verscheuchen. Sie flogen mit lautem Geschrei weg und kamen wieder, als Mpumie gegangen war. Mpumie brachte noch mehr Kaffee, Brot und Butter. Dann sagte sie etwas, was wie ein Schnalzen und Klicken klang und ging in die andere Richtung davon. Nach kurzer Zeit brachte sie eine Pfanne mit gebratenen Eiern. Sie stellte die Pfanne auf den Tisch und freute sich. »Die hat sie bestimmt von zu Hause geholt«, meinte Maria, »denn dort drüben ist ihr Dorf.« Maria zeigte auf einen Trampelpfad, der durch Dickicht führte.

»Frühstück unter einem Jacarandabaum in Namibia. Was für ein wunderschöner Baum«, stellte Johanna beeindruckt fest. Während sie noch den Baum bewunderte und genüsslich frühstückte, sagte Maria: »Mpumie ist eine San, die hier im Dorf lebt.

Nach dem Frühstück zeige ich dir die Farm und die zwei Dörfer der San und erzähle dir, was ich über die San weiß, dann verteilen wir die Sachen »Was ist eigentlich der Unterschied zwischen San und Buschmännern?«, fragte Johanna als sie ihren letzten Kaffee austrank. »Die Erklärung ist etwas kompliziert und ich bin wahrlich kein Ethnologe«, sagte Maria, »aber so wie ich es verstehe, ist San eine Sammelbezeichnung einiger indigener Ethnien hier, die früher als Jäger und Sammler lebten. Das Wort ›San‹ geht auf die Nama zurück. Die mit ›San‹ meinten, das sind ›jene, die etwas vom Boden auflesen‹. Mit den San sind die Khoikhoi sprachverwandt, manche sprechen deshalb auch von den Khoisan. Die Khoisan selbst leben meistens in Gruppen, die Vieh halten. Um sich selbst von den als Jäger und Sammler lebenden San abzugrenzen, verwenden sie das Wort ›San‹, dass bei ihnen so etwas wie ›Fremder‹ und ›Nichtsnutz‹ ausdrückt. Die Bezeichnung ›Buschmann‹ haben die deutschen Kolonialherren verwendet. Teilweise wird sie aber sogar heute noch von offizieller Seite verwendet. Im angrenzenden Botswana werden die San auch Basarwa genannt. Sie selbst würden sich als San bezeichnen, das ergab einmal eine offizielle Befragung.« Johanna war aufgefallen, dass Mpumie zwar dunkelhäutig war, aber sie sah nicht so aus, wie man sich als Europäerin eine Farbige in Afrika vorstellt. Sie hatte andere biologische Merkmale und Johannas Interesse, die San kennenzulernen, war geweckt.

Der Weg zum Dorf war kein Weg, er war ein Trampelpfad durch Buschwerk. Johanna ging hinter Maria her. Unzählige Fliegen umkreisten ihre Körper. Die Sonne stand im Zenit und brannte gnadenlos auf sie nieder. Etwa 200 bis 300 Meter vom Farmhaus entfernt lag das erste Dorf der San. Es waren nicht mehr als sieben runde Grashütten zu sehen. Stöcke und Äste waren in einem Kreis in den Boden gesteckt. Andere Zweige dienten als loses Geflecht zwischen den Hölzern. Darauf wurde ein

Gras-Dach gesetzt. Von innen wurden die Zweige und Äste, die die Wand bildeten, mit einer Plane zugehängt und die Hütte war fertig. In dieser großen Hütte konnte man gut stehen. Andere Hütten, die nur aus Zweigen und Grasbüscheln errichtet waren, boten nur in der Mitte genug Platz, sich aufzurichten. Zwischen den Hütten waren Zäune errichtet, auf denen Wäsche hing, Töpfe, Eimer und Schüsseln. Große Schüsseln standen neben den Zäunen. Manche Hütten hatten vor der Öffnung eine Feuerstelle. Als sie ankamen, winkte Mpumie ihnen freundlich zu und rief etwas, das sie nicht verstanden. Mpumie zeigte auf die Feuerstelle vor ihrer Hütte. Sie hatte zwei Becher aus Blech in der Hand und in der anderen ein paar Kräuter. Über der Feuerstelle hing ein Topf, in dem Fleisch kochte. Mpumie kratzte mit einem Holzstück die Glut auseinander und hängte einen kleinen Wassertopf neben den Fleischtopf. Sie bedeutete uns, sich zu setzten. Dann nahm sie einen verzweigten Ast und fegte um die Feuerstelle vor dem Eingang ihrer Zweighütte, dort, wohin wir uns setzen sollten. Setzen, Johanna überlegte und schaute sich um. Setzen wohin, dachte sie einen Moment. Maria saß schon auf der Erde mit angewinkelten Beinen. Johanna setzte sich neben Maria. Sie saßen auf dem Boden, im Sand, im Dreck, in der Asche und sie saßen höchst unbequem, weil sie diese Sitzhaltung nicht gewohnt waren. Hühner liefen um die Hütte herum, suchten Futter und kratzten in der Erde. Der aufgewirbelte Dreck der Hühner rieselte Johanna in den Rücken. Auf dem Platz, auf dem die Hütten standen, wuchs nichts mehr. Nicht ein einziges grünes Hälmchen gab es hier. Was können die Hühner hier fressen?, überlegte Johanna, erinnerte sich an die Frühstückseier und schaute den Hühnern hinterher. Und ich habe die Eier gegessen, dachte sie. Mpumie scheuchte die Hühner weg. Mpumies Tee schmeckte süß und ein bisschen wie Fenchel. Wie soll man sich unterhalten, wenn man einander nicht versteht? Mpumie zeigte auf die vier Kinder, die eine Kuh zur Hütte trieben und Maria und Johanna verstanden, dass es sich um ihre Kinder handelte, auf die sie offensichtlich stolz war. Ein Junge von vielleicht vier oder fünf Jahren hatte eine Decke um die Schultern gebunden und es sah aus, als hätte er eine Verwachsung. Er kam zu Mpumie und als die Mutter die Decke anhob und ein kleines Bündel aufhob, sahen sie, dass sich unter der Decke ein Neugeborenes befunden hatte. Mpumie legte das Neugeborene an die Brust und stillte es. Die Kinder verschwanden wieder, aber die Kuh blieb bei der Hütte und lief um die Frauen herum. Johanna fühlte sich nicht nur unwohl, sie befürchtete auch von der Kuh getreten zu werden. Als Mpumie das Baby fertig gestillt hatte, brach Maria endlich auf. Sie übergab den mitgebrachten Korb mit Sämereien, Milchpulver und Maismehl. Mpumie bedankte sich, begleitete die Frauen ein Stück und zeigte Maria ihren Stolz. Das war ein kleiner Garten, nicht größer als fünfmal fünf Meter, und tatsächlich wuchs hier etwas. Der Garten war mit dichtem undurchdringlichem Buschwerk und Dornenstrauchwerk umgeben und so vor den Hühnern, der Kuh und vielleicht noch vor anderen Tieren geschützt. Im Garten wuchsen Bohnen an Stangen und Mais.

Auf dem Weg zum Farmhaus zurück erzählte Maria: »Du hast gesehen, die San sind relativ klein und zierlich. Man erkennt sie an ihrer typischen gelblich braunen Hautfarbe, den vorstehenden Backenknochen und dem sogenannten Pfefferkornhaar. Ich finde, es sind schöne Menschen«, sagte Maria. »Die Frauen tragen Kleider oder Röcke, die Kinder haben Hosen oder Kleider an, aber manche Männer, besonders die Alten, tragen noch traditionell ihren Lendenschurz. Nur mit so einem Lendenschutz bekleidet, sind sie auf die Jagd gegangen und jagen noch heute. Ihre Ausrüstung, Wurfspeere, Pfeil und Bogen, haben sich über die Jahrhunderte nicht verändert. Sie befestigen eine aus Giraffenknochen gefertigte Pfeilspitze an einem Pfeilschaft aus hartem Gras. Manche Pfeilspitzen vergiften sie mit einer brauen Flüssigkeit, einem Gift von bestimmten Larven, und jagen damit große Tiere wie Antilopen, Zebras oder Steinböckchen. Sie sind bei der Jagd oft tagelang unterwegs, unterdrücken dabei Hunger und Durst und finden die Tiere, indem sie Meister sind im Spurenlesen. Wenn sie schließlich die Tiere gefunden haben, die sie jagen wollen, brauchen sie in der Regel keine Fernwaffen. Sie laufen den Tieren so lange hinterher, bis diese entkräftet zusammenbrechen. Diese Ausdauerjagd ist die älteste Form der menschlichen Jagd.« Maria wusste so viel über die San und Johanna hörte ihr gespannt zu. »Können die San heute denn noch jagen? Es ist doch alles eingezäunt und dann sind überall die Natur-Reservate«, gab Johanna zu Bedenken. »Die San sind die einzigen Menschen, die sogar in der Kalahari leben könnten«, sagte Maria. »Du hast recht, die San haben keine guten Jagdgründe mehr. Und sie wurden vielerorts versklavt, verboten, verdrängt, verjagt. 1970 gab es eine südafrikanische Homeland-Strategie, die den San am Rande der Khalahari und in der Nähe von Tsumkwe das Buschmannland eingerichtet hatte. Weißt du«, fuhr Maria fort, »die Khalahari ist eine Dornenstrauchsavanne teilweise sogar eine Trockensavanne und wegen des vorherrschenden roten Sandes wird sie bisweilen auch als Wüste bezeichnet. Die Khalahari ist riesengroß. Sie erstreckt sich beidseitig des südlichen Wendekreises über eine Fläche von mehr als einer Million Quadratkilometer. Hier war das Buschmannland.

Im Farmhaus wurden sie schon dringend erwartet. Awase, ein San aus dem anderen Dorf, war gekommen, weil er Hilfe brauchte. Matthias, der Farmer verstand die Sprache der San. »Awases Frau hatte vor einigen Tagen oder Wochen, so genau wusste er das nicht mehr, ihr Dorf verlassen, weil sie kurz vor der Niederkunft stand. Die werdenden Mütter verlassen für die Geburten ihr Dorf, gehen in den Busch und bringen dort allein ihr Kind zur Welt.

Manchmal werden sie von ihren Müttern begleitet. Mit der Rückkehr der Mutter in die Gemeinschaft wird aus dem Neugeborenen ein Mensch«, erklärte Matthias Johanna. »Awase sagte mir«, so berichtete der Farmer, »seine Frau sei nicht zurückgekommen und er konnte sie auch nicht finden. Ich nehme den Hund mit und wir gehen gleich los, sie zu suchen.« Johanna überlegte, die San, die sonst die besten Spurenleser sind, finden eine niedergekommene Mutter im Umkreis ihres Dorfes nicht. Das schien sehr merkwürdig. Der Hund hatte ein Kleidungsstück der Frau und fand schnell die Fährte. Awase trottete hinter ihnen her. Sie liefen etwa ein bis eineinhalb Stunden. Zuerst ging es durch den Busch, dann durch eine Sandpfanne. Matthias zeigt auf zwei Raubvögel, die in großer Höhe kreisten. »Kommt, wir müssen uns beeilen«, sagte er, »das sind Kapgeier. Die erkennt man an den tiefgefingerten Flügeln und an dem recht einfarbigen hellbeigen Federkleid. Das sind Raubvögel und wie es scheint, suchen sie nicht mehr, sondern haben bereits ihre Beute ausgemacht.« Sie hetzten, so schnell es möglich war, durch die Sandpfanne. Das Laufen in dem roten Sand war mühsam. Am Ende der Sandpfanne, wo das Buschwerk wieder begann, sahen sie aufgehäuftes Strauchwerk. Matthias ging zielsicher darauf zu. Als sie näherkamen, fanden sie um einen kleinen Platz herum aufgehäufte Dornenzweige. Ein buntes Kleid schimmerte durch das Geäst. Matthias begann, die Zweige wegzuräumen. Inmitten des Strauchwerkes sahen sie einen Menschen liegen. Er lag in einem Nest, das von Dornen umgeben war. Hier, in dem Nest aus Dornen, fanden sie Awases Frau und ihr Kind. Sie waren beide tot. Maria schaute sich die Mutter genauer an. Sie nahm an, dass die Frau längstens vor zwei Tagen und das Neugeborene vielleicht vor einem Tag gestorben waren. Das Dornengestrüpp, das die werdende Mutter um sich herum aufgeschichtet hatte, war als Schutz vor angreifenden Tieren gedacht. Nun hatte es einen Tierfraß verhindert. Als die drei versuchten, die beiden Körper aus dem Dornendickicht zu befreien, stellten sie fest, dass Awase nicht mehr bei ihnen war. Matthias, sagte nur: »Das habe ich mir schon gedacht.« Er machte den Vorschlag, dass er schnell zurücklaufen und mit Pferd und Wagen in etwa zwei Stunden wieder zurück wäre. Er bat Maria und Johanna, bei den beiden Toten zu bleiben. Den Hund überließ er den Frauen. Dann war Matthias schon auf dem Rückweg. Awases Frau hatte allein vor vielleicht zwei Tagen hier im Dickicht ihr Kind zur Welt gebracht. Bis dahin schien alles gut gegangen zu sein. Da das Kind aber nicht abgenabelt worden war, musste etwas passiert sein, etwas, das zwischen Geburt und Abnabelung lag. Maria überlegte, dann drehte sie Awases Frau um und sah das viele eingetrocknete Blut unter der Frau. »Awases Frau ist verblutet«, sagte sie. »Da sie die Nabelschnur nicht durchtrennt hat, muss die Verblutung schnell erfolgt sein«, folgerte Maria. »Ich weiß nur, dass man bei einem Gebärmutterriss innerhalb kürzester Zeit verblutet. Und so sieht es hier auch aus«, folgerte Maria und schaute Johanna traurig an. »Vielleicht hat das Baby noch etwas länger gelebt, denn solange die Nabelschnur intakt ist, fließt das Blut weiter von der Mutter zum Kind und ernährt es. Sollen wir die beiden trennen, dann können wir sie besser transportieren, oder sollen wir beide zusammen begraben, so wie sie gestorben sind?«, fragte Johanna. »Das müsste eigentlich der Vater entscheiden, aber ich habe den Eindruck irgendetwas stimmt mit dem nicht.« Johanna und Maria setzen sich auf einen Stein und warteten. »Wir hätten eine Wasserflasche mitnehmen sollen«, stellte Johanna fest. Inzwischen waren zwei weitere Kapgeier gekommen, die über ihnen kreisten. »Die Vögel sind mir unheimlich«, sagte Johanna und stand auf. »Ich werde jetzt hier herumlaufen und mit meiner Bluse wedeln, vielleicht kann ich sie vertreiben.« – »Ohne Bluse bei der Hitze holst du dir einen Sonnenbrand«, gab Maria zu bedenken. »Sicher hast du recht«, stimmte Johanna zu,

»aber ich ertrage diese Raubvögel über mir nicht.« Johanna zog ihre Bluse aus, wedelte damit und lief hin und her. Sie sang laut und tanzte, dann hüpfte sie wie ein Hampelmann, riss die Arme hoch und schrie laut, dann tanzte sie wieder. Plötzlich waren die Geier verschwunden.

Sie warteten noch eine Stunde ohne Trinken auf dem Stein. In der Ferne sahen sie eine Staubwolke. »Das ist Matthias«, sagte Maria. »Staubwolken sind die sicherste Information.« Matthias kam mit einem Wagen und brachte Decken und etwas zum Trinken mit. Matthias schlug vor, Mutter und Kind nicht zu trennen und sie zusammen einzuwickeln. Johanna breitete nebeneinander zwei Decken aus. Matthias fasste der Frau unter die Arme und Maria nahm ihre Beine, Johanna ergriff das winzige Kind. Sie legten die beiden Toten auf die Decken und wickelten sie ein. Matthias hob das Bündel allein auf den Wagen. Sie machten noch einen Augenblick Rast, tranken aus den Wasserflaschen, dann brachen sie auf. Als sie auf der Farm eintrafen, war plötzlich auch Awase wieder da. »Verurteilt ihn nicht und messt ihn nicht mit eurem Maßstab«, erklärte Matthias vorsichtig. »Awase ist eben ein San.« – »Was heißt das?«, fragte Johanna. »Na, dass er längst wusste, dass seine Frau und das Kind tot sind. Aber die San fürchten sich vor dem Tod und vor Geistern. Er hat uns um Hilfe gebeten. Jetzt werden wir Mutter und Kind beerdigen, dann wird Awase ein paar Steine auf das Grab legen und dann den Ort, wo wir seine Frau und sein Kind beerdigt haben, für immer meiden.«

In den Abendstunden wurde am Rande der Farm ein Grab ausgehoben und die beiden Toten, so wie sie eingewickelt worden waren, beigesetzt. Matthias errichtete ein kleines Holzkreuz auf dem Grab. Beim Rundgang auf der Farm stellte Johanna am nächsten Tag fest, dass auf dem Grab zwei runde Steine lagen, ein großer und ein kleiner.

Mpumie hatte wieder Frühstück gemacht und natürlich gab es wieder, woher auch immer, fragte sich Johanna, leckere gebratene Eier. Maria schlug vor, die Krankenstation und die Apotheke zu besuchen und mit den mitgebrachten Arzneien, Verbandsstoffen und medizinischen Gegenständen aufzufüllen. Krankenstation und Apotheke klingt irreführend, wenn man bedenkt, dass es sich lediglich um ein abschließbares winziges Appartement, bestehend aus zwei hintereinander liegenden Räumen, handelte. Im ersten Raum standen ein Tisch, ein Stuhl und ein abschließbarer Schrank, das war die Apotheke. In dem Raum dahinter befanden sich eine Liege, ein Stuhl und ebenfalls ein abschließbarer Schrank, das war die Krankenstation. Johanna sortierte Binden, Heftpflaster, sterile Kompressen, Desinfektionsmittel, Sprays zum Sterilisieren und Tabletten gegen Kopfschmerzen, Halsschmerzen, Brech-Durchfall und allgemeine Schmerzmittel in den Apothekenschrank und Maria reinigte, desinfizierte und sterilisierte in der Krankenstation. Als sie fertig waren, setzte sich Johanna unter den Jacarandabaum und schaute den Sankindern beim Spielen zu. Matthias hatte ihnen einen Fußball geschenkt und hatte zwei Tore bauen lassen. Fußball wird offensichtlich überall auf der Welt von den Kindern geliebt. Gerade als Johanna aufstehen wollte, fiel ihr ein kleiner Junge auf, es war der kleinste auf dem Platz, der dem Ball hinterherjagte. Der Junge hatte wieder eine Decke um die Schulter gebunden. Aber das war doch der kleine Sohn von Mpumie, erinnerte sich Johanna. Er sauste über den Platz, schoss und rannte weiter. Dann wurde er angerempelt, strauchelte, aber rannte weiter. Hatte der Junge das Neugeborene wieder auf dem Rücken? Beim Fußballspiel? »Mein Gott«, entfuhr es ihr laut. Johanna sprach Mpumie an und zeigte auf den Jungen, der gerade stürzte. Mpumie lächelte und sagte: »Kind mein, gut Ball«, dann wischte sie wieder den Tisch ab und widmete sich dem Abendessen.

Johanna und Maria hatten nach dem Abendbrot eine Flasche Wein geöffnet und erwarteten die Dunkelheit und die Sterne. Sie besprachen den Plan für die nächsten Tage, als Matthias sich zu ihnen gesellte. Matthias erzählte von der Trockenheit in diesem Jahr, von den Alkoholproblemen unter den San und von dem Ärger mit den Nachbarfarmen, wo die San heimlich jagten. Matthias bedankte sich für die Spenden für die Krankenstation und die Apotheke.

Am nächsten Tag besuchten Maria und Johanna das andere San-Dorf. Sie trafen Awase wieder, der ihnen zuwinkte. Awase hatte eine kleine Grashütte, in der man vermutlich kaum stehen konnte. Auch hier liefen die Hühner herum und kratzten nach Futter. Aus der Hütte kamen Stimmen. Als Johanna hineinschaute, sah sie zwei Kinder, ungefähr vier und sieben Jahre alt. Die Hütte war auch für San Verhältnisse armselig. Es lagen zwei Decken auf dem Boden. Wer schlief hier wo?, fragte sich Johanna. Sie hatte Äpfel mitgebracht und gab sie den beiden Mädchen. Als sie gingen, machte die Ältere Feuer. »Sie muss jetzt die Mutterrolle übernehmen«, sagte Maria bitter.

Johanna und Maria blieben bis zum Wochenende und wollten dann nach Windhoek zurück, denn am Sonntagabend würde ihr Flug nach Frankfurt am Main gehen.

Matthias hatte sich am letzten Abend zu ihnen gesetzt. Die erste Weinflasche war bereits geleert. Matthias und Maria erstellten eine Liste von notwendigen Sachen für die Farm und für die San. Matthias bat um Mais für die Ansaat im größeren Stil. Er begründete seinen Wunsch. »Maismehl hilft den San zu überleben und ist Futter für die Kühe. Und Messer brauchen wir auch.« – »Küchenmesser, Brotmesser, oder was stellst du dir vor?«, fragte Maria. »Viele von den San können gut schnitzen und könnten Kunsthandwerk herstellen, das wir in Tsumeb verkaufen könnten. Manche Männer hätten dann eine Beschäftigung und eine Einnahmequelle.«

Maria notierte sich alles und Matthias öffnete eine weitere Flasche. »Das ist meine letzte«, sagte er scherzhaft. Sie prosteten sich zu und ließen den Abend und das Zusammensein ausklingen. Spät in der Nacht hörte Johanna lautes Geschrei vor dem Farmhaus. Ein Kind schrie verzweifelt. Ein Erwachsener rief laut. Dann klopfte es bei Johanna an der Tür, »bitte komm und hilf mir«, sagte Maria. Johanna kam sofort. Ein San-Vater brachte das schreiende Kind in die Krankenstation. Johanna sah, dass es ein kleines Mädchen war, vielleicht ein bis zwei Jahre alt. Es hatte den ganzen linken Arm umwickelt. »Feuer«, sagte der Vater. Matthias meinte, »Brandverletzungen sind übliche Verletzungen. Die Kinder krabbeln herum und fassen oder fallen in die heiße oder glühende Asche, die sie nicht sehen, weil sie oberflächlich dunkel ist und nur innen noch glüht.« Tekwie, so hieß das kleine Mädchen, wurde auf die Liege gelegt. Matthias schickte den Vater hinaus und Maria wickelte die alten Tücher ab, mit denen irgendjemand den Arm verbunden hatte. Das Mädchen wurde ohnmächtig. Was für eine Wunde kam zum Vorschein. Johanna musste sich setzen. Am Unterarm gingen die Brandwunden bis zum Knochen. Das Fleisch stank bestialisch. »Wir reinigen die Wunde und machen einen sterilen Verband«, sagte Maria, »dann fahren wir das Kind nach Tsumeb ins Krankenhaus. Matthias, du kümmerst dich um das Auto, Johanna, du hälst den Arm, während ich die Wunde reinige und verbinde, und wir wechseln uns mit dem Tragen des Kindes ab. Ich befürchte, dass bei einer so großflächigen und tiefen Brandverletzung akute Lebensgefahr besteht.« Das Kind wachte aus der Ohnmacht auf und schaute mit großen und ängstlichen Augen Maria und Johanna an. Zwei fremde Frauen, die ihren Arm verbanden. Obwohl es höllische Schmerzen ertragen musste, gab das kleine Mädchen keinen Ton von sich. Tekwie, du liebe Tekwie, sagte Johanna und streichelte ihre Wange. Das Kind war wie versteinert. Nur die Augen drückten allen Schmerz aus. Matthias kam mit dem Auto. Hier noch eine Laterne, falls es nötig wird, und zwei Wasserflaschen. Sie fuhren nach Tsumeb. Matthias konzentrierte sich auf das Auto. Finstere Nacht, kaum erkennbare Wege, Buschdickicht, Sandpisten und Tiere. Er schwitzte. Immer wieder liefen Warzenschweine vor das Auto. Das kleine Mädchen wurde wieder ohnmächtig. Johanna nutze das Wasser aus der Wasserflasche für kühle Umschläge. Der Vater war still und beleidigt, weil Maria ihm sein Kind nicht gegeben hatte. Maria traute seiner Alkoholfahne nicht. Sie brauchten zwei Stunden bis Tsumeb. Das Krankenhaus ist klein, aber gut spezialisiert auf Brandwunden, denn die waren das tägliche Geschäft der Chirurgie. Als Maria der Krankenschwester das Kind in den Arm legte, schaute Tekwie noch einmal zu Johanna und Maria, als würde sie fragen, warum gebt ihr mich weg? Tekwie wurde sofort operiert.

Als der Morgen sich zeigte, trafen Matthias und die beiden Frauen wieder auf der Farm ein. Tekwies Vater war in Tsumeb geblieben.

Im nächsten Jahr flog Johanna wieder nach Namibia. Sie hatte Verbandsstoffe, Medikamente, Messer und Maisbohnen im Gepäck. Matthias begrüßte sie, Mpumie war zur Begrüßung ebenfalls da und dann erschien noch ein kleines Mädchen. »Sie wohnt jetzt bei mir«, sagte Matthias. »Erkennst du sie?«, fragte er Johanna. Johanna sah den vernarbten kleinen Arm des Kindes und wusste, dass es Tekwie war. Matthias erzählte, »dass das Kind lange im Krankenhaus bleiben musste. Der Vater hatte seine Familie verlassen, sich irgendwann eine neue Frau genommen und war dem Alkohol verfallen. Die Mutter war mit den beiden anderen Kindern und mit einem anderen Mann weggezogen. Als Tekwie entlassen werden sollte, gab es kein Zuhause mehr. Deshalb lebt sie nun bei mir im Haus und Mpumie kümmert sich.« Tekwie kam und umklammerte Johannas Beine. »Ich heiße Tekwie«, sagte sie stolz. Matthias sprach deutsch und englisch und Mpumie sprach Khoi mit ihr.

Johanna kam von nun an jedes Jahr nach Namibia. Manchmal besuchte sie Matthias und Tekwie auf seiner Farm, aber meist fuhr sie durch das Land und lernte die Himba und Damara kennen. Namibia mit seinem Licht, seiner Sonne und seinen Farben war im Laufe der Zeit tief in die Johannas Seele eingedrungen. Bei der letzten Namibia-Reise beschloss Johanna in Okahandja Station zu machen. Sie wusste aus ihren Recherchen, dass Okahandja einen großen Friedhof, einen Soldatenfriedhof und einen Herero Friedhof besaß, und die wollte sie sich anschauen. Okahandja war eine große Stadt und einst das Zentrum der Herero. Auf dem Friedhof lief Johanna durch die Gräberreihen und las viele deutsche Namen. Der Reiter August ..., der Melder Frieder ..., ein Leutnant Wilhelm von ... oder der Offizier Dr. Fritz ... Es gab auch Gräber von Zivilisten. Alle Gräber waren alt. Manche von 1904 oder noch älter, manche von 1918 bis 1920. Einige wenige Gräber waren jünger. Das waren die Altvorderen, dachte sie und erinnerte sich an Großvater Friedi. Ob es noch Menschen gibt, die sich ihrer erinnern?, fragte sich Johanna. Die Gräber lagen in der prallen Sonne. Es war in der Hitze keine Bepflanzung möglich. Es gab den Stein und den Namen. Tante Elisabeth hatte gemeint, solange der Name da ist und solange es jemanden gibt, der sich erinnert, ist der Tote nicht vergessen. Der Friedhof war auch ein Zeugnis des Herero-Aufstands. Aber für Johanna waren es in erster Linie Menschen, die ein Leben beendet hatten oder deren Leben beendet worden war und die fortan zu den Altvorderen gehörten.

Johanna hatte nach dieser Reise Angelika, einer guten Bekannten aus Waldstätt, von ihrem abenteuerlichen Plan erzählt, in Namibia ein bestimmtes Grab zu finden. Angelika war immer reiselustig und fand, dass Johannas Plan ein guter Anlass war, auf

Spurensuche zu gehen. Im kommenden Herbst brachen beide zusammen nach Namibia auf. Johanna hatte in Windhuk am Flughafen einen kleinen Mietwagen gebucht und fuhr selbst, während Angelika mit einer Karte ausgerüstet neben ihr saß. Sie fuhren wieder in Richtung Norden. Den Friedhof in Okahandja kannte Johanna schon, jetzt kamen sie nach Otjiwarongo, Johanna hielt in der Stadt an und fragte nach dem Friedhof. Sie wollte sich den Friedhof genau anzuschauen, um hier nach dem Grab zu suchen. Johanna erklärte Angelika, dass ein Vorfahre ihrer Familie nach Namibia gegangen war und von dort nicht wieder zurückkam. Leider wusste Johanna nur seinen Namen, Jakob Hoffman, nicht, wo er gelebt und wo er gestorben war. Sie wusste weder wann noch ob er als Schutztruppler oder Zivilist gestorben war. Angelika hielt die ganze Suche zwar für verrückt, aber sie wollte Johanna nicht allein lassen. Beide gingen an den Gräbern entlang und lasen die Namen. Es war ein Eindruck wie auf einem deutschen Friedhof und es gab auch mehrere Hoffmanns, aber keinen Hoffmann, dessen Vorname Jakob war. Johanna und Angelika besuchten noch den Friedhof in Otavi, dann waren sie im Etoscha-Nationalpark und gönnten sich eine Erholung. Sie blieben zwei Tage in dem großen Nationalpark und konnten eine Vielzahl von Wildtieren, wie Elefanten, Zebras, Giraffen, Antilopen, Gnus, sogar ein Nashorn und zwei schlafende Löwen erleben. Auf der Rückreise verließen sie den Nationalpark durch das südliche Tor. Sie fuhren über Kamanjab zunächst in südwestlicher Richtung. Als sie die Hauptstraße, eine Schotterpiste, verließen und sich durch den Sand zu einer Abkürzung quälten, trafen sie auf ein großes Himba-Dorf. Schon von Weitem sahen sie Ziegen und Schafe herumlaufen, die im Sand nach etwas Futter suchten. Es waren alles ausgehungerte Tiere. Johanna hielt bei dem Himba-Dorf an. Wie es schien, lebten die Himba hier schon eine lange Zeit, denn alle Büsche und alles Grüne ringsherum waren abgenagt und verdorrt. »Sie werden bald weiterziehen, ihre Hütten hier verlassen, sich einen neuen Platz suchen und vielleicht später wieder hierher zurückkommen«, sagte Johanna. Sie wusste, dass in den Himba Nomadenblut floss. Große Himba-Stämme nehmen sogar ihre mobile Schule mit. Ein alter Mann, wahrscheinlich der Dorfälteste, kam ihnen, mit einem alten schäbigen Lendenschurz bekleidet, entgegen. Angelika schenkte ihm eine Kekspackung für die Kinder und das Taschenmesser, das sie zur Not eingesteckt hatte. Die Geschenke waren willkommen und der alte Mann begleitete sie in den Kraal. Angelika kaufte, wohl eher aus Mitleid als aus Interesse, einige Ketten und Schnitzereien und bezahlte mit Brot und einem Beutel Orangen. Johanna verteilte ihre letzten Äpfel an die Kinder. Die Armut dieser Menschen hier war unglaublich. In der Mitte des Dorfes hatten sie einen Platz mit Stöcken und Dornengestrüpp eingezäunt, auf den sie abends die Ziegen und Schafe trieben, vielleicht auch mal eine Kuh. Um das Rondell herum standen ihre Hütten. Manche Hütten waren nur Gestelle mit Dach, aber die meisten anderen Hütten waren aufwendig kegelförmig errichtet. Aus Palmblättern, Lehm, Erde und Dung hatten die Frauen einen Baustoff erschaffen, der in der Hitze und der Trockenheit eine große Stabilität bekam. Es standen ungefähr acht oder neun Hütten um das Rondell herum. Zwischen dem Rondell und dem Kreis der Hütten brannte ein Feuer, das zwei Frauen unterhielten. Angelika fragte den Dorfältesten, was es mit diesem Feuer auf sich habe. Der Dorfälteste sprach etwas englisch und versuchte zu erklären, aber da ihm die vorderen Scheidezähne fehlten, konnten Johanna und Angelika ihn nur schwer verstehen. Das Feuer war das heilige Feuer. Das durfte nicht ausgehen, denn es hielt die Verbindung zwischen den Lebenden und den Toten aufrecht, sagte er. Dann führte der Dorfälteste sie zu den Hütten, wo Frauen und Kinder saßen oder spielten. Hühner liefen herum und suchten Futter.

Männer waren nicht zu sehen. Vermutlich waren sie mit den Ziegen unterwegs. Zwei Frauen mischten aus Kräutern, Ockerfarbe und Fett die typische rote Farbe der Himba-Frauen, ohne die eine Frau keine echte Himba wäre. Diese Creme schützte die Körper vor dem heißen und trockenen Klima und den Stechmücken, aber diese Farbe entsprach auch ihrem Schönheitsideal. Die Frauen betrieben einen hohen Aufwand bei der Herstellung der Cremes und beim Auftragen auf ihre Körper. Niemals verwendeten die Himba für ihre Körperpflege Wasser. Dafür war Wasser viel zu kostbar. Ihre Haare wurden nur eingecremt, aber nicht gewaschen. Sie waren schöne Frauen. Ihre äußere Erscheinung war ihnen sehr wichtig, deshalb trugen sie Schmuck um den Hals und an den Hand- und Fußgelenken. Aber besonders wichtig war den Himba-Frauen der Haarschmuck. Die Art, wie die Haare geflochten und auf dem Kopf angeordnet wurden, symbolisierte den sozialen Stand der Frau in der Gemeinschaft. Johanna und Angelika kauften bei der letzten Hütte noch einmal Ketten, aber da die Himba kein Geld nahmen, sie konnten mit Geld nichts anfangen, gab Johanna ihnen Nahrungsmittel und das allerletzte Obst. Dann holte Angelika noch zwei Flaschen Saft und sechs Flaschen Wasser aus dem Auto und verteilte es. Das fanden die Himba Frauen gut, sie luden die beiden in die Hütte der Königin ein. Die so genannte Königin zeigte stolz ihre Hütte. Ihr ›Kleiderschrank‹ beschränkte sich auf fünf Haken an der Wand, an denen Ketten hingen. Für verschiedene Anlässe hatte sie verschiedene Ketten. Dann lagen noch zwei Felle an der Seite, ansonsten waren in der Hütte Kräuter, Fette und Töpfe. Als Johanna und Angelika sich verabschiedet hatten und zum Auto gingen, hörten sie plötzlich lautes Kindergeschrei. Es war ein furchterregender Aufschrei. Angelika fand eine Packung Kaugummi in ihrer Hosentasche und beide Frauen gingen noch einmal zurück. Sie sahen in der Nähe des heiligen Feuers ein Kind auf dem Bauch auf der Erde liegen.

Eine Frau, vielleicht seine Mutter, stand daneben. Das Kind war zwischen sieben und zehn Jahre alt. Ein Mann kniete auf dem Kind, er hatte den Kopf des Kindes nach oben und hinten gezogen und hielt ihn mit seinen Knien fest. Das Haupt des Kindes war wie in einem Schraubstock eingeklemmt. Der Mann hatte einen Stein in den Mund des Knaben geschoben, damit der Mund geöffnet blieb. Dann schlug er mit einem Stück Mopane Holz gegen die Schneidezähne. Mit zwei gezielten Schlägen hatte er die vier vorderen Schneidezähne des Jungen herausgeschlagen. Der Junge durfte aufstehen. Er weinte und blutete. Seine Mutter steckte ihm Blätter vom Mopane-Baum in den Mund, sie sollten seine Schmerzen stillen und die Wunde desinfizieren. Zähne ausschlagen ohne Betäubung. Johanna und Angelika waren geschockt. Sie brachten der Mutter des Jungen ihre ganzen Essensvorräte, ihnen würde heute Abend bestimmt kein Essen schmecken. Als sie am Auto standen und einsteigen wollten, fragte Johanna so nebenbei den Dorfältesten, ob er die monatliche Maiszuteilung, die die Himba vom Staat erhielten, für seinen Stamm schon abgeholt hatte. Der Dorfälteste lamentierte plötzlich überlaut und gestikulierte mit den Armen, was er sagte, war nicht zu verstehen, aber er klang sehr wütend und verärgert. Angelika bekam aus ihm heraus, dass das Maismehl noch in Kamanjab stehen würde und offensichtlich hätten sie keine Möglichkeit, es zu holen. Kein Himba hatte ein Auto. Johanna lud den Dorfältesten ein und sie fuhren die Sandwege nach Kamanjab zurück. Holten in der Agrarstation das Maismehl und brachten den Dorfältesten danach wieder zu seinem Stamm. Die Freude im Dorf war riesig. Einige junge Mädchen tanzten, aber Johanna hatte noch eine große Fahrstrecke vor sich, deshalb drängte sie, sofort aufzubrechen. Im Auto überlegte sie, dass die jetzigen Himba-Kinder, vielleicht die ersten Menschen in der Geschichte ihres Stammes waren, die lesen und schreiben lernten. »Und welche

Sprache lernen sie der Schule?«, fragte Angelika provozierend, »die Himba-Sprachen, Afrikaans oder Englisch?«

Bis Outjo redeten die beiden Frauen kein Wort miteinander. Angelika dachte über die Himba nach und Johanna musste sich auf die Straße konzentrieren. Die Fahrt war anstrengend, wegen der nachts herumlaufenden Tiere. Sie trafen spät im Hotel ein und gingen sofort schlafen. Am nächsten Tag wollten sie den Friedhof in Outjo besichtigen. Sie frühstückten ausgiebig in der deutschen Bäckerei und gingen anschließend Lebensmittel und Andenken einkaufen. Den Friedhof fanden sie nicht. Es war schon Mittag, als sie nach Omaruru aufbrachen. Die letzten 20 Kilometer bis Omaruru fuhren sie erneut in der Dunkelheit. Rechts und links der Fahrbahn waren wieder Tiere unterwegs, meistens Wardogs oder Affen. Die Wardogs waren Warzenschweine mit ausgepräg-ten Hauern. Damit durchwühlten sie die Erde, indem sie sich auf ihre Vorderfüße knieten. Eigentlich sah das interessant aus, wenn die Schweine sich in ihrer knienden Stellung fortbewegten, aber in der Dunkelheit hatte Johanna einfach nur Angst vor einem Wildunfall und einer Panne im Niemandsland. Im Hotel in Oma-ruru wurden sie mit einem köstlichen Abendbrot empfangen. Johanna bestellte eine Flasche Wein und nachdem sie beide die Flasche geleert hatten, heiterten sich ihre Gemüter auf. Sie schlie-fen lange und frühstückten dann ausgiebig im Garten des Hotels zwischen blühenden Bougainvilleas. Auf den Friedhofsbesuch in Omaruru hatte Angelika keine Lust und Johanna schmerzten beide Schultern. Sie vermutete, dass das verkrampfte Fahren im Dunkeln am Vortag zu anstrengend gewesen war, denn sie war vor einem halben Jahr in der Charité nach einem Trümmerbruch in der linken Schulter operiert worden. Dann rutschte sie zwei Mo-nate später im Garten aus und brach sich die rechte Schulter. Es war zwar alles bisher gut verheilt, aber noch nicht wieder belast-bar. Johanna und Angelika beschlossen, zuerst in einer Apotheke

Schmerzmittel zu kaufen und sich dann in Ruhe zu Fuß die Stadt anzuschauen. Omaruru war eine schöne Stadt an einem Fluss, der ebenfalls Omaruru hieß. Als Angelika in einem Café fragte, wo denn der Fluss sei, erfuhr sie, dass er nur bei Starkregen Wasser führen würde und dass das Flussbett sich direkt hinter unserem Hotel befand. Eben genau auf dem Weg, den sie tags zuvor mit dem Auto gefahren waren. Johanna und Angelika schlenderten die Hauptstraße entlang, fanden die Apotheke, einige Geschäfte und lasen eine Werbetafel, die auf Künstlerwerkstätten und einen Werksverkauf hinwies. Das schien nicht weit entfernt zu sein, sodass sie sich auf den Weg dorthin machten. Unterwegs kamen sie am städtischen Museum vorbei und gegenüber dem Museum sahen sie zufällig eine kleine Kapelle und dahinter den alten Friedhof von Omaruru. Angelika knurrte verärgert und bemerkte, »das ist aber der letzte Friedhof, den wir uns anschauen werden. Danach gehen wir shoppen.« Johanna hatte auch keine Lust mehr auf Friedhöfe, die Schultern schmerzten und die Sonne brannte gnadenlos auf sie herab. Trotzdem, sie starteten ihren letzten Versuch und überquerten die Straße. Um das alte Eisentor des Friedhofs lag eine Kette und ein Vorhängeschloss. Das Schloss war alt, verrostet und abgeschlossen. Vermutlich war viele Jahre niemand durch dieses Tor gegangen. Angelika rüttelte an den Ketten, dann versuchte sie das Tor aus den Angeln zu heben, aber ihre Versuche blieben erfolglos. »Wir klettern über die Friedhofsmauer«, schlug sie plötzlich vor. Johanna suchte die niedrigste Höhe der Mauer. Als sie davorstanden, war die Mauer immer noch mindestens 1,60 Meter bis 1,70 Meter hoch. »Wir machen eine Räuberleiter, ich halte und du steigst hinauf«, bestimmte Angelika. Johanna stieg hinauf, aber oben konnte sie sich nicht abstützen. Sie konnte ihre Schultern nicht belasten. Johanna machte den Vorschlag, im Museum gegenüber nach dem Schlüssel zu fragen. Dort traf Johanna eine freundliche Mitarbeiterin. Ihrer Größe und Kleidung nach zu urteilen, hielt Johanna sie für eine Herero Frau. Die Frau bot Johanna statt des Schlüssels einen Küchenstuhl an. Mit dem Küchenstuhl und der Museumsmitarbeiterin kam Johanna wieder an die Friedhofsmauer zurück. Die Mitarbeiterin hielt den Stuhl fest, der immer wieder im Sand zu versinken drohte, und Johanna und Angelika kletterten auf die breite Mauer. Dann saßen sie beide oben. Omaruru ist eine Kleinstadt, die Menschen kennen sich untereinander und sind neugierig wie überall auf der Welt. An dem Friedhof ging die Hauptstraße vorbei, die Verkehrsader des Ortes. Gerade hier an dem belebtesten Platz der Stadt steigen zwei alte Damen, zwei Ausländerinnen spektakulär über die Friedhofsmauer. Es hatte sich innerhalb kürzester Zeit neben der Museumsmitarbeiterin eine Zuschauermenge gebildet, die das Spektakel noch absurder machte als es ohnehin schon war. Als die beiden über Sechzigjährigen oben auf der Friedhofsmauer saßen, klatschten die Zuschauer Beifall. Dann sprangen beide auf der anderen Seite der Mauer auf den Friedhof hinab und schauten sich die Gräber an.

In der dritten Gräberreihe fand Johanna endlich, wonach sie so lange gesucht hatte. Das Grab von *Jakob Hoffmann*. Hier also war Jakob Hoffmann begraben. Er war *1916 gestorben*, aber das Besondere auf seinem Grabstein war, dass er der Einzige war, auf dessen Grabstein stand, wo er geboren worden war. Es muss ihm wichtig gewesen sein, dass er seine Angehörigen um diesen Hinweis bat. Hier auf dem Grabstein stand: *geboren 1870 in Grünfeld in Thüringen*. Johanna hatte tatsächlich das Grab ihres Urgroßvaters gefunden. Sie setzte sich auf den Rand der Grabeinfassung und sagte: »Großvater Friedi, ich habe endlich das Grab deines Vaters gefunden. Hier liegt die Liebe von Urgroßmutter Martha begraben.« Johanna machte ein Foto von dem Grab und nahm sich vor, es der Familie zu zeigen. Dann gingen Johanna und Angelika wieder zur Friedhofsmauer zurück. Die Museumsmitarbeiterin reichte den Stuhl über die Mauer und die beiden Damen nahmen den gleichen Weg über die Mauer wieder zurück. Ein junger Mann aus der Zuschauermenge stemmte sich an der Friedhofsmauer hoch und holte anschließend den Stuhl. Sie bummelten die Hauptstraße entlang und besuchten die Künstlerateliers und landeten schließlich in einem Café inmitten eines wunderschönen Gartens. »Hoffmanns gibt es hier einige«, sagte die Kellnerin, »und die meisten sind irgendwie miteinander verwandt.« Zum Abendessen waren sie wieder in ihrem Hotel. Johanna spendierte eine Flasche Wein und beide waren sich einig, dass das ein einzigartiger Tag gewesen war.

Als Johanna im Bett lag, dachte sie wieder an ihren Großvater und seine Mutter Martha, die sie nicht kennengelernt hatte, und sie bekam eine Ahnung von ihrer beider Schmerz.

Es war das Jahr 2016. Zum 85. Geburtstag ihrer Mutter fuhr Johanna nach langer Zeit wieder nach Grünfeld. Es war Anfang Mai, der Frühling zeigte sich von seiner besten Seite. Die Mutter hatte sich ein großes Familientreffen gewünscht und alle reisten an. Vier Generationen versammelten sich auf dem kleinen Hof in der Feldgasse. Johanna hatte sich von den Kindern und vom Lärm zurückgezogen, sich ein Glas Weißwein genommen und sinnierte in den Tag hinein. Das Haus und der kleine Hof sind jetzt ungefähr einhundert Jahre im Besitz der Familie Trautmann. Großvater hatte das Grundstück mit dem alten Haus gekauft. In diesen vergangenen hundert Jahren waren bisher niemals vier Generationen gleichzeitig versammelt gewesen. Was für ein Geschenk. Noch als Johanna grübelte, kam ein Mann auf den Hof und gratulierte der Mutter. Es war Ludwig. Viele Jahre waren er und die Mutter sich beruflich begegnet. Johanna erkannte ihn sofort, obwohl sie ihn mehr als dreißig Jahre, also seit der Beerdigung ihres Vaters, nicht gesehen hatte. Ludwig begrüßte alle, er umarmte Johannas Schwestern und wollte auch Johanna umarmen, zuckte aber im letzten Augenblick zurück. »Du kannst sie ruhig umarmen, das wolltest du doch schon vor fünfzig Jahren«, sagte vollkommen emotionslos die Mutter. »Ja, Sie haben recht. Das wollte ich damals mehr als alles andere in meinem Leben.« Er umarmte Johanna und lud sie für den nächsten Tag zum Kaffee ein.

Die Urenkel der Mutter waren längst im Bett und schliefen, einige Gäste hatten sich verabschiedet, geblieben war nur ein kleiner Kreis. Johanna wartete auf einen passenden Augenblick, um die Mutter zu fragen, was sie gemeint hatte, als sie zu Ludwig sagte, dass wolltest du doch schon vor fünfzig Jahren.

Der Augenblick kam und Johanna fragte sie leise. Aber als wäre es ein Beitrag zu Belustigung der fröhlichen Runde, erzählte die Mutter ohne Argwohn die lange zurückliegende Geschichte: »Johanna und Ludwig kannten sich durch uns Eltern seit ihrer Kindheit. Ludwig ging irgendwann nach Berlin zum Studium, oder vielleicht war er auch schon fertig damit. Johanna ging noch in die Schule in Naumburg. Beide kamen selten nach Grünfeld. Aber einmal waren sie gleichzeitig da. Ludwig verliebte sich in Johanna. Er kam an einem Sommertag auf den Hof und fragte den Vater, ob er sich mit Johanna verloben dürfte. Ludwig war über dreißig und Johanna noch nicht einmal zwanzig. Der Vater hielt Ludwig für einen Luftikus, er nahm die Mistgabel, drohte ihm und brüllte über den Misthaufen ›das kommt überhaupt nicht in Frage‹. Ludwig ging und verschwand für lange Zeit wieder nach Berlin.« Als die Mutter geendet hatte, spürte Johanna den Schmerz einer alten Verletzung.

Johanna besuchte am nächsten Tag Ludwig und seine Frau. Sie saßen im Garten. Ludwig war anzumerken, dass er sich freute. Seine Frau beteiligte sich nicht am Gespräch. Was sollte sie über alte Grünfelder Familien und alte Grünfelder Geschichten auch sagen. Sie zog sich bald zurück. Als Johanna gehen wollte, fragte sie Ludwig, was vor fünfzig Jahren passiert war. Ludwig beichtete ihr, er hätte sie gesehen und sich in sie verliebt und dann erzählte er die gleiche Geschichte, die sie schon von ihrer Mutter kannte. »Du hättest mich fragen sollen«, kommentierte Johanna traurig die gehörte Geschichte. Ludwig holte eine Flasche Sekt aus dem Keller, öffnete sie und nach fünfzig Jahren einigten sie sich beim Anstoßen auf ein vertrauteres Du und Ludwig küsste Johanna zärtlich auf die Wange. Es war ein Kuss, der ihr falsch vorkam, wie eine unpassende Geste. Nein, keine Küsse, die Zeit dafür war längst vorbei, dachte Johanna. Jetzt war ihr die Freundschaft wichtig. Ludwig holte seine Frau und zu dritt tranken sie die Sektflasche leer.

Johanna fuhr wieder nach Hause. Sie hatte in Grünfeld etwas gefunden, was sie schon lange nicht mehr gesucht hatte. Sie spürte das Gewicht einer Schwermut und wusste, es ist nur die Erinnerung, die groß und überwältigend sein kann, aber auch treu und zärtlich.

Später, wenn Johanna in Grünfeld weilte, besuchte sie jedes Mal Ludwig und seine Frau. Sie spürte, dass sie mit ihrer Andersartigkeit auffiel, dass sie mit ihren Reiseerlebnissen und Lebensvorstellungen den Grünfelder Rahmen sprengte und dass ihr Elan schwer nachzuvollziehen war, aber sie spürte auch jedes Mal, dass sie in Ludwigs Familie willkommen war.

Unterwegs der Tod

Johanna hatte längst das Bürgermeisteramt aufgegeben, hatte Waldstätt verlassen und sich mit Dorothea und einem neuen Partner ein neues Zuhause aufgebaut. Es waren glückliche Jahre in einer Zeit, die viele Möglichkeiten der persönlichen oder beruflichen Entwicklung bot. Johanna und Heinrich heirateten aus Liebe und Dorothea mochte ihren neuen Vater vom ersten Tag an. Katharina war mit ihrem Studium fertig und in Sachsen verheiratet und berufstätig.

Im Winter 2012/2013 beendete Johanna ihr Berufsleben und eines der neuen Ziele hieß Reisen. Jedes Jahr im Herbst gingen Johanna und Heinrich auf Reisen. Sie fuhren nach Amerika oder ins südliche Afrika. Dazwischen kam es auch vor, dass Johanna allein unterwegs war, wenn Heinrich einen Auftrag hatte.

Im Oktober 2015 waren Johanna mit ihrem Mann in New Mexiko unterwegs. Sie kamen von Texas über Amarillo, Santa Fe und Albuquergue.

Amarillo im Norden von Texas, bekannt vielleicht durch die Route 66, war wenig einladend. Typische Straßen mit typischen Geschäften, typische alte Cadillacs rechts und links und gigantische Steaks. Es war niemand auf den Straßen zu sehen. Sie fuhren die Route 40 in Richtung Westen. Dann bogen sie auf die 285 nach Norden in Richtung Santa Fe ab. Es war Anfang Oktober und seit Wochen sehr heiß. War schon Texas dünn besiedelt, so kamen sie jetzt durch ein Gebiet, das menschenleer zu sein schien. An einem winzigen Ort, mehr ein Verkehrsknoten, in Santa Rosa, machten sie Pause. Das kleine Restaurant war indianisch geprägt und gefiel Johanna sehr. Obwohl sie nicht durch ein Reservat gefahren waren, schienen ihnen die Einflüsse der Indianer überall deutlich sichtbar. Zehn Prozent der Bevölkerung New Mexikos waren Indianer, das hatte Johanna gelesen. Die indigene Bevölkerung verteilte sich auf neunzehn Pueblos und fünf Reservate. Mit ihrem Ford durchquerten sie das alte Gebiet der Anasazi. Zahlreiche Monumente, Ausgrabungsstätten und Museen bezeugten noch heute die frühe Indianerkultur dieses Volkes. Dann, es war inzwischen abends geworden, erschien am Horizont die große Stadt Santa Fe. Sie war indianisch, spanisch-mexikanisch und anglo-amerikanisch und auch ein quirliges Kunstzentrum, eine Industriestadt und ein Touristenmagnet. Sie war modern und traditionell geprägt. Sie war immer beides gleichzeitig. Laut und leise, Jung und Alt, geschäftig und verträumt. Die wunderschön erhaltene Altstadt, die Plaza, mit ihren Adobe-Bauten war auch heute noch der geschäftige Mittelpunkt von Santa Fe. Geschäfte, Hotels, Bars, Museen, Kirchen, Galerien und Boutiquen waren umlagert von fliegenden indianischen Händlern, die ihr Kunsthandwerk präsentierten und zum Kauf anboten. Die Plaza von Santa Fe bezeugte das pulsierende mitreißende, aber immer auch tiefsinnige traditionell verhaftete Leben der Menschen in der Stadt und in den Reservaten ringsherum. Santa Fe war keine Stadt, sie war eine Hymne an das Leben.

Eine gute Autostunde von Santa Fe in nord-westlicher Richtung, wo die Indianergebiete begannen, befand sich Los Alamos. Tradition und Wissenschaft trafen hier aufeinander. 1940 wollte Robert Oppenheimer hier in den Mesas des Pajarito-Plateaus die erste Atombombe bauen. Noch heute gibt es zwischen den Pueblos wichtige Forschungseinrichtungen für Kernenergie, Biomedizin, Umweltforschung, Laser- und Computertechnologie zum Beispiel. Hier lebten Indianer, die in ihrer Lebensart, Denkweise und in ihrem kulturellen Selbstverständnis ein ganzes Jahrhundert übersprungen hatten. Waren ihre Eltern noch benachteiligte arme Landarbeiter, manche sogar Analphabeten, saßen ihre Kinder in weltweit führenden Forschungseinrichtungen und bestimmten wichtige globale Entwicklungsprozesse.

Auf dem Weg nach Albuquerque fuhren sie weiter die Route 25 in südlicher Richtung, die gleichzeitig auch ein Stück der Route 66 war. Sie passierten den Santo Domingo Pueblo und folgten dem Flusslauf des Rio Grande. Sie erreichten Albuquerque. Die baumbestandene Plaza von Old Town war noch schöner als die

Plaza von Santa Fe, stellte Johanna fest. Die historischen Adobe-Häuser mit ihren Museen, Hotels, Bars, Galerien und Geschäften wurden von den alten Bäumen in der Mitte des Plaza gut beschattet. Viele Indianer in traditioneller Kleidung saßen unter den Bäumen und boten unaufdringlich ihr schönes Kunsthandwerk an. Halsketten aus Muschelfragmenten und graziler Silberschmuck oder Keramik und Webereien. Die meisten Pueblos von New Mexiko befanden sich in der Nähe von Albuquerque. Hier auf der Plaza gab es einen Mix von verschiedenen indigenen Gruppen, von mexikanischen Händlern, von amerikanischen Künstlern, von Geschäftsleuten, von Gestrandeten aus aller Welt und von interessierten Touristen. Johanna liebte es, in der Plaza der Old Town zu bummeln, zu beobachten und einzukaufen. Es war eine Harmonie von gestern und morgen, von Kunst und Kommerz, von Tradition und Tourismus und von Adobe und Baumbestand. Und über aller Harmonie dröhnte das laute quirlige Leben von Unbeschwertheit. In der Stadt pulsierte es Tag und Nacht, laut und unüberhörbar. Nur die Sonne hatte ihre Ruhe gefunden. Sie stieg gemächlich empor, sandte mit ihren ewigen Strahlen täglich die versprochene glühend heiße Mittagssonne auf die Stadt herab, um dann am Abend langsam in Richtung Chaco Meso zu wandern und sich dort zu verabschieden. Es gab scheinbar keinen Schlaf in der Stadt, im Hotel und im Hotelzimmer. Überall und immer war es laut und durch die zugezogenen Vorhänge, die vor der Sonne schützen sollten, ungemütlich dunkel. Wenn nicht noch zusätzlich die laute Klimaanlage im Hotelzimmer getropft hätte, wäre Johanna gern noch ein paar Tage länger in der Stadt geblieben.

Sie verließen Albuquerque morgens noch vor dem Berufsverkehr, fuhren die Route 25 weiter in Richtung Süden und folgten dem Rio Grande. Der Rio Grande floss bis El Paso und überquerte dort die Grenze zu Mexiko. Rio Grande, der große Fluss. Als Johanna auf der Grenzbrücke zwischen El Paso und Ciudad Juarez stand und in den Fluss hinabschaute, erschrak sie. Rio Grande, welcher Name für ein solches Bächlein. Der Rio Grande, der in Mexiko ankam, war nur noch ein armseliges Rinnsal. Wahrscheinlich gab es Monate, in denen der Fluss überhaupt kein Wasser mehr nach Mexiko brachte. Sie wohnten in einem alten ehrwürdigen und noblen Hotel im Zentrum der Stadt. El Paso, die geteilte alte Stadt. Stolz und schön die Straßenansichten, aber klein, dunkel und unsauber die Rückseiten der Häuser, die verunziert waren durch herabhängende lose Versorgungsleitungen für Wasser und Abwasser, Strom und Gas. Trotzdem hatte die Stadt Charme durch die Menschen aus beiden Ländern und durch das Zusammentreffen ihrer verschiedenen Kulturen. Johanna reduzierte ihre Einkäufe auf Notwendiges und vermied es, allein unterwegs zu sein.

Bald brachen sie auf nach Silver City. Wer kennt schon Silver City, aber Johanna wollte unbedingt in dieses kleine verschlafene Nest im Süden von New Mexiko. Silver City, das war die Stadt von Billy the Kid. Diese Stadt wollte sie unbedingt gesehen haben. Sie fuhren also in nördlicher Richtung wieder auf der Route 25 bis Las Cruzes und bogen dann auf die Route 180 in Richtung Flagstaff ab. Mittags trafen sie in dem alten Bergbaustädtchen Silver City ein. Als sie ankamen, regnete es. Auf dem Parkplatz am Rande des Zentrums ließen sie ihr Auto stehen und liefen regennass die Hauptstraße entlang ins Zentrum. Backsteinhäuser aus dem ausgehenden 19. Jahrhundert bezeugten den ehemaligen Reichtum durch den Silberboom. Silber, Gold und Kupfer brachten damals der Stadt Wohlstand. Aber der Boom dauerte nur zwanzig Jahre. Von 1860 bis 1880 wurden hier die seltenen Erze aus den kleinen Vorkommen abgebaut. Mit den Schürfern kamen auch Glücksritter, Revolverhelden und Schurken in die Stadt. Outlaws, wie Butch Cassidy, die immer einen Cowboy fanden, den sie ausrauben oder übers Ohr hauen konnten, zog es auch in diese Städte. Eine für Recht und Ordnung sorgende Staatsmacht gab es damals nicht. Entweder war der Sheriff bemüht, sein eigenes Leben zu retten oder er war ebenfalls in krumme Geschäfte verwickelt. Billy The Kid ist mit der Stadt Silver City verbunden. An der Ostseite des Parkes stand noch immer die alte Holzhütte seiner Mutter. Ihr Grab gab es auch noch. Erinnerungen an Billy the Kid waren auch mit dem ehemaligen Gerichtsgebäude in der Hauptstraße verbunden, in dem Billy zum Tode verurteilt worden war und aus dem er während der Verhandlung spektakulär floh.

Billy The Kid ist nur zweiundzwanzig Jahre alt geworden. Er hatte anfangs auf Seiten von Recht und Gesetz gekämpft und sich mit seinem Leben für seinen Ziehvater eingesetzt, der es immer gut mit meinte. Aber als er auf der Flucht war, kämpfte er nur noch um sein junges Leben. Billy wollte leben, er wollte frei sein wie jeder junge Mensch und dafür tat er alles, auch Unrechtes. Schließlich ermordete er die Vertreter der Staatsgewalt und wurde am Ende von einem Freund verraten und erschossen. Das Gerichtsgebäude, aus dem Billy The Kid 1881 floh, war ein alter viktorianischer Ziegelbau im Zentrum der Stadt, liebevoll restauriert und als Museum der Öffentlichkeit zugänglich gemacht.

Johanna kehrte in ein kleines Kaffee an der Ecke Hauptstraße und der Straße zum Parkplatz ein. Es regnete immer noch. Das trübe Wetter und die traurige Geschichte das jungen Mannes hatten sich auf ihre Stimmung gelegt, als sie den Kaffee bestellte. Sie dachte über das Kind und den Jugendlichen nach, der Billy bis zum Schluss geblieben war. Billy, der zwanzig Menschen ermordet hatte, zuerst, um für Recht einzutreten und dann mordete er weiter, nur um selbst zu überleben. Sie stellte sich seine Lebenssehnsucht und seine Lebensgier vor. Jeder junge Mensch ist mit dem Leben verbunden, jeder Jugendliche fühlt die Kraft des Lebens in sich und will Großes, Gutes und Einzigartiges vollbringen.

Leben ist Auftrag und Bestimmung. Leben ist Kraft und Zukunft. Etwas schmerzte in ihr und fragte nach Verantwortung. Wer war verantwortlich für so viele Unglücke?, sinnierte sie. Billy allein, sein Umfeld oder die Gemeinschaft, in der er lebte? Die Gemeinschaft, hatte sie versagt?, fragte sich Johanna. Wann und warum? Welchen Anteil hatte die Gemeinschaft an Billys und dem Unglück der anderen Menschen? Aber nein, es gab damals keine Gemeinschaft hier. Es waren Gold- und Silberschürfer, Siedler und Ganoven, die nur eines miteinander verband, die Gier nach dem schnellen Reichtum. Vielleicht war gerade das der Grund für alles Missgeschick. Der gute Geist einer sinnstiftenden und helfenden Gemeinschaft fehlte. Johanna trank den Kaffee aus, brach auf und verließ die regentropfende Stadt mit ihrer traurigen Geschichte. Armer Billy, dachte sie, du hattest keine wirkliche Chance in dieser Zeit, unter diesen Menschen und in dieser Stadt, du armes verlorenes Kind.

Sie fuhren nicht weiter nördlich in Richtung Flagstaff, sondern nahmen die kleine Straße, die ebenfalls nach Norden über Pinos Altos führte. In Pinos Altos gab es nur Geschichte. Nichts, was von Gegenwart zeugte, nichts, das in die Zukunft wies. Nur Geschichte und Verfall. Es war eine der vielen Geisterstädte, die plötzlich entstanden, mit dem Gold- oder Silberboom zur Blüte gelangten und als die Mine leer war, ebenso schnell wieder verlassen wurden. Eine Stadt, die kein Leben mehr hatte. Geisterstädte haben eine besondere Stimmung, die traurig macht. Ihre Botschaften sind Bilder zwischen Ersticken und Ohnmacht und Vergessen und Niederlage.

Die Landschaft, durch die sie jetzt fuhren, gehörte einst dem altindianischen Volksstamm der Mogollonen. Sie lebten hier vom 1. bis ins 13. Jahrhundert. Nahrung fanden sie reichlich in der Pinien- und Kiefernlandschaft des Gebirges und im Gila-Fluss. In den Bergen und Schluchten lebten Bären, Berglöwen und Hirsche.

Es gab genug Wild in den Wäldern und in den Flussläufen konnten sie Fische und Biber fangen. In dieser herrlichen Gebirgswelt fanden und nutzten die Indianer sogar vorhandene Thermalquellen. Das Land der Mogollonen war riesengroß im Vergleich zu der geringen Anzahl der Bevölkerung. Deshalb blieb die Unberührtheit der Natur über die Jahrhunderte bestehen. Es war eine scheinbar unberührte Landschaft, die sich vor Johanna ausbreitete. Kaum, dass es überhaupt Wege gab. Johanna begann inzwischen an ihrem Reiseziel zu zweifeln. Beide schwiegen. Diese Wildnis hatte ihre Orientierung vollkommen eingefangen. Ihr Auto kämpfte sich mühevoll und verzweifelt eine Straße suchend vorwärts, die Bäume und Sträucher ließen keinen Blick in die Weite frei. Kein Mensch war zu sehen, den sie fragen konnten. Ein Tal mit einem trockenen Flusslauf hatten sie durchquert und das Auto rollte auf eine Anhöhe zu. Felsige Hindernisse lagen dort, wo sie vermutete, dass der Weg weitergehen würde. Sie stieg aus und ging um die Felsen herum und tatsächlich, ein kleiner Pfad ging dort weiter. Sie hatten kein Auto mit Allradantrieb gebucht und stellten nun fest, dass die Furt fast zu schmal und zu steil war, dass die Anhöhe durch zahlreiche Regenfälle ausgefahren war und tiefe Fahrspuren aufwies, die befürchten ließen, dass das Auto aufsetzen würde. Sie umfuhren mühevoll die Hindernisse in dem ausgetrockneten Bachlauf und fuhren dann langsam und vorsichtig die steile Anhöhe hinauf. In den tiefen, ausgefahrenen Spuren setzte das Auto zwei oder drei Mal hörbar auf. Endlich waren sie oben auf dem Plateau oder Meso, wie die Einheimischen sagten. Nichts war zu sehen. Johanna hatte gehofft, von hier aus ihre Unterkunft wenigstens sehen zu können. Sie mussten doch in der Nähe sein, fragten sie sich, unsicher geworden, immer wieder. Dann sahen sie Reifenspuren von einem Traktor oder so etwas Ähnlichem. Sie folgten den Spuren einen halben Kilometer und entdeckten auf halber Höhe einer weiteren Steigung zwei große Felsbrocken, die sie zum Anhalten zwangen. Johanna stieg aus. Endlich. Hinter den Felsen lagen sie, die Casitas. Einzelne kleinere und kleine zusammengebaute Casitas. Kleine Adobe-Häuser, die sorgfältig in separate kleine Schluchten eingebettet waren und versteckt mit der bergigen Landschaft verschmolzen. Johannas Herz jubelte. Hier, im Zentrum von Gottes Schöpfung, wollten sie bleiben. Hier waren Natur und Empfindungen ursprünglich, arglos und rein. Hier würde sie die nächsten Tage verbringen und über alles Erlebte nachdenken können. Ankommen ist ein gutes Gefühl, eine Tätigkeit und eine beglückende Wahrnehmung, empfand sie in diesem Augenblick. Ich bin angekommen, mein Körper und meine Seele können hier zusammenfinden, im Gleichgewicht, im Gleichklang und in Frieden, stellte sie beruhigt fest. An der Wand ihrer Casita hingen eine Schaufel und eine Goldpfanne. Ich könnte den Sand des Baches absuchen nach Gold. Alles, was ich dazu brauche, hängt hier an der Wand. Ich könnte das kostbare gelbe Metall finden und reich werden. Sie musste lachen, »mich hat das Goldfieber gestreift«, sagte sie laut in die Schlucht hinein.

Dann sah sie einen freundlichen Mann den Berg heraufkommen. »Hallo«, rief ihnen ein Fremder zu und winkte mit den Armen. Der Fremde hieß Mike Sweney und war der Besitzer. »Ihr könnt mich gern auch Mike nennen«, sagte er, als er ihnen die Hand gab.

Mike zeigte ihnen die für sie bestimmte Casita und erklärte manches Wichtige im Haus. Er wies auf die vielen dicken Stöcke am Hauseingang und sagte, »das sind Stöcke, um die Schlangen zu vertreiben oder wegzuschleudern. Nehmt sie beim Spazierengehen unbedingt mit und achtet auf den Weg.« In Anbetracht der Schlangengefahr beschloss Johanna augenblicklich, auf die Goldsuche im Tal zu verzichten. Sie gingen an zwei Casitas vorbei zum kleinen Platz vor den beiden Felsen, die mit einer Mauer verbunden waren. Mike öffnete die Pforte in der Mauer und sie betraten einen winzigen Garten im Innenhof. »Hier ist das Künstleratelier und ein kleiner Shop. Das ist Beckys Reich«, sagte er stolz. Becky ist meine Frau. Sie macht hier alles selbst.« Johanna spürte den Stolz auf seine Frau in Mikes Stimme und musste schmunzeln. Im Shop gab es indianisch anmutenden Schmuck, Shirts, die Becky gestaltet hatte, Schalen und Figuren aus Keramik und Speckstein. Kleinmöbel aus alten Hölzern und selbst gewebte bunte Tücher und Decken.

Sie waren in ihrer Casita. Was wie ein Provisorium ausgesehen hatte, entpuppte sich als ein geräumiges und zweckmäßig eingerichtetes Landhaus mit einer großen Terrasse. Johanna ging durch das Haus, prüfte Bett und Dusche und kam mit einer Weinflasche und zwei Gläsern zurück. Mike verabschiedete sich und sagte, er würde ihnen Abendbrot holen. Als er zurückkam, hatte er ihnen Rindersteaks mitgebracht, die Heinrich auf ihrer Terrasse grillte. Es schmeckte vorzüglich, Rindersteaks von Nachbars Rindern, selbst gebackenes Brot von Becky und der restliche Wein aus Texas. Während des Essens an diesem ersten Abend ließen sie sich einfangen von dem Licht der untergehenden Sonne, das von Gelb über Orange bis zum feurigen Rot wechselte. Es war das Licht New Mexikos. Es war das warme, reflektierende rotleuchtende Licht, das die Berge am Horizont zu ihnen zurückwarf. Sie hatten längst die guten Steaks aufgegessen und tranken noch ein Glas Wein, als auf magische Weise unzählige Sterne über ihnen zu leuchten begannen. Es waren spektakuläre Erscheinungen, die das Himmelszelt schmückten. Dieser Nachthimmel erinnerte Johanna an den Himmel in der Oper *Die Zauberflöte*, wie er von Karl Friedrich Schinkel vor zweihundert Jahren als Bühnenbild entworfen worden war. Einzigartig und schön. Ob Schinkel jemals in Amerika gewesen war?, fragte sie sich. Die Vielzahl und die scheinbare Nähe der Sterne erinnerten Johanna aber auch an Afrika. Hier, im Süden von New Mexico und dort in Afrika waren die Sterne besonders hell und scheinbar in greifbarer Nähe. Anderswo auf der Welt wird diese Schönheit nicht einmal vermutet, davon war sie überzeugt. Johanna war sich sicher, an einem ehemaligen heiligen Platz angekommen zu sein. Das Heilige schwebte über ihr und ihre Sinne spürten der alten Geschichte nach. Sie gingen spät zu Bett in einer fernen Fremde, die ihnen jedoch vertraut vorkam.

Es waren bereits einige Tage vergangen, der angekündigte Regen war bisher ausgeblieben, kein Windhauch bewegte sich durch das Tal. Die Hitze brannte in der Mittagszeit gnadenlos. Johanna saß auf der Terrasse vor dem Haus und sah den Eseln zu, die sich langsam fortbewegten. Sie liefen und fraßen ohne aufzuschauen. Aus dem Tal vor ihrem Haus stieg würziger Wacholderduft zu ihr herauf. Sie legte ihre Füße auf den bereitstehenden Hocker und machte es sich in dem alten Sessel bequem. Als sie den Kopf zurücklegte, konnte sie in nordwestlicher Ferne den Gipfel des Mogollon-Baldy-Berges, der höchsten Erhebung des Gila Wilderness, sehen. Johanna atmete tief ein, der unbekannte Geruch machte sie müde. Die trockene Hitze ebenfalls. Sie schloss die Augen. Alle ihre Sinne und Gedanken schwebten zum Fuße des Berges. Sie wurden mächtig, sie verselbständigten sich und sie zeichneten eine andere, uralte, fast vergessene Wirklichkeit. Es war die Wirklichkeit der anderen, die längst tot und vergessen waren. Es war die Wirklichkeit von Leben der fremden Altvordern, das nahe der Mutter Erde war, das bestimmt wurde von Spiritualität und vom Geist der Gemeinschaft. Johanna tauchte tief ein in die Welt der anderen, der Vergangenen und der Verlorenen und war plötzlich bei ihnen.

Die Erde und die Felsen leuchteten im Orangerot der Mittagssonne. Die Hitze flirrte in ungleichmäßigen Wellen über den Boden. Sie beherrschte alles. Schöne Frauen, in bunte Tücher gekleidet, saßen auf dem Boden, bearbeiteten Schmuck und kochten nebenbei auf kleinen offenen Feuerstellen, eine junge Frau stillte ihr Kind und sang dabei. Es waren eher kleine, zierliche Menschen, die Mimbres, aber von ebenmäßigem Wuchs, die eine besondere Schönheit besaßen. Ihre langen pechschwarzen Haare passten zu den mandelförmigen dunklen Augen und der sonnenverbrannten Haut und verliehen ihren Gesichtern Zufriedenheit und Erhabenheit. Sie hatten Schmuck und Bänder in ihre Haare eingeflochten, was den Kontrast zur dunklen Haut- und Haarfarbe erhöhte.

Hinter den Frauen erkannte Johanna eine steil aufragende, hohe löchrige Felswand eines Canyons. In diese Felsöffnungen, in die Halbhöhlen waren die traditionellen Wohnungen der Mimbres gebaut. Einige Wohnungen waren in den Sandstein gemeißelt. An einer Stelle gab es drei übereinanderliegende Wohnungen, erkannte Johanna. Die Mimbres, überlegte Johanna, lebten, wie auch die Anasazi, in Felsen oder in den Häusern, die sie unter die Felsvorsprünge oder in Felsspalten bauten. Die Felsen boten Schutz vor Gefahren und waren bei dieser Hitze angenehm kühl. Die Mimbres hatten außerdem aus selbst gebranntem Lehm freistehende gemauerte Häuser errichtet, die vor der Felswand standen und mit den anderen Wohnungen zusammen eine kleine Siedlung bildeten. Einige Kinder liefen fröhlich zwischen diesen Häusern umher. Kein Geklapper, kein Kindergeschrei drang an Johannas Ohr. Es war leiser Gesang zu hören, wie wenn der Wind durch Buschwerk fährt und mit den kleinen Ästen und Blättern spielt. Aber es war nicht die Stimme des Windes, es waren zwei Frauen, die plötzlich singend eine lang andauernde Zeremonie begannen. Beide erhoben sich im Rhythmus der Musik und gingen mit leichten und tanzenden Schritten hinüber zur Kiva, während die anderen Frauen schweigend sitzen blieben und ihre Handarbeiten nicht unterbrachen. Sie hatten Keramikschalen in den Händen. Wunderschöne Schalen mit einer Schwarz-auf-

Weiß-Malerei. Die jüngere Frau trug eine Schale mit aufwendigen geometrischen Figuren. Was für eine raffinierte Pinselführung war nötig gewesen, um diese feinen Linien zu vollbringen, überlegte Johanna. Die Schale war zweifellos ein Kunstwerk. Die andere Frau trug eine größere Schale mit der figürlichen Darstellung eines Mannes und eines Kranichs, umgeben waren die Figuren von zahlreichen geometrischen Ornamenten. Die Darstellung des Mannes hatte die typischen Merkmale der Menschen vom Mimbres River. Das waren die rautenförmigen Augen und das typisch fliehende Kinn. In beide Schalen waren in die Mitte Löcher gestanzt. Totenlöcher, erkannte Johanna. Die Schalen sollten demnach auf die Gesichter von Toten gelegt werden. Die beiden Frauen näherten sich der Kiva, aber sie gingen nicht hinein, denn Frauen war das Betreten der Kiva nicht gestattet. Sie blieben vor dem runden, halb in die Erde gebauten, unterirdischen Gemeinschaftsraum stehen. Jede Siedlung hatte in seinem Zentrum eine solche Kiva. Sie wurde zu spirituellen, religiösen und rituellen Handlungen genutzt. Hier, am Zugang zum zentralen und einzigen Einstieg, der mit einer außen angelegten Leiter über das Dach erfolgte, legten die Frauen ihre Schalen nieder und gingen im Rhythmus der Musik zurück zu ihren Kindern zum großen Platz, zum Regenbogenplatz. Sie sangen noch immer. Bevor sie sich setzten, drehten sie sich im Tanz und stampften jedes Mal mit dem rechten Fuß auf, wenn sie zur Kiva Öffnung hinaufblickten. Als sie sich bei den Kindern und den anderen Frauen endlich niedergelassen hatten, sahen sie, dass aus dem Einstieg zur Kiva eine dünne Rauchsäule aufstieg. Der Rauch ertrank im rotgefärbten wolkenlosen Himmel und nahm die Klänge und Rhythmen der Lieder und Tänze der beiden Frauen mit sich fort.

Der Einstieg in die Kiva war gleichzeitig auch der Rauchabzug für das Feuer im Inneren, das bei den Zeremonien immer brannte. Neben der Feuerstelle innerhalb der Kiva war eine kleine Öffnung im Boden. Diese Öffnung war das Sipapu. Die Mimbres nahmen an, dass durch dieses kleine Loch die Geister ihrer Vorfahren Verbindung zu den Lebenden aufnehmen würden und dass die Seelen der Verstorbenen durch das Sipapu in die Geisterwelt gelangen könnten. Wollte man Kontakt mit den Verstorbenen aufnehmen, diente das Sipapu als ›Sprachrohr‹ zwischen den Welten.

Die in die Erde gebaute Kiva mit dem Sipapu war für alle Indianer ein heiliger Ort. Er erinnerte die Mimbres immer daran, dass sie irdischen Ursprungs waren und in der Verbundenheit mit Mutter Erde lebten. Die Erde war der Ursprung und Mittelpunkt des ewigen Kreislaufes des Lebens von Zeugung, Geburt, Tod und Regeneration. Die Menschen wurden aus der Erde geboren und kehrten auch dorthin wieder zurück. Alle Lebewesen teilten sich die Erde und jeder und jedes war jedem gegenüber verantwortlich. Kein Lebewesen war einem anderen übergeordnet. Über die ganze Schöpfung wachte der große Geist, den sie Manitu nannten. Nur Schamanen und heilige Männer konnten durch ekstatische Techniken oder durch Rauschzustände mit den Geistern der Ahnen in Kontakt treten, sie befragen und sie um Hilfe bitten. Allein diese Männer kannten sich mit enterogenen und halluzinogenen Drogen aus. Bei den Mimbres-Stämmen wurden seit Jahrhunderten Peyote-Kakteen verwendet. Oberhalb der Wurzel wurde der Kaktus abgeschnitten und frisch konsumiert oder der Peyote-Kaktus wurde getrocknet und zerkleinert eingenommen. Schamanen und heilige Männer waren Mittler zwischen den Welten, und sie waren Heiler, Propheten, Wettermacher und Ratgeber.

Der Stamm der Mimbres zelebrierte die Zweitbestattung, das heißt, wenn vom Leichnam nur noch die Knochen übrig waren, erfolgte auf dem Friedhof die Grablegung. Hier, auf dem Friedhof neben der Kiva, waren die Gräber aller Verstorbenen. Der Geist jedes Toten sollte einen möglichst schnellen Weg zur Unterwelt, zu seinen Ahnen über das Sipapu in der Kiva finden. Johanna erkannte, dass zwei Gräber für Grablegungen vorbereitet waren. Sie lagen nebeneinander geöffnet und das helle Sonnenlicht wärmte den trockenen Grund. Erde und Steine lagen aufgeschichtet daneben. Niemand war zu sehen. Aus der Kiva drangen gedämpfte Stimmen. Rauch stieg empor. Alle Männer der Gemeinschaft verließen singend die Kiva. Sie trugen zwei Decken mit sich, die sie vor den Gräbern vorsichtig ausbreiteten. Knochen. Nur menschliche Knochen waren in die Decken gehüllt gewesen. Die Gebeine der beiden toten Männer wurden sorgfältig in den Gräbern abgelegt und die Schalen mit den Totenlöchern wurden den Toten auf die Gesichter gelegt. Nun begann das Abschiedsfest. Mit ihren rituellen Tänzen leiteten einige Männer die Begräbniszeremonie ein. Auch die Frauen versammelten sich bei den Gräbern. Ihre Klagelieder waren an das Diesseits und an das Jenseits gerichtet. Sie sollten die beiden Seelen der Verstorbenen begleiten. Der irdischen Seele, die mit dem Körper gestorben war, wurde in den Liedern gedankt, während die spirituelle Seele, die nun ins Jenseits hinüberging, mit Liedern und Tänzen gerühmt wurde. Beide Frauen, die ihre Männer verloren hatten, trugen ihren besten Schmuck. Die eine hatte einen kostbaren Ring und Ketten an den Armen, am Fuß und am Hals angelegt. Die Halskette war eine schwere Silberkette mit einem großen Türkis, der umgeben war mit Perlmuttauflagen und darunter eine bunte Mosaik-Inlay-Arbeit. Auch der Ring war mit einem großen Türkis verziert. Die bunten Schmuckstücke glänzten in der Sonne in ihren schönsten Farben. Türkise, Perlmuttarbeiten und bunte Mosaike sind seit jeher der Schmuck der Indianer. Die zahlreichen Perlmuttauflagen an den Halsketten der anderen Frau zeigten einen ungewöhnlichen Reichtum. Beide Frauen hatten sich für ihre Männer noch einmal geschmückt. So wollten sie den Seelen ihrer Männer Kraft geben für die Reise in die Unterwelt.

Solange die Zeremonie an den Gräbern dauerte, stieg Rauch aus der Kiva auf. Der Rauch zeigte den Seelen den Eingang zur Kiva und in das Sipapu, den Eingang zur Unterwelt. Die Seelen würden jetzt zu ihren Ahnen in die Unterwelt zurückkehren. Die Gesänge und Tänze aller Mitglieder der Gemeinschaft würden sie dieses letzte Stück begleiten. Während die Frauen sangen, tanzten die Männer. Es begann mit den Trommeln. Im Takt der Trommeln pulsierte das Blut in den Adern der Tänzer. Leise, lauter und noch lauter klopfte der Rhythmus, schneller und rasender wurden die Bewegungen und Sprünge. Die Körper schwitzten, mit dem Schweiß floss auch die Kraft aus ihnen. Es gab einige Männer, die im Tanz der Zeremonie alles Irdische abgelegt hatten, die sich in Trance bewegten und die Seelen bis weit in die Unterwelt hinein begleiten konnten. Die Grablegungszeremonie wallte auf und ebbte ab, dann wallte sie wieder auf und ebbte wieder ab. So ging es Stunde um Stunde weiter, bis die ersten Tänzer kraftlos zu Boden sanken und liegen blieben. Als die Sonne unterging, tanzte nur noch ein einziger Mann, der Schamane. Der Rausch, den das Mescalin bewirkt hatte, hatte sein Bewusstsein und seine Wirklichkeit eingetauscht gegen zwanghafte rhythmische Bewegungen. Zuerst bewegte er sich stundenlang konzentriert zu den Trommeln, er fiel auf den Boden, aber der Rhythmus bestimmte seine Körperbewegungen weiter. Er zuckte, er krampfte, dann schlug sein Kopf auf den Boden. Der Rhythmus hielt ihn in seinem Bann gefangen. Schließlich zuckten die Hände nur noch als Zeichen der absoluten Konzentration, bis er in eine vollkommene Bewusstlosigkeit versank.

Der heilige Mann lag noch immer auf dem Boden und war noch nicht wieder in die Wirklichkeit zurückgekehrt. Er hat einen weiten Weg, sagten am nächsten Morgen die Frauen, die ihn in seine Wohnhöhle trugen, als sich die Sonne heiß und rot vom Horizont löste und ihr Licht und ihre Hitze über dem Regenbogenplatz aussandte. Schwerfällig und träge verrichteten sie auf dem Regenplatz an dem Tag danach ihre Arbeit. Die Tänzer waren in den Halbhöhlen oder in ihren Häusern geblieben und ruhten aus von den gestrigen Zeremonien. Am Nachmittag würden sie sich in der Schwitzhütte treffen.

Auf dem Plateau befanden sich nur wenige Frauen. Sie sangen und wiegten im Takt ihren Oberkörper vor und zurück und nach rechts und nach links. Sie sangen leise, kaum hörbar und berührten sich im Takt mit den Schultern. Sie sangen mit der Stimme von Mutter Erde und tauchten ein in ihre Schönheit und Würde. Sie feierten die Erde. Damit fing jede Zeremonie an und damit endete sie auch. Die Stimmung hatte etwas Feierliches und auch etwas Einlullendes. Es wurde noch heißer auf dem Platz. Im gleißenden Licht der Sonne verschwammen plötzlich die Menschen. Es war nur noch grell, alle Umrisse lösten sich auf. Es war, als würde Johanna ausgegrenzt werden, als würde sie weggeschickt werden in eine andere Wirklichkeit.

In der Helligkeit tauchten neue Formen auf. Lose aufgetürmte Nebelgebilde konnte Johanna erkennen. Sie verdichteten sich zu Figuren und verschwanden ebenso schnell, wie sie gekommen waren. Plötzlich schoben sich alle Lichtfiguren zusammen und es entstand ein einziges Gebilde. Es entstand der tanzende und musizierende Kokopeli. Wie Nebelschwaden waberten alle Erkennbarkeit und alles Verstehen vorüber. Allein Kokopeli blieb zurück. Der bucklige Flötenspieler wurde übergroß und sein Lachen schallte unangemessen laut über den Regenbogenplatz bis zur Felswand und zurück zu Johanna. Er blies in seine Flöte und sprang mit wilden Sprüngen umher, aber die Frauen ignorierten sein Spiel. »Johanna, Johanna«, rief Kokopeli laut und lachte wieder und blies erneut in seine Flöte.

Dann löste auch er sich im Dunst der Mittagshitze auf. Johanna wollte die Bilder und Gedanken in den sicheren Räumen ihres

Gehirns festhalten, sie wollte bei den Mimbres bleiben und Kokopeli zuschauen und sich dem Rhythmus der Trommeln hingeben,
aber in der Hitze des Sonnenlichtes verschmolzen alle Wahrnehmungen und Gedanken. Es verschmolz das Hier und Dort und das
Heute und Gestern und das Innen und Außen. Nur das von Ferne
herüberschallende überhebliche Gelächter von Kokopeli begleitete die Auflösung aller Bilder und machte sie fröhlich. Dann wurde es still. Johanna wollte rufen, aber die Stimme gehorchte ihr
nicht, sie wollte Kokopeli festhalten, aber die Hände bewegten
sich nicht. Wohin waren die Bilder und Töne mit Kokopeli verschwunden? Die Frage erreichte ihre Gedanken erst, als diese sich
bereits auflösten, bevor sie eine Antwort formulieren konnte. Alle
Bilder und alle Stimmen waren wieder verschwunden. Ein weißes
kaltes Licht breitete sich im Universum aus. Sie spürte in ihren
Sinnen und Wahrnehmungen, dass sie sich von aller Wirklichkeit,
von allen Gesetzen der Wissenschaft und von allen denkbaren
Vorstellungen weit entfernt hatte. Ich bin ich, erkannte Johanna
und ich bin allein. Nur Kokopelis Leichtigkeit war ihr geblieben
und eine Ahnung von der Kraft alter Zeremonien. War es Traum
oder Wirklichkeit? War es das Unterbewusstsein? Woher komme
ich, wohin gehe ich und wohin gehöre ich? Diese Fragen schlichen träge die Gedankengänge entlang und entwichen ohne eine
Antwort in die fremde Atmosphäre, die sie umgab.

Mein Kopf schmerzt und der Taumel der Gedanken hat sich
der Müdigkeit ergeben, ich will mich ausruhen, sinnierte Johanna. Sie spürte, dass sie bequem lag und von Sicherheit umgeben
war, sie roch die Pflanzen und Bäume des Tales und den Duft,
den der Wind vom Regenbogenplatz heranwehte. Das Tal summ-
te seine leisen Töne herauf zu ihr. Ein körperliches und seelisches
Wohlempfinden machte sich in ihr breit. Johanna war bereit, ihre
Sinne erneut zu öffnen und sich der heiligen Schöpfung preiszu-
geben. »Ich bin ein Teil der uralten geschundenen, aber immer

auch geliebten Erde. Meine Erde«, formulierten ihre Lippen. Johanna spürte, wie die uralte Verbindung zur Erde in ihr wuchs. Diese Verbindung machte sie leicht, schwerelos wie eine Feder. Federleicht berührte sie voller Scham den Boden unter ihr. Die Erde breitete ihre Würde vor ihr aus. Uralte, niemals gedachte Gedanken, die tief im Inneren ihres Gehirns existierten, stiegen herauf an die Oberfläche ihrer Gedankenbahnen und konstruierten überzeugende Worte. Worte, die ihr vertraut klangen wie ein altes Kinderlied. »Du bist auf ewig mit der Erde verbunden«, lauteten die Worte. Waren das ihre Gedanken?, überlegte sie. »Was genau denkt jetzt in mir?«, fragte sie sich. Johanna wollte sich konzentrieren, sie wollte überlegen, was diese Worte bedeuten könnten, aber nichts gehorchte ihr. Ein Lufthauch hob sie empor und als sie keine Bodenberührung mehr fühlte, erkannte und spürte sie, dass ihr Leben, ihr Körper und ihre Seele eingebettet waren in die Kraft und die Schönheit der Erde. Es ist die Erde, die mein Denken und Empfinden bestimmt. Es ist die heilige Mutter Erde, wie die Mogollonen sie einst hier an diesem Ort verehrt hatten.

Mutter Erde, das ist auch die Schöpfung unseres christlichen Gottes. Andere angelernte Gedanken, die sich ganz vorn im Gehirn ausgebreitet hatten, sagten ihr laut und deutlich vernehmbar, »du bist ein Christ, wie kannst du wie eine Indianerfrau denken und fühlen?«. Johanna schien, als würden die Ebenen der Religion in ihrem hinteren Gedankengebäude verschwimmen.

Mutter Erde ist mir nahe, ich spüre ihre Kraft und ich erkenne ihre Schönheit und Einzigartigkeit, riefen die alten Gedanken von hinten und unten zu ihr herauf. Johanna war an der Quelle ihrer Lebensstraße angekommen. Sie suchte den christlichen Gott und sie fand Mutter Erde. Sie war wach und hellsinnig. Die intuitive Religion, die uralte biologische Natur ihres Wesens begehrte auf. Heftig und überzeugend. So bin ich, dachte sie ehrlichen Herzens. Das ist meine intuitive individuelle Religiosität, die zu meinem Wesen gehört, solange ich lebe. Sie ist mir angeboren und ist unaufgebbar mit meinem Leben verbunden. Die Liebe und Achtung der heiligen Mutter Erde ist die tiefe und einzige Religiosität meines Herzens, meiner Empfindungen und meiner Seele. Endlich habe ich meine Wahrheit erkannt. Johanna wollte sich dieser Erkenntnis hingeben und sie nicht wieder hinterfragen. Sie wollte Ruhe finden.

Wo ist dein christlicher Glaube? In ihrem Kopf dröhnte ein lautes Streitgespräch verschiedener Gedanken und Empfindungen. Die vertrauten liebgewordenen alten Gedanken rangen mit sperrigen neuen Gedanken, die an einer wesensfernen Religion festhielten. Der Religion des Christentums. Johanna hatte diese andere neue fühllose Religion in der Kindheit mit dem Lesen und Schreiben erlernt. So sehr sie sich in ihrem Denken und Fühlen auch bemüht hatte, sie fand zu dieser neuen Religion keinen individuellen und auch keinen intuitiven Zugang. Für sie war diese neue Religion immer nur eine Gedankenkonstruktion geblieben, die in ihrem Kopf stattfand.

Aber Religion ist keine Kopfsache, sinnierte sie und war fest entschlossen, an dieser Erkenntnis festzuhalten. Der Gott dieser neuen Religion ist das Wort, ist der Geist, ist der Verstand. Deshalb ist dieser Gott ein transzendentes Wesen. Es ist ein Gott ohne jegliche Materialität. Diese Religion ist ein intellektuelles Prinzip, fand Johanna, und deshalb war und blieb sie auch nur eine intellektuelle Religion, die nicht kompatibel war mit ihrer menschlichen Natur.

Sie empfand Mitleid mit dem Gott der Kirchen. Der transzendente Gott hatte die natürliche Welt verlassen und weil er abstrakt war, war er unzerstörbar, unangreifbar, unsichtbar und für sie, das musste sie ehrlich zugeben, auch unvorstellbar.

Es schien, als würde Johanna noch immer schlafen. Sie lag allein auf der Terrasse ihrer Casita und es sah aus, als gäbe sie sich der Stimmung des zu Ende gehenden Tages hin. Sie roch noch immer den herb würzigen Wacholder und versuchte die verlorenen Traumbilder wiederzufinden. Es gelang ihr nicht. Sie streckte sich noch einmal aus, um der Erde nahe zu sein und mit ihren Sinnen in die Natur einzudringen. Sie hatte noch einmal ihr Bewusstsein weit geöffnet und uralte Gedanken hinüber zu den Bergen geschickt. Aber sie fand weder die Mimbres noch den Kokopeli. Was blieb, war eine bekannte Harmonie in allen Sinnen. Die Harmonie der Töne, der Farben und der Gerüche. Der Abend dämmerte langsam herauf und bestimmte das Licht und die Wärme im Tal zu Johannas Füßen. Als sie etwas später aufstand und in der Küche das Abendbrot zubereitete, wurde ihr bewusst, wie glücklich sie war. Bis die Sonne unterging, saß sie mit ihrem Mann gemeinsam auf der Terrasse und sie tranken Wein aus Texas.

Die Farben der Erde sehen plötzlich anders aus, die Erde riecht anders und die Stimmen der Tiere und des Windes sind markanter und lauter geworden. Hat sich die Natur um mich herum verändert oder habe ich mich verändert?, grübelte sie, während sie langsam ihr Glas leerte. Neuer köstlicher Wein ergoss sich in ihr Glas, denn sie hatten nicht vor, die angefangene Flasche bis zum nächsten Tag stehen zu lassen. Sie genoss den Alkohol und dachte dabei über die Bilder nach, die ihr am Nachmittag das Unterbewusstsein vorgegaukelt hatte. Was hatten die Indianer zu bedeuten?, fragte sie sich. Vielleicht, weil Indianergeschichte genau hier stattgefunden hatte. Vielleicht, weil sie diese Geschichte gesucht hatte und weil sie offen war, in das Leben und Empfinden der Indianer hineinzuspüren. Aber warum waren die Szenen über den Tod erschienen?, überlegte sie angestrengt. Warum wurde der Tod in den Visionen thematisiert? Was hatte der Tod mit ihr zu tun? War ihre Tochter Dorothea, die seit einigen Tagen im Krankenhaus lag und an einer chronischen Erkrankung litt, dem Tod nahe? Angst breitete sich plötzlich in ihr aus und die Angst vertrieb das bis eben vorhandene Glücksgefühl, das sich so wunderbar angefühlt hatte. Dann blieb nur noch eine unbestimmte Angst in allen Gedanken und Empfindungen. Angst im Kopf und in der Seele. Angst wovor?, rätselte sie. Ist der Tod gekommen?, fragte sie sich leise, es grauste sie. Plötzlich schmeckte ihr der Wein nicht mehr. Den letzten kleinen Rest stellte sie in den Kühlschrank. Die Angst blieb und kroch mit ihr zusammen ins Bett und beherrschte ihren Schlaf.

Am nächsten Morgen, als Johanna noch im Bett lag, klingelte das Telefon. Ihr Herz setzte einen kurzen Moment aus. Ein Whatsapp-Anruf. »Ja«, brachte sie stockend hervor. »Hallo Johanna, ich bin es, Bettina, deine Schwester.« Dann hörte sie nichts mehr. Dann ein Schlucken am anderen Ende der Leitung. Gerade als Johanna fragen wollte, hörte sie die Schwester leise weinen. Dann war wieder Stille, aber Johanna konnte durch das Telefon hören, wie verzweifelt Bettina war. »Johanna«, sagte dann die Schwester, »unsere Mutter ist letzte Nacht gestorben«. Bettina schnäuzte sich, dann war Verzweiflung zu hören. »Sie ist zu Hause ruhig eingeschlafen.« Wieder Stille im Hörer. »Ich war bei ihr und habe sie beim Sterben begleiten können.« Der Abschiedsschmerz würgte der Schwester im Halse. Ihr Reden verstummte wieder, es war nur noch stille Traurigkeit zu hören. Der Tod war gekommen. Er hatte Johanna sogar im Gila-Gebirge gefunden. »Mutter ist tot«, sagte die Schwester noch einmal laut wie zu sich selbst, um es zu verstehen.

Der Tod hatte die Mutter geholt, langsam wurde es Johanna bewusst, dass es nicht ihre Tochter war. Der Tod, den sie gesehen hatte, war wirklich gekommen und trotzdem machte sich eine Erleichterung in ihr breit und kroch in alle Nervenbahnen. »Danke, Mutter«, sagte eine leise Stimme in ihrem Herzen, aber die Gedanken fragten gleichzeitig, und nun? Die Mutter war alt geworden, sehr alt sogar, und Johanna wusste, dass die alte Dame den Tod erwartete hatte. Aber was bedeutet es, den Tod zu erwarten und bereit zu sein, alles Leben zu verlassen. Was bedeutete es für den Sterbenden und was für die Familie?

Die Tatsache, dass die Mutter gestorben war, zwang Johanna endlich über ihr Verhältnis zu ihrer Mutter nachzudenken. Sich endlich mit Missverständnissen, Unverständnissen, Unklarheiten und Schuld auseinanderzusetzen. Wann und wo hatte sich der gemeinsame Weg von Tochter und Mutter getrennt?, fragte sich Johanna selbstkritisch. Sie dachte an die Scheidung von Andreas, sie dachte an das Festhalten der Mutter an ihm und nicht an ihr. Warum hatte sie nicht den Mut zu einer Aussprache und zu einer Annäherung aufgebracht, als sie merkte, dass es bald zu Ende gehen würde? Selbst die Anrede ›Mutter‹ war Johanna in diesen letzten Jahrzehnten schwergefallen und wenn sie es vermeiden konnte, hatte sie jegliche Anrede weggelassen. Wie eine schwere Last legte sich die Erkenntnis auf ihre Schultern, dass sie etwas Wichtiges, vielleicht das Wichtigste überhaupt, versäumt hatte. Sie hatten einander nicht vergeben. Ja, sie hatten es beide nicht einmal versucht. Die Last der Erkenntnis schmerzte, Druck breitete sich über dem Herzen aus. Johanna wurde schlecht. Als würde der Kopf wie ein Pendel kreisen zwischen gestern, vorgestern und heute. Die Geschwindigkeit schleuderte die Gedanken durcheinander und vermischte alles Denken mit aufsteigenden Emotionen. Sie stand auf, zog den Bademantel an und ging nach draußen. Sie versuchte, tief durchzuatmen, aber der schale Geschmack blieb ihr im Hals stecken. »Ich muss atmen, ich muss mich bewegen«, rief ihr eine innere Stimme zu. Sie nahm sich zwei Schlangenstöcke aus dem Topf und stieg im Nachthemd und Bademantel hinab ins Tal. Atmen, atmen. An die Mutter denken und Ruhe finden. Mutter hat Ruhe gefunden. Es ist meine Schuld, es ist zu spät, sie kann mich jetzt nicht mehr verstehen und mir jetzt nicht mehr verzeihen. Oh, Mutter, vergib mir. Vergib mir, dröhnte es in ihrem Kopf.

Sie stieg hinab bis zum ausgetrockneten Fluss. Die knirschenden Kieselsteine unter ihren Füßen riefen Tod, Schuld, Tod, Schuld, Tod. Johanna ging bis zum Ende des Tales und setzte sich auf einen Stein unter einem abgestorbenen Baum. Die Kälte drang durch ihren Bademantel und ihr Nachthemd. Dann kamen langsam die Tränen, als hätten sie einen weiten Weg hinter sich. Sie spülten alles Denken hinweg, bis es sich anfühlte, als sei der Kopf vollkommen leer. Dann hörten auch die Tränen auf zu fließen, als wäre nun ihre Aufgabe erfüllt. Johanna fröstelte, aber sie blieb regungslos sitzen. Trost, dachte sie, wäre gut. Allein dieses Tal, die Schöpfung und das Universum trösten mich. Ich will die Leere des Todes und den Abgrund, den die Schuld in mir aufgerissen haben, ausfüllen mit der Schönheit, der Einzigartigkeit und der Unvergänglichkeit der Schöpfung. Wir gehen einander nicht verloren, Mutter. Ich muss mich nur auf das besinnen, was du mir gegeben hast, denn das bleibt in mir lebendig, solange ich lebe. Dafür werde ich dankbar sein. Endlich dankbar sein, das ist mein Frieden mit meiner Schuld und mit dir.

Sie lauschte den Stimmen der Vögel über ihr. Dazwischen war ein dünnes Rascheln hörbar. Das Geräusch kam näher und verstummte plötzlich. Ihr schien, als sei das Tier jetzt hinter ihrem Stein angekommen. Der Verstand war hellwach. Eine Klapperschlange hätte sich anders angehört, ein größeres Tier hätte auch mehr Geräusche verursacht, da war sie sich sicher. Vielleicht ist das eine Echse?, fragte sie sich. Sie griff nach dem Schlangenstock, umfasste ihn mit fester Hand und drehte sich vorsichtig im Aufstehen zu dem Tier hin. Sie trat einen kleinen Schritt zur Seite, dann konnte sie die Echse sehen. Es war eine seltene Krustenechse, eines der wenigen giftigen Tiere hier. Johanna erkannte sie an ihrem kräftigen Körperbau und an der dunkel bis hellbraun und rosa gefleckten Zeichnung. Die Echse machte keinen bedrohten Eindruck, und würde deshalb für Johanna auch keine Gefahr darstellen. Sie schaute sich ruhig das etwa 50 bis 60 Zentimeter große Tier genauer an. Als sie den Echsenkopf vorsichtig mit ihrem Stock berührte, schoss reflexartig die Zunge heraus und sie konnte die gespaltene Zunge sehen, die der Zunge einer Schlange sehr ähnlich war. Johanna ging einige Schritte rückwärts und entfernte sich von dem Stein. Nein, sie würde die Krustenechse nicht verjagen. Schließlich war sie hier der Eindringling, nicht das Tier.

Johanna wärmte sich unter der Dusche auf und deckte den Frühstückstisch auf der Terrasse. Sie hatte schon Freunde verloren und auch in der Familie gab es Todesfälle, aber nichts ist mit dem Tod einer Mutter zu vergleichen. Eine Mutter stirbt nicht einfach. Es ist ein Lebensbruch. Mit einer Mutter Tod geht immer auch ein wichtiger Abschnitt des eigenen Lebens zu Ende. Unwiederbringlich, unbarmherzig und endgültig. Johannas Mutter war hochbetagt, alle ihre Freundinnen waren bereits gestorben. Die alte Dame wollte dem Leben nichts mehr abverlangen und war dankbar dafür, dass Bettina sie in den letzten Momenten nicht allein ließ, als sie sich auf die andere Seite begab. Ob sie ihre älteste Tochter, Johanna, vermisst hatte? – Sie würde es nie erfahren.

Der Termin der Urnenbeisetzung wurde verschoben, bis Johanna wieder in Deutschland zurück war. Zur Beisetzung fuhr Johanna mit ihrem Auto nach Grünberg. Die Geschwister, und außer Dorothea waren auch alle Enkel und Urenkel anwesend, hatten alles für die Beisetzung vorbereitet. Zuletzt holte Johanna Dorothea vom Bahnhof in Erfurt ab. Sie fuhren auf dem Rückweg nach Grünfeld ein großes Stück die neue Autobahn entlang und nahmen dann für die letzten Kilometer eine Abkürzung über den Wirtschaftsweg zwischen den Feldern. Plötzlich saß ein großer Bussard direkt neben der Fahrbahn. Johanna bremste und fuhr langsam und vorsichtig an dem Tier vorbei, das vollkommen reglos blieb. Der Bussard schaute Johanna direkt in die Augen. »Oh Mutter«, entfuhr es Johanna halblaut, wie ein erschrockenes und verzweifeltes Stöhnen. Ihr schien, als würde der Bussard sie mit den Augen ihrer Mutter anschauen. Es war nicht nur ein Anschauen, es war ein Hineinschauen und ein Zurschaustellen von Schmerz. »Verzeih, Mutter«, sagte Johanna aufgeregt vor sich hin. Der Schreck und die tiefe Verunsicherung waren im nächsten Augenblick wieder vorbei, nur eine Botschaft war ihr geblieben.

In den Augen des Bussards hatte Johanna einen Auftrag wahrgenommen. Sie hatte in ihrem Erschrecken Worte gefunden. Sie hatte ihre Unsicherheit ausgedrückt. Darum ging es, das war die Botschaft aus dieser merkwürdigen Begegnung mit dem Vogel. Ich muss nach der Beisetzung, wenn die Familie, Verwandten und Freunde versammelt sind, ein paar Worte finden, über Mutter, über unsere Trauer und über unseren weiteren Lebensweg ohne sie. Das ist mein Auftrag. Dem Schmerz Worte zu geben. Danke Bussard für dein Zeichen, oder warst du es Mutter?, dachte Johanna.

Was sind die richtigen Worte? Dann entschied sie sich, nicht ihren Verstand nach den richtigen Wörtern zu befragen, sondern ihr Herz sprechen zu lasen. Ihr Herz kannte den Schmerz am besten und ihr Herz würde die Traurigkeit der anderen verstehen und sie trösten können. Ihr Herz kannte auch den Tod. Und sie wusste, dass ihrer Mutter altes Herz den Tod noch viel besser als alle bei ihrer Beerdigung Anwesenden kannte. Hatte sie doch so viele, Eltern, Verwandte, Jugendfreunde und Bekannte geachtet, gekannt, geliebt und dann verloren. Sie waren allmählich entschwunden und am Ende waren mehr Nahe und Nächste ›drüben‹ als ›hüben‹. Aber, obwohl sie alle längst tot waren, gehörten sie immer zu Mutters Leben. Sie dachte an sie, sie redete von ihnen und manchmal sogar mit ihnen, und manchmal träumte sie von ihnen, so als wären sie wie eh und je in ihrer Welt. Mit jedem der Ihren, der gestorben war, hatte sie ein Stück von der Scheu vor dem eigenen Tod verloren.

Und ich, wie werde ich selbst mit dem Tod meiner Mutter umgehen?, fragte sich Johanna. Dann beschloss sie, sich immer wieder genau an Tage, an Situationen, an Handlungen, an Blicke und Worte der Mutter zu erinnern und in ihrem Innern diese persönlichen Bilder, Stimmen und Eindrücke zu bewahren. Gelingt es, im Laufe der Jahre Mutters Bild klar erkennbar zu halten, dachte Johanna, lebt sie in mir weiter. Sie begleitet mich durch mein Leben, sie macht den Schmerz ihres Verlustes ertragbar und sie wird mir Kraft schenken, damit ich erkenne, dass es keinen Abgrund im Universum gibt und das niemand verloren geht.

Alter

Johanna hatte die sechzig weit überschritten. Sie fühlte sich gesundheitlich gut und glaubte, es würde immer so weitergehen. Aber dann erkrankte erst eine Freundin schwer, eine andere rutschte aus, stürzte und zog sich ein nicht heilbares Rückenleiden zu. Die Anzeichen waren deutlich wahrnehmbar. Das Leben um Johanna herum schien von Gefahren bedroht zu sein und zeigte sich zerbrechlich. Eines Tages ertastete Johanna beim Duschen in ihrer Brust einen Knoten, genauer gesagt ein Knotenbündel. Die Frauenärztin ordnete eine Reihe von Untersuchungen und Tests an. Zwei Wochen später bezog Johanna ein kleines Krankenzimmer. Als sie aus dem Fenster schaute, sah sie von oben auf einen Parkplatz, auf dem viel Müll lag, und beobachtete das Kommen und Gehen. Wie im Krankenhaus, dachte sie, Kommen und Gehen, wie im Leben, Kommen und Gehen. Wo stehe ich gerade?, grübelte sie. Wahrscheinlich bin ich auf der Seite Gehen. Der Klingelton des Handys unterbrach ihre Gedanken. Johanna antwortet nur kurz und legte auf. Sie stellte das Handy aus, legte es weg. Als sie die Formulare ausfüllte, alle Aufklärungsnachweise abzeichnete, alle möglichen Nebenwirkungen zur Kenntnis genommen hatte und schließlich ihre Zustimmung zur Operation erteilte, kam der Oberarzt zu ihr ins Zimmer. Er setzte sich ungebeten auf den einzigen Stuhl an den kleinen runden Tisch und begann in einem, wie Johanna fand, übergriffig vertrautem Ton auf sie einzureden.

Als er seine Autorität und seine Professionalität aufblätterte und mit seiner Tonlage und seinem Sprachstil spielte, konnte Johanna ihre Abneigung ihm gegenüber nicht mehr zügeln. »Nein, Sie verstehen mich nicht«, sagte sie kalt und abweisend. »Sie sind ein Mann und ich bin eine Frau. Sie sind gesund und ich bin krank. Sie sind jung und ich bin alt. Deshalb brauchen Sie auch nicht so zu tun, als würden Sie verstehen, was mich bewegt, das nützt mir nichts.«

Sie machte eine Pause in ihrer Wut, dann fuhr sie fort; »Vielleicht braucht in Ihrem Weltbild eine Frau meines Alters ihre Brüste nicht mehr. Dann schlussfolgere ich, dass in Ihrer Weltanschauung einer Frau nur ein bestimmtes Set an Rollen zur Verfügung steht. Die meisten Männer sehen Frauen nämlich immer nur in den ihnen zugedachten Rollen und die heißen: die Mutter, die Tochter, die Gattin, die Geliebte, die Angestellte oder Abhängige, die Femme fatale, eventuell noch die Jungfrau. Hoffentlich habe ich keine Rolle vergessen«, giftete Johanna. »Und alle diese Rollen, außer die der Ehefrau, erfülle ich nicht mehr.« Der Oberarzt schaute sie verdutzt an und schwieg, weil er sie nicht verstand. »Aber wissen Sie«, fuhr Johanna etwas milder fort, »Frauen denken und fühlen nicht in Rollen. Frauen sind alles und alles immer gleichzeitig.« – »Verzeihen Sie«, sagte der Arzt, »ich wollte Sie nicht verletzen.« – »Ja, ich weiß, es gibt so Sätze, die man benutzt, ohne sich Gedanken darüber zu machen. Wahrscheinlich haben Sie es sogar gut gemeint und wollten mich trösten, als Sie über meine Brüste sprachen. Aber gerade damit haben Sie mich verletzt. Ein Mann kann nicht wissen, was die Brüste für eine Frau bedeuten. Und ›flotte Sprüche‹ darüber, ob und wie sie noch in meinem Alter gebraucht werden, sind einfach nur verletzend. Denn diese Sprüche offenbaren ein bestimmtes Denken und eine Haltung. Ich rate Ihnen als Mann, hier einfach zu schweigen. Andernfalls gibt man preis, dass man Frauen in bestimmten Rollen wahrnimmt und der, der einer Frau eine Rolle zuweist, fühlt sich als der Spielleiter, als derjenige, der bestimmt, was und wie gespielt wird. Das sind, wie ich meine, Denkweisen und Sichtweisen einer alten überkommenden männerdominierten Gesellschaft, finden Sie nicht auch?«, fragte Johanna in die Stille hinein. »Frauen in Rollen wahrzunehmen, ist diskriminierend und frauenverachtend.« Der Oberarzt hörte aufmerksam zu. »So habe ich das noch gar nicht gesehen«, gab er verblüfft zu. Sie schwiegen beide. Der Arzt wollte seine Hand auf ihren Arm legen, zuckte aber im letzten Moment zurück. Er spürte die Stärke und die Ablehnung der Frau, die ihm gegenübersaß, und gleichzeitig wusste er, dass sie große Angst hatte. »Aber das ist doch weit verbreitet, das Denken in Rollen. Das macht doch jeder«, sagte er und wirkte dabei ein wenig hilflos. »Ja eben, und das ist falsch«, erwiderte Johanna.

»Nein, keine Rollen, keine Anmaßungen und keine Ungerechtigkeiten«, fuhr sie fort, »Mann und Frau sind frei geboren. Die Biologie trägt keine Schuld an sozialen Ungerechtigkeiten zwischen den Geschlechtern. Wohl aber etwas anderes, hat dazu geführt, dass die Welt der Männer seit Jahrhunderten zu Lasten der Frauen existierte.« Johanna stockte, sie schaute ihm direkt in die Augen. Was für dunkle Augen er hat, dachte sie plötzlich und erinnerte sich an Peter. Dann fuhr sie fort, »denken Sie an die Erziehung, die Religion, die Moral, die Wissenschaften und natürlich auch die Kultur der letzten 2.000 Jahre. Alles lag in den Händen von Männern und alles hat dazu beigetragen, die Frauen zu unterdrücken und zu beherrschen.«

Johanna stand auf, ging zum Fenster und öffnete es. Ihr war heiß und sie begann zu schwitzen. »Ich bitte Sie, beschränken wir uns auf die Befundlage der Voruntersuchungen und die Tests.« Der Oberarzt war vorsichtig und nachdenklich geworden. Dann fuhr er betont sachlich und distanziert fort und sagte, dass erfahrene Ärzte sie operieren würden und dass es keinen Grund zum Zweifeln an ihrer Professionalität gäbe. Er stand auf und verabschiedete sich überaus freundlich, aber unsicher. Als er die Tür hinter sich geschlossen hatte, überlegte er, warum diese Frau so aufgebracht gewesen war. Er hatte es doch nur gut gemeint und wollte sie ablenken. Und die Bemerkung, dass Frauen im Alter die Brüste nicht mehr brauchen, was war denn daran falsch, wie hätte er es denn sonst sagen sollen? Er fühlte sich unverstanden. Was hatte sie gesagt zu den Frauenrollen? Da erreichte er das Schwesternzimmer und dachte nicht weiter über Johanna nach.

Johanna hatte sich wieder beruhigt. Ich sollte nicht so dünnhäutig sein, wenn ein Mann mir einen Rat gibt oder einen Vorschlag macht, auch nicht, wenn es um meine Brüste und mich als alte Frau geht, überlegte sie. Da war es wieder, dieses Gefühl, das sie aus der Vergangenheit zu gut kannte. Es war der Eindruck, durch unsichtbare Kräfte in der körperlichen und geistigen Bewegungsfreiheit eingeschränkt zu sein, immer wieder an Grenzen zu stoßen, nach unten gedrückt zu werden, fremden Spielregeln unterworfen zu sein und weniger Möglichkeiten zu haben als Männer. Genau das war die Lebensrealität ihres ganzen vergangenen langen Lebens gewesen. Johanna war im Alter keine Emanze geworden und wollte auch keine sein. Bloßer Aktionismus und Gleichmacherei lagen ihr fern. Aber sie wollte mithelfen, auf ein Bewusstsein hin zu wirken, dass die Benachteiligung von Frauen in wirtschaftlichen, gesellschaftlichen, sozialen und moralischen Strukturen aufspürt und benennt.

Dabei war sie sich sicher, Gott hat Eva keineswegs dazu gemacht, Adam zu dienen. Eva war frei geboren, lebte selbstbestimmt und suchte die Erkenntnis. Genau das will ich auch, dachte sie.

Johanna legte sich auf das Bett, schloss die Augen und tastete zum wiederholten Male ihre Brüste ab. Ja, links und rechts, es gab keinen Zweifel. Sie dachte an den Oberarzt, der auf die Professionalität der Ärzte hinwies. Sie war nicht die Erste, die eine solche Operation haben würde und für die Ärzte war es vielleicht Routine. Die Botschaft war beruhigend, aber der Glaube daran wurde von Stunde zu Stunde geringer. Johanna erinnerte sich an früher, als sie ihr Kind ins Kinderheim gebracht und sich mit der Angst unsäglich allein gefühlt hatte. Heute hatte sie zwei erwachsene Töchter, die, wenn alles schiefginge, gut ohne sie auskommen würden. Das war eine Sicherheit, die ihre Angst in Grenzen hielt. Dann kam die Schwester herein und bereite die Operation vor.

Die OP dauerte vier Stunden, aber sie verlief gut. Die langen Schnitte hatten große Wunden verursacht, die ihr geraume Zeit Schmerzen bereiten würden. Auch die Heilung, erkannte Johanna, würde viel Kraft kosten und schließlich würden markante Narben für immer bleiben. Trotzdem, Johanna hatte es geschafft. Sie verließ nach einigen Tagen das Krankenhaus. Einer Chemotherapie würde sie sich nicht unterziehen, das hatte sie dem Oberarzt bei der Verabschiedung noch einmal gesagt. Sie hatte ihre eigene Strategie, aber die behielt sie lieber für sich. Wieder einmal stand sie am Anfang eines ungewissen Weges. Das Ende könnte Leben oder Tod heißen, aber hieß es das nicht sowieso?, fragte sie sich.

Johanna war wieder zu Hause. Sie lag auf der Schaukelliege und grübelte. Die Sonne schien warm und ein Hauch von Frühling durchzog den Garten. Ja, den Frühling und den Sommer will ich genießen, das sind meine liebsten Jahreszeiten, dachte sie.

Ihre Gedanken wurden mächtig und hielten die Vorstellung eines Frühlingstages fest. Bilder mit blühenden Sträuchern und kleinen bunten Bodendeckern, drängten sich in ihre Erinnerung. Die farbenreiche Buntheit ergoss sich bis zum Horizont und verschmolz hinter vorbeiziehenden Wölkchen im Endlosblau des Himmels. Die Last einer bekannten Stimmung überwältigte Johanna. Erinnerungen beherrschten ihre tobenden, kreisenden, fliehenden Ideen und Vorstellungen. Ihre Erinnerungen waren konserviertes Leben, auch konservierte Zärtlichkeit. Sie fühlten sich jetzt an wie Gewicht und Sorge, aber auch wie Nähe und Zärtlichkeit einer großen Schwermut. Der Raum aller Gedanken hatte sich mit Erinnerungen vollgesogen und drückte bleischwer auf ihr Leben.

Leben, das war es doch, stellte sie fest. Es geht nicht darum, wie das Ende heißt, erfolgreiche Operation, neue Operation oder Tod, es geht darum, bis dahin zu leben. Sie hatte erkannt, dass die Krankheit ihr die Sterblichkeit bewusst gemacht hatte. In dieser neuen Bewusstheit wollte sie weiterleben, neu leben, anders leben, gründlicher leben. Leben erleben.

Nach der Operation waren einige Jahre vergangen. Johanna hatte wissenschaftliche und belletristische Schriften verfasst und hatte auf weiteren Reisen die Welt und fremde Menschen kennengelernt und war in unbekannte Kulturen und Geschichten eingetaucht. Sie hatte alte Bequemlichkeiten und Trägheit abgelegt und ließ jeden Tag neues Leben in sich herein. Johanna hatte ihr Leben verändert und das Leben hatte sie verändert.

In den vergangenen Jahren hatte sie die Geschichte der eigenen Familie recherchiert und niedergeschrieben. Nun blieb nur noch, mit den Kindern und Enkeln zusammen zum Grab vom Jakob Hoffmann zu fahren und ihn, wenigstens in der Erinnerung seiner Nachkommen, wieder zurück nach Grünfeld zu holen, zu seinen Altvorderen, wie Großvater Friedi gesagt hätte.

Endlich war es so weit. Sie hatte die Namibia-Reise mit Katharina und den beiden Enkeln Felix und Anna in den Herbstferien 2020 geplant. Später wollte sie auch mit Doro und ihrer kleinen Tochter nach Namibia fliegen. Fast alles war bereits vorbereitet. Sie benötigten nur noch für den Flug und die Einreise nach Namibia einen aktuellen Gesundheitsnachweis in Form eines speziellen Tests. Zwei Tage vor dem Flug gingen Katharina mit den Kindern in Dresden und Johanna in Berlin zur Teststation und ließen sich auf Corona testen. Dann warteten sie auf das Ergebnis. Es kam nicht. Sie warteten bis zum Abend vor dem Abflugtag. Ohne Test kein Flug. Dann erhielt Johanna eine E-Mail mit ihrem gewünschten Ergebnis. Katharina wartete immer noch. Am nächsten Morgen sollte der Flug beginnen. Sie telefonierten abends noch einmal miteinander, keiner konnte seine Unsicherheit verbergen. Dann, es war fast Mitternacht, rief Katharina an. Sie hatte endlich für sich und die Kinder das gewünschte Testergebnis per E-Mail erhalten. Johanna hatte sich aufgeregt, sie spürte den zu schnellen Herzschlag und dazwischen das Herzstolpern. Der Druck auf ihrer Brust alarmierte sie. Sie legte sich auf ihre Liege und versuchte die Angst, die Unruhe und die Nervosität zu bekämpfen. Ich muss ruhig werden, ruhig atmen, redete sie sich ein, aber die Kurzatmigkeit wurde stärker und sie konnte sich nur noch auf den Druck im Oberbauch konzentrieren. Mir ist übel, vielleicht wenn ich die Augen schließe, wird es besser.

Johanna wusste es längst, ihr Herz konnte Aufregungen, sogar kleine und unwichtige, nur noch schlecht verkraften. Ich sollte mich auf das beschränken, was in meinem Leben jetzt noch wesentlich ist, dachte sie müde. Aber was ist das? Was ist jetzt wirklich wesentlich?

Allmählich ging es ihr besser, sie stand auf, ging in die Küche und holte sich etwas zum Trinken.

Als sich das Glas langsam mit frischem Wasser füllte, erkannte sie, dass es das Wichtigste war, ihren Töchtern noch einmal zu sagen, wie sehr sie beide liebte. Und sie erkannte auch, dass sie, obwohl ihre Töchter inzwischen eigene Familien hatten, dennoch in ihren Genen und ihrer Geschichte zu den Altvorderen in Grünfeld gehörten, die mühevoll in ihrem Weinberg gruben.

/

Übersicht

Johannas Großeltern
Friedrich (Friedi) ∞ Thea Trautmann
Bertold (1. Kind, Johannas Vater, 1920 bis 1980)
Friedhelm (2. Kind, gefallen in Russland, 1921 bis 1940)

Johannas Eltern
Bertold ∞ Emma Trautmann
Albrecht (1. Kind) 1949
Johanna (2. Kind) 1951
Bettina (3. Kind) 1960
Uwe und Sabine (4. und 5. Kind) 1964

Johannas 1. Ehe
Johanna ∞ Andreas 1973 bis 1976
Katharina 1975
Felix und Anna (Enkelkinder 2012, 2015)

Johannas 2. Ehe
Johanna ∞ Peter 1987 bis 1993
Dorothea (Doro) 1990

Freundschaften von Johanna
Angelika
Christine
Dr. Fellner
Elli
Fred
Ludwig
Manuela
Maria
Steffi

Inhalt

Die Autorin

Dr. Heidi Freistedt, Autorenname Gila Freis, wurde 1953 in einem kleinen Dorf im Norden Thüringens geboren. Ihre Familie lebte in bescheidenen wirtschaftlichen Verhältnissen von der Landwirtschaft. Traditionelle christliche Werte waren in ihrem Lebensumfeld vorherrschend. Sie studierte zwei Jahre Theologie in Naumburg und Berlin. Danach war sie bis zum Ende des Berufslebens in der Wirtschaft tätig. Ihr Arbeitsschwerpunkt war das Sozialmanagement, auf diesem Gebiet hat sie auch promoviert. In einer Brandenburger Kommune war Gila Freis nach der Wende zwölf Jahre lang ehrenamtliche Bürgermeisterin.

Seit sie im Ruhestand ist, reist sie durch die Welt. Dabei sind ihre liebsten Reiseziele die Südstaaten und der Westen von Amerika und das südliche Afrika. Sie liebt die typischen Farben und das Licht dieser Länder und interessiert sich für indigene Ethnien und deren Kulturen.

Ihre Lebensmaxime ist: »Sich an Ergebnissen und Zielen orientieren, nicht an Voraussetzungen.«

Von Gila Freis erschien 2021 der Roman »Trautmanns Töchter – Martha«, eine Familiengeschichte im ausgehenden 19. Jahrhundert. Martha ist die Urgroßmutter von Johanna, der Titelfigur in diesem Roman.

Gila Freis lebt mit ihrem Mann in der Nähe von Berlin und hat zwei erwachsene Töchter und drei Enkelkinder.